부활 1

Воскресение

세계문학전집 89

부활 1

Воскресение

레프 톨스토이

연진희 옮김

민음사

차례

2권 차례

등장인물 [1)]

카체리나 미하일로바 마슬로바 애칭은 카츄샤, 카챠. 유곽에서는 류보피라는 가명을 사용함. 류보피의 애칭은 륩카, 류바샤.

드미트리 이바노비치(혹은 이바니치) **네흘류도프 공작** 근위대 중위. 애칭은 미챠, 미치카, 미첸카 등.

옐레나 이바노브나 네흘류도바 공작 부인 드미트리의 어머니. 애칭은 엘렌.

나탈리야 이바노브나 라고진스카야 드미트리의 누나. 애칭은 나타샤.

이그나치 니키포로비치(혹은 니키포리치) **라고진스키** 드미트리의 매형.

마리야 이바노브나 네흘류도바 공작 영애(작품에는 성이 나오지 않지만 드미트리의 고모이며 미혼 여성이기 때문에 네흘류도바임이 분명함.) 네흘류도프의 큰고모. 애칭은 마샤, 마셴카 등.

---

1) 러시아 인명은 '이름, 부칭(아버지 이름+-예비치/-오비치), 성'으로 표기하는데 여성의 경우 부칭에 '-예브나/-오브나'를, 성에 '-아/-아야'를 붙인다. 여성이 결혼하면 부칭은 그대로 두되 아버지의 성 대신 남편의 성에 '-아/-아야'를 붙인다. 단, 아버지나 남편의 성이 자음으로 끝나면 '-아'를, 모음으로 끝나면 '-아야'를 붙인다. 부칭의 접미사를 결정하는 것은 아버지 이름의 마지막 음가다. '-이'로 끝나는 이름에는 '-예비치/-예브나'를, 자음으로 끝나는 이름에는 '-오비치/-오브나'를 붙인다. 단, '-야'로 끝나는 이름에는 '-치/-니치나'를 붙인다. 가까운 사이에는 '-예비치/-오비치' 대신 '-이치'를 붙이기도 한다. 가령 드미트리 이바노비치(혹은 이바니치) 네흘류도프와 나탈리야 이바노브나 라고진스카야는 남매다. 이반의 자식이기에 부칭이 각각 이바노비치와 이바노브나가 된다. 나탈리야의 성은 결혼 전에 네흘류도바였지만 라고진스키와 결혼한 후 라고진스카야로 바뀌었다. 친한 사이에서는 대개 이름이나 애칭으로 부르고, 다소 격식을 갖추어야 하는 사이에서는 주로 이름+부칭으로 부른다. 평민 여성의 부칭은 '-예브나/-오브나' 대신 '-예바/-오바'로 축약된다. 카츄샤의 부칭이 미하일로브나가 아니라 미하일로바인 것은 평민이기 때문이다.

소피야 이바노브나 네흘류도바 공작 영애 네흘류도프의 작은고모. 애칭은 소냐, 소네치카 등.

카체리나 이바노브나 차르스카야 백작 부인 네흘류도프의 이모. 전직 대신의 아내로서 페테르부르크 귀족 사회에 넓은 인맥을 지닌 귀부인.

이반 미하일로비치(혹은 미하일리치) **차르스키 백작** 드미트리의 이모부. 넓은 인맥을 지닌 전직 고위 관료.

마리야 페트로브나(작품에 성이 나오지 않음.) 마리야 이바노브나와 소피야 이바노브나의 늙은 하녀.

아그라페나 페트로브나(작품에 성이 나오지 않음.) 네흘류도프가의 가정부.

마리야 코르차기나 공작 영애(작품에 부칭이 나오지 않음.) 네흘류도프가 청혼하려고 하는 귀족 가문의 여성. 영어식 애칭은 미시.

소피야 바실리예브나 코르차기나 공작 부인 마리야 코르차기나의 어머니.

마리야 바실리예브나(작품에 성이 나오지 않음.) 귀족 회장의 아내. 네흘류도프의 내연녀.

페라폰트 예멜리야노비치 스멜코프 2길드 상인. 마브리타니야 호텔에서 시신으로 발견됨.

시몬 페트로프 카르친킨 마브리타니야 호텔의 복도 담당 하인.

옙피미야 이바노바 보츠코바 마브리타니야 호텔의 복도 담당 하인.

아나톨 페트로비치(혹은 페트리치) **파나린** 카츄샤의 상고심 변호사.

마슬렌니코프(작품에 이름과 부칭이 나오지 않음.) 현 부지사이자 드미트리의 친구.

셀레닌(작품에 이름과 부칭이 나오지 않음.) 원로원의 검사 차장이자 드미트리의 친구.

베라 예프레모브나 보고두홉스카야 평민 교사 출신의 정치범.

블라지미르 이바노비치(혹은 이바니치) **시몬손** 귀족 출신의 정치범.

아나톨리 크릴초프(작품에 부칭이 나오지 않음.) 부유한 지주 출신으로 인민의지당의 수장이었던 테러리스트 정치범.

마리야 파블로브나 셰치니나 장군의 딸인 정치범. 카츄샤로부터 존경과 사랑을 받은 벗.

에멜리야 키릴로브나 란체바 혁명가 남편을 따라 혁명 활동에 뛰어든 정치범.

류보피 그라베츠(작품에 부칭이 나오지 않음.) 여자 전문학교 출신의 정치범.

노보드보로프(작품에 이름과 부칭이 나오지 않음.) 인민의지당의 당원이었던 학자 출신의 정치범.

마르켈 콘드라치예프(작품에 부칭이 나오지 않음.) 공장 노동자 출신의 정치범. 노보드보로프를 추종함.

나바토프(작품에 이름과 부칭이 나오지 않음.) 농민 출신의 정치범.

일러두기

1. 『L. N. 톨스토이 선집』(전 12권, 프라브다 출판사, 1984년) 중 제10권을 번역 대본으로 사용했다. 『부활(Воскресение)』(아즈부카 출판사, 2013년)도 함께 사용했다. 또한 소련의 국영 출판사가 자국 문학을 외국에 알리기 위해 기획하고 출간한 영역본 『Resurrection』(라두가 출판사, 모스크바, 1990년판. 초판은 1972년에 출간.)을 참조했다.
2. 러시아어 원문에서 프랑스어 부분은 굵은 글씨로 표기했으며, 그 밖의 외국어는 굵은 글씨로 쓰되 문장 끝에 외국어의 출처를 표기했다(예: 독일어, 라틴어, 영어 등). 외국어 표현에 대한 번역은 톨스토이가 각주를 단 러시아어 번역문을 토대로 했다.
3. 러시아어 고유 명사와 도량형 표기는 국립국어원의 외래어 표기법을 따르는 것을 원칙으로 하되 구개음화([d]와 [t] 뒤에 [ya], [yo], [yu], [i], [i′] 모음이 따를 경우 각각 [z]와 [ts]로 자음의 음가가 변경되는 현상)가 일어나는 경우는 발음상 편의를 위하여 예외로 했다(예: 페댜→페쟈, 미탸→미챠). 단, 영어를 비롯한 외국어에서 차용된 러시아어에는 구개음화를 적용하지 않았다(예: 파르티잔 등). 또한 쟈, 져, 죠, 쥬, 챠, 쳐, 쵸, 츄의 음가를 자, 저, 조, 주, 차, 처, 초, 추로 표기하도록 한 조항도 예외로 했다.
4. 원문에서 강조를 위해 이탤릭체로 표시한 부분은 고딕체로 표시했다. 원문에서 부연 설명을 위해 괄호 표시를 사용한 것은 그대로 따랐다.
5. 작품에 인용된 성경 텍스트는 대한성서공회가 간행한 『성경전서』(표준새번역 개정판, 2001)에서 인용했다.
6. 러시아의 인명, 지명, 어휘, 문구 등을 병기할 경우 독자의 이해를 돕기 위해 러시아어 키릴 문자 대신 로마자로 변환하여 표기했다. 단, 책 제목은 러시아어로 표기했다.
7. 톨스토이가 작품에 직접 주석을 단 경우에는 '톨스토이 주'라고 별도로 표시했다. 그 외 모든 주석은 옮긴이의 주다.
8. 톨스토이는 이 작품에서 제정 러시아의 역법인 율리우스력에 따라 사건을 서술했다. 19세기 역법에 따르면 율리우스력은 오늘날 세계적으로 통용되는 그레고리력보다 십이 일 늦다. 따라서 톨스토이가 기술한 날짜를 그레고리력으로 전환할 때는 십이 일을 더하면 된다. 다만 20세기 이후에는 율리우스력의 날짜를 그레고리력보다 십삼 일 늦게 산정한다.
9. 본문에 실린 삽화는 톨스토이의 요청으로 레오니드 오시포비치 파스테르나크가 잡지 《니바》에 연재되는 『부활』을 위해 그린 그림이다.

1부

그때에 베드로가 다가와서 예수께 말하였다. "주님, 한 신도가 내게 죄를 지을 경우에 내가 몇 번이나 용서해 주어야 합니까? 일곱 번까지 해야 합니까?"

예수께서 대답하셨다. "일곱 번까지가 아니라 일곱 번을 일흔 번까지라도 해야 한다."

—『마태복음서』 18장 21~22절

"어찌하여 너는 남의 눈 속에 있는 티는 보면서 네 눈 속에 있는 들보는 깨닫지 못하느냐?"

—『마태복음서』 7장 3절

"너희 가운데서 죄가 없는 사람이 먼저 이 여자에게 돌을 던져라."

—『요한복음서』 8장 7절

"제자가 스승보다 높지 않다. 그러나 누구든지 다 배우고 나면 자기의 스승과 같이 될 것이다."

—『누가복음서』 6장 40절

1

수십만의 사람들이 좁은 땅덩어리에 모여 자기들이 발 딛고 북적거리던 땅을 망가뜨리려 갖은 애를 써도, 아무것도 자라지 못하게 돌로 땅을 메우고 풀들의 싹을 깨끗이 없애고 석탄과 석유로 연기를 뿜어내고 나무를 베고 동물과 새를 전부 몰아내도, 도시의 봄 역시 봄이었다. 햇볕이 따뜻하게 내리쬐고 풀이 되살아났다. 그저 뽑히지만 않으면 가로수 길의 잔디밭뿐 아니라 포석들 틈까지 어디서나 푸르게 자랐다. 자작나무, 백양나무, 귀룽나무가 끈끈하고 향기로운 잎사귀를 틔우고 보리수나무가 꽃망울을 터뜨렸다. 갈까마귀, 참새, 비둘기는 이미 봄날답게 즐거이 둥지를 틀고 있었으며 파리는 햇볕에 데워진 벽에 붙어 윙윙거렸다. 초목도, 새도, 곤충도, 아이도 즐거워했다. 그러나 인간들은, 다 자란 어른들은 계속 자신과 서로를 속이고 괴롭혔다. 인간들이 생각하기에 이런 봄날

의 아침은, 모든 존재를 이롭게 하는 신의 세계의 이런 아름다움 — 마음에 평화와 화합과 사랑을 불러일으키는 아름다움 — 은 신성하고 중요한 게 아니었다. 그저 서로를 지배하기 위해 자신들이 고안한 것만이 신성하고 중요했다.

그러므로 현[1] 감옥의 사무실에서 신성하고 중요하게 여겨진 것은 모든 동물과 인간에게 봄의 은총과 기쁨이 내려졌다는 사실이 아니라 사건 번호와 제목이 달리고 도장이 찍힌 공문서가 전날 도착했다는 사실이었다. 감옥에 수감된 미결수 세 명, 즉 여자 두 명과 남자 한 명을 이날 4월 28일 오전 9시까지 법정으로 호송하라는 내용이었다. 이 여자들 중 한 명은 중죄인이어서 따로 호송해야 했다. 그리고 이 명령서에 따라 4월 28일 오전 8시 소장이 여자 죄수 구역의 어둡고 악취가 풍기는 복도에 들어섰다. 희끗한 곱슬머리에 지친 얼굴을 한 여자가 소매에 금몰을 박은 제복을 입고 테두리가 파란 허리띠를 맨 차림으로 뒤를 따랐다. 여자 간수였다.

"마슬로바를 데려가실 거죠?" 그녀가 당직 간수와 함께 복도 쪽으로 난 감방 문들 중 하나로 다가가며 물었다.

간수는 쇳소리를 울리며 자물쇠를 열고 복도보다 훨씬 더 심한 악취가 풍기는 감방 문을 열며 외쳤다.

"마슬로바, 법정으로!" 그러고는 다시 문을 닫고 기다렸다.

감옥 안마당에도 바람에 실려 도시로 날아온 들판의 싱그

---

1) 1930년까지 제정 러시아와 소련이 사용한 지방 행정 구역 단위. 우리나라의 '도'에 해당하는 규모다.

럽고 상쾌한 공기가 감돌았다. 그러나 복도에는 배설물, 타르, 곰팡이 냄새가 배고 티푸스균이 떠도는 공기가 답답하게 고여 누구든 처음 들어서는 사람을 즉시 우울과 슬픔으로 밀어 넣었다. 역겨운 공기에 익숙한 여자 간수도 안마당에서 들어서며 그런 감정을 느꼈다. 복도로 들어오던 그녀는 문득 피로하고 졸린 느낌을 받았다.

감방에서 소란이 일었다. 여자들의 목소리며 맨발로 걸음을 떼는 소리가 들렸다.

"거기, 마슬로바, 빨리 움직여! 알겠나?" 소장이 문을 향해 외쳤다.

이 분 정도 지나 아담하고 가슴이 풍만한 젊은 여자가 하얀 상의와 하얀 치마 위에 회색 할라트[2)]를 걸치고는 활기찬 걸음으로 문을 나와 재빨리 몸을 돌려 간수 옆에 섰다. 여자는 리넨 스타킹에 수감자용 털신을 신었다. 머리에 맨 하얀 스카프 밑으로 일부러 그런 듯 바퀴처럼 둥굴둥굴 말린 검은 머리카락이 몇 가닥 드리워 있었다. 얼굴은 전체적으로 오랜 시간 감금 생활을 한 사람의 얼굴에 나타나는 독특한 흰색을 띠었다. 지하실에 저장해 둔 감자의 싹을 떠올리게 하는 색이었다. 자그마하면서 넓적한 손이며 할라트의 커다란 옷깃 사이로 보이는 하얗고 풍만한 목덜미도 마찬가지였다. 윤기를 잃은 창백한 얼굴에서 반짝이는, 조금 붓기는 했어도 생기가 넘치는

2) 옷자락이 길고 소맷부리와 품이 넉넉한 상의이며 주로 실내복으로 입는다. 죄수들은 이 옷을 코트를 대신할 겉옷으로 사용한 듯 보인다.

매우 검은 눈동자가 특히 인상적이었다. 한쪽 눈은 약간 사시였다. 여자는 풍만한 가슴을 쑥 내민 채 허리를 꼿꼿히 세웠다. 복도에 나오자 고개를 살짝 뒤로 젖히고 간수의 눈을 똑바로 바라보며 어떤 요구든 기꺼이 수행하겠다는 듯한 자세로 멈춰 섰다. 간수가 자물쇠를 잠그는데 아무것도 쓰지 않고 희끗한 머리칼을 그대로 드러낸 노파가 엄해 보이는 창백하고 주름진 얼굴을 문밖으로 쑥 내밀었다. 노파가 마슬로바에게 뭐라고 말하기 시작했다. 하지만 간수가 문을 닫으며 노파의 머리를 누르자 머리는 사라졌다. 감방에서 여자 목소리가 웃음을 터뜨렸다. 마슬로바도 빙그레 웃으며 문에 난 격자 창살의 작은 창을 돌아보았다. 맞은편에서 노파가 창에 바짝 달라붙어 쉰 목소리로 말했다.

"다른 것은 다 제쳐 놓고 쓸데없는 소리만 하지 마. 한쪽으로만 밀고 나가. 그러면 돼."

"한쪽이든 어디든 지금보다 더 나빠지지는 않을 거예요." 마슬로바가 고개를 흔들며 말했다.

"물론 한쪽이지. 양쪽으로 갈 순 없잖아." 소장이 재치를 자신하는 상관 특유의 태도로 말했다. "날 따라와. 출발!"

창 너머로 보이던 노파의 눈이 사라졌다. 마슬로바는 복도 한가운데로 나와 종종걸음을 치며 소장을 뒤따라갔다. 그들은 돌계단을 내려가 여자 감방보다 훨씬 더 냄새가 지독하고 소란스러운 남자 감방들을 지나쳤다. 곳곳에서 통풍구로 내다보는 눈들이 그들을 배웅했다. 그들은 라이플총을 든 호송병 두 명이 이미 대기 중인 사무실로 들어갔다. 앉아 있던 서

기가 한 병사에게 담배 냄새에 전 공문 한 장을 건네고는 죄수를 가리키며 말했다.

"데려가."

니즈니 노브고로드의 농민 출신으로 벌건 얼굴에 얽은 자국이 있는 병사가 외투의 접어 올린 소맷부리 사이에 문서를 쑤셔 넣고 죄수를 향해 빙글빙글 웃으면서 광대가 튀어나온 추바시인[3] 동료에게 한쪽 눈을 찡긋해 보였다. 병사들과 죄수는 계단을 내려가 출구를 향했다.

출구에 붙은 쪽문이 열렸다. 문턱을 넘어 안마당으로 이동한 병사들과 죄수는 담장을 벗어나 포장도로의 한가운데를 따라 도시를 통과했다.

삯마차 마부, 노점 상인, 여자 요리사, 노동자, 관리 들이 걸음을 멈추고 호기심 어린 시선으로 죄수를 쳐다보았다. 어떤 사람들은 고개를 저으며 생각했다. '그게 바로 우리와 다른 네 악한 행실의 말로다.' 아이들은 겁에 질려 악인을 바라보았다. 병사들이 호송하고 있어 그녀가 더 이상 아무 짓도 못 하리라는 점에서 겨우 위로를 얻을 뿐이었다. 숯을 팔고 선술집에서 차를 마신 시골 농부가 그녀에게 다가와 성호를 긋고는 1코페이카를 건넸다. 얼굴이 빨개진 죄수가 고개를 숙이며 뭐라고

3) 러시아 남서부 지역에 세력을 형성한 튀르크계 부족이다. 13세기에 몽골과 타타르의 지배를 받게 된 이후 이슬람교를 신봉했지만 1551년 이후 러시아 제국의 강력한 영향 아래 놓이자 정교회로 개종했다. 러시아 제국과 소련 시절에 계속 자치권을 얻기 위해 노력했으며, 1992년에 추바시 공화국을 수립했다.

중얼거렸다.

자신에게 쏠린 시선을 눈치챈 죄수는 쳐다보는 사람들에게 고개를 돌리지 않은 채 몰래 곁눈질했다. 자신을 향한 이런 관심에 즐겁기도 했다. 감옥에 비해 깨끗한 봄의 대기에도 기뻐했다. 그러나 걷는 데 익숙하지 않은 데다 꼴사나운 죄수용 털신까지 신은 발로 돌길을 걷자니 괴로웠다. 그래서 발밑을 쳐다보면서 어떻게든 좀 더 편하게 걸으려고 애썼다. 비둘기들이 아무에게도 방해받지 않고 뒤뚱거리며 돌아다니는 밀가루 가게 앞을 지나치다 하마터면 회청색 비둘기 한 마리를 발로 찰 뻔했다. 비둘기가 날아올라 날개를 퍼덕이며 귓가를 스치고 날아가면서 바람을 일으켰다. 죄수는 생긋 웃다가 자기 처지를 떠올리고는 무겁게 한숨을 쉬었다.

2

죄수 마슬로바의 사연은 매우 평범했다. 마슬로바는 결혼하지 않은 두 자매의 시골 영지에서 축사를 돌보는 모친에게 얹혀살던 처녀의 딸이었다. 그 처녀는 해마다 아기를 낳았다. 시골에서 흔히 그러듯이 아기가 세례를 받고 나도 아기 엄마는 뜻하지 않게 생긴 데다 일에 방해가 될 뿐인 무익한 아기에게 젖을 물리지 않았다. 그래서 아기들은 배를 곯다가 곧 죽었다.

다섯 아이들이 그렇게 죽었다. 모두 세례를 받고는 젖을 먹지 못해 죽었다. 마을을 스쳐 간 집시의 자식인 여섯 번째 아이는 딸이었다. 어쩌면 그 아이도 똑같은 운명에 처했을지 모른다. 그런데 우연히 한 노마님이 크림에서 소 냄새가 난다며 일꾼들을 야단치러 축사에 들렀다. 축사에는 산모가 예쁘고 건강한 젖먹이와 함께 누워 있었다. 노마님은 크림에 대해서, 그리고 아기를 낳은 처녀를 축사에 내버려 둔 데 대해서 야단을 쳤다. 그러고는 축사를 나서려다가 작은 아기를 보고 마음에 감동을 받아 대모가 되어 주겠다고 나섰다. 아기가 세례를 받도록 한 뒤에는 대녀를 불쌍히 여겨 그 어머니에게 우유와 돈을 주었다. 그리하여 아기는 살아남게 됐다. 노마님들은 아기를 '구원받은 자'라고 불렀다.

아이가 세 살일 때 그 어머니가 병에 걸려 죽었다. 축사에서 일하는 외할머니가 손녀를 부담스러워하자 노마님들이 아이를 집으로 데려갔다. 검은 눈의 여자아이는 유난히 생기발랄하고 사랑스러웠으며, 노마님들은 아이를 보면서 마음의 위안을 얻었다.

두 노마님 가운데 손아래인 소피야 이바노브나는 좀 더 인정이 많았다. 여자아이가 세례를 받을 수 있도록 해 준 사람도 바로 그녀였다. 손위인 마리야 이바노브나는 좀 더 엄한 편이었다. 소피야 이바노브나는 아이에게 예쁜 옷을 입히고, 읽기를 가르쳤으며, 아이를 자신의 피후견인으로 삼길 원했다. 마리야 이바노브나는 아이를 일꾼, 즉 좋은 하녀로 만들어야 한다고 말했다. 그 때문에 까다롭게 굴었고, 벌을 주었으며, 심지어 기분이 안 좋을 때는 때리기도 했다. 그렇게 두 사람의 다른 영향 아래에서 성장한 아이는 절반은 하녀, 절반은 피후견인 같은 존재가 됐다. 그들은 아이를 카치카도 카첸카도 아닌 카츄샤라는 어중간한 이름으로 불렀다. 그녀는 바느질을 하고, 방들을 청소하고, 분필로 이콘[4]에 광을 내고, 커피를 볶

---

4) 그리스도, 성모 마리아, 성인, 천사 등을 목판에 그린 그림이며 귀금속과

고 빻고 내오고, 소소하게 빨래도 했다. 이따금 마님들과 함께 앉아 그들을 위해 낭독을 하기도 했다.

여러 번 청혼을 받았지만 그녀는 아무와도 결혼하려 하지 않았다. 청혼해 온 노동하는 남자들과 함께 사는 것이 지주 집에서 누린 달콤한 생활로 응석받이가 된 자신에게 고단할 듯했기 때문이다.

열여섯 살이 될 때까지 그렇게 살았다. 그녀가 막 열여섯 살이 됐을 때 마님들 집에 부유한 공작이자 대학생인 조카가 찾아왔다. 카츄샤는 감히 그에게, 심지어 스스로에게조차 인정할 수 없었지만 그를 사랑하게 됐다. 나중에 두 해가 지나서 다름 아닌 그 조카가 전장을 향하는 길에 고모들 집에 들러 나흘을 보냈고, 출발하기 전날 밤 카츄샤를 유혹했다. 그리고 마지막 날 100루블짜리 지폐 한 장을 찔러 준 후 떠나 버렸다. 그로부터 다섯 달이 지나서 그녀는 자신이 임신한 사실을 확인했다.

그 후 모든 것이 시들해졌다. 그저 자기 앞에 놓인 수치를 어떻게 모면할지에 대해서만 생각했다. 마님들에게도 마지못해 불쾌한 태도로 시중을 들기 시작했을뿐더러 어쩌다 그렇게 됐는지 스스로도 몰랐지만 느닷없이 벌컥 화를 터뜨리고 말았다. 그녀는 훗날 후회하게 될 상스러운 말들을 마님들에게 퍼붓고는 그 집을 떠나게 해 달라고 청했다.

보석으로 장식하곤 했다. 제정 러시아 시대 사람들은 교회뿐 아니라 가정에도 이콘을 비치해 어려운 일이 있을 때마다 그 앞에서 기도했고, 심지어 여행을 다닐 때도 휴대했다.

그러자 그녀를 몹시 불만스럽게 여기던 마님들은 그녀를 놓아주었다. 그녀는 그 집을 나와 경찰 서장의 집에 하녀로 들어갔지만 겨우 석 달밖에 살지 못했다. 쉰 살 노인인 경찰 서장이 집적거렸기 때문이다. 한번은 유난히 적극적으로 달려드는 그에게 화가 치민 나머지 멍청이니 늙은 악마니 욕설을 퍼붓고는 그를 넘어질 정도로 세차게 밀치고 말았다. 그녀는 무례하다는 이유로 쫓겨났다. 일자리를 찾는다 해도 아무 소용이 없었다. 곧 아이를 낳아야 했다. 그녀는 마을에서 산파 노릇을 하며 술도 파는 과부의 집에 거처를 정했다. 출산은 수월했다. 그러나 마을의 병든 여자를 맡았던 산파가 카츄샤에게 산욕열을 옮겼고, 사내아이는 고아원에 보내졌다. 아기를 데려간 노파의 말에 따르면 고아원에 도착하자마자 곧 죽었다고 했다.

산파의 집으로 이사했을 때 카츄샤가 가진 돈은 127루블이었다. 그녀가 번 27루블과 그녀를 유혹한 남자가 준 100루블이었다. 하지만 산파의 집을 나올 때는 6루블뿐이었다. 그녀는 돈을 아낄 줄 몰랐다. 자신을 위해서도 헤프게 썼고, 손을 내미는 사람이 있으면 누구에게든 주었다. 산파가 두 달 동안의 생활비로, 즉 음식과 차에 대한 대가로 40루블을 받아 갔다. 아기를 고아원에 보내는 비용으로 25루블이 나갔고, 산파가 암소를 사겠다며 40루블을 빌려 갔고, 20루블 정도는 옷이며 단것을 사느라 없어졌다. 그래서 건강을 회복했을 때 카츄샤는 돈이 한 푼도 없어 일자리를 찾아야 했다. 산림 감독관의 집에 일자리가 났다. 산림 감독관은 결혼한 남자였는데 경찰 서장과 마찬가지로 첫날부터 카추샤에게 추근거리기 시작했다. 카추샤는 혐오스러워 피하려고 애썼다. 하지만 그는 그녀보다 노련하고 교활했다. 무엇보다 그녀를 어디로든 원하는 대로 보낼 수 있는 주인이었다. 그는 기회를 엿보다가 그녀를 범했다. 아내가 이 사실을 알게 됐다. 한번은 남편이 방에 카추샤와 단둘이 있는 것을 발견하고 그녀에게 달려들어 마구 때렸다. 카추샤는 순순히 당하지 않았고, 싸움이 벌어졌다. 그 때문에 급료도 못 받고 쫓겨났다. 그 후 카추샤는 도시로 떠나 친척 아주머니 집에 머물렀다. 아주머니의 남편은 제본공이었다. 예전엔 넉넉하게 살았지만 이제 고객들을 전부 잃고 술독에 빠져 수중에 들어오는 것을 전부 술값으로 날리고 있었다.

아주머니는 작은 세탁소를 운영하면서 그 돈으로 아이들과 함께 생활하고 몰락한 남편을 지탱했다. 아주머니가 마슬로바에게 세탁소에 들어오지 않겠느냐고 제안했다. 하지만 아주머니 집에 사는 세탁부들의 힘든 생활을 본 마슬로바는 대답을 미루고 직업소개소들을 돌아다니면서 하녀 자리를 알아보았다. 그러던 중 김나지움 학생인 두 아들과 함께 사는 지주 마님의 집에 일자리가 났다. 그녀가 그 집에 들어간 지 일주일이 지나자 콧수염을 기른 김나지움 6학년 학생[5]인 큰아들이 공부를 팽개친 채 마슬로바를 집적거리며 잠시도 가만히 두지 않았다. 어머니는 모든 것을 마슬로바의 탓으로 돌리

5) 김나지움은 9년제 중등 교육 기관으로 6학년은 열여섯 살에 해당한다.

며 그녀를 해고했다. 새 일자리가 나지 않았다. 그런데 마침 하녀 자리를 알선하는 소개소에 갔다가 그곳에서 맨살을 드러낸 포동포동한 두 손에 반지와 팔찌를 여러 개 낀 마님을 만났다. 일자리를 찾는 마슬로바의 처지에 대해 알게 된 그 마님은 주소를 건네며 집으로 초대했다. 마슬로바가 그 집으로 찾아갔다. 마님은 다정하게 맞이하며 피로그[6]와 달콤한 술을 대접하고는 하녀에게 쪽지를 들려 어딘가로 보냈다. 저녁 무렵 긴 백발에 희끗한 턱수염을 기른 키 큰 남자가 방에 들어왔다. 그 노인은 곧장 마슬로바 옆에 다가앉더니 미소를 지으면서 반짝이는 눈으로 그녀를 바라보고 희롱했다. 여주인이 그를 다른 방으로 불러냈다. 마슬로바는 여주인이 "싱싱하죠. 시골에서 온 아이예요."라고 말하는 것을 들었다. 나중에 여주인은 마슬로바를 불러 그 남자는 돈이 아주 많은 작가라고, 마음에 들면 그녀를 위해 아무것도 아까워하지 않을 사람이라고 말했다. 작가는 그녀를 마음에 들어 했고, 종종 보러 오겠다는 약속을 하며 25루블을 주었다. 친척 아주머니에게 집세를 지불하고 새 드레스와 모자와 리본을 사느라 돈은 아주 빠르게 바닥났다. 며칠 후 작가가 다시 그녀를 부르러 사람을 보냈다. 그녀는 갔다. 그가 또 25루블을 주며 따로 아파트를 구해 이사하도록 권했다.

작가가 집세를 내는 아파트에서 사는 동안 마슬로바는 같

---

6) 빵 속에 치즈, 캐비어, 연어, 버섯, 고기, 달걀 등을 채운 러시아 고유의 음식이다.

은 건물에 사는 쾌활한 점원과 사랑에 빠졌다. 그녀는 작가에게 이 사실을 직접 알리고 다른 작은 아파트로 이사했다. 그런데 결혼을 약속한 점원이 아무 말도 없이 떠나 버렸다. 아마도 그녀를 버리고 니즈니 노브고로드로 간 듯했다. 마슬로바는 홀로 남겨졌다. 그녀는 혼자 아파트에 살려고 했지만 허가를 받지 못했다. 파출소장이 말하길 노란 딱지를 발급받고 검사를 받아야만 그렇게 살 수 있다고 했다. 그때 다시 친척 아주머니 집으로 갔다. 아주머니는 최신 유행의 드레스와 케이프와 모자를 보고 존경하는 마음을 담아 그녀를 맞이했다. 이제 그녀가 상류 수준의 생활을 하게 됐다고 생각해 감히 세탁소에 들어오라는 제안을 하지 못했다. 마슬로바에게도 세탁소에 들어갈지 말지는 더 이상 문제가 아니었다. 그녀는 건물 전면의 방들에서 창백하고 팔이 앙상한 여자들이 30도쯤 되는 비누 거품 섞인 증기 속에서 여름이나 겨울이나 창을 열어 놓은 채 빨래하고 다림질하는 징역살이 같은 생활을 이제 애도하는 마음으로 바라보았고, 자신이 그런 징역살이를 할 수도 있었다는 생각에 몸서리를 쳤다.

그리고 유곽에 여자들을 조달하는 뚜쟁이가 마슬로바를 발견한 것은 이 무렵, 즉 후원자가 한 명도 눈에 띄지 않아 마슬로바로서는 특히 비참하던 때였다.

마슬로바가 담배를 피운 지는 이미 오래됐다. 그러나 최근 점원과 연애하다가 버림받은 후로는 점점 더 술에 빠져들었다. 단지 술이 맛있다고 느껴서 끌린 것은 아니었다. 무엇보다 술이 그녀가 겪은 모든 괴로움을 잊게 해 준 데다 술 없이는 가질 수 없는 자존감과 해방감을 안겨 주었기 때문이다. 술을 마시지 않을 때면 언제나 우울하고 수치스러웠다.

뚜쟁이는 마슬로바의 친척 아주머니에게 온갖 맛있는 음식을 대접했다. 그리고 마슬로바를 술에 취하게 한 후 시내 최고의 멋진 시설에 들어가라고 제안하며 그런 처지의 온갖 이익과 장점을 늘어놓았다. 마슬로바는 남자들의 집적거림과 잠깐의 은밀한 간통이 뒤따르는 하녀라는 굴욕적인 지위를 택할 것인가, 생활에 어려움이 없는 편안한 합법적 지위와 법의 테두리 안에서 돈도 꼬박꼬박 받는 공공연하고 지속적인 간통을 택할 것인가 하는 선택의 기로에 섰다. 마슬로바는 후자를 택했다. 게다가 그렇게 함으로써 자신을 유혹한 남자, 점원, 그리고 자신에게 악한 짓을 저지른 모든 사람들에게 복수할 수 있다고 생각했다. 또 원하기만 하면 벨벳 드레스, 파유 드레스, 실크 드레스, 어깨와 팔이 드러나는 무도회 드레스 등 어떤 드레스든 다 주문할 수 있다는 뚜쟁이의 말도 유혹적이었고, 그녀가 최후에 결정을 내리게 만든 한 가지 이유가 됐다. 검은 벨벳 장식이 달리고 어깨와 목이 깊이 파인 화려한 노란색 실크 드레스를 입은 자신을 상상한 순간 마슬로바는 더 이상 버티지 못하고 신분증을 내주었다. 그날 저녁 뚜쟁이는 삯마차를 불러 그녀를 유명한 키타예바의 유곽으로 데려갔다.

그날부터 마슬로바는 하느님과 인간의 율법을 고질적으로 범하는 생활을 하게 됐다. 수백, 아니 수십만 여자들이 시민[7]

---

7) grazhdanin. 러시아어로 시민, 국민, 성인 남성을 뜻한다.

의 행복을 염려하는 정부의 허가와 비호 아래 살다가 열 명 중 아홉은 괴로운 질병과 때 이른 노쇠와 죽음으로 마감하는 삶이었다.

밤의 주신제[8]가 끝난 후 깊은 잠으로 보내는 오전과 오후. 서너 시쯤 더러운 침대에서 일어나기. 숙취를 깨우는 젤테르 광천수. 커피. 화장복이나 상의나 할라트를 걸치고 방들을 어슬렁거리기. 커튼 사이로 창밖 바라보기. 서로에게 던지는 권태로운 욕지거리. 그다음에 씻고 화장품을 바르고 몸과 머리칼에 향수를 뿌리기. 드레스를 시침바느질하는 동안 여주인과 말다툼하기. 거울에 비친 자기 모습 살펴보기. 얼굴과 눈썹에 화장하기. 달고 기름진 음식. 그다음에 알몸이 훤히 드러나는 야한 실크 드레스 입기. 그다음에 화려하고 환하게 꾸민 방에 들어가기. 손님들의 도착. 음악. 춤. 달콤한 과자. 술. 담배. 그리고 청년, 중년, 이제 막 유년기를 벗어난 소년, 쇠약해져가는 노인, 독신자, 유부남, 상인, 점원, 아르메니아인, 유대인, 타타르인, 부자, 가난뱅이, 건강한 남자, 병든 남자, 취한 남자, 취하지 않은 남자, 거친 남자, 다정한 남자, 군인, 문관, 대학생, 김나지움 학생 등 온갖 계층과 나이와 성격의 남자들과 벌

8) orgiya(영어로는 orgy). 고대 그리스의 주신 디오니소스 축제와 이후 로마로 계승된 바코스 축제를 일컫는다. 이 축제 기간에는 여인들이 한밤중에 언덕에 모여 술을 마시고 무아지경인 상태에서 춤을 추고 피가 흐르는 날고기를 먹으며 디오니소스를 찬양했다고 한다. 훗날 오르기야(orgiya)는 떠들썩한 주연, 혹은 남녀들이 난교와 광란으로 극도의 쾌락을 갈구하는 방탕한 술자리를 일컫는 표현이 됐다.

이는 상간. 고함 소리와 농담, 주먹다짐과 음악, 담배와 술, 술과 담배, 저녁부터 새벽까지 울리는 음악 소리. 그리고 아침에야 찾아오는 해방과 깊은 잠. 하루하루가, 일주일 전체가 그렇게 흘러갔다. 주말에는 관공서, 즉 파출소에 다녀온다. 그곳에서 정부 소속 의사들, 때로는 진지하고 엄하며 때로는 장난스럽고 쾌활한 그 남자들은 자연이 죄를 막기 위해 인간뿐 아니라 동물에게도 선사한 수치심을 짓밟으면서 이 여자들을 검사한 후 공범자들과 함께 저지른 그 죄를 한 주 더 이어 가도록 허가증을 내주었다. 그러고 나면 다시 똑같은 한 주가 이어진다. 그렇게 하루하루가, 여름과 겨울이, 평일과 휴일이 흘러간다.

마슬로바는 그렇게 일곱 해를 살았다. 그동안 유곽을 두 번 옮겼고, 한번은 입원을 하기도 했다. 유곽에서 지낸 지 칠 년째 되는 해이자 타락이 시작된 지 팔 년째 되는 해, 그러니까 스물여섯 살 되던 해에 그 사건이 일어났다. 그 때문에 그녀는 감옥에 수감되어 살인자들과 도둑들과 함께 여섯 달을 갇혀 지내다 이제 법정으로 끌려가고 있었다.

3

오랫동안 걷느라 지친 마슬로바가 호송병들과 함께 지방법원 건물에 도착할 무렵, 그녀를 양육한 여자들의 조카이자 그녀를 유혹한 드미트리 이바노비치 네흘류도프 공작은 스프링 위에 깃털 매트리스를 높다랗게 얹은 찌그러진 침대에 여전히 누워 가슴팍에 다리미로 주름을 잡은 깨끗한 네덜란드제 잠옷의 옷깃을 느슨하게 풀어 둔 채 담배를 피우고 있었다. 그는 눈앞을 가만히 응시하며 오늘 해야 할 일과 어제 있었던 일을 생각했다.

부유한 명문인 코르차긴가에서 보낸 어제저녁을 떠올리면서 그는 한숨을 푹 쉬었다. 다들 그가 틀림없이 그 집안 딸과 결혼하리라고 생각했다. 그는 다 피운 담배를 집어 던지고 은제 담뱃갑에서 한 개비 더 꺼내려다가 생각을 바꿨다. 침대에서 매끈하고 하얀 두 다리를 내려 발로 바닥을 더듬으며 슬리

퍼를 찾은 후 살진 어깨에 실크 할라트를 걸치고 화장품, 오드콜로뉴, 포마드, 향수 등 인공적인 향기가 가득 밴 침실 옆 세면실로 빠르고 묵직하게 걸음을 옮겼다. 그곳에서 그는 때운 자리가 많은 이를 특별한 가루 치약으로 닦고 향기로운 양칫물로 헹군 다음 요란하게 몸을 씻고는 다양한 수건으로 닦았다. 향기로운 비누로 두 팔을 씻고, 길게 기른 손톱을 작은 브러시로 꼼꼼히 닦아 내고, 커다란 대리석 세면대에서 얼굴과 굵은 목을 씻은 뒤에는 침실 옆의 샤워 시설이 구비된 세 번째 방으로 향했다. 그곳에서 기골이 장대하고 지방질로 덮인 하얀 몸뚱이를 차가운 물로 씻고 보풀보풀한 수건으로 닦은 다음 잘 다려진 깨끗한 속옷을 입고 거울처럼 반질반질하게 닦인 단화를 신었다. 그리고 화장대 앞에 앉아 짧게 기른 구불거리는 검은 턱수염과 앞쪽부터 숱이 적어지기 시작한 곱슬머리를 브러시 두 개로 빗었다.

속옷, 겉옷, 신발, 넥타이, 넥타이핀, 장식 단추 등 그가 몸단장을 위해 사용하는 물건은 전부 값비싼 최고급품으로 요란하지 않고 단순하고 탄탄하고 귀한 것들이었다.

열 개 정도 되는 넥타이와 넥타이핀 — 한때는 새것이어서 즐거움을 줬지만 이제는 조금도 흥미가 당기지 않는 — 중에서 가장 먼저 손에 닿은 것을 집었다. 네흘류도프는 깨끗하게 솔질해 의자 위에 놓아 둔 옷을 입고 대단히 산뜻하지는 않아도 깔끔하게 좋은 향기를 풍기면서 기다란 식당으로 나갔다. 전날 사내 셋이 광을 낸 세공 마루에 거대한 참나무 찬장과 넓게 사이를 둔 사자 발 모양의 다리들에서 어떤 웅장한 분위기가 느껴지는 역시나 커다란 접이식 탁자가 놓여 있었다. 머리 글자를 큼직하게 수놓은 풀 먹인 얇은 보를 깐 그 탁자 위에는 향기로운 커피가 담긴 은제 포트, 똑같은 은제 설탕 그릇, 뜨거운 크림이 담긴 단지, 갓 구운 칼라치[9]와 수하리[10]와 비스킷이 담긴 바구니가 놓여 있었다. 한 벌의 식기 옆에 배달된 편지들과 신문들과《르뷔 데 되 몽드》[11] 최신 호가 놓여 있었다. 네흘류도프가 막 편지를 집으려는 순간 숱이 성긴 가르마를 레이스 머리장식으로 가린 상복 차림의 뚱뚱한 중년 여자가 복도에서 미끄러지듯 가볍게 걸어 들어왔다. 얼마 전 이 아파트에서 죽음을 맞이한 네흘류도프 어머니의 하녀였다가 지금은 그 아들 집에 가정부 자격으로 남아 있는 아그라페나 페트로브나였다.

아그라페나 페트로브나는 십여 년 동안 네흘류도프의 어머니와 함께 외국을 드나들며 생활해서인지 외모와 행동거지가 귀부인 같았다. 어릴 때부터 네흘류도프가의 집에서 살았고, 드미트리 이바노비치가 아직 미첸카라는 애칭으로 불릴 때부터 그를 알았다.

"좋은 아침이에요, 드미트리 이바노비치."

---

9) 고리 모양의 둥글고 흰 빵.

10) 잘게 잘라서 말린 빵. 보존 기간이 길어서 항해, 탐험, 전투 등을 위한 식량으로 애용됐다.

11)《Revue des deux Mondes》. 프랑스어로 '두 세계의 평론'을 뜻한다. 1829년 프랑스에서 문학과 예술에 관한 평론 잡지로 창간됐다. 발자크, 위고, 텐, 르낭 등 프랑스의 뛰어난 문인들이 이 잡지를 통해 작품을 발표했다.

"안녕하세요, 아그라페나 페트로브나. 뭐 새로운 거라도 있어요?" 네흘류도프가 농담조로 물었다.

"공작 부인인지 공작 영애인지 편지를 보내셨어요. 하녀가 한참 전에 들고 와 제 방에서 기다리고 있답니다." 아그라페나 페트로브나가 의미심장한 미소를 지으면서 편지를 건네며 말했다.

"좋아요. 지금 당장 처리하죠." 네흘류도프가 편지를 집으며 말했다. 그는 아그라페나 페트로브나의 미소를 눈치채고 눈살을 찌푸렸다.

아그라페나 페트로브나의 미소는 편지를 보낸 사람이 코르차기나 공작 영애라는 사실을 나타냈다. 아그라페나 페트로브나는 네흘류도프가 코르차기나 공작 영애와 결혼하려 한다고 생각했다. 그리고 아그라페나 페트로브나의 미소로 표현된 이런 추측에 네흘류도프는 불쾌감을 느꼈다.

"그럼 하녀에게 가서 잠시 기다리라고 할게요." 그러고 나서 아그라페나 페트로브나는 제자리에 놓이지 않은 식탁용 솔을 집어 다른 자리에 옮겨 놓은 후 식당에서 미끄러지듯 조용히 나갔다.

네흘류도프는 아그라페나 페트로브나가 건넨 향기 나는 편지의 봉인을 뜯고 읽기 시작했다. 가장자리가 울퉁불퉁한 도톰한 회색 종이에 날카롭지만 글자 간격이 넓은 필체로 다음과 같이 적혀 있었다.

내가 스스로 떠맡은 당신의 기억으로서 소임을 다하기 위해 알려 드려요. 4월 28일 오늘 당신은 배심 재판에 참석해야 해서 콜로소프 씨와 우리와 함께 그림을 보러 갈 수 없어요. — 어제 당신은 늘 그렇듯 경솔하게 같이 가겠다고 약속했지만요 — 말을 구매하는 데 쓰려고 아껴 둔 3000루블을 제시간에 출석하지 못한 벌금으로 지방 법원에 납부할 생각이 아니라면 말이에요. 어제 당신이 막 떠난 후에야 이 일이 기억났어요. 그럼 부디 잊지 말기를.

M. 코르차기나 공작 영애

뒷장에 추신이 있었다.

어머니께서 당신의 식기가 밤까지 당신을 기다릴 거라고 전하래요. 언제든 편할 때 꼭 와 줘요.

M. K.

네흘류도프는 얼굴을 찌푸렸다. 편지는 지난 두 달 동안 코르차기나 공작 영애가 눈에 띄지 않는 실로 그와 그녀를 점점 더 동여매기 위해 그를 겨냥해서 벌이고 있는 교묘한 작업의 연장이었다. 하지만 더 이상 청춘이 아닌 데다 열정적인 사랑에 빠지지도 않은 사람들이 결혼 앞에서 흔히 보이는 우유부단함 외에 네흘류도프에게는 설사 마음을 정했다 해도 당장은 청혼할 수 없는 중요한 이유가 한 가지 더 있었다. 십여 년 전 카츄샤를 유혹하고 버린 일은 이유가 되지 않았다. 그는 그 일을 완전히 잊었다. 그것이 결혼에 방해가 된다고도 생각하지 않았다. 그 이유란 바로 이 무렵 유부녀와 불륜 관계를 맺고 있다는 것이었다. 그가 보기에는 이제 깨진 관계지만 그녀는 아직 인정하지 않았다.

네흘류도프는 여자들 앞에서 부끄러움을 많이 타는 편이었다. 하지만 이런 수줍음이 그 유부녀의 마음속에 그를 정복하고 싶은 욕망을 불러일으켰다. 그 여자는 네흘류도프가 참여하는 군 선거에서 선출된 귀족 회장의 아내였다. 그리고 이 여자가 그를 연애 관계에 끌어들였다. 날이 갈수록 네흘류도프는 이 관계에 점점 더 마음을 빼앗기면서 동시에 더욱더 혐오감을 느꼈다. 처음에는 유혹을 버티지 못했고, 그다음에는 그녀에게 잘못했다고 느껴 그녀의 동의 없이는 그 관계를 끊을 수 없게 됐다. 이것이 네흘류도프가 설령 자신이 바란다 해도 코르차기나에게 청혼할 자격이 없다고 생각하는 이유였다.

탁자 위에는 마침 이 여자의 남편이 보낸 편지가 놓여 있었다. 그 필체와 소인을 본 네흘류도프는 얼굴이 붉어졌고, 위험이 다가올 때 늘 그랬듯 곧 힘이 팽팽하게 솟는 것을 느꼈다. 그러나 그의 흥분은 부질없었다. 네흘류도프의 주요 영지가 있는 군의 귀족 회장인 남편은 5월 말 열릴 임시 지방 자치 회의에서 학교와 철도 분기선 등 눈앞의 중요한 문제들에 대해 반동파의 강력한 반발이 예상되니 반드시 참석해서 지지해 달라고 부탁했다.

귀족 회장은 자유주의 사상을 가진 사람이었다. 몇몇 동지들과 함께 알렉산드르 3세[12] 시절에 닥친 반동에 맞서 저항했으며, 이 싸움에 완전히 몰두해 자신의 불행한 가정생활에 대해서는 아무것도 몰랐다.

네흘류도프는 이 사람과 관련해 겪은 모든 괴로운 순간을 떠올렸다. 언젠가 남편이 알고 있다고 생각해 그와 결투할 각오를 하고 자신은 허공에 총을 쏘리라 다짐한 일을 떠올렸다. 절망에 빠진 그녀가 물에 빠져 죽을 생각으로 정원의 못을 향해 내달리고 그가 그녀를 찾아 뛰어가던 무시무시한 장면도 떠올렸다. '그녀가 답하지 않는 한 이제 난 갈 수도 없고, 그 무엇을 시작할 수도 없어.' 네흘류도프는 생각했다. 그는 일주일 전 그녀에게 결연한 편지를 써 보냈다. 편지에서 자기 잘못을 인정하며 어떠한 속죄도 치를 각오가 되어 있지만 그녀의 행복을 위해 자신들의 관계는 영원히 끝난 것으로 생각한다고 썼다. 그는 답장을 기다렸지만 받지 못했다. 답장이 없다는 것은 어느 정도 좋은 징조였다. 그녀가 결별에 동의하지 않았다면 오래전에 편지를 썼거나 예전에 그랬듯이 직접 찾아왔을 것이다. 네흘류도프는 요즘 그녀의 꽁무니를 쫓아다니는 어떤 장교가 그 집을 드나든다는 소문을 들었다. 그 소식에 질투로 괴로워하면서도 자신을 괴롭히는 거짓으로부터 해방될 수 있다는 희망에 기뻐하기도 했다.

다른 편지는 영지를 관리하는 수석 관리인이 보낸 것이었다. 관리인은 상속권을 확정하고 영지를 어떻게 경영할지 결

---

12) 알렉산드르 3세(Aleksandr Aleksandrovich Romanov, 1845~1894, 재위 기간 1881~1894). 혁명적 민주주의 운동에 대한 무자비한 탄압과 경찰 권력의 강화로 악명을 떨친 러시아 황제다.

정하기 위해 네흘류도프가 직접 영지를 방문해야 한다고 썼다. 고인이 살아 있던 시절대로 해 나갈지, 관리인이 돌아가신 공작 부인에게 제안했고 지금도 젊은 공작에게 제안하듯 가축과 농기구를 늘리고 농민들에게 분배한 토지를 전부 직접 경작할지 결정해야 했다. 관리인은 그러한 경작이 훨씬 이윤을 남길 거라고 했다. 아울러 계획대로라면 1일에 3000루블을 송금했어야 하는데 다소 늦어지게 되어 죄송하다고 했다. 그 돈은 다음번 우편물과 함께 보낼 것이다. 송금이 늦어진 것은 도저히 농민들로부터 징수를 할 수 없었기 때문이다. 당국에 호소해서 강제 징수를 하지 않으면 안 될 정도로 농민들이 불성실했다. 이 편지에 네흘류도프는 기분이 좋기도 하고 나쁘기도 했다. 기분이 좋았던 것은 막대한 재산에 미치는 자신의 힘을 느꼈기 때문이고, 나빴던 것은 그가 청년 시절에 허버트 스펜서[13]의 열렬한 추종자였던 데다 특히 그 자신이 대지주이면서도 스펜서가 『사회 정학』에서 제시한 명제 — 정의는 토지의 사적 소유를 허용하지 않는다 — 에 감명을 받았기 때문이다. 그는 청년다운 올곧고 결연한 마음으로 토지는 사적 소유의 대상이 될 수 없다고 말했으며 대학에서 이에 대한

---

13) 허버트 스펜서(Herbert Spencer, 1820~1903). 영국의 철학자이자 사회과학자. 찰스 다윈 이전에 생물학적 종의 진화에 대한 사상을 주장했고, 나아가 진화론에 기초한 사회 진화론을 주창했다. 1860년부터 1896년까지 삼십육 년에 걸쳐 저술한 『종합 철학 체계(The Synthetic Philosophy)』(전 10권)를 통해 철학, 과학, 종교의 통합을 시도했다. 스펜서는 첫 번째 저작인 『사회 정학(Social Statics)』(1851)에서 토지의 사적 소유가 불공정하다는 점을 역설했다.

저작을 저술하기도 했다. 그뿐 아니라 자기 신념을 거스르면서까지 토지를 소유하고 싶지 않아 실제로 당시 토지의 일부(어머니의 소유가 아니라 그가 개인적으로 아버지에게서 유산으로 물려받은)를 농민들에게 넘겼다. 이제 막대한 토지를 상속받은 그는 두 가지 가운데 하나를 선택해야 했다. 십 년 전쯤 아버지의 200제샤치나[14] 토지에 대해 그랬듯이 재산을 거부하든가 옛날에 품은 모든 생각이 그릇된 착각이었다고 암묵적 동의를 통해 인정해야 했다.

그는 전자를 실행에 옮길 수 없었다. 영지 외에 어떤 생존 수단도 없었기 때문이다. 관료가 되고 싶진 않았다. 하지만 이미 화려한 생활 습관에 길들어 있었다. 그는 자신이 그 습관을 버리지 못할 거라고 생각했다. 어쨌든 그럴 필요도 없었다. 이젠 젊은 시절 같은 강한 신념도, 결단력도, 공명심도, 놀라게 하고픈 열망도 없었기 때문이다. 후자를 택한다는 것은 곧 당시 스펜서의 『사회 정학』에서 얻은 토지 소유의 불법성에 관한 논박할 여지 없는 명확한 결론들 — 그는 나중에 훨씬 많은 시간이 지나 헨리 조지[15]의 저작들에서 그것을 확증하는 훌륭한 논거를 발견했다 — 을 거부한다는 의미였다. 그는 도

14) 러시아의 넓이 단위로 1제샤치나는 4046.8제곱미터다.

15) 헨리 조지(Henry George, 1839~1897). 『진보와 빈곤(Progress and Poverty)』(1879)으로 잘 알려진 미국의 경제학자. 토지 사용에 대해 정부에 단일세를 지불하는 방식으로 토지를 국유화하는 이론을 제시했다. 톨스토이는 이 체제를 열렬히 신봉했으며, 그것이 러시아가 안고 있는 토지 소유의 문제를 해결해 주리라 믿었다.

저히 그럴 수 없었다.

그래서 관리인의 편지가 그에게 불쾌했던 것이다.

4

커피를 마신 후 네흘류도프는 법정에 출석해야 할 시간을 통지서에서 확인하고 공작 영애에게 답장을 쓰기 위해 서재로 향했다. 서재에 가려면 화실을 지나야 했다. 화실의 이젤 위에 시작만 한 듯한 그림이 뒤집어진 채 놓였고 벽에는 스케치 몇 점이 걸려 있었다. 두 해 동안 노력을 쏟아부은 그 그림과 스케치들과 화실 전체의 모습에 최근 유난히 강하게 느낀 감정을, 회화에서 앞으로 더 나아갈 수 없다는 무력감을 떠올렸다. 그는 이 감정을 너무 섬세하게 발달한 미적 감각의 탓으로 돌렸지만 여전히 그러한 자각은 무척이나 불쾌했다.

칠 년 전 그는 자신이 그림을 위해 부름을 받았다고 판단해 군 복무를 그만두었고, 예술 활동의 관점에서 다른 모든 활동을 다소 멸시하듯 내려다보았다. 이제 그에게 그럴 권리가 없다는 사실이 분명해졌다. 그래서 그에 관한 모든 추억이 불쾌했다. 그는 화실의 이 모든 화려한 도구를 괴로운 심정으로 쳐다보고 우울한 기분에 젖어 서재에 들어섰다. 서재는 온갖 장식품과 도구와 편의 시설을 갖춘 천장이 높고 매우 넓은 방이었다.

네흘류도프는 커다란 책상의 긴급이라는 항목이 붙은 서랍에서 금방 통지서를 찾아냈다. 11시까지 법원에 도착해야 한다고 적혀 있었다. 그는 자리에 앉아서 공작 영애에게 초대에 감사하며 만찬 시간에 맞춰 갈 수 있도록 노력하겠다고 편지를 썼다. 하지만 다 쓰고 나서 그것을 찢어 버렸다. 지나치게 친밀했기 때문이다. 다시 썼다. 이번에는 거의 무례할 정도로 냉담했다. 그는 다시 찢어 버리고 벽에 붙은 벨을 눌렀다. 볼수염만 남기고 깨끗하게 면도한 침울한 인상의 나이 지긋한 하인이 회색 옥양목 앞치마를 두른 채 들어왔다.

"삯마차를 불러 줘요."

"알겠습니다."

"코르차긴가에서 보낸 사람이 아직 기다리고 있을 테죠. 감사의 말을 전하고, 갈 수 있도록 노력하겠다고 해요."

"알겠습니다."

'예의에 어긋나지만 도저히 글을 쓸 수가 없어. 어쨌든 오늘 그녀를 만날 테니까.' 네흘류도프는 이렇게 생각하며 옷을 갈아입으러 갔다.

그가 옷을 차려입고 현관 계단으로 나가니 벌써 낯익은 마부가 고무바퀴를 댄 삯마차에서 기다리고 있었다.

"어제는 나리께서 코르차긴 공작님 댁을 막 떠나셨더라고

요.” 마부가 루바시카의 하얀 옷깃에 싸인 햇볕에 그을린 탄탄한 목덜미를 반쯤 돌리며 말했다. “제가 도착했더니 수위가 말하길 방금 떠나셨다더군요.”

‘삯마차 마부도 나와 코르차긴가의 관계를 아는군.’ 네흘류도프는 생각에 잠겼다. 최근 들어 그의 마음을 잠시도 가만히 내버려 두지 않는 미해결의 문제, 즉 코르차기나와 결혼을 하느냐 마느냐 하는 문제가 눈앞에 떠올랐다. 이 무렵 그에게 나타난 대부분의 문제들에 대해 그랬듯이 그는 이쪽으로도 저쪽으로도 결정을 내릴 수 없었다.

결혼의 유익한 점을 꼽자면, 우선 결혼은 따뜻한 가정이 주는 단란함과 함께 부정한 성생활을 몰아내고 도덕적인 생활을 할 가능성을 부여한다. 또한 무엇보다 네흘류도프가 바라는 바이기도 한데 가정과 자녀들은 지금 같은 공허한 생활에 의미를 준다. 그것이 대체로 결혼을 우호적으로 보는 이유였다. 대개 결혼에 대한 반감은 우선 더 이상 청춘이 아닌 독신자라면 누구나 느끼듯이 자유를 잃는 데 대한 두려움 때문이었고, 그다음으로 여성이라는 신비한 존재 앞에서 느끼는 무의식적인 두려움 때문이었다.

특히 미시(코르차기나의 이름은 마리야였지만 어떤 부류의 여느 가정이 다 그렇듯 그녀에게도 별칭이 있었다.)와 결혼할 때의 이점은 첫 번째로 그녀가 명문가 출신이며 딱히 빼어나서가 아니라 ‘기품’이 있어 옷차림부터 말하고 걷고 웃는 방식에 이르기까지 모든 면에서 평범한 사람들과 구분된다는 점이다. 그는 이런 특징에 대한 다른 표현을 알지 못했고, 그것을 매우 높이 평가했다. 두 번째로 그녀가 그를 다른 어느 누구보다 높이 평가한다는 점이었다. 즉 그가 생각하기에 그녀는 그를 이해하는 것 같았다. 그리고 이처럼 그를 이해한다는 것은 곧 그의 뛰어난 자질을 인정한다는 뜻이었고, 네흘류도프가 보기에 그녀의 지성과 정확한 판단력을 말해 주는 증거이기도 했다. 미시와 결혼하기를 꺼린 것은 우선 미시보다 장점이 훨씬 더 많고 따라서 그에게 더 잘 어울리는 여자를 찾아낼 가능성이 아주 높았기 때문이다. 두 번째로는 그녀가 스물일곱 살이니만큼 분명히 예전에 이미 여러 번 사랑을 해 보았을 것 같았기 때문이다. 그런 생각이 네흘류도프를 괴롭혔다. 그의 자존심은 그녀가 과거에 그가 아닌 다른 사람을 사랑했을 가능성조차 받아들이지 못했다. 물론 그녀는 그를 만나게 될 줄 몰랐을 것이다. 하지만 그녀가 이전에 다른 누군가를 사랑할 수 있었다는 생각만으로도 그는 모욕감을 느꼈다.

따라서 결혼을 하지 말아야 할 이유만큼 해야 할 이유도 있었다. 적어도 이 이유들은 어느 쪽이든 설득력이 있었다. 네흘류도프는 스스로를 비웃으며 자신을 뷔리당의 당나귀[16]라고 부르곤 했다. 그럼에도 여전히 두 건초 더미 중 어느 쪽으로

16) 배가 고픈 동시에 목이 마른 당나귀가 건초 한 더미와 물 한 동이 사이에서 어느 것도 선택하지 못하고 갈팡질팡하다가 결국 배고픔과 목마름으로 죽음에 이르는 상황을 가리키며, 똑같이 중요한 두 가지 중 하나를 선택해야 할 때의 어려움을 풍자한다. 프랑스의 철학자 장 뷔리당(Jean Buridan, 1295~1363)이 똑같이 좋아하는 두 가지 음식 사이에서 한 가지를 골라야 하는 개는 결국 임의로 선택할 수밖에 없다고 말하며 확률 이론을 전개하는데, 훗날 이 가설에서 개가 당나귀로 바뀌며 '뷔리당의 당나귀'라는 용어가 생겨났다.

향해야 할지 알 수 없었다.

'어쨌든 마리야 바실리예브나(귀족 회장의 아내)에게서 답장을 받지 못하면, 그 관계를 완전히 청산하지 못하면 아무것도 시작할 수 없어.' 그는 속으로 혼잣말을 했다.

그리고 결정을 미룰 수 있고 또 미뤄야만 한다는 이런 자각에 그는 기쁨을 느꼈다.

'어쨌든 이 모든 것에 대해서는 나중에 깊이 생각해 보자.' 그가 속으로 중얼거리는 사이 그를 태운 삯마차는 어느새 아스팔트가 깔린 법원의 마차 승강장으로 소리 없이 다가가고 있었다.

'이제 사회적 의무를 성실히 수행해야 해. 내가 늘 하던 대로, 또 당연히 해야 한다고 생각하던 대로. 게다가 이런 일들이 종종 흥미로울 때도 있잖아.' 그는 속으로 혼잣말을 하고 수위 옆을 지나 법원 현관으로 들어섰다.

5

네흘류도프가 법원에 들어섰을 때 복도는 이미 사람들의 움직임으로 부산스러웠다.

경비들이 바쁜 걸음으로 돌아다녔고, 심지어 바닥에서 발을 떼지 않되 서둘러 움직이면서 위임장과 서류들을 들고 헐레벌떡 이리저리 뛰어다니기도 했다. 집행관, 변호사, 판사 들이 이리 갔다 저리 갔다 하고, 청원인들과 구금되지 않은 피고들이 우울한 모습으로 벽을 따라 서성이거나 차례를 기다리며 앉아 있었다.

"법정은 어디입니까?" 네흘류도프가 경비들 중 한 명에게 물었다.

"어느 법정에 가십니까? 민사부와 형사부가 있습니다만."

"난 배심원입니다."

"형사부입니다. 그렇게 말씀해 주셨더라면 좋았을 텐데요.

여기 오른쪽으로 돌아서 다시 왼쪽으로 돈 다음 두 번째 문입니다."

네흘류도프는 지시대로 갔다.

경비가 알려 준 문 옆에 두 사람이 개정을 기다리며 서 있었다. 한 사람은 키가 크고 뚱뚱한 상인으로 선량한 남자였다. 안주를 곁들여 술을 마셨는지 기분이 아주 좋아 보였다. 또 한 사람은 유대인 혈통의 점원이었다. 네흘류도프가 다가가 이곳이 배심원실이냐고 물었을 때 그들은 양털 가격에 대해 이야기를 나누던 참이었다.

"여깁니다, 나리, 여기예요. 우리 형제분도 배심원이신지?" 선량한 상인이 쾌활하게 한쪽 눈을 찡긋거리며 물었다. "그렇군요. 함께 노력해 봅시다." 그는 네흘류도프가 그렇다고 말하자 계속 말을 이었다. "2길드[17]의 바클라쇼프입니다." 그가 꽉 오므라들지 않는 부드럽고 큼직한 손을 내밀며 말했다. "노력해야 합니다. 저에게 함께 이야기할 기쁨을 주신 분은 누구신지요?"

네흘류도프는 자기 이름을 대고 배심원실로 향했다.

크지 않은 배심원실에는 다양한 부류의 사람들이 열 명쯤 있었다. 다들 막 도착했다. 어떤 사람들은 앉고 어떤 사람들은 거닐면서 서로 쳐다보거나 자신을 소개했다. 한 사람은 제복

---

17) 길드는 11세기 이후 유럽 각 도시에서 발달한 상공업자들의 동업 조합이다. 18세기 중엽부터 러시아 상인들은 역할과 재산에 따라 세 개의 길드로 나뉘었다. 재산의 규모가 크지 않은 공장주, 도매업자, 소매업자 등이 2길드에 속했다.

을 입은 퇴역 군인이었고, 다른 사람들은 프록코트나 양복을 입었는데 그중 한 사람만 농민 외투 차림이었다.

많은 사람들이 이 일로 생업에 지장을 받았으면서도, 또 그들 스스로 이 일에 부담을 느낀다고 말하면서도 모두의 얼굴에는 중요한 사회적 의무를 수행한다는 자각에서 비롯된 어떤 만족감이 어려 있었다.

배심원들은 서로 소개도 하고 누가 누구인지 어림짐작도 하면서 날씨며 이른 봄이며 앞으로의 전망에 대해 이야기를 나누었다. 아직 네흘류도프와 안면이 없는 사람들이 부랴부랴 그와 인사를 나누었다. 그것을 특별한 영광으로 여기는 듯했다. 네흘류도프도 처음 만나는 사람들 틈에서 언제나 그랬듯 이를 당연한 것으로 받아들였다. 어째서 자신이 대다수 사람들보다 위에 있다고 생각하는지 질문을 받았다면 답변을 못 했을 것이다. 그의 생애 전체가 어떤 비범함도 드러낸 적이 없기 때문이다. 그가 영어, 프랑스어, 독일어를 잘 구사한다거나 속옷과 셔츠, 겉옷, 넥타이, 커프스단추가 그 제품들을 다루는 최고의 조달업자로부터 구한 것이라는 점이 결코 그 우월성을 인정하는 이유가 될 순 없었다. 그도 이를 알았다. 그럼에도 자신의 이런 우월성을 의심 없이 받아들였고, 다른 사람들이 말로 표현하는 존경의 표시를 당연하게 여겼으며, 그러지 않을 때는 모욕감을 느꼈다. 마침 배심원실에서 무례하게 구는 한 사람 때문에 이런 불쾌감을 맛보았다. 배심원들 중에 네흘류도프가 아는 사람이 있었다. 예전에 누이의 아이들을 가르치던 표트르 게라시모비치(네흘류도프는 이제껏 그의 성을 알지 못했고, 어느 정도는 그것을 모른다는 사실에 자부심마저 느꼈다.)였다. 그 표트르 게라시모비치라는 사람은 학업을 마쳤고, 지금은 김나지움의 교사였다. 네흘류도프는 이 남자 특유의 친밀한 태도, 거리낌 없는 너털웃음, 누이가 말했듯 그 전반적인 '공동체성' 때문에 그를 못 견디게 싫어했다.

"아, 당신도 걸려들었군요." 표트르 게라시모비치가 큰 소리로 껄껄거리며 네흘류도프를 맞았다. "피하지 못했나 보죠?"

"피할 생각도 없었습니다." 네흘류도프가 딱딱하고 우울한 어조로 말했다.

"음, 시민의 헌신이라 이거죠. 기다려 봐요. 배를 곯고 잠도 못 자게 되면 말이 달라질 테니까!" 표트르 게라시모비치는 한층 더 큰 소리로 웃으며 말했다.

'이 사제의 자식이 이제 날 너라고 부르겠군.' 네흘류도프는 생각했다. 그는 온 가족이 죽었다는 소식을 방금 들었을 때에나 어울릴 법한 슬픈 표정을 지으며 표트르 게라시모비치의 곁을 떠났다. 그리고 무언가 활기차게 이야기하고 있는 깨끗하게 면도한 얼굴에 훤칠하고 위풍당당한 신사 주위의 무리 쪽으로 다가갔다. 그 신사는 판사들과 저명한 변호사들을 이름과 부칭으로 부르면서 지금 민사부에서 진행 중인 재판에 대해 잘 아는 사건인 양 말했다. 그는 저명한 변호사가 사건에 가져온 놀라운 반전에 대해 이야기했다. 그 반전 때문에 소송의 한 측인 노마님은 전적으로 정당한데도 아무 이유 없이 상대측에 막대한 돈을 지불하게 됐다.

"천재적인 변호사지요!" 그가 말했다.

사람들이 존경하는 마음을 담아 그의 이야기를 들었다. 몇몇이 말참견을 하려고 했지만 그는 오직 자신만이 모든 진상을 알 수 있다는 듯 모든 이들의 말을 가로막았다.

네흘류도프는 늦게 도착하고도 오랫동안 기다려야 했다. 아직 출근하지 않은 한 판사 때문에 개정이 지연되었다.

6

재판장은 법원에 일찍 도착했다. 재판장은 희끗한 볼수염을 풍성하게 기른 키가 크고 뚱뚱한 남자였다. 그는 결혼을 하고도 매우 방탕한 생활을 했으며, 그 아내도 마찬가지였다. 그들은 서로를 방해하지 않았다. 오늘 아침 그는 지난여름 그들 집에서 가정 교사로 지내다가 지금은 남부 지방에서 페테르부르크를 향하는 중인 스위스 여자로부터 쪽지를 받았다. 3시에서 6시 사이에 시내에 있는 이탈리아 호텔에서 기다리겠다고 했다. 그래서 재판장은 6시 전에 이 붉은 머리의 클라라 바실리예브나를 찾아가기 위해 이날 재판을 일찍 시작해서 빨리 끝내고 싶었다. 이 여자와의 로맨스는 지난여름 그의 다차에서 시작됐다.

사무실에 들어간 그는 문에 걸쇠를 걸고 서류장 아래 칸에서 덤벨 한 쌍을 꺼내 위로, 앞으로, 옆으로, 아래로 스무 번 운동을 한 뒤 머리 위로 덤벨을 든 채 세 번 가볍게 앉았다 일어났다 했다.

'건강을 유지하는 데 냉수욕과 체조만 한 게 없어.' 그는 약지에 금반지를 낀 왼손으로 오른팔의 팽팽한 이두박근을 만지며 생각했다. 아직 팔 돌리기가 남았는데(그는 오랫동안 앉아 재판을 하기에 앞서 늘 이 두 가지 운동을 했다.) 문이 덜컹거렸다. 누군가가 문을 열려고 했다. 재판장은 황급히 덤벨을 제자리에 두고 문을 열었다.

"죄송합니다." 그가 말했다.

금테 안경을 쓴 키 작은 판사가 어깨를 치켜올리고서 얼굴을 찡그리며 사무실로 들어왔다.

"또 마트베이 니키치치가 안 보입니다." 판사가 불만스럽게 말했다.

"아직 오지 않았군요." 재판장이 법복을 입으며 대꾸했다. "언제나 늦어요."

"놀랍습니다. 어떻게 부끄러운 줄도 모르는지." 판사는 이렇게 말하고 화를 내며 자리에 앉아 담배를 꺼냈다.

매우 꼼꼼한 사람인 그 판사는 오늘 아침 아내와 불쾌한 마찰을 빚었다. 그가 한 달 치 생활비로 건넨 돈을 아내가 기한보다 일찍 다 써 버렸기 때문이다. 아내는 돈을 앞당겨 달라고 청했지만 그는 자기 입장을 양보하지 않겠다고 말했다. 말다툼이 벌어졌다. 아내는 그렇다면 저녁도 없을 거라고, 앞으로 집에서 저녁을 기대하지 말라고 말했다. 이쯤에서 그는 집을 나와 버렸다. 아내가 자신의 협박대로 하지 않을까 걱정스러웠다. 그녀는 어떤 일이든 벌일 수 있었기 때문이다. '저렇게 훌륭하고 도덕적인 생활을 해야 해.' 그는 밝고 건강하고 쾌활하고 선량한 재판장을 쳐다보며 생각했다. 재판장은 두 팔꿈치를 벌린 채 아름다운 하얀 손으로 자수가 놓인 옷깃 위의 숱 많고 길고 희끗한 볼수염을 매만지고 있었다. '저 사람은 언제나 만족과 즐거움에 젖어 있는데 난 늘 괴로워하는군.'

서기가 어떤 사건 기록을 들고 들어왔다.

"고마워요." 재판장은 이렇게 말하고 담배에 불을 붙였다. "어떤 사건부터 시작할까요?"

"독살 사건이 어떨까 합니다." 서기가 무심한 듯 말했다.

"음, 좋아요. 독살을 하자면 독살을 해야죠." 재판장이 말했다. 그 사건이라면 4시 전에 끝낸 후 법원을 나설 수 있겠다고 생각했다. "마트베이 니키치치는 아직 오지 않았습니까?"

"계속 안 보입니다."

"그럼 브레베는요?"

"계십니다." 서기가 대답했다.

"그 사람을 보면 독살 사건부터 시작할 거라고 전해 줘요."

브레베는 이 사건에서 기소를 맡은 검사보였다.

복도로 나온 서기는 브레베와 마주쳤다. 법복의 단추를 푼 채 어깨를 높이 치켜올리고 한쪽 겨드랑이에 서류 가방을 낀 그는 다른 팔을 손바닥이 걸음 방향과 직각을 이루도록 흔들면서 뒤축으로 쿵쾅거리며 거의 달리다시피 복도를 따라 빠르게 걷고 있었다.

"미하일 페트로비치께서 검사보님의 준비가 끝났는지 알아보라고 하셨습니다." 서기가 그에게 물었다.

"물론이죠. 언제든 준비가 되어 있습니다." 검사보가 말했다. "첫 번째 사건은 뭔가요?"

"독살 사건입니다."

"문제없습니다." 검사보가 말했다. 하지만 결코 문제가 없다고는 생각하지 않았다. 어제 밤새도록 잠을 자지 못했기 때문이다. 동료의 송별회를 하느라 새벽 2시까지 술을 잔뜩 마시며 논 다음에 반년 전만 해도 마슬로바가 있던 유곽의 여자들을 찾아갔다. 그래서 독살 사건에 대한 자료를 미처 읽어 두지 못해 지금 대강 훑어보려는 참이었다. 서기는 그가 독살 사건에 대한 자료를 읽지 않은 것을 알고 그 사건부터 시작하자고 일부러 재판장에게 권했다. 서기는 자유주의적인, 심지어 급진적인 사고방식을 가진 사람이었다. 브레베는 보수적인 편이었고, 심지어 러시아에서 근무하는 모든 독일인들과 마찬가지로 유난히 열성적인 정교회 신자였다. 서기는 그를 좋아하지 않았으며, 그의 지위를 시샘했다.

"그런데 스콥치[18] 사건은 어떻게 할까요?" 서기가 물었다.

"난 못 하겠다고 말했잖아요." 검사보가 말했다. "증인이 없는걸요. 법정에서도 그렇게 말하겠습니다."

"아무래도 상관없습니다만……."

"못 합니다." 검사보가 말했다. 그리고 똑같이 한 팔을 흔들

---

18) 18세기 말 제정 러시아에서 생겨난 비밀 교단이다. 성욕에 저항하기 위해 남성의 성기를 거세하고 여성의 유방을 절제하는 의식으로 잘 알려졌다.

며 자기 사무실로 달려갔다.

그는 사건에서 그다지 중요하지도 필요하지도 않은 증인이 없다는 이유로 스콥치 사건을 연기했다. 단지 배심원단이 인텔리겐치아로 구성된 법정에서 심의될 경우 이 사건이 결국 무죄로 판결될 수 있다는 이유 때문이었다. 그는 배심원단에 더 많은 농민이 포함되어 유죄가 선고될 가능성이 높은 군청 소재지의 법원에 이 사건을 넘기기로 재판장과 합의했다.

복도는 점점 더 부산스러워졌다. 사람들이 가장 많은 곳은 민사 법정 근처로 그곳에서는 소송을 좋아하는 풍채 좋은 신사가 배심원들에게 이야기하던 재판이 진행되고 있었다. 휴정 중에 그 법정에서 노부인이 나왔다. 천재적인 변호사가 한 사업가를 위해 노부인의 재산을 빼앗았는데 그 사업가에게는 그 재산에 대한 권리가 없었다. 판사들도, 하물며 원고와 그의 변호사도 그 사실을 알았다. 하지만 그들이 궁리해 낸 방식대로라면 그 재산을 빼앗아 사업가에게 넘길 수밖에 없었다. 노부인은 뚱뚱한 여자로 화려한 옷을 입고 커다란 꽃들이 달린 모자를 썼다. 문밖으로 나온 노부인은 복도에 멈춰 서서 피둥피둥하고 짧은 두 팔을 벌린 채 자기 변호사를 향해 계속 똑같은 말을 되풀이했다. "이제 어떻게 되는 거예요? 제발! 도대체 이게 뭐냐고요?" 변호사는 모자에 달린 꽃들을 바라보며 무언가 다른 생각을 하느라 그녀의 말을 흘려들었다.

노부인에 뒤이어 민사 법정의 문에서 꽃을 단 노부인을 무일푼 신세로 만들고 그에게 1만 루블을 지불한 사업가를 10만 루블 이상 벌게 해 준 유명한 변호사가 빠르게 걸어 나왔다. 깊

게 파인 조끼 밖으로 뺀 빳빳하게 풀 먹인 가슴 장식과 의기양양한 얼굴로 환하게 빛났다. 모든 사람의 눈이 변호사에게 쏠렸다. 그도 이것을 느끼며 온몸으로 "어떤 경의의 표현도 필요 없습니다."라고 말하듯 빠르게 모든 사람을 헤치고 지나갔다.

7

마침내 마트베이 니키치치가 도착했다. 옆으로 비뚤게 걷고 아랫입술이 똑같이 비뚤게 튀어나온 목이 긴 수척한 집행관이 배심원실에 들어왔다.

그 집행관은 대학 교육을 받은 성실한 남자였지만 폭음 때문에 어딜 가든 오래 버티지 못했다. 석 달 전 아내의 보호자 노릇을 하는 백작 부인이 이 자리를 마련해 주었는데 그는 지금까지 버텨 낸 사실에 기뻐했다.

"어때요, 여러분, 전부 오셨습니까?" 그가 **코안경**을 쓰고 그 너머로 바라보며 말했다.

"다 온 것 같군요." 쾌활한 상인이 말했다.

"그럼 확인해 볼까요?" 집행관이 말했다. 그리고 호주머니에서 목록을 꺼내 이름을 차례차례 부르면서 호명된 사람들을 때로는 **코안경** 너머로, 때로는 **코안경**을 통해 쳐다보았다.

“5등 문관 I. M. 니키포로프.”

“나요.” 모든 소송 사건에 정통한 풍채 좋은 신사가 말했다.

“퇴역 육군 대령 이반 세묘노비치 이바노프.”

“여기 있습니다.” 퇴역 군인 제복을 입은 야윈 남자가 대답했다.

“2길드 상인 표트르 바클라쇼프.”

“왔습니다.” 선량한 상인이 함박웃음을 지으며 말했다. “준비됐습니다!”

“근위대 중위 드미트리 네흘류도프 공작.”

“납니다.” 네흘류도프가 대답했다.

집행관은 코안경 위쪽으로 쳐다보며 유난히 공손하고 싹싹하게 허리 굽혀 인사했다. 이런 행동으로 그와 다른 사람들을 구별하려는 듯했다.

“대위 유리 드미트리예비치 단첸코, 상인 그리고리 예피모비치 쿨레쇼프.” 등등.

두 사람을 제외하고 다 모였다.

“여러분, 이제 법정에 들어가 주십시오.” 집행관은 상냥한 동작으로 문을 가리키며 말했다.

다들 움직이기 시작했다. 문가에서 서로 양보하며 복도로 나왔다가 다시 복도에서 법정으로 들어갔다.

법정은 크고 기다란 방이었다. 한쪽 끝에 높은 단이 있고 세 개의 계단이 그곳으로 향했다. 단 한가운데에는 암녹색 술이 달린 녹색 나사 천을 덮은 탁자가 놓여 있었다. 탁자 뒤에는 매우 높다란 참나무 등받이에 장식 무늬가 새겨진 안락의자

세 개가 놓였고, 안락의자 뒤에는 군복에 리본 달린 훈장을 달고 한 발을 뒤로 뺀 채 기병도를 쥔 장군의 전신화를 끼운 금빛 액자가 걸렸다. 오른쪽 구석에는 가시관을 쓴 그리스도의 이콘 액자가 걸렸고, 성서대가 있었으며, 역시 오른편에 검사의 책상이 놓여 있었다. 책상 맞은편인 왼편 깊숙한 곳에 서기의 작은 책상이 있었고, 방청석 가까이에 격자무늬를 새긴 참나무 칸막이가 자리했으며, 그 뒤 피고석은 아직 비어 있었다. 오른편 단 위에는 역시 등받이가 높은 배심원석이 두 줄로 놓였고, 그 아래에 변호사들을 위한 탁자가 있었다. 이 모든 것이 칸막이에 의해 둘로 분리된 법정 앞쪽에 있었다. 뒤쪽은 긴 의자들로 채워졌는데 의자들이 한 줄 한 줄 점점 높아지며 뒷벽까지 이어졌다. 법정 뒤쪽의 앞줄 긴 의자에는 공장 노동자나 하녀로 보이는 여자 네 명과 역시 노동자 같은 남자 두 명이 앉아 있었다. 법정의 웅장한 장식에 압도됐는지 자기들끼리 소심하게 귓속말을 주고받았다.

배심원들이 입장한 직후 집행관이 옆 걸음질을 하면서 한가운데로 나가 출석자들을 놀래려는 듯 큰 소리로 외쳤다.

"재판을 시작합니다!"

다들 일어섰고, 법정의 단 위로 판사들이 나왔다. 근육이 불거지고 멋지게 볼수염을 기른 재판장이 등장했고, 금테 안경을 쓴 침울한 배석 판사가 그 뒤를 따랐다. 배석 판사는 지금 한층 침울해 보였다. 재판 직전에 법원 임용 후보자인 처남을 만나 그가 전하는 말을 들었기 때문이다. 누이의 집에 들렀더니 누이가 저녁은 없을 거라고 딱 잘라 말했다는 것이다.

"그래서 말인데 조그만 주점에라도 같이 가야겠습니다." 처남이 껄껄 웃으며 말했다.

"하나도 안 웃겨." 침울한 배석 판사가 말했다. 표정이 더욱 어두워졌다.

그리고 마지막의 또 다른 배석 판사는 늘 지각을 일삼는 마트베이 니키치치였다. 턱수염을 기르고 아래로 처진 큰 눈이 선해 보이는 남자였다. 위염을 앓는 그 판사는 의사의 조언에 따라 오늘 아침부터 새로운 식이 요법을 시작했다. 그런데 그 새로운 식이 요법 때문에 오늘 집에서 평보소다 더 오래 꾸물거리게 됐다. 지금 단에 오르는 그의 표정이 골똘해 보였다. 그는 스스로에게 던진 질문들에 대해 온갖 가능한 방법으로 추측해 보는 습관이 있었다. 지금은 사무실에서 안락의자까지 걸음 수가 나머지 없이 3으로 나누어지면 새로운 식이 요법이 위염을 낫게 해 줄 거라고, 하지만 나누어지지 않으면 식이 요법도 효과가 없을 거라고 상상했다. 걸음 수는 스물여섯이었지만, 그는 보폭을 줄인 걸음을 한 번 더 내디뎌 정확히 스물일곱 걸음으로 안락의자까지 갔다.

옷깃에 금실로 수를 놓은 법복을 입고 단에 오르는 재판장과 배석 판사들의 모습은 매우 인상적이었다. 그들도 그것을 의식하고 있었다. 세 명 모두 자신들의 위엄이 무안했는지 재빨리 겸손하게 눈을 내리깔고 각자 녹색 나사 천으로 덮인 탁자 뒤쪽의 장식 무늬가 새겨진 안락의자에 앉았다. 탁자 위에는 독수리가 달린 삼각형 모양의 도구,[19] 식당에서 과자를 담는 유리 단지, 잉크병, 펜들, 질 좋은 깨끗한 종이, 새로 깎은

다양한 길이의 연필들이 놓여 있었다. 판사들과 함께 검사보도 들어왔다. 그는 겨드랑이에 서류 가방을 낀 채 똑같이 서두르고 똑같이 한 팔을 흔들며 창가의 자기 자리로 가서 재판을 준비하기 위해 일 분 일 분을 아끼며 곧장 자료를 읽고 검토하는 데 몰두했다. 그 검사보가 기소를 맡은 것은 이번으로 겨우 네 번째였다. 매우 야심만만한 사람인 데다 출세를 하겠다고 굳게 결심했기 때문에 자신이 기소를 맡게 될 모든 재판에서 반드시 유죄를 끌어내야 한다고 생각했다. 독살 사건의 본질에 대해서는 대강 알았고, 이미 논고 계획도 세웠다. 하지만 아직 몇몇 자료들이 더 필요해서 서둘러 문서의 자료들을 발췌했다.

서기는 단의 맞은편 끝에 앉아 있었다. 낭독에 필요할지 모를 모든 기록을 준비해 놓고는 전날 구해서 읽은 금지된 논문들을 훑어보았다. 자신과 의견을 함께하는 턱수염이 덥수룩한 판사와 그 논문에 대해 대화를 나누고 싶어 그 전에 미리 알아 두고 싶었던 것이다.

19) 관공서에 설치되는 정의표라는 물건으로 쌍두 독수리 장식이 달린 삼각기둥이다. 표트르 대제가 발표한 세 개의 법률이 새겨져 있다. 2부 20장에 '정의표'라는 명칭으로 다시 등장한다.

8

기록을 훑어본 재판장은 집행관과 서기에게 몇 가지 질문을 하고는 긍정의 답변을 들은 뒤 피고들을 데려오라고 지시했다. 곧 칸막이 너머 문이 열렸다. 모자를 쓴 헌병 두 명이 칼집에서 기병도를 빼 들고 들어왔다. 그들 뒤로 먼저 머리털이 붉은 주근깨투성이 남자 피고 한 명과 여자 두 명이 따랐다. 남자는 지나치게 헐렁하고 긴 죄수용 할라트를 입었다. 법정에 들어설 때 바지 솔기를 따라 힘껏 팔을 뻗고는 쑥 내민 두 엄지손가락으로 지나치게 길게 내려온 소맷자락을 꽉 누르고 있었다. 그는 판사들과 방청객들에게 눈길도 주지 않고 피고석을 빙 돌아가면서 그 긴 의자를 유심히 바라보았다. 피고석을 한 바퀴 돈 그는 다른 피고들을 위해 자리를 남기고 정확히 끄트머리에 앉았다. 그리고 재판장의 눈을 뚫어지게 쳐다보며 뭐라고 속삭이듯 뺨 근육을 실룩거리기 시작했다. 그 뒤로

똑같이 죄수용 할라트를 입은 그다지 젊지 않은 여자가 들어왔다. 죄수용 머릿수건을 썼는데 회색빛 도는 하얀 얼굴에 눈썹도 속눈썹도 없고 눈은 붉었다. 그 여자는 아주 침착해 보였다. 자리로 가던 중 할라트가 무언가에 걸리자 서두르지 않고 열심히 그것을 푼 다음 의자에 앉았다.

세 번째 피고는 마슬로바였다.

마슬로바가 들어서자 법정에 있던 모든 남자들의 눈이 그녀에게 쏠렸다. 하얀 얼굴, 반짝이는 검은 눈동자, 할라트 밑으로 솟은 풍만한 가슴에서 그들의 시선은 한참 동안 떠날 줄 몰랐다. 헌병조차 그녀가 옆을 지나 자리를 잡는 동안 눈을 떼지 못하고 계속 쳐다보다가 그녀가 의자에 앉자 자기 잘못을 깨달은 듯 황급히 고개를 돌리고 몸을 흔들더니 눈앞의 창문을 똑바로 뚫어지게 바라보았다.

피고들이 자리에 앉기를 기다리던 재판장은 마슬로바가 앉자마자 서기를 돌아보았다.

통상적인 절차가 시작됐다. 배심원들의 출석 확인, 결석자들에 대한 논의, 그들에 대한 벌금 부과, 면제를 요청하는 사람들에 대한 결정, 결석자를 예비 배심원으로 보충하는 문제. 그다음에 재판장은 작은 카드들을 접어 유리그릇에 넣고는 자수를 놓은 법복 소매를 약간 걷어 털로 뒤덮인 팔을 드러내더니 마술사 같은 몸짓으로 카드를 하나씩 꺼내 펼치고 그 안에 적힌 글자를 읽었다. 그러고 나서 소매를 내리고 사제를 불러 배심원들에게 선서를 시키도록 했다.

핏기 없이 누렇게 뜬 부은 얼굴의 늙은 사제는 갈색 법의를 걸치고, 황금 십자가를 목에 걸고, 가슴에 자그마한 훈장 같은 것을 핀으로 고정한 차림이었다. 그가 법의에 덮인 부은 다리를 천천히 움직이며 이콘 아래 놓인 성서대로 다가갔다.

배심원들이 일어나 북적거리며 성서대로 나갔다.

"오십시오." 사제가 말했다. 그는 투실한 손으로 가슴의 십자가를 만지작거리면서 모든 배심원들이 가까이 오기를 기다렸다.

이 사제는 사십육 년 동안 성직을 수행했고, 얼마 전 사제장이 그랬듯 삼 년 후에는 재직 기념 축하식을 할 생각이었다. 지방 법원이 개설된 이후[20] 계속 그곳에서 근무해 왔으며, 자신이 수만 명에게 선서를 시켰고 노년에도 교회와 조국과 가족을 위해 계속 일한다는 사실에 큰 자부심을 느꼈다. 또한 가족에게 집 외에도 거의 3만 루블에 달하는 자본을 유가 증권으로 남길 것이다. 법원에서 사람들로 하여금 복음서에 손을 얹고 선서 — 복음서는 맹세를 분명하게 금지한다 — 하게 하는 자신의 노동이 올바르지 않다는 생각은 이제까지 한 번도 머리에 떠오른 적이 없었다. 그는 이 일 때문에 괴로워하기는커녕 오히려 그 덕분에 상류층 인사들과 종종 교제할 수 있어서 이 익숙한 업무를 좋아했다. 지금만 해도 유명한 변호사를 알게 되어 흡족했다. 모자에 커다란 꽃을 단 노부인의 사건 하나로 1만 루블을 받았다는 사실 때문에 그 변호사는 사제의

20) 1864년의 개혁으로 러시아 사법 체계에 배심원 제도와 형사 재판의 공개 심리가 도입됐다.

마음속에 커다란 존경을 불러일으켰다.

모든 배심원이 계단을 밟고 단에 오르자 사제는 숱이 거의 없는 희끗한 머리를 옆으로 기울여 기름때에 찌든 견대 구멍으로 밀어 넣은 후 성긴 머리칼을 매만지고는 배심원들을 돌아보았다.

"오른손을 들고 손가락을 이렇게 모아 주십시오." 그가 손가락마다 주름이 진 투실한 손을 들어 물건을 집듯 엄지와 검지와 중지 끝을 모으고 노인다운 목소리로 천천히 말했다. "이제 따라 하십시오." 그가 말했다. "성스러운 복음서와 생명을 주시는 주님의 십자가 앞에서 전능하신 하느님께 서약하고 맹세합니다. 재판에서……." 그는 한 구절을 끝낼 때마다 잠시 쉬면서 계속 말했다. "손을 내리지 마세요, 이렇게 들고 계십시오." 그가 손을 내리는 젊은 남자를 돌아보았다. "재판에서……."

볼수염을 기른 위풍당당한 신사, 육군 대령, 상인, 그리고 다른 몇몇 사람은 사제가 요구한 대로 매우 만족스러운 듯 손가락을 모아 아주 확실하게 손을 높이 들었지만 몇몇 사람들은 내키지 않는 듯 어정쩡하게 들고 있었다. 어떤 사람들은 열의에 넘치는지 '그래도 어쨌든 난 말하고 말겠어.' 하는 표정을 지으며 지나치게 큰 목소리로 사제의 말을 따라 했다. 어떤 사람들은 그냥 조용조용 말하다가 사제의 말을 놓치면 깜짝 놀란 듯 황급히 따라잡았다. 또 어떤 사람들은 무언가를 놓칠까 봐 두려운 양 도전적인 몸짓으로 손가락 끝을 단단히 모아 쥐었고, 또 어떤 사람들은 손가락들을 계속 풀었다 모았다 했다. 다들 어색해하는데 노사제만 자신이 매우 유익하고 중요한 일을 한다고 굳게 믿었다. 선서가 끝나자 재판장은 배심원들에게 배심원장을 뽑도록 권했다. 배심원들은 일어나서 서로 밀치며 회의실로 갔다. 거의 모든 사람이 곧 담배를 꺼내 피우기 시작했다. 누군가 위풍당당한 신사를 배심원장으로 추천했다. 다들 이내 찬성하고 꽁초를 던져 비벼 끈 후 법정으로 돌아왔다. 선출된 배심원장이 재판장에게 자신이 배심원장으로 뽑혔음을 알렸고, 다른 사람들은 다시 서로 다리를 타 넘으며 두 줄로 놓인 등받이 높은 의자에 자리를 잡고 앉았다.

모든 것이 지체 없이 신속하게 다소 엄숙히 진행됐다. 그리고 분명 이 정확성, 일관성, 엄숙함이 참여하는 사람들의 마음속에 진지하고 중요한 사회적 업무를 수행하고 있다는 자각을 불어넣으며 만족감을 준 듯했다. 네흘류도프도 이 감정을 맛보았다.

배심원들이 자리에 앉자마자 재판장은 그들에게 배심원의 권리와 의무와 책임에 대해 발언했다. 재판장은 말을 하면서 계속 자세를 바꾸었다. 왼쪽 팔꿈치로 괴었다가 오른쪽 팔꿈치로 괴고, 등받이에 기댔다가 안락의자 팔걸이에 기대고, 사건 기록들을 가지런히 정리하고, 종이칼을 어루만지고, 연필을 만지작거렸다.

그의 말에 따르면 그들은 재판장을 통해 피고들에게 질문하고, 연필과 종이를 소지하고, 물적 증거를 검사할 권리가 있었다. 거짓이 아니라 공의로 판단해야 할 의무가 있었다. 회의의 비밀을 지키지 않고 외부인들과 관계를 맺을 경우에 처벌을 받을 책임도 부여됐다.

다들 정중하게 주의를 기울여 들었다. 상인은 주위에 술 냄새를 풍기고 트림을 참으면서 재판장의 말이 한 구절 한 구절 끝날 때마다 찬성한다는 뜻으로 고개를 끄덕였다.

9

발언을 마친 재판장은 배심원들을 돌아보았다.

"시몬 카르친킨, 일어나 주십시오." 그가 말했다.

시몬은 신경질적으로 벌떡 일어섰다. 뺨 근육이 한층 빠르게 씰룩거렸다.

"이름은요?"

"시몬 페트로프 카르친킨입니다." 그가 갈라지는 목소리로 빠르게 말했다. 미리 답변을 연습한 게 분명했다.

"신분은요?"

"농민입니다."

"무슨 현, 무슨 군에 삽니까?"

"툴라현 크라피벤스키군 쿠판스카야읍 보르키 마을입니다."

"나이는요?"

"서른네 살입니다. 출생은 천팔백……."

"종교는요?"

"우리야 러시아의 종교, 그러니까 정교지요."

"결혼했습니까?"

"한 적 없습니다."

"어떤 일을 합니까?"

"우리는 마브리타니야 호텔의 복도 담당입니다."

"전에 재판을 받은 적이 있습니까?"

"전혀 없습니다. 우리가 전에 어떤 식으로 살았냐면……."

"전에 재판을 받은 적이 없단 말인가요?"

"당치도 않습니다. 한 번도 없습니다."

"공소장 사본은 받았습니까?"

"받았습니다."

"앉아 주십시오, 옙피미야 이바노바 보츠코바." 재판장은 다음 피고를 돌아보며 말했다.

하지만 시몬이 계속 서서 보츠코바를 가리고 있었다.

"카르친킨, 앉으세요."

카르친킨은 계속 서 있었다.

"카르친킨, 앉아 주십시오!"

그러나 카르친킨은 계속 서 있었다. 달려온 집행관이 고개를 옆으로 기울이고 눈을 부자연스럽게 부라리면서 비극적인 어조로 "앉아요, 앉아!"라고 소곤거릴 때에야 겨우 앉았다.

카르친킨은 일어설 때와 마찬가지로 재빨리 앉더니 할라트를 여미고 다시 조용하게 뺨을 실룩거리기 시작했다.

"이름은요?" 재판장이 지친 한숨을 쉬고는 두 번째 피고에게 눈길도 주지 않고 앞에 놓인 기록에서 무언가 확인하며 물었다. 재판장은 이런 사건에 매우 익숙해서 심리의 속도를 높이기 위해 한 번에 두 가지 일도 할 수 있었다.

보츠코바는 마흔세 살로 콜로멘스코예 마을의 소시민[21] 신분이었다. 직업은 똑같이 마브리타니야 호텔의 복도 담당이었다. 전에 재판이나 심리를 받은 적 없었고, 공소장 사본은 받았다. 보츠코바는 매우 대담하게 답변했으며, 어조는 마치 한 가지 대답을 할 때마다 "네, 옙피미야입니다. 보츠코바고요. 사본을 받았습니다. 난 그 점이 자랑스럽습니다. 그러니 어느 누구도 웃게 내버려 두지 않겠습니다."라고 말하는 것 같았다. 보츠코바는 앉으라는 말을 듣기도 전에 질문이 끝나자마자 냉큼 앉았다.

"이름은요?" 여색을 밝히는 재판장이 세 번째 피고를 돌아보며 어쩐지 유난히 사근사근하게 물었다. "일어나야죠." 마슬로바가 계속 앉아 있는 것을 본 그가 부드럽고 다정하게 덧붙였다.

마슬로바는 재빨리 일어서더니 준비가 됐다는 표정으로 풍만한 가슴을 내밀면서 대답 없이 살짝 사시인 웃음기 어린 검은 눈으로 재판장의 얼굴을 똑바로 쳐다보았다.

"이름이 뭐죠?"

---

21) 남자는 메샤닌(meshchanin), 여자는 메샨카(meshchanka)라고 한다. 도시에 거주하는 노동 계층을 가리키는 용어다. 계급적으로 농민과 동일한 지위에 속한다.

"류보피[22]입니다." 그녀가 빠르게 대답했다.

한편 네흘류도프는 코안경을 쓰고서 피고들이 질문을 받는 동안 그들을 쳐다보고 있었다. '그럴 리 없어.' 그는 피고의 얼굴에서 눈을 떼지 않으며 생각했다. '하지만 어떻게 이름이 류보피지?' 그는 그녀의 대답을 듣고 생각에 잠겼다.

재판장이 좀 더 질문하려 하는데 안경을 쓴 배석 판사가 성난 표정으로 뭐라고 중얼거리며 만류했다. 재판장은 고갯짓으로 찬성을 표시하고는 피고를 돌아보았다.

"어떻게 류보피라는 겁니까?" 그가 말했다. "서류에는 다르게 적혀 있는데요."

피고가 침묵했다.

"당신에게 묻겠습니다. 진짜 이름이 뭔가요?"

"세례를 받을 때 이름이 뭐였습니까?" 화난 배석 판사가 물었다.

"예전 이름은 카체리나입니다."

'그럴 리 없어.' 네흘류도프는 계속 속으로 혼잣말을 했다. 그럼에도 이 여자가 고모의 피후견인이자 그녀라는 것을, 자신이 한때 사랑했지만, 정말로 사랑했지만 어떤 비이성적인 몽롱한 상태에서 유혹했다가 버린 아가씨라는 것을 한 점의 의혹도 없이 이미 알고 있었다. 그 후로 그는 한 번도 그녀를 떠올린 적이 없었다. 너무 괴로운 기억이었기 때문이다. 너무 적나라하게 자신의 본색을 폭로하는 데다 고결함을 긍지로

---

22) 러시아어로 '사랑'을 뜻한다. 여자 이름으로 흔하게 사용된다.

여기는 자신이 이 여자에 대해 고결하기는커녕 노골적으로 비굴하게 처신했던 사실을 드러내는 기억이었기 때문이다.

그랬다. 그녀였다. 그는 지금 한 사람 한 사람의 얼굴을 다른 이들과 구별 지으며 그 얼굴을 독자적이고 유일하고 반복되지 않는 것으로 만드는 특별하고 신비한 고유함을 또렷하게 보았다. 얼굴이 부자연스러울 정도로 하얗고 둥글게 변했어도 그 고유성, 그 사랑스럽고 특별한 고유성은 얼굴에, 입술에, 살짝 사시인 눈동자에, 무엇보다 웃음기 어린 그 순진한 눈매에, 얼굴뿐 아니라 모습 전체에서 풍기는 그 무엇이든 마음의 준비가 되어 있다는 표정에 여전히 어려 있었다.

"그렇게 말을 했어야죠." 재판장이 또 유난히 부드럽게 말했다. "부칭은 뭐지요?"

"저는 사생아입니다." 마슬로바가 말했다.

"그래도 대부의 이름에서 딴 부칭이 있을 것 아닙니까?"

"미하일로바입니다."

'도대체 이 여자가 무슨 짓을 저질렀기에?' 그사이 네흘류도프는 힘겹게 숨을 쉬며 계속 생각했다.

"성은요? 별칭이 있나요?"

"어머니의 성을 따라 마슬로바로 기재됐습니다."

"신분은요?"

"소시민입니다."

"정교도지요?"

"정교도입니다."

"직업은요? 무슨 일을 했지요?"

마슬로바는 입을 열지 않았다.

"무슨 일을 했나요?" 재판장이 거듭 물었다.

"시설에 있었습니다." 그녀가 말했다.

"무슨 시설입니까?" 안경 쓴 배석 판사가 근엄하게 물었다.

"아시잖아요, 무슨 시설인지." 마슬로바가 생글거리며 말하다 곧 주위를 재빨리 둘러보더니 다시 재판장을 똑바로 바라보았다.

표정에 평범하지 않은 무언가가 어려 있고 그녀가 뱉은 말의 의미며 그 미소며 이때 법정에서 던진 재빠른 시선에 무섭고도 가련한 무언가가 있어 재판장은 그만 고개를 숙이고 말았다. 법정은 순간 완전한 정적에 휩싸였다. 그 정적은 방청석에 있던 누군가의 웃음소리 때문에 깨졌다. 누군가 쉿 하고 조용히 시켰다. 재판장이 고개를 들고 계속 질문을 했다.

"재판이나 심리를 받은 적은 없습니까?"

"없습니다." 마슬로바가 한숨을 쉬며 조용히 말했다.

"공소장 사본을 받았습니까?"

"받았습니다."

"앉으세요." 재판장이 말했다.

피고는 아름답게 차려입은 여자들이 긴 치맛자락을 가지런히 정돈할 때처럼 뒤로 손을 뻗어 치마를 들어 올렸다가 자리에 앉고는 할라트 소매에 싸인 자그마한 하얀 두 손을 포개고 재판장의 눈을 뚫어지게 쳐다보았다.

증인들에 대한 확인과 철회가 시작됐고, 감정을 담당할 의사를 결정해 법정으로 초빙하는 절차가 이어졌다. 그다음에

서기가 일어나 공소장을 낭독하기 시작했다. 또렷하게 큰 소리로 낭독하는데도 속도가 어찌나 빠른지 엘(l)과 에르(r)의 발음이 부정확한 그의 말소리는 사람을 졸리게 만드는 끝없는 윙윙거림으로 변했다. 판사들은 안락의자의 이쪽 팔걸이, 저쪽 팔걸이, 탁자 위, 등받이에 번갈아 팔꿈치를 괴고 눈을 감았다 떴다 하며 서로 소곤거렸다. 한 헌병은 경련처럼 쏟아지는 하품을 몇 번이고 참았다.

피고들 중 카르친킨은 쉬지 않고 뺨을 실룩거렸다. 보츠코바는 이따금 머릿수건 속으로 손가락을 집어넣어 머리를 긁으면서 아주 평온하게 똑바로 앉아 있었다.

마슬로바는 서기를 쳐다보면서 낭독에 귀를 기울인 채 가만히 앉아 있었다. 가끔 바르르 떨다가 반박하고 싶은지 얼굴을 붉히기도 했다. 그러더니 무겁게 한숨을 쉬며 손의 위치를 바꾸고 주위를 둘러보다 다시 서기를 응시했다.

첫 줄 끝에서 두 번째의 등받이 높은 의자에 앉아 있던 네흘류도프는 **코안경**을 벗으며 마슬로바를 바라보았다. 그의 마음속에서 복잡하고도 괴로운 일이 벌어지고 있었다.

10

공소장은 다음과 같았다.

188×년 1월 17일 마브리타니야 호텔에 투숙한 쿠르간시의 2길드 상인 페라폰트 예멜리야노비치 스멜코프가 돌연사했다.

4구역 경찰서 소속 경찰의는 지나친 음주로 인한 심장 파열이 사인이라고 밝혔다. 스멜코프의 시신은 매장됐다.

스멜코프의 동향인이자 친구인 상인 치모힌이 며칠 후 페테르부르크에서 돌아와 스멜코프의 죽음을 둘러싼 정황을 알고 스멜코프가 소유한 돈을 강탈할 목적으로 저지른 독살이라는 의혹을 표명했다.

이 의혹은 예심에서 확증을 얻었다. 확인된 사실은 다음과 같다. 1) 스멜코프는 죽기 직전 은행에서 3800루블을 은화로 인출했다. 그러나 보관 중인 고인의 소지품 목록에 따르면 현금은 겨우 312루블 16코페이카뿐임이 밝혀졌다. 2) 사망 전날 하루 종일, 그리고 밤새도록 스멜코프는 창녀 륩카(예카체리나 마슬로바)와 함께 유곽과 마브리타니야 호텔에서 시간을 보냈다. 예카체리나 마슬로바는 스멜코프의 부탁을 받고 혼자서 유곽을 나와 돈을 가지러 호텔로 갔다. 그리고 스멜코프가 건넨 열쇠로 객실을 연 후 마브리타니야 호텔의 복도 담당 직원인 옙피미야 보츠코바와 시몬 카르친킨이 지켜보는 가운데 스멜코프의 여행 가방에서 돈을 꺼냈다. 마슬로바가 스멜코프의 여행 가방을 열 때 그 자리에 있던 보츠코바와 카르친킨은 그 속에서 100루블짜리 지폐 다발들을 보았다. 3) 스멜코프가 창녀 륩카와 함께 유곽에서 마브리타니야 호텔로 돌아왔을 때 륩카는 복도 담당 하인인 카르친킨의 조언대로 코냑을 따른 술잔에 카르친킨한테 받은 하얀 가루를 타서 스멜코프에게 마시게 했다. 4) 다음 날 창녀 륩카(예카체리나 마슬로바)는 유곽을 운영하는 주인이자 증인인 키타예바에게 스멜코프의 다이아몬드 반지를 팔았다. 스멜코프가 선물로 준 것인 듯했다. 5) 마브리타니야 호텔의 복도 담당 직원인 옙피미야 보츠코바는 스멜코프가 죽은 다음 날 그 지역의 상업 은행에 가서 자기 계좌에 은화 1800루블을 입금했다.

법의학 검시를 하고, 사체를 해부하고, 스멜코프의 내장에 화학 검사를 실시한 결과 체내에 독극물이 명백하게 존재한다는 점이 밝혀졌다. 이 사실은 사인이 독살이라는 결론에 근거를 제공했다.

용의자로 검거된 마슬로바, 보츠코바, 카르친킨은 다음과 같이 주장하며 자신들의 죄를 인정하지 않았다. 마슬로바는 정말 스멜코프의 심부름으로 그 상인에게 돈을 가져다주기 위해 자신이 일하는 — 그녀의 표현대로라면 — 유곽에서 나와 마브리타니야 호텔로 갔다고, 스멜코프한테 받은 열쇠로 그곳에서 상인의 여행 가방을 열어 지시받은 대로 은화 40루블을 꺼냈을 뿐 그 이상은 가져오지 않았으며 자신이 가방을 열었다 닫고 돈을 가져올 때 동석한 보츠코바와 카르친킨이 그 사실을 확인해줄 거라고 말했다. 나아가 스멜코프의 객실을 두 번째 찾았을 때 카르친킨의 사주를 받고 코냑에 어떤 가루를 타서 마시게 한 것은 사실이지만 상인이 그것을 먹고 잠들어 얼른 자신을 놓아주기를 바랐기 때문이라고 진술했다. 반지는 스멜코프가 때려 그녀가 울면서 떠나려 하자 그가 직접 선물한 것이었다.

옙피미야 보츠코바는 사라진 돈에 대해 아무것도 모른다고, 자신은 상인의 객실에 들어가지도 않았으며 륩카 혼자 그곳에서 주인 행세를 했다고, 상인의 돈이 도둑맞았다면 륩카가 상인의 열쇠를 들고 돈을 가지러 왔을 때 훔쳤을 거라고 진술했다.

이 부분에서 마슬로바가 바르르 떨며 입을 벌리고 보츠코바를 돌아보았다. 서기는 계속 읽었다.

옙피미야 보츠코바에게 은화 1800루블이 예금된 계좌를 제시하며 이런 돈이 어디에서 생겼느냐고 묻자 이십오 년 동안 시몬 카르친킨과 함께 저축했다고, 자신은 그와 결혼할 계획이라고 진술했다. 한편 첫 진술에서 시몬 카르친킨은 유곽에서 열쇠를 들고 온 마슬로바의 사주를 받아 보츠코바와 함께 돈을 훔친 후 그 돈을 마슬로바하고 보츠코바와 나누었다고 자백했다.

이때 마슬로바는 다시 흠칫 떨며 벌떡 일어나기까지 했다. 얼굴이 새빨개진 그녀가 뭐라고 말하기 시작했지만 집행관이 제지했다. 서기가 낭독을 계속했다.

마침내 카르친킨은 상인을 독살하기 위해 마슬로바에게 가루약을 준 사실을 자백했다. 그러나 두 번째 진술에서는 돈을 훔친 것도 마슬로바에게 가루약을 넘긴 것도 부인하며 마슬로바 혼자 모든 범행을 저질렀다고 주장했다. 보츠코바가 은행에 입금한 돈에 대해서는 보츠코바의 말대로 자기들이 십이 년 동안 호텔에 근무하면서 신사들로부터 받은 팁을 모은 것이라고 진술했다.

그다음 공소장에는 대심 기록, 증인 진술, 전문가 소견 등이 이어졌다.

공소장은 다음과 같이 마무리됐다.

위에서 언급한 모든 것에 비추어 보르키 마을의 33세 농민 시몬 페트로프 카르친킨, 43세 소시민 옙피미야 이바노바 보츠코바, 27세 소시민 예카체리나 미하일로바 마슬로바를 다음 혐의로 기소한다. 188×년 1월 17일 그들은 사전에 공모하여 상인 스멜코프의 총액 2500루블에 달하는 돈과 반지를 훔쳤고,

그의 생명을 빼앗을 의도로 독을 먹여 그 결과 스멜코프를 죽음에 이르게 했다.

이 범죄는 형법 제1453조 4항과 5항에 해당한다. 따라서 형사소송법 제20조에 의거해 농민 시몬 카르친킨, 엡피미야 보츠코바, 소시민 예카체리나 마슬로바를 배심원이 참여하는 지방법원의 공판에 회부한다.

그렇게 서기는 긴 공소장의 낭독을 마치고 기록을 정리한 후 두 손으로 긴 머리카락을 매만지며 자리에 앉았다. 다들 이제 심리가 시작되어 곧 모든 것이 밝혀지고 정의가 실현되리라는 즐거운 생각을 하며 안도의 한숨을 쉬었다. 네흘류도프만 그 감정을 맛볼 수 없었다. 그는 십 년 전 순진하고 매력적인 소녀로 생각했던 마슬로바가 저질렀을지 모를 사건 앞에서 완전히 두려움에 사로잡히고 말았다.

11

공소장 낭독이 끝나자 재판장은 배석 판사들과 협의한 후 카르친킨에게 말했다. 그 표정은 곧 확실하게 모든 것을 아주 상세히 알게 될 것이라고 분명히 말하고 있었다.

"농민 시몬 카르친킨." 그가 왼쪽으로 몸을 기울이며 입을 열었다.

시몬 카르친킨은 바지의 솔기를 따라 두 손을 뻗고 몸 전체를 앞으로 숙인 채 소리 없이 계속 두 뺨을 실룩거리면서 일어났다.

"당신은 188×년 1월 17일 엡피미야 보츠코바와 예카체리나 마슬로바와 함께 상인 스멜코프의 여행 가방에서 그가 소유한 돈을 훔친 후 비소를 가져와 상인 스멜코프의 술에 타서 먹이도록 예카체리나 마슬로바를 설득했고 그 결과 스멜코프를 사망에 이르게 했다는 혐의로 기소되었습니다. 자신의 죄를 인정합니까?" 그는 말을 끝낸 뒤에 오른쪽으로 몸을 기울였다.

"있을 수 없는 일입니다. 손님을 보살피는 게 우리의 일이라……."

"나중에 말하십시오. 자신의 죄를 인정합니까?"

"절대 아닙니다. 전 그저……."

"나중에 말하라니까요. 자신의 죄를 인정합니까?" 침착하게, 하지만 완강하게 재판장이 거듭 물었다.

"제가 그런 짓을 했을 리가 없잖습니까, 왜냐하면……."

다시 집행관이 시몬 카르친킨에게 뛰어가 비극적인 어조로 소곤거리며 그를 제지했다.

재판장은 이제 이 건은 종결됐다는 표정으로 기록을 쥔 손을 움직여 팔꿈치 위치를 옮기고 옙피미야 보츠코바를 돌아보았다.

"옙피미야 보츠코바, 당신은 188×년 1월 17일 마브리타니야 호텔에서 시몬 카르친킨과 예카체리나 마슬로바와 함께 상인 스멜코프의 여행 가방에서 돈과 반지를 훔쳐 서로 나누어 가진 후 자신의 범죄를 은닉할 목적으로 상인 스멜코프에게 독을 마시게 했고 그 결과 그를 사망에 이르게 했다는 혐의로 기소되었습니다. 자신의 죄를 인정합니까?"

"전 아무런 죄도 짓지 않았습니다." 피고가 기세 좋게 단호히 말했다. "전 객실에 들어가지도 않은걸요……. 이 더러운 년이 들어갔으니 이년이 저지른 짓이겠죠."

"나중에 말하십시오." 재판장은 또 한 번 똑같이 부드러우면서도 단호하게 말했다. "그럼 당신은 자신의 죄를 인정하지 않습니까?"

"돈을 훔친 건 제가 아니에요. 독을 먹이지도 않았고요. 전 그 방에 들어가지도 않았다니까요. 제가 그 자리에 있었다면 이년을 쫓아냈을 거예요."

"자신의 죄를 인정하지 않는군요?"

"절대로 그런 짓 한 적 없습니다."

"아주 좋습니다."

"예카체리나 마슬로바." 재판장이 세 번째 피고를 돌아보며 입을 열었다. "당신은 상인 스멜코프의 여행 가방 열쇠를 들고 공공의 집[23]을 나와 마브리타니야 호텔 객실에 도착해 그 가방에서 돈과 반지를 훔쳐……." 그는 완전히 암기한 교재 단원인 양 술술 말하면서도 작은 유리병이 증거물 목록에 포함되지 않았다고 말하는 왼쪽 배석 판사의 말에 귀를 기울이고 있었다. "가방에서 돈과 반지를 훔쳐……." 재판장은 똑같은 구절을 되풀이했다. "나누어 가진 후 상인 스멜코프와 함께 다시 마브리타니야 호텔로 와서 스멜코프에게 독이 든 술을 마시도록 했고 그 결과 그를 사망에 이르게 했다는 혐의로 기소되었습니다. 자신의 죄를 인정합니까?"

"어떤 죄도 짓지 않았습니다." 마슬로바가 빠르게 말했다. "처음에 말씀드린 그대로 다시 말씀드릴게요. 훔치지 않았습니다. 훔치지 않았어요. 훔치지 않았다고요. 아무것도 훔치지

23) publichnyi dom. 유곽을 일컫는 별칭이다.

않았어요. 반지는 그 사람이 제게 직접 준……."

"당신은 2500루블을 절도한 죄를 인정하지 않습니까?" 재판장이 말했다.

"말씀드리겠습니다. 40루블 외에는 전혀 손을 대지 않았습니다."

"그럼 술에 가루약을 타서 상인 스멜코프에게 준 사실은 인정합니까?"

"그 점은 인정합니다. 다만 저 사람들이 말한 대로 그 약은 수면제라고, 어떤 해도 끼치지 않을 거라고 생각했어요. 상상도 못 했습니다. 그럴 생각도 없었고요. 하느님 앞에 맹세합니다. 그럴 생각도 없었어요." 그녀가 말했다.

"그렇다면 상인 스멜코프의 돈과 반지를 훔친 혐의에 대해서는 죄를 인정하지 않는단 말이군요." 재판장이 말했다. "하지만 가루약을 준 사실은 인정하지요?"

"인정하긴 하는데 전 수면제일 거라고 생각했습니다. 그저 그 사람을 재우기 위해 주었을 뿐이에요. 그럴 생각도 없었고, 상상도 못 했습니다."

"아주 좋습니다." 재판장은 지금까지 얻은 결과에 만족하는 기색으로 말했다. "그럼 그때 상황을 말해 보세요." 그는 두 손을 탁자 위에 올리고 등받이에 몸을 기대며 말했다. "무슨 일이 있었는지 전부 말해 보세요."

"무슨 일이 있었냐고요?" 갑자기 마슬로바가 말을 쏟아 내기 시작했다. "호텔에 도착해서 그가 있는 객실로 안내를 받아 갔어요. 그 사람은 이미 많이 취해 있었고요." 그녀는 그 사람이라는 단어를 말하면서 두려움이 서린 독특한 표정으로 눈을 크게 떴다. "전 떠나고 싶었지만 그 사람이 놓아주지 않았어요."

그녀는 갑자기 실마리를 놓쳤는지 아니면 다른 것을 떠올렸는지 입을 다물었다.

"음, 그러고 나서요?"

"그다음에 어떻게 됐냐고요? 그러고 나서 잠시 머물렀다가 돌아왔습니다."

그때 검사보가 한쪽 팔꿈치에 체중을 실은 부자연스러운 자세로 몸을 반쯤 일으켰다.

"질문을 하겠습니까?" 재판장이 말했다. 검사보가 그렇다고 답변하자 질문할 권리를 넘기겠다는 몸짓을 해 보였다.

"이런 질문을 하고 싶군요. 피고는 시몬 카르친킨을 예전부터 알았습니까?" 검사보가 마슬로바를 쳐다보지 않고 물었다.

그리고 질문을 끝낸 뒤에는 입술을 굳게 다물고 얼굴을 찌푸렸다.

재판장이 질문을 되풀이했다. 마슬로바는 겁에 질려 검사보를 뚫어지게 쳐다보았다.

"시몬을요? 알았습니다." 그녀가 말했다.

"내가 지금 알고 싶은 건 피고와 카르친킨의 그 친분이 어느 정도였느냐는 겁니다. 서로 자주 만났습니까?"

"친분이 어느 정도였냐고요? 손님들이 오면 저를 불렀습니다. 친한 사이는 아니었어요." 마슬로바는 검사보와 재판장을 불안하게 번갈아 쳐다보면서 대답했다.

"왜 카르친킨은 손님들이 오면 다른 여자들 말고 마슬로바만 불렀을까요? 그 점을 알고 싶군요." 검사보는 눈을 가늘게 뜨고 메피스토펠레스처럼 교활한 미소를 살짝 지으며 말했다.

"모릅니다. 제가 어떻게 알아요?" 마슬로바가 대답했다. 겁에 질려 주위를 둘러보던 시선이 한순간 네흘류도프에게 멈췄다. "부르고 싶은 사람을 불렀겠죠."

'알아봤나?' 네흘류도프는 두려움에 휩싸여 생각했다. 피가 얼굴로 몰리는 느낌이었다. 하지만 마슬로바는 다른 사람들과 그를 구별하지 못하고 이내 고개를 돌려 다시 두려운 표정으로 검사보를 뚫어지게 바라보았다.

"그럼 피고는 카르친킨과 어떤 친밀한 관계도 아니었다고 말하는 거죠? 아주 좋습니다. 더 이상 질문이 없습니다."

그러더니 검사보는 곧 책상에서 팔꿈치를 떼고 무언가를 적기 시작했다. 사실은 아무것도 적지 않았고, 그저 자신이 필기한 글씨를 펜으로 덧그린 것뿐이었다. 하지만 검사들과 변호사들이 그러는 것을, 즉 노련한 질문 후 분명히 적수를 격파하는 데 도움이 될 만한 사항들을 자신의 논고에 적어 두는 것을 본 적이 있었다.

재판장이 피고 쪽을 금방 돌아보지는 않았다. 미리 준비해서 서류에 기록해 놓은 질문들을 시작하는 데 동의하는지 어떤지 안경 쓴 배석 판사에게 묻고 있었기 때문이다.

"그다음에 무슨 일이 있었죠?" 재판장이 질문을 재개했다.

"집으로 돌아왔습니다." 마슬로바는 한층 대담하게 재판장만 쳐다보며 답변을 이어 갔다. "주인에게 돈을 건네고 잠자리에 들었습니다. 겨우 잠이 들었는데 우리 집에서 일하는 베르타가 절 깨웠어요. '가 봐. 너의 상인이 다시 왔어.' 전 나가고 싶지 않았지만 마담이 그러라고 시켰습니다. 거기에 그 사람이 있었습니다." 그녀는 다시 눈에 띄게 두려워하며 그 사람이라는 그 말을 입 밖에 냈다. "그 사람은 우리 집 여자들에게 계속 술을 먹였습니다. 그러고는 술을 더 가져오라고 사람을 보내려 했지만 돈을 전부 써 버린 상태였지요. 주인은 그를 믿지 않았어요. 그래서 그 사람이 절 자기 객실로 보냈습니다. 그리고 돈이 어디에 있는지, 얼마나 가져와야 하는지 말해 줬어요. 그렇게 해서 제가 가게 된 겁니다."

재판장은 그때 왼쪽의 배석 판사와 소곤소곤 이야기하느라 마슬로바의 말을 듣지 않았다. 하지만 계속 듣고 있는 것처럼 보이기 위해 그녀의 마지막 말을 되풀이했다.

"갔단 말이죠. 그래서 어떻게 됐지요?" 그가 말했다.

"도착해서 그 사람이 시킨 대로 전부 했습니다. 객실에 들어갔어요. 혼자서 들어가지 않고 시몬 미하일로비치와 이 여자도 불렀습니다." 그녀는 보츠코바를 가리키며 말했다.

"거짓말이에요. 들어가다니요. 들어가지 않았어요……." 보츠코바는 입을 열었다가 제지당했다.

"저 사람들이 보는 앞에서 빨간색 지폐를 네 장 꺼냈습니다." 마슬로바는 얼굴을 찌푸린 채 보츠코바를 쳐다보지 않으며 계속 말을 이었다.

"그럼 피고는 40루블을 꺼낼 때 돈이 얼마나 있는지 보지 못했습니까?" 다시 검사보가 물었다.

검사보가 말을 건네자 마슬로바는 바르르 떨었다. 왜 그런지 몰랐지만 그가 그녀에게 악의를 품고 있음을 느꼈다.

"세어 보지 않았습니다. 100루블짜리 지폐들이 있는 걸 보았을 뿐입니다."

"피고는 100루블짜리 지폐들을 보았군요. 더 이상 질문 없습니다."

"그럼 피고는 돈을 가져갔습니까?" 재판장이 시계를 쳐다보며 계속 물었다.

"가져갔습니다."

"음, 그러고 나서요?" 재판장이 물었다.

"그다음에는 그 사람이 다시 절 데려갔습니다." 마슬로바가 말했다.

"음, 그런데 어떻게 해서 가루약을 넣어 주게 됐지요?" 재판장이 물었다.

"어떻게 주었냐고요? 술에 타서 주었죠."

"도대체 왜 준 겁니까?"

그녀는 대답하지 않고 무겁게 깊은 한숨을 쉬었다.

"그 사람이 계속 절 놓아주지 않았습니다." 그녀는 잠시 잠자코 있다가 입을 열었다. "전 그 사람에게 시달려 지칠 대로 지쳐 있었습니다. 복도로 나가 시몬 미하일로비치에게 말했죠. '날 좀 놓아주면 좋겠는데. 피곤해요.' 시몬 미하일로비치가 말했습니다. '우리도 그 인간 때문에 성가셔. 우리가 그자에게 수면제를 줄까 하는데. 그자가 잠들면 너도 갈 수 있잖아.' 제가 말했습니다. '좋아요.' 전 그게 독약이라고 생각하지 못했습니다. 시몬 미하일로비치가 저에게 작은 종잇조각을 주었습니다. 제가 들어갔더니 가리개 너머에 누워 있던 그 사람이 바로 코냑을 가져오라고 하더군요. 전 탁자에서 핀샹파뉴[24]를 집어 그 사람과 저를 위한 두 개의 유리잔에 따랐습니다. 그 사람의 컵에는 가루약을 넣어 건넸고요. 제가 알았다면 줬겠어요?"

"그럼 반지는 어떻게 생긴 겁니까?" 재판장이 물었다.

"반지는 그 사람이 저에게 직접 선물한 것입니다."

"언제 그가 당신에게 선물했습니까?"

"그와 함께 객실에 도착한 후 전 돌아가려고 했어요. 그런데 그 사람이 제 머리를 때리는 바람에 머리 장식이 깨졌죠. 전 화를 내며 떠나려고 했습니다. 그 사람이 손가락에서 반지를 빼더니 가지 말라며 저에게 선물하더군요." 그녀가 말했다.

이때 검사보가 다시 반쯤 일어나 여전히 순진한 척하는 똑같은 표정으로 몇 가지 질문을 더 하게 해 달라고 청했다. 허락을 받자 그는 자수를 놓은 옷깃 위로 고개를 숙이며 물었다.

"피고가 상인 스멜코프의 객실에서 얼마 동안 함께 머물렀는지 알고 싶습니다."

다시 마슬로바는 두려움에 휩싸였다. 그녀는 검사보와 재판장을 불안한 시선으로 번갈아 쳐다보다가 황급히 말했다.

"얼마나 있었는지 기억이 나지 않습니다."

---

24) 코냑은 프랑스 코냐크 지방에서 포도주를 증류해 만든 브랜디다. 코냑 중에서도 그랑드샹파뉴와 프티트샹파뉴 지방에서 생산되는 고급 코냑을 '핀샹파뉴'라고 일컫는다.

"그럼 이것도 기억나지 않습니까? 피고는 상인 스멜코프의 객실에서 나와 호텔 어딘가에 들렀나요?"

마슬로바는 잠시 생각에 잠겼다.

"바로 옆의 빈 객실에 들렀습니다." 그녀가 말했다.

"왜 들렀습니까?" 검사보가 골똘하게 그녀를 똑바로 쳐다보았다.

"옷차림을 매만지러 들렀다가 삯마차 마부가 올 때까지 기다렸습니다."

"카르친킨이 피고와 함께 객실에 있었습니까 없었습니까?"

"시몬 미하일로비치도 들렀습니다."

"왜 들렀습니까?"

"상인이 마시다 남긴 핀샹파뉴가 있어 둘이서 함께 마셨습니다."

"아, 함께 마셨다고요. 아주 좋습니다."

"그럼 피고는 시몬과 대화를 나누었습니까? 무슨 이야기를 했죠?"

마슬로바가 갑자기 얼굴을 찡그리더니 새빨갛게 물든 얼굴로 빠르게 말했다.

"무슨 말을 했냐고요? 아무 말도 하지 않았어요. 무슨 일이 있었는지 전부 말씀드렸고, 더 이상 아무것도 몰라요. 절 마음대로 하세요. 저에겐 죄가 없어요. 그뿐입니다."

"더 이상 질문 없습니다." 검사보는 재판장에게 말하고 나서 부자연스럽게 어깨를 움츠린 채 논고를 요약하며 시몬과 함께 빈 객실에 들렀다는 피고의 자백을 빠르게 적어 두었다.

정적이 흘렀다.

"더 할 말이 있습니까?"

"전부 말씀드렸습니다." 그녀는 이렇게 말하고 한숨을 쉬며 자리에 앉았다.

뒤이어 재판장이 종이에 뭐라고 적다가 왼쪽 배석 판사가 소곤소곤 전하는 말을 듣더니 십 분 동안 휴정을 선언하고는 황급히 일어나 법정에서 나갔다. 키가 크고 턱수염이 덥수룩하고 큰 눈이 선량해 보이는 왼쪽 배석 판사와 재판장 사이에 오간 이야기는 이 배석 판사가 자기 위장에 약간 탈이 난 듯하니 마사지를 하고 물약을 마셔도 되겠느냐는 것이었다. 그는 재판장에게 이런 상황을 전했고, 그의 요청에 따라 휴정이 선언됐다.

판사들에 이어 배심원들, 변호사들, 증인들도 일어났다. 그들은 이미 중요한 임무의 일부를 수행했다는 뿌듯한 감정을 느끼며 이리저리 움직였다.

네흘류도프는 배심원실로 가서 창가에 앉았다.

12

그렇다. 카츄샤였다.

네흘류도프와 카츄샤의 관계는 이러했다.

네흘류도프가 카츄샤를 처음 본 것은 대학교 3학년 재학 중 토지의 사유에 대한 논문을 준비하며 고모들 집에서 여름을 보낼 때였다. 보통 여름에는 어머니가 소유한 모스크바 근교의 큰 영지에서 어머니와 누이와 함께 지냈다. 하지만 그해 누이는 결혼을 했고, 어머니는 외국의 온천으로 떠났다. 네흘류도프는 논문을 써야 했기 때문에 고모들 집에서 여름을 보내기로 결정했다. 벽지에 자리 잡은 그 집은 기분을 달랠 거리도 없는 조용한 곳이었다. 고모들은 조카이자 상속자인 그를 깊이 사랑했다. 그도 그들을 사랑했고, 그 고풍스럽고도 소박한 삶을 사랑했다.

그해 여름 고모들 집에서 네흘류도프는 젊은이가 처음으

로 타인의 지시에 의지하지 않고 혼자 힘으로 삶의 아름다움과 중요성, 삶 속에서 인간에게 부여된 임무의 의의를 온전히 인식할 때의 환희를, 자신과 전 세계의 무한한 발전 가능성을 보면서 자신이 꿈꾸는 완벽함을 성취하겠다는 희망과 충만한 확신을 품고 이 완성에 몰두할 때의 환희를 경험했다. 그해 학기 중에 스펜서의 『사회 정학』을 읽었고, 특히 자신이 대지주의 아들이었기에 토지 사유에 대한 스펜서의 이론에서 강렬한 영향을 받았다. 아버지는 부유하지 않았지만 어머니가 토지 약 1만 제샤치나를 지참금으로 받았다. 그는 그때 처음으로 토지 사유의 잔혹성과 불공평함을 온전히 깨닫게 됐다. 그리고 도덕적 요구를 위한 희생에서 가장 지고한 정신적 기쁨을 얻는 사람이었기 때문에 토지 소유권을 행사하지 않기로 결심하고 아버지에게서 상속받은 토지를 농민들에게 넘겼다. 그가 쓰는 논문 주제도 이것이었다.

그해 시골 고모들 집에서 그의 생활은 이런 식으로 이루어졌다. 그는 매우 일찍, 때로는 새벽 3시에 일어나 해가 뜨기 전 아직 아침 안개가 깔려 있는 시간에 언덕 아래 강으로 헤엄을 치러 갔다가 아직 이슬이 풀잎과 꽃 위에 맺혀 있는 동안 돌아오곤 했다. 이따금 아침에 커피를 마신 뒤 논문을 쓰거나 논문을 위한 저작을 읽기 위해 책상 앞에 앉아 있기도 했지만 독서나 집필을 하는 대신 다시 집 밖으로 나가 들판과 숲을 어슬렁거리는 경우가 훨씬 잦았다. 점심 식사 전에는 정원 어디에선가 눈을 붙였고, 그런 다음에는 식사를 하면서 특유의 쾌활함으로 고모들을 즐겁게 하거나 웃게 만들었으며, 그런 다음에는 말을 타거나 보트를 탔고, 저녁이면 다시 독서를 하거나 고모들과 함께 둘러앉아 파시얀스 카드놀이를 했다. 밤이면, 특히 달이 뜬 밤이면 단지 가슴을 뒤흔드는 강렬한 생의 기쁨이 느껴진다는 이유만으로 종종 잠을 이루지 못하고 새벽까지 공상과 상념에 잠겨 정원을 거닐었다.

그는 고모들 집에서 첫 한 달을 그렇게 행복하고 평온하게 보냈으며, 반은 하녀이고 반은 피양육자인 검은 눈의 발 빠른 카츄샤한테는 전혀 관심을 보이지 않았다.

당시 어머니의 날개 밑에서 자란 네흘류도프는 열아홉 살의 매우 순수한 젊은이였다. 여자에 대해서도 아내의 모습으로만 상상 속에 그려 보았다. 그가 생각하기에 아내가 될 수 없는 여자는 전부 그에게 여자가 아니라 그저 사람이었다. 그런데 그 여름 그리스도 승천일[25]에 고모들 집 인근에 사는 귀부인이 젊은 딸 둘과 김나지움 학생인 아들 하나를 데리고 찾아왔다. 그들 집에 묵는 농민 출신의 젊은 화가도 함께였다.

차를 마신 후 사람들은 풀을 깎아 둔 집 앞의 작은 초지에서 술래잡기를 했다. 카츄샤도 끼워 주었다. 몇 차례 짝이 바뀌었고, 네흘류도프는 카츄샤와 짝을 지어 도망치게 됐다. 카츄샤를 볼 때면 언제나 기분이 좋았지만 그녀와 자기 사이에 어떤

---

25) 부활절 후 사십 일째 목요일. 가톨릭과 개신교에서는 춘분(3월 21일) 무렵이나 춘분 다음 보름달이 뜬 후 첫 번째 일요일을 부활절로 지키고, 율리우스력을 따르는 러시아에서는 이보다 1~5주 정도 뒤에 부활절 예배를 드린다. 따라서 러시아 정교의 그리스도 승천일은 그레고리력(신력)으로 5월 중순에서 6월 중순 사이이다.

특별한 관계가 생길 수도 있다는 생각이 머리에 떠오른 적은 없었다.

"휴, 저 두 사람은 도저히 잡을 수 없겠네요." 술래가 되어 짧고 구부정해도 튼실한 농부의 다리로 매우 빠르게 달리던 쾌활한 화가가 말했다. "발이 걸려서 넘어지지 않는 한 말입니다."

"당신이군요. 그래도 우리를 잡지 못할걸요!"

"하나, 둘, 셋!"

사람들이 손뼉을 세 번 쳤다. 카츄샤는 웃음을 간신히 참으며 네흘류도프와 재빨리 자리를 바꾸더니 단단하고 거친 자그마한 손으로 그의 커다란 손을 잡고는 풀 먹인 치마를 사락거리면서 왼쪽으로 달리기 시작했다.

네흘류도프는 빠르게 달렸다. 화가에게 지고 싶지 않아 온 힘을 다해 뛰었다. 주위를 둘러보던 그는 화가가 카츄샤를 뒤쫓는 것을 보았다. 그녀는 탄력 있고 풋풋한 두 다리를 발랄하게 놀리면서 잡히지 않고 왼쪽으로 멀리 달아났다. 앞쪽에 라일락 떨기나무들이 우거진 화단이 있었고, 그 너머까지 달려간 사람은 아무도 없었다. 그런데 카츄샤가 네흘류도프를 돌아보더니 고갯짓으로 화단 뒤에서 만나자는 신호를 보냈다. 그는 신호를 알아차리고 떨기나무들 뒤쪽으로 달렸다. 하지만 그곳 떨기나무들 뒤편에는 그가 미처 몰랐던 도랑이 무성하게 자란 엉겅퀴에 뒤덮여 있었다. 그는 도랑에 걸려 넘어지면서 두 손이 엉겅퀴에 찔리고 어느새 내린 저녁 이슬에 축축히 젖었다. 그래도 그는 자신의 모습에 헛웃음을 지으며 다시 벌떡 일어나 공터로 달려갔다.

촉촉한 까치밥나무 열매처럼 검은 눈동자를 반짝이고 환한 미소를 지으면서 카츄샤가 그를 향해 날듯이 뛰어왔다. 그들은 서로를 향해 달려와 손을 맞잡았다.

"가시에 찔린 것 같은데요." 그녀가 그의 손을 잡지 않은 다른 손으로 흐트러진 땋은 머리를 매만지며 말했다. 힘겹게 숨을 몰아쉬면서도 생글생글 웃는 얼굴로 그를 똑바로 올려다보았다.

"여기 도랑이 있는지도 몰랐네." 그도 미소를 지으면서 손을 놓아주지 않은 채 말했다.

그녀가 다가서자 그가 그녀의 얼굴 쪽으로 고개를 돌렸다. 스스로도 어떻게 그런 일이 일어났는지 알 수 없었다. 그녀는 피하려 하지 않았고, 그는 그녀의 손을 더욱 세게 쥐며 그 입술에 입을 맞췄다.

"어머나!" 그녀가 말했다. 그녀는 재빠른 동작으로 손을 빼고 그를 피해 달아났다.

라일락 떨기나무 쪽으로 달려간 그녀는 하얀 꽃이 이미 져버린 라일락 가지를 두 개 꺾어 발갛게 달아오른 얼굴을 두들기더니, 그를 돌아보며 두 팔을 힘차게 흔들어 보이고는 술래잡기를 하는 다른 사람들에게로 되돌아갔다.

그때부터 네흘류도프와 카츄샤의 관계가 달라졌다. 순수한 젊은 남자와 똑같이 순수한 아가씨가 서로 호감을 느낄 때 생기는 특별한 관계가 형성됐다.

카츄샤가 방에 들어오기만 해도, 혹은 멀리 하얀 앞치마가 보이기만 해도 네흘류도프에게는 모든 것이 햇살을 받아 환해지는 듯했으며 모든 것이 한층 흥미롭고 즐겁고 의미심장하게 느껴졌다. 삶이 한층 기쁘게 변했다. 카츄샤도 똑같은 것을 경험했다. 하지만 카츄샤가 눈앞에 있거나 가까이 있을 때만 네흘류도프가 이런 영향을 받은 것은 아니었다. 그는 그 카츄샤가 존재한다는 인식만으로도 이런 영향을 받았고, 그녀 역시 네흘류도프가 존재한다는 사실에서 똑같은 경험을 했다. 어머니로부터 불쾌한 편지가 와도, 논문 집필이 순조롭게 진척되지 않아도, 젊은이다운 까닭 모를 슬픔이 엄습해도 카츄샤가 존재하고 곧 그녀를 보게 된다는 사실을 떠올리기만 하면 그 모든 것이 산산이 흩어져 사라졌다. 카츄샤는 해야 할 집안일이 많았지만 모든 것을 늦지 않게 끝냈고 여가 시간에는 독서를 했다. 네흘류도프는 도스토옙스키와 투르게네프를 다 읽고 나서 곧바로 그녀에게 건넸다. 그녀가 무엇보다 좋아한 작품은 투르게네프의 『정적』이었다. 두 사람의 대화는 복도나 발코니나 안마당에서 만날 때 짬짬이 이루어졌다. 이따금 고모들의 늙은 하녀이자 카츄샤와 함께 생활하는 마트료나 파블로브나의 방에서도 얘기를 나누었다. 네흘류도프가 가끔 설탕을 갉아 먹으면서 차를 마시기 위해[26] 그 방에 들렀던 것이다. 그들의 대화는 마트료나 파블로브나가 있을 때 가장 즐거웠다. 단둘이 있을 때는 대화하기가 더 어려웠다. 곧

26) 경제적인 이유로 차에 설탕을 타는 대신 설탕 덩어리를 갉아 먹는 것은 하층민들의 관습이었다.

그들의 눈은 입술이 말하는 것과 완전히 다른 무언가를, 훨씬 더 중요한 무언가를 말하기 시작했고 입술은 뻣뻣해졌다. 그러면 어쩐지 무서운 기분이 들어 황급히 헤어지곤 했다.

네흘류도프와 카츄샤의 이런 관계는 그가 고모들 집에서 처음 머물던 시기에 계속 이어졌다. 고모들은 이 관계를 눈치채고 깜짝 놀랐으며, 심지어 외국에 있는 네흘류도프의 어머니 옐레나 이바노브나 공작 부인에게 이 문제에 대해 편지를 써 보내기도 했다. 마리야 이바노브나 고모는 드미트리가 카츄샤와 관계를 맺지 않을까 걱정했다. 하지만 부질없는 걱정이었다. 네흘류도프는 스스로도 몰랐지만 순수한 사람들이 사랑하는 방식으로 카츄샤를 사랑했고, 그의 사랑은 그를 위해서나 그녀를 위해서나 타락을 막는 가장 강력한 방어막이 됐다. 그는 그녀의 육체를 소유하고 싶은 욕망을 품지 않았을 뿐 아니라 그녀와 그런 관계가 될 수 있다는 생각만 해도 두려움을 느꼈다. 한편 시적 감성을 지닌 소피야 이바노브나는 훨씬 더 본질적인 고민을 하고 있었다. 순수하고 과감한 성품인 드미트리가 한 여자를 사랑하게 되면 그 출신이나 신분에 아랑곳하지 않고 결혼하려 들지 않을까 걱정한 것이다.

네흘류도프가 당시 카츄샤를 향한 자신의 사랑을 분명히 자각했다면, 특히 그때 사람들이 그런 여자와는 절대로 운명을 합칠 수 없고 그래서도 안 된다고 말렸다면 매사에 올곧은 네흘류도프는 자신이 사랑하기만 하면 어떤 여자하고든 결혼하지 못할 이유가 없다고 판단했을지 모른다. 그러나 고모들은 자신들의 걱정에 대해 그에게 말하지 않았고, 그는 이 아가씨에 대한 사랑을 깨닫지 못한 채 그렇게 떠나 버렸다.

그는 확신했다. 카츄샤를 향한 감정은 당시 자신의 온 존재를 가득 채운 생의 기쁨이, 이 사랑스럽고 명랑한 아가씨와 함께 나눈 그 기쁨이 표현된 데 불과하다고……. 하지만 그 집을 떠날 때 고모들과 함께 현관 계단에 선 카츄샤가 살짝 사시인 검은 눈동자에 눈물이 그렁그렁해 그를 배웅하자 어쩐지 두 번 다시 만날 수 없는 멋지고 소중한 무언가를 두고 가는 기분이 들었다. 그래서 몹시 슬펐다.

"안녕, 카츄샤, 전부 고마워." 그는 마차에 오르며 소피야 이바노브나의 실내모 너머를 향해 말했다.

"안녕히 가세요, 드미트리 이바노비치." 그녀는 언제나 그렇듯 상냥하고 다정한 목소리로 말하고는 그렁그렁한 눈물을 참으면서 마음껏 울 수 있는 현관방으로 달려갔다.

13

그 후 삼 년 동안 네흘류도프는 카츄샤를 만나지 못했다. 그리고 드디어 그녀를 만난 것은 장교로 임관한 직후 군대에 부임하는 도중 고모들 집에 들렀을 때였다. 이미 그는 삼 년 전 그 집에서 여름을 보낼 때와 완전히 다른 사람이 되어 있었다.

그 무렵 그는 모든 선한 대의를 위해 언제라도 자신을 바치려 하는 정직하고 희생적인 청년이었지만, 이제 자신의 쾌락만을 소중히 하는 방탕하고 세련된 에고이스트였다. 그 무렵 그는 신의 세계가 신비로워 보여 기쁜 마음으로 열광하며 그것을 풀기 위해 애썼다. 하지만 이제 이 삶의 모든 것은 자신이 처한 생활 조건으로 결정되었으며 단순하고 분명했다. 그 무렵 그에게는 자연이라든지 자기보다 앞서 살았던 사유하고 감각하는 인간들과의 소통(철학과 시)이 필수적이고 중요했지만, 이제 인간의 제도나 동료들과의 교제가 필수적이고 중요했다. 그 무렵에는 여자가 신비하고 매력적인, 다름 아닌 이 신비로움 때문에 매력적인 존재로 보였지만 이제 여자, 즉 가족이나 친구들의 아내를 제외한 모든 여자가 의미하는 바는 매우 분명했다. 여자란 이미 맛본 쾌락을 얻기 위한 최고의 도구들 중 하나였다. 그 무렵에는 돈이 필요하지 않아 어머니가 주는 돈의 3분의 1도 바라지 않았으며, 아버지의 영지를 거절하고 그것을 농민들에게 넘길 수 있었다. 그런데 이제 어머니가 매달 주는 1500루블도 부족해서 어머니와 돈 때문에 여러 번 불쾌한 대화를 나누었다. 그 무렵에는 정신적 존재를 참된 나로 여겼지만, 이제 건강하고 활기차고 동물적인 나를 자신의 본래 모습으로 생각했다.

그리고 이 모든 무시무시한 변화가 그에게 일어난 것은 단지 그가 더 이상 자신을 믿지 않고 타인을 믿게 되었기 때문이다. 그가 자신을 더 이상 믿지 않고 타인을 믿게 된 것은 자신을 믿으면서 살기가 너무 힘들었기 때문이다. 스스로를 믿는다는 것은 가벼운 즐거움을 추구하는 동물적인 나를 위해서가 아니라 거의 언제나 그것에 거스르며 온갖 물음을 해결해야 한다는 의미였다. 타인을 믿는다는 것은 아무것도 결정할 필요가 없으며 이미 모든 것이 결정되었으되 그 결정이 언제나 정신적인 나를 거스르고 동물적인 나를 위해 이루어진다는 의미였다. 그뿐 아니라 자신을 믿으면 언제나 사람들로부터 비난을 받았고, 타인을 믿으면 주위의 칭찬을 들었다.

그래서 네흘류도프가 신과 진리와 부와 빈곤에 대해 생각하고 쓰고 말할 때면 주변 모든 사람들은 이것을 부적절하게,

어느 정도는 우습게 여겼고, 어머니와 친척 아주머니는 그를 **우리의 친애하는 철학자**라 부르며 다정하게 놀려 댔다. 하지만 그가 소설을 읽고 음담패설을 지껄이고 프랑스 극장으로 우스운 보드빌을 보러 가고 그것에 대해 즐겁게 들려주면 다들 칭찬하고 격려했다. 그가 소비를 절제할 필요가 있다고 생각해 낡은 외투를 입고 술을 멀리하면 다들 자기를 과시하는 유별나고 괴상한 짓으로 여겼다. 그가 사냥이나 대단히 호화로운 서재를 꾸미는 일에 큰돈을 쓰면 다들 그의 취향을 칭찬하고 값비싼 물건을 선사했다. 아직 숫총각이던 그가 결혼 전까지 계속 동정을 지키길 원할 때 친척들은 그의 건강을 염려했다. 심지어 어머니는 아들이 진정한 사내가 되어 동료로부터 어떤 프랑스인 귀부인을 빼앗았다는 사실을 알고 슬퍼하기는커녕 오히려 기뻐했다. 카츄샤와 관련된 일화, 그러니까 아들이 그녀와 결혼할 생각을 품었을지 모른다는 생각만 해도 어머니인 공작 부인은 언제나 두려움을 느꼈다.

마찬가지로 성년이 된 네흘류도프가 토지 소유를 불공정한 것으로 여겨 아버지로부터 상속받은 조그만 영지를 농민들에게 넘겼을 때 그의 그러한 행동은 어머니와 친척들을 공포에 몰아넣었고, 그를 향한 모든 친족들의 끊임없는 질책과 냉소의 빌미가 되었다. 그들은 토지를 받은 농민들이 부유해지기는커녕 더 가난해졌으며 마을에 선술집을 세 개 마련해 놓고는 일에서 완전히 손을 떼 버렸다고 그에게 끊임없이 이야기했다. 근위대에 들어간 네흘류도프가 지위가 높은 동료들과 어울리면서 옐레나 이바노브나가 자산을 헐어 돈을 마련해야 할 만큼 노름에서 많은 돈을 잃었을 때 그녀는 자연스러운 일이라고, 심지어 그런 천연두 백신은 젊은 시절에 상류 사회 사람들 틈에서 맞아 두는 편이 좋다고 생각해 그다지 슬퍼하지 않았다.

처음에는 네흘류도프도 맞서 싸웠지만 싸움은 너무 힘들었다. 스스로를 믿었을 때 그가 좋다고 생각하던 모든 것이 다른 사람들에게는 나쁜 것으로 여겨졌고, 또 반대로 스스로를 믿었을 때 그가 나쁘다고 생각한 모든 것이 주위 모든 사람들에게 좋은 것으로 받아들여졌기 때문이다. 그래서 결국 네흘류도프는 굴복했으며 더 이상 자신을 믿지 않고 타인을 믿게 됐다. 그리고 초기에는 자신을 이처럼 포기하는 것이 불쾌하기도 했지만 이 불쾌한 느낌은 그다지 오래가지 않았다. 이 무렵 담배와 술을 시작한 네흘류도프는 얼마 지나지 않아 이런 불쾌한 감정을 더 이상 느끼지 않았으며 심지어 큰 안도감마저 맛보았다.

그리하여 열정적인 기질의 네흘류도프는 주위 모든 사람들이 인정하는 이 새로운 생활에 완전히 자신을 내맡겼고, 다른 무언가를 요구하는 목소리를 자기 안에서 완전히 압살해 버렸다. 이런 생활은 페테르부르크로 거처를 옮긴 이후에 시작돼 군에 입대하면서 정점에 이르렀다.

군 복무는 대체로 사람들을 망친다. 그것은 군대에 들어간 사람들을 완전한 무위, 즉 합리적이고 유익한 노동이 부재한 상태에 몰아넣고 인간의 모든 의무를 면제해 준다. 그 대신 연대, 제복, 군기 같은 상징적인 명예만을 내세우고, 아울러 한편으로는 타인에 대한 무제한의 권력을, 다른 한편으로는 상관에 대한 맹목적인 복종을 제시한다.

하지만 제복과 군기의 명예가 따르고 폭력과 살인이 허용되는 군 복무의 이런 일반적인 타락에 막대한 재산이나 차르 가문과의 친밀한 교제에서 비롯된 타락 — 부유한 명문가 출신의 장교들만 복무하는 선발된 근위 연대들에서 흔히 일어난다 — 까지 더해지면 그 영향 아래 놓인 사람들은 광기나 다름없는 에고이즘 상태로 내몰린다. 그리하여 네흘류도프는 군대에 들어가 동료들과 같은 방식으로 살기 시작하면서 그런 광적인 에고이즘 상태에 빠지고 말았다.

할 일이라고는 전혀 없었다. 자신이 아닌 타인이 아름답게 수를 놓고 손질해 준 제복과 전투모를 착용하고, 역시 타인이 만들고 손질해서 건네준 무기를 들고, 역시 타인이 기르고 조련하고 여물을 먹인 멋진 말을 타고서 똑같은 사람들과 함께 훈련이나 사열에 나가기, 말 달리기, 검 휘두르기, 사격하기, 이런 것들을 다른 사람들에게 가르치기가 전부였다. 다른 일은 없었다. 가장 지위가 높은 사람들은 젊은이든 늙은이든 차르든 그 측근이든 이를 격려했을 뿐 아니라 찬사와 감사를 보내기까지 했다. 이런 일들이 끝나면 장교 클럽이나 가장 비싼 선술집에 모여 어디에서 받았는지 모를 돈을 펑펑 쓰며 먹거나 무엇보다 마시는 것이 훌륭하고 중요한 일로 여겨졌다. 그다음에 극장, 무도회, 여자, 그다음에 다시 말을 타고 돌아다니거나 기병도를 휘두르거나 말을 타고 질주하기, 그다음에 다시 돈 낭비와 술, 카드놀이, 여자.

이런 생활이 특히 군인들을 타락으로 이끄는 이유는 군인이 아닌 사람이 그런 생활을 하면 마음속 깊이 그것을 수치스러워하지 않을 수 없기 때문이다. 하지만 군인들은 이렇게 되어야 마땅하다고 생각하며 그런 생활에 자부심과 긍지를 갖는다. 네흘류도프처럼 튀르크[27]의 선전포고[28] 이후 전시에 입대한 사람들은 더욱 그랬다. '우리는 전쟁에서 목숨을 바칠 각오가 되어 있어. 그러니 이런 근심 없는 즐거운 생활은 용서받을 만할 뿐 아니라 우리에게 꼭 필요하기도 해. 그래서 우리는 이렇게 사는 거야.'

그 시기에 네흘류도프는 막연하게 그런 식으로 생각했다. 그 시절 내내 그는 이전에 스스로에게 부과한 모든 도덕적 장벽에서 해방되는 기쁨을 맛보았으며, 광기나 다름없는 고질적인 에고이즘 상태에 계속 빠져 있었다.

삼 년 만에 고모들을 다시 방문했을 때 그는 이런 상태였다.

---

27) 톨스토이가 집필하던 당시 러시아를 비롯한 유럽에서 '튀르크'는 '오스만 제국'을 가리키는 나라명이기도 했고, 그 제국의 백성들과 언어와 영토를 가리키는 명칭이기도 했다. 그러나 엄밀히 말해 '튀르크'는 튀르크계 언어를 사용하고 시베리아에서 발칸 반도에 이르는 광대한 지역에 분포하던 다양한 부족들을 일컫는다. 오스만 제국(1299~1922)을 세운 오스만 1세가 튀르크족 출신이긴 하지만, 튀르크족은 오스만 제국의 지배층과 피지배층을 이루는 다양한 종족 가운데 일부일 뿐이었다. 그래서 오늘날 학계에서는 '튀르크'와 '오스만 제국'을 별개로 구분하는 경향이 일반적이다. 이 책 본문에서는 톨스토이가 집필할 당시의 관행을 존중하여 오스만 제국과 그 백성을 모두 '튀르크'로 번역했고, 러시아와 오스만 제국이 치른 전쟁 역시 당시 러시아에서 지칭하던 대로 '튀르크 전쟁'으로 번역했다. 본문이 아닌 옮긴이 주에서는 되도록 '오스만 제국'과 '튀르크'를 구분하여 사용했다.

28) 러시아와 튀르크의 전쟁은 1877~1878년에 일어났다.

14

네흘류도프가 고모들 집에 들른 것은 전방으로 떠난 연대에 합류하러 가는 여로에 그들의 영지가 있는 데다 그들의 간절한 부탁이 있었기 때문이다. 그러나 무엇보다 이번에 그 집을 들른 것은 카츄샤를 보기 위해서였다. 어쩌면 이미 그의 마음속 깊은 곳에는 고삐가 풀려 버린 동물적인 인간이 속삭인 카츄샤를 향한 사악한 의도가 있었는지도 모른다. 하지만 그는 그저 너무도 좋았던 장소에 잠시 머물면서 다소 우스꽝스럽지만 사랑스럽고 선량하며 언제나 그가 알아차리지 못하게 사랑과 열광의 분위기로 감싸 주던 고모들을 만나고, 또 정말 기분 좋은 추억으로 남은 사랑스러운 카츄샤를 보고 싶었다.

그는 3월 말 부활절을 앞둔 금요일에 도착했다. 얼음이 녹아서 진창이 된 길을 따라 폭우를 맞으며 오는 바람에 몸이 완전히 젖고 얼어붙을 지경이었지만 그 시절 스스로에 대해 늘

느끼던 대로 활기와 흥분에 휩싸인 상태였다. '그 집에 그녀가 아직 있을까?' 벽돌 담장으로 둘러싸이고 지붕에서 쏟아져 내린 눈에 파묻힌 고풍스러운 지주 저택의 낯익은 안마당에 들어서며 그는 생각했다. 마차 방울 소리에 그녀가 현관 계단으로 달려 나와 주기를 기대했지만, 하녀 방 현관 옆에는 마룻바닥에 물걸레질을 하는 중이었는지 아낙 둘이 치맛자락을 허리춤에 쑤셔 넣은 채 맨발로 양동이를 들고 나와 있었다. 정문의 현관 계단에도 그녀는 없었다. 역시 청소를 하고 있었는지 앞치마를 두른 치혼이라는 하인만 나왔다. 실크 드레스를 입고 실내모를 쓴 소피야 이바노브나가 현관 홀로 나왔다.

"이렇게 좋을 수가! 네가 와 주다니!" 소피야 이바노브나가 그에게 입을 맞추며 말했다. "마셴카는 몸이 조금 좋지 않아. 교회에서 지쳤거든. 우리는 성찬식에 참석했단다."

"축하드려요,[29] 소냐 고모." 네흘류도프는 소피야 이바노브나의 두 손에 입을 맞추며 말했다. "죄송해요. 저 때문에 고모까지 젖었네요."

"네 방으로 가렴. 흠뻑 젖었구나. 어느새 콧수염이……. 카츄샤! 카츄샤! 드미트리에게 어서 커피를 내와."

"지금 가요!" 복도에서 기분 좋게 들리는 낯익은 목소리가 대답했다.

그러자 네흘류도프의 심장이 기쁨으로 두근거렸다. '여기

29) 당시 성찬식은 러시아 정교회 예배에서 이따금 거행되는 특별한 의식이었기 때문에 성찬을 받은 사람은 대개 주위에서 축하 인사를 받았다. 한편 크리스마스와 부활절에 흔히 "축하합니다!"라는 인사를 나누기도 했다.

있었구나!' 그리고 마치 먹구름 사이로 태양이 고개를 내미는 것 같았다. 네흘류도프는 치혼과 함께 자신이 예전에 지내던 방으로 옷을 갈아입으러 갔다.

네흘류도프는 치혼에게 카츄샤에 대해서 물어보고 싶었다. 무슨 일을 하지? 어떻게 지내? 결혼은 했나? 하지만 치혼이 너무 정중한 데다 엄격해 보이기도 하고 또 자신이 직접 단지의 물을 부어 주겠다고 아주 완강하게 고집을 부려서 네흘류도프는 카츄샤에 대해 묻지 못하고 그저 그의 손자들이며 형이 소유한 늙은 수말이며 집 지키는 개 폴칸에 대해서만 물었다. 지난해 광견병에 걸린 폴칸을 제외하고 모두 건강했다.

젖은 옷가지를 전부 벗어 던지고 마른 옷으로 막 갈아입으려는 순간 네흘류도프는 빠르게 다가오는 발소리를 들었다. 뒤이어 문 두드리는 소리가 났다. 네흘류도프는 발소리도 문 두드리는 소리도 누구의 것인지 알아차렸다. 그렇게 걷고 문을 두드리는 사람은 그녀뿐이었다.

그는 젖은 외투를 걸치고 문으로 다가갔다.

"들어와요!"

카츄샤, 그녀였다. 예전 그대로였다. 아니 전보다 더 사랑스러워졌다. 살짝 사시인 순진한 검은 눈이 미소를 머금은 채 변함없이 올려다보았다. 그녀는 예전처럼 깨끗하고 하얀 앞치마를 두르고 있었다. 포장지를 막 벗긴 향기로운 비누 한 개와 수건 두 장 — 하나는 커다란 러시아식 수건이고 다른 하나는 부드럽고 폭신한 타월이었다 — 을 고모들로부터 받아 왔다. 글자가 찍힌 새 비누와 수건, 그리고 그녀, 이 모든 게 똑같이 사람의 손을 타지 않아 깨끗하고 산뜻하고 기분 좋게 느껴졌다. 그녀의 사랑스럽고 단단한 붉은 입술은 예전에 보았을 때와 똑같이 억누를 수 없는 기쁨으로 주름져 있었다.

"잘 오셨어요, 드미트리 이바노비치!" 그녀가 겨우 입을 열었다. 그녀의 얼굴이 붉게 물들었다.

"안녕⋯⋯ 안녕하세요." 그는 그녀와 어떤 식으로 이야기해야 할지, 반말을 써야 할지 존댓말을 써야 할지 몰랐다. 그 역시 그녀와 마찬가지로 얼굴이 붉어졌다. "건강한가요?"

"덕분에요⋯⋯. 고모님께서 당신이 좋아하는 장미 향 비누를 보내셨어요." 그녀는 탁자 위에 비누를, 안락의자 팔걸이에 수건을 놓으며 말했다.

"나리에게는 나리의 것이 있어." 치혼이 손님의 독립성을 옹호하면서 은제 뚜껑이 열린 네흘류도프의 커다란 여행용 화장 도구 케이스를 자랑스럽게 가리키며 말했다. 그 안에 작은 유리병, 브러시, 포마드, 향수 등 온갖 화장 도구가 가득 들어 있었다.

"고모께 감사하다고 전해 줘요. 아, 여기에 오니 정말 좋군요!" 네흘류도프는 마음이 예전처럼 환하고 부드러워지는 것을 느끼며 말했다.

그녀는 이 말에 미소로만 답하고 방에서 나갔다.

언제나 네흘류도프를 사랑하던 고모들이 이번에는 평소보다 한층 반갑게 그를 맞이했다. 드미트리가 부상을 입거나 전사할지도 모를 전장으로 떠난다. 이 사실이 고모들의 마음을 감동시켰다.

네흘류도프는 고모들 집에 하룻밤만 묵도록 일정을 짰다. 하지만 카츄샤를 보고는 이틀 뒤인 부활절을 고모들 집에서 보내기로 하고 오데사에서 만나기로 한 친구이자 동료 셴보크에게 고모들 집에 들러 달라고 전보를 보냈다.

카츄샤를 본 첫날부터 네흘류도프는 그녀에게 예전의 감정을 느꼈다. 예전과 똑같이 지금도 카츄샤의 하얀 앞치마를 볼 때마다 설렜고, 그 발소리와 목소리와 웃음소리를 들을 때마다 기쁨을 느꼈다. 또 촉촉한 까치밥나무 열매 같은 검은 눈동자, 특히 미소 지을 때의 눈동자를 볼 때마다 감격했으며, 무엇보다 자신과 마주칠 때 얼굴이 붉어지는 것을 보면 당황했다. 그는 자신이 사랑에 빠진 것을 느꼈다. 하지만 그 사랑이 하나의 신비였고 자신이 사랑을 하고 있다는 것을 과감히 인정하지 못했던 시절, 사랑이란 한 번뿐이라고 믿었던 시절, 예전의 그 시절하고는 달랐다. 지금 그는 사랑에 빠졌으며 자신도 그 사실을 알고 기뻐했다. 또한 스스로에게 숨겼지만 사랑이 무엇인지, 그 감정으로부터 무슨 일이 일어날지 어렴풋하게 알았다.

누구나 그렇듯 네흘류도프의 내면에도 두 인간이 있었다. 하나는 다른 사람들에게도 행복이 될 만한 것만을 자신의 행복으로 추구하는 정신적 인간이고, 또 하나는 자신을 위한 행복만 추구하며 이 행복을 위해서라면 기꺼이 전 세계의 행복을 희생시킬 수 있는 동물적 인간이었다. 페테르부르크와 군 생활이 네흘류도프 안에 불러일으킨 이 광적인 에고이즘 시기에는 이 동물적 인간이 그의 내면에서 군림하며 정신적 인

간을 완전히 압살해 버렸다. 하지만 카츄샤를 만나고 그 시절 그녀에 대한 감정을 새롭게 느끼면서 정신적 인간이 고개를 들고 권리를 주장하기 시작했다. 그래서 부활절까지 그 이틀 동안 네흘류도프 안에서는 자신도 자각하지 못한 내적인 싸움이 계속되었다.

마음속 깊은 곳에서 그는 자신이 떠나야 하며 지금 고모 집에 머물 이유가 없다는 것을 알았다. 여기서 어떤 좋은 결과도 나올 수 없다는 것을 알았다. 하지만 너무나 기쁘고 즐거워 그는 자신에게 이 사실을 말하지 않고 그대로 남았다.

부활절 전날인 토요일 저녁에 사제가 부사제와 하급 사제를 데리고 그들의 말대로라면 자정 예배[30]를 집전하기 위해 썰매를 타고 물웅덩이와 진창을 지나 교회에서 고모들 집까지 3베르스타[31]를 간신히 왔다.

네흘류도프는 고모들하고 하인들과 함께 그 예배에 참석했으며, 문가에 섰다가 향로를 가져다주는 카츄샤에게서 눈을 떼지 않았다. 그 후에 사제와 고모들에게 부활절 인사[32]를 하고는 잠자리에 들려 했다. 그런데 복도에서 마리야 이바노브나의 늙은 하녀인 마트료나 파블로브나가 카츄샤와 함께 쿨

---

30) zautrenya는 러시아어로 '새벽 예배'를 뜻하며, 러시아 정교회가 새벽에 교회에서 집전하는 예배를 가리킨다. 그러나 부활절이나 크리스마스에는 이 예배가 전날 밤부터 다음 날 새벽까지 이어진다. 이 책에서는 '새벽 예배'라는 명칭이 주는 혼란을 막기 위해 '자정 예배'로 번역했다.

31) 러시아의 옛 길이 단위. 1베르스타는 약 1킬로미터다.

32) 한 사람이 "예수님께서 부활하셨습니다."라고 말하면 상대방이 "정말로 부활하셨습니다."라고 대답한 후 서로 세 번 입맞춤을 나눈다.

리치와 파스하를 축성하러 교회에 갈 채비를 하는 소리가 들렸다.[33] '나도 가야지.' 그는 생각했다.

교회까지의 길은 마차로도 썰매로도 갈 수 없었다. 그래서 고모들 집에서 자기 집인 양 지시를 내리던 네흘류도프는 '형님의 말'이라고 불리는 승마용 수말에 안장을 얹도록 지시했다. 그리고 잠자리에 드는 대신 착 달라붙는 승마용 바지에 눈부신 제복을 입고 외투를 걸친 후 살이 쪄서 동작이 둔해진 데다 쉴 새 없이 울부짖는 늙은 수말에 올라 어둠 속에서 물웅덩이와 눈밭을 헤치며 교회로 향했다.

33) 쿨리치는 윗부분을 교회의 둥근 지붕같이 만들어 크림이나 설탕으로 화려하게 장식한 커다란 원통형 케이크이고, 파스하는 크림치즈로 만든 피라미드 모양의 달콤한 디저트다. 모두 부활절을 축하하기 위해 먹는 음식이다. 신자들은 대개 부활절이나 크리스마스 등 러시아 정교의 명절을 위한 음식을 교회에 가져가서 거룩하고 정결하게 하는 의식을 치렀다.

15

그 후 평생 동안 그 자정 예배는 네흘류도프에게 가장 찬란하고 강렬한 추억들 중 하나로 남았다.

교회 주위에 타오르는 등불들을 보고 귀를 쫑긋거리는 수말을 타고서 하얀 눈빛이 반사되어 군데군데만 환한 검은 어둠 속에 물웅덩이를 철벅거리며 교회 안마당으로 들어섰을 때는 예배가 이미 시작된 후였다.

마리야 이바노브나의 조카를 알아본 농부들이 말에서 내릴 만한 마른 곳으로 안내한 뒤 고삐를 넘겨받아 말을 매어 두고는 그를 교회 안으로 데려갔다.

오른편에는 농부들이 있었다. 노인들은 집에서 지은 카프탄을 입고 나무껍질 신발에 깨끗하고 하얀 각반을 찼다. 젊은 남자들은 나사로 지은 새 카프탄에 화려한 허리띠를 매고 부츠를 신었다. 왼쪽에는 붉은 실크 스카프를 머리에 쓰고 벨벳

민소매 재킷에 선홍색 블라우스와 파란색, 녹색, 빨간색의 알록달록한 치마를 차려입고 징을 박은 목 긴 구두를 신은 아낙들이 있었다. 그 뒤에는 하얀 스카프를 쓰고 회색 카프탄에 손으로 뜬 고풍스러운 치마를 입고 단화나 새 나무껍질 신발을 신은 소박한 노파들이 섰다. 남자들과 여자들 사이에는 잘 차려입고 머리에 기름을 바른 아이들이 있었다. 농부들은 머리칼을 흔들어 매무새를 가다듬으면서 성호를 긋고 고개를 조아렸다. 여자들, 특히 노파들은 흐려진 눈동자를 촛불이 놓인 이콘에 고정한 채 손가락을 접어 이마 위의 스카프와 양 어깨와 배를 누른 후 무언가를 중얼거리면서 선 채로 몸을 숙이거나 무릎을 꿇었다. 아이들은 지켜보는 사람들이 있을 때면 어른들을 흉내 내며 열심히 기도했다. 황금 나선이 장식된 커다란 초들을 에워싼 촛불들로 황금빛 벽 제단[34]이 환하게 빛났다. 샹들리에에 초들이 꽂혀 있고, 성가대석으로부터 울부짖는 듯한 베이스 음색과 소년들의 가느다란 소프라노 음색이 어우러진 자원 성가대의 매우 즐거운 곡조가 들려왔다.

네흘류도프는 앞쪽으로 나아갔다. 중앙에 그 지역 귀족들이 서 있었다. 아내와 세일러복을 입은 아들과 함께 온 지주, 경찰서장, 전신 기사, 펠트를 덧댄 부츠를 신은 상인, 메달을 단 촌장, 그리고 설교대 오른쪽으로 지주 부인의 뒤편에 아롱거리는 보라색 드레스에 테두리를 댄 흰 숄을 걸친 마트료나

34) 교회의 높고 넓은 벽 한 면 전체를 이콘으로 꽉 채워 제단처럼 활용하는 공간을 가리킨다.

파블로브나와 허리에 주름을 잡은 하얀 드레스에 하늘색 허리띠를 두르고 검은 머리에 빨간 리본을 단 카츄샤가 있었다.

모든 것이 축제답게 엄숙하고 즐겁고 아름다웠다. 금빛 십자가를 수놓은 밝은 은색 법의를 입은 사제들, 부제, 은색이며 금색이며 축일에 입는 제복을 입은 하급 사제들, 머리에 기름을 바르고 성장을 한 자원 성가대원들, 춤곡처럼 들리는 축일 찬송가의 즐거운 선율, 꽃으로 장식한 세 갈래 촛대를 들고 "그리스도께서 부활하셨습니다! 그리스도께서 부활하셨습니다!"라는 말을 계속 소리 높여 되풀이하면서 사람들을 연이어 축복하는 사제들. 모든 것이 아름다웠지만 하얀 드레스에 하늘색 허리띠를 매고 검은 머리에 빨간 리본을 달고서 기쁨으로 눈동자를 빛내는 카츄샤가 가장 아름다웠다.

네흘류도프는 그녀가 뒤를 돌아보지 않고도 그를 보고 있다는 것을 느꼈다. 그 옆을 가까이 지나쳐 제단으로 향할 때 알아차렸다. 딱히 할 말은 없었지만 그는 궁리 끝에 그녀를 지나치며 말했다.

"고모가 2부 오전 예배 후에 정진을 마치는 첫 아침 식사[35]를 들겠다고 하시더군요."

그를 바라볼 때면 언제나 그렇듯 젊은 피가 사랑스러운 얼굴에 가득 차올랐고, 웃음과 기쁨이 어린 검은 눈동자가 순진하게 올려다보며 네흘류도프에게 머물렀다.

---

35) 러시아 정교의 신자들은 사순절, 즉 부활절 전의 사십 일 동안 육식을 금하고 정진에 힘쓴 후 부활절 오전 예배를 마치고 나면 정진을 마쳤음을 기념하며 고기 요리를 비롯해 맛있는 음식을 차린 아침 식사를 했다.

"알아요." 그녀가 생긋 웃으며 말했다.

그때 하급 사제가 구리로 만든 커피 주전자[36]를 들고 사람들 사이를 헤치고 나아가다가 그녀를 보지 못해 옆을 지나치며 법의 자락으로 살짝 쳤다. 네흘류도프를 존중하는 마음에서 그를 피해 지나가려다 카츄샤를 건드린 모양이었다. 네흘류도프는 깜짝 놀랐다. 어떻게 그가, 그 하급 사제가 그것을 모른단 말인가! 여기, 그리고 온 세상의 모든 것이 오로지 카츄샤를 위해서 존재한다. 세상의 모든 것을 무시해도 되지만 그녀만은 안 된다. 그녀는 모든 것의 중심이기 때문이다. 벽 제단의 황금이 반짝이고 샹들리에와 촛대에 꽂힌 모든 초들이 환하게 타오르는 것도 그녀를 위해서고, "주님께서 부활하셨다, 백성들아, 기뻐하라."라는 이 즐거운 곡조도 그녀를 위한 것이다. 그리고 세상의 좋은 것들은 전부 그녀를 위한 것이었다. 그가 보기에 카츄샤도 이 모든 것이 자기를 위한 것임을 아는 듯했다. 주름 잡힌 하얀 드레스를 입은 날씬한 모습과 기쁨에 몰두하는 얼굴을 보았을 때 네흘류도프는 그렇게 느꼈다. 그 표정에서 그는 자기 마음속에서 노래하는 그것이 그녀의 마음속에서도 노래하고 있음을 보았다.

오전 예배의 1부와 2부 사이에 네흘류도프는 교회를 나섰다. 사람들이 길을 터 주며 고개를 조아렸다. 어떤 사람은 그를 알았고, 어떤 사람은 "저분은 누구야?" 하고 물었다. 그는 입구에서 걸음을 멈췄다. 거지들이 그를 둘러쌌다. 그는 지갑

---

36) 커피 주전자는 러시아 교회에서 종종 성수를 담는 데 사용됐다.

에 든 잔돈을 나눠 주고 현관 계단을 내려갔다.

어느새 주위를 알아볼 만큼 날이 밝았지만 해는 아직 뜨지 않았다. 사람들은 교회 주위의 묘지에 제각기 자리를 잡고 앉았다. 카츄샤는 계속 교회에 머물렀고, 네흘류도프는 그녀를 기다리며 서 있었다.

사람들이 계속해서 밖으로 나오고 있었다. 그들은 부츠 뒤축에 박은 징으로 포석을 울리며 계단을 내려와 교회 안마당과 묘지로 뿔뿔이 흩어졌다.

마리야 이바노브나의 과자를 만드는 나이가 아주 많은 노인이 목을 부들부들 떨며 네흘류도프를 불러 세우고 부활절 인사를 했다. 실크 스카프 밑으로 주름진 목을 드러낸 늙은 아내는 손수건 아래에서 사프란으로 물들인 노란 달걀을 꺼내 그에게 주었다. 그때 새로 지은 긴 겉옷에 녹색 허리띠를 두른 젊고 건장한 농부가 미소 띤 얼굴로 다가왔다.

"그리스도께서 부활하셨습니다." 그가 눈웃음을 지으며 말했다. 그리고 네흘류도프 쪽으로 다가와 농부 특유의 기분 좋은 냄새를 확 풍기더니 구불구불한 턱수염으로 그를 간질이면서 단단하고 싱그러운 입술로 네흘류도프의 입술 한가운데에 세 번 입을 맞추었다.[37]

네흘류도프가 농부와 입을 맞추고 암갈색 달걀을 받고 있을 때 마트료나 파블로브나의 아롱거리는 드레스와 빨간 리

---

37) 러시아에서는 부활절 인사로 서로에게 세 번 입맞춤을 하고 껍질에 색을 입힌 삶은 달걀을 나눈다.

본을 단 사랑스러운 검은 머리가 보였다.

카츄샤는 앞에서 걸어가는 사람들의 머리 너머로 금방 그를 알아보았고, 그는 그녀의 얼굴이 얼마나 환하게 빛나는지 보았다.

그녀와 마트료나 파블로브나는 입구로 나와 걸음을 멈추고 거지들에게 적선을 베풀었다. 코가 있어야 할 자리에 상처가 아물어 빨간 딱지가 앉은 거지가 카츄샤에게 다가갔다. 그녀는 손수건에서 무언가를 꺼내 그에게 건넨 후 가까이 다가가 조금도 거리끼는 기색 없이 오히려 여전히 즐겁게 눈을 빛내면서 세 번 입을 맞추었다. 그리고 거지와 입을 맞추는 동안 네흘류도프의 시선과 눈이 마주쳤다. 마치 '이래도 되죠?' 하고 묻는 듯했다.

'그럼, 그럼, 카츄샤, 다 괜찮아, 모든 게 아주 좋아. 사랑해.'

두 사람이 입구에서 내려오자 그가 그녀에게 다가갔다. 그는 부활절 인사를 하고 싶다기보다 그저 그녀 옆에 더 가까이 있고 싶었을 뿐이다.

"그리스도께서 부활하셨어요!" 마트료나 파블로브나가 빙그레 웃는 얼굴로 고개를 숙이며 말했다. 마치 오늘은 모두가 평등하다고 말하는 듯한 어조였다. 그러고는 쥐처럼 돌돌 만 손수건으로 입을 닦더니 그에게 입술을 내밀었다.

"진실로 부활하셨습니다." 네흘류도프가 입을 맞추며 대답했다.

그는 카츄샤를 돌아보았다. 그녀는 빨갛게 물든 얼굴로 곧 그에게 다가왔다.

"그리스도께서 부활하셨어요, 드미트리 이바노비치."

"진실로 부활하셨습니다." 그가 말했다. 그들은 두 번 입을 맞추었다. 두 사람은 한 번 더 할 필요가 있을지 생각하는 것 같았다. 그리고 그렇게 해야 한다고 결심한 듯 세 번째로 입을 맞추고는 미소를 지었다.

"사제에게는 가지 않습니까?" 네흘류도프가 물었다.

"아뇨, 우리는 여기에 잠시 앉아 있을 거예요, 드미트리 이바노비치." 카츄샤가 말했다. 마치 즐거운 수고를 하고 난 것처럼 가슴으로 크게 숨을 내쉬면서 살짝 사시인 온순하고 순수하고 사랑 가득한 눈으로 그의 눈을 똑바로 쳐다보았다.

남자와 여자의 사랑에는 언제나 그 사랑이 정점에 이르는, 그 안에 의식도 이성도 심지어 관능도 전혀 없는 순간이 있다. 부활절의 그 밤이 네흘류도프에게는 그런 순간이었다. 지금 카츄샤를 떠올렸을 때 그녀를 만난 모든 상황들 중 그 순간이 다른 모든 것을 뒤덮어 버렸다. 검고 매끄럽고 반짝이는 작은 머리, 날씬한 몸매와 작은 가슴을 순결하게 감싼 주름 잡힌 하얀 드레스, 그 발그레한 홍조, 밤을 지새운 탓에 살짝 사시가 된 그 다정하게 반짝이는 검은 눈동자. 그리고 그녀의 존재 전체에는 두 가지 중요한 특징이 있다. 그를 향할 뿐 아니라 — 그는 그것을 알았다 — 모든 사람과 모든 것을 향한, 좋은 것뿐 아니라 그녀가 입을 맞춘 거지까지 세상에 존재하는 모든 것을 향한 때 묻지 않은 순수한 사랑이었다.

그는 그녀 안에 이런 사랑이 있다는 것을 알았다. 그 밤과 그 아침에 그도 자기 안에서 그것을 자각했고, 그 사랑 안에서 자신이 그녀와 하나가 되었음을 자각했기 때문이다.

아, 그 모든 것이 그 밤에 다다른 감정에서 그대로 멈췄더라면! '그래, 그 모든 끔찍한 일은 부활절의 그 밤 이후에 벌어졌어!' 그는 지금 배심원실의 창가에 앉아 생각에 잠겨 있었다.

16

교회에서 돌아온 네흘류도프는 고모들과 함께 정진을 마치는 첫 식사를 한 후 연대에서 밴 습관대로 원기를 북돋기 위해 보드카와 포도주를 마시고는 방에 가서 옷을 입은 채로 곧 잠이 들었다. 그는 문을 두드리는 소리에 눈을 떴다. 그녀의 노크 소리를 알아차리고는 눈을 비비고 기지개를 켜면서 일어났다.

"카츄샤? 들어와." 그가 일어서며 말했다.

그녀가 문을 살짝 열었다.

"식사를 하라고 부르세요." 그녀가 말했다.

그녀는 여전히 하얀 드레스 차림이었지만 머리에 리본은 달지 않았다. 그의 눈을 바라보면서 마치 무슨 대단히 기쁜 소식을 알리기라도 하는 양 환한 표정을 지었다.

"금방 갈게." 그는 머리를 빗기 위해 빗을 잡으며 대답했다.

그녀는 공연히 꾸물거리며 잠시 서 있었다. 그것을 눈치챈 그는 빗을 내던지고 그녀에게 다가갔다. 하지만 바로 그 순간 그녀가 홱 돌아서서 평소처럼 경쾌하고 빠른 걸음으로 줄무늬 깔개가 깔린 복도를 따라 가 버렸다.

'이런, 난 바보야.' 네흘류도프가 속으로 혼잣말을 했다. '왜 잡지 않았을까?'

그리고 달려 나가 복도에서 그녀를 따라잡았다.

그녀에게서 무엇을 원하는지 그 자신도 몰랐다. 하지만 어쩐지 그녀가 방에 들어왔을 때 자신이 이런 상황에서 누구나 하는 무언가를 해야 했는데 하지 않은 것 같았다.

"카츄샤, 잠깐 기다려." 그가 말했다.

그녀가 천천히 걸음을 멈추며 돌아보았다.

"왜 그러세요?"

"아무것도 아냐, 그냥……."

그러고는 자신을 억누르고 이런 경우 자기 입장에 놓인 모든 사람들이 대체로 어떻게 행동하는지 떠올리며 카츄샤의 허리를 끌어안았다.

그녀는 가만히 서서 그의 눈을 쳐다보았다.

"안 돼요, 드미트리 이바노비치, 안 돼요." 눈물이 글썽이도록 얼굴이 붉어진 그녀가 자기를 끌어안은 팔을 다부지고 단단한 팔로 떼어 냈다.

네흘류도프는 그녀를 놓아주었다. 일순간 어색하고 수치스러운 기분이 들었을 뿐 아니라 자신이 혐오스럽게 느껴졌다. 그는 자신을 믿었어야 했다. 그러나 그 어색함과 수치심이 밝으로 나오려는 자기 마음속의 가장 선한 감정이라는 것을 깨닫지 못했다. 오히려 이것이 자신의 어리석음을 말해 준다고, 모두가 하는 대로 해야 한다고 생각했다.

그는 다시 그녀를 쫓아가 또 끌어안고 목에 입을 맞추었다. 그 입맞춤은 이전에 라일락 떨기나무 뒤에서 무심결에 하고 오늘 아침 교회에서 한 그 두 번의 입맞춤과 전혀 달랐다. 무서운 입맞춤이었고, 그녀도 그것을 느꼈다.

"왜 이러세요?" 그녀는 그가 더없이 귀중한 무언가를 돌이킬 수 없이 부수어 버렸다고 말하는 듯한 목소리로 외치고는 그를 피해 빠르게 도망쳤다.

그는 식당으로 갔다. 잘 차려입은 고모들, 의사, 인근에 사는 귀부인이 자쿠스카[38]가 차려진 탁자 옆에 서 있었다. 모든 것이 평소와 다를 바 없었지만 네흘류도프의 마음속에서는 폭풍이 일고 있었다. 그는 사람들이 무슨 말을 하는지 전혀 모른 채 엉뚱한 대답을 했고, 복도에서 카츄샤를 쫓아갔을 때 그 마지막 입맞춤의 감촉을 떠올리며 카츄샤에 대해서만 생각했다. 다른 생각은 전혀 할 수 없었다. 그녀가 들어왔을 때 그는 보지 않고도 온몸으로 그녀의 존재를 느꼈고, 그녀를 보지 않기 위해 자신을 억눌러야만 했다.

식사를 마친 후 그는 곧바로 방에 가서 강렬한 흥분에 사로잡힌 채 집 안에서 나는 소리에 귀를 기울이고 그녀의 발소리

---

38) 러시아식 정찬에서 식욕을 돋우기 위해 가장 먼저 내놓는 전채 요리이며 각종 냉육, 캐비어, 청어 절임, 야채 샐러드 등으로 이루어진다.

를 기대하면서 한참 동안 방 안을 서성거렸다. 그의 내면에 살고 있던 동물적 인간이 이 순간 고개를 쳐들었을 뿐 아니라 처음 도착했을 때, 아니 오늘 아침 교회에 있을 때만 해도 그를 지탱하던 정신적 인간을 짓밟아 버렸다. 이제 그 무시무시한 동물적 인간만이 그의 마음을 지배했다. 그는 계속 동정을 살폈지만 그날은 한 번도 그녀와 단둘이 만나지 못했다. 그녀가 그를 피하는 것 같았다. 하지만 저녁 무렵 그녀는 그의 방과 나란히 붙은 방에 가야 할 상황이 생겼다. 의사가 묵고 가기로 해서 카츄샤가 손님을 위해 잠자리를 준비해야 했다. 그녀의 발소리를 들은 네흘류도프는 범죄를 저지르려는 것처럼 숨을 참고 소리 죽여 걸으면서 그녀를 뒤따라 들어갔다.

깨끗한 베갯잇 속에 두 손을 넣어 베개 귀퉁이를 잡고서 그녀가 그를 돌아보며 미소 지었다. 그러나 예전처럼 즐겁고 기쁜 미소가 아니라 겁에 질린 가련한 미소였다. 그 미소는 "당신이 하고 있는 행동은 나쁜 짓이에요."라고 말하는 것 같았다. 잠시 그는 그 자리에 서 있었다. 그때만 해도 아직 싸움의 여지가 남아 있었다. 약하긴 해도 그녀를 향한 진실된 사랑의 목소리가 여전히 들렸다. 그 목소리는 그녀에 대해, 그녀의 감정에 대해, 그녀의 삶에 대해 말하고 있었다. 그러나 또 다른 목소리가 말했다. 정신 차려, 자신의 쾌락을, 자신의 행복을 놓치고 있잖아. 그리고 두 번째 목소리가 첫 번째 목소리를 압도했다. 그는 과감히 그녀에게로 다가갔다. 억누를 수 없는 무시무시한 동물적 감정이 그를 지배했다.

네흘류도프는 그녀를 품에서 놓아주지 않고 침대에 앉혔

다. 그리고 무언가 아직 더 해야 한다고 느끼면서 옆에 나란히 앉았다.

"드미트리 이바노비치, 제발 놔주세요." 그녀가 애처로운 목소리로 말했다. "마트료나 파블로브나가 와요!" 그녀가 그를 뿌리치며 소리쳤다. 정말로 누군가 문을 향해 걸어오고 있었다.

"그럼 내가 밤에 네 방으로 갈게." 네흘류도프가 말했다. "혼자 쓰지?"

"뭐라고요? 절대 안 돼요! 그러면 안 된다고요." 입으로만 그렇게 말할 뿐 그녀의 동요하고 당황하는 존재는 다른 말을 하고 있었다.

문 쪽으로 걸어온 사람은 정말 마트료나 파블로브나였다. 손에 이불을 들고 들어왔다가 네흘류도프를 비난하듯 쳐다보고는 카츄샤에게 엉뚱한 이불을 가져갔다며 화를 냈다.

네흘류도프는 말없이 방에서 나왔다. 심지어 부끄럽지도 않았다. 그는 마트료나 파블로브나의 표정에서 그녀가 그를 비난하고 있으며 그 비난이 옳다는 것을 알았다. 자기가 하고 있는 짓이 악하다는 것도 알았다. 하지만 그녀를 향한 이전의 참된 사랑으로부터 해방된 동물적 감정이 그를 지배했고, 다른 어떤 것도 인정하지 않으며 홀로 군림했다. 그는 지금 감정을 만족시키기 위해 무엇을 해야 할지 알았으며, 그럴 수단을 찾았다.

저녁 내내 그는 제정신이 아니었다. 고모들 방에 들어갔다가 자기 방에 돌아갔다가 다시 현관 계단으로 나왔다가 하면서 혼자 있는 그녀를 만날 방법만 생각했다. 하지만 그녀는 그를 피했고, 마트료나 파블로브나가 그녀를 시야에서 놓치지 않으려 애썼다.

17

그렇게 저녁이 지나고 밤이 찾아왔다. 의사는 자러 갔다. 고모들도 자리를 떴다. 네흘류도프는 마트료나 파블로브나가 지금 고모의 침실에 있고 카츄샤만 하녀 방에 혼자 있다는 것을 알았다. 그는 다시 현관 계단으로 나왔다. 밖은 어둡고 습하고 따뜻했다. 봄이면 잔설을 몰아내고 또 녹아서 사라지는 잔설 때문에 퍼지기도 하는 하얀 안개가 대기를 가득 채웠다. 백 걸음 정도 떨어진 집 앞 낭떠러지 아래로 흐르는 강에서 기묘한 소리가 들렸다. 얼음이 깨지는 소리였다.

네흘류도프는 현관 계단을 걸어 내려와 웅덩이를 넘고 얼어붙은 눈을 밟으며 하녀 방의 창문으로 향했다. 가슴속에서 그에게도 들릴 만큼 세차게 심장이 쿵쾅거렸다. 숨이 멈추었다가 무거운 한숨으로 터져 나오기도 했다. 하녀 방에서 작은 램프 하나가 타오르고 있었다. 카츄샤는 생각에 잠겨 탁자 앞

에 홀로 앉아 눈앞을 응시하고 있었다. 네흘류도프는 그녀가 아무도 보지 않는다고 생각할 때 무엇을 할지 궁금해 한참 동안 꼼짝 않고 바라보았다. 그녀는 이 분 정도 가만히 앉았다가 미소를 지으면서 눈을 들고 스스로를 나무라듯 고개를 흔들었다. 그러고는 자세를 고치며 두 손을 탁자 위에 세차게 놓더니 정면을 뚫어지게 쳐다보았다.

그는 서서 그녀를 보다가 무심결에 자기 심장 소리와 강에서 실려 오는 기묘한 소리에 귀를 기울였다. 저기 안개 낀 강에서 어떤 노동이 지칠 줄 모르고 천천히 이루어지고 있었다. 무언가가 쉭쉭거리고 쩍쩍 갈라지고 와르르 허물어지는 소리를 내는가 하면 얇은 얼음 조각들이 유리처럼 짤랑거렸다.

그는 내면의 노동으로 괴로워하는 카츄샤의 생각에 잠긴 얼굴을 바라보면서 서 있었다. 그녀가 가여웠지만 이상하게도 그 애처로움은 그녀를 향한 욕망을 한층 더 강렬하게 만들 뿐이었다.

욕망이 그를 완전히 삼켜 버렸다.

그는 창문을 두드렸다. 그녀는 감전이라도 된 듯 온몸을 바들바들 떨었다. 얼굴에 두려움이 떠올랐다. 그러더니 그녀는 벌떡 일어나 창가로 다가와서 유리창에 얼굴을 댔다. 두 손바닥을 말의 곁눈 가리개처럼 눈가에 댄 그녀가 그를 알아보았을 때도 두려운 표정이 얼굴에서 떠나지 않았다. 그 얼굴은 대단히 심각한 표정을 띠었다. 그는 카츄샤의 그런 얼굴을 본 적이 없었다. 그가 미소 지을 때만 미소 짓고 그에게 순종의 뜻을 보이려 웃었을 뿐 그녀의 마음속에는 웃음 대신 두려움뿐이었다. 그는 밖으로 나오라고 그녀를 손짓해 불렀다. 하지만 그녀는 그러고 싶지 않다는 뜻으로 고개를 젓고는 나오지 않고 창가에 계속 서 있었다. 그는 다시 한번 유리창에 얼굴을 바짝 대고는 밖으로 나오라고 소리치려 했다. 그런데 그때 그녀가 문 쪽으로 돌아섰다. 누군가 부른 듯했다. 네흘류도프는 창가에서 물러났다. 안개가 어찌나 짙은지 집에서 다섯 발짝쯤 떨어져도 더 이상 창문이 보이지 않고 그저 램프의 거대한 — 그렇게 느껴졌다 — 붉은 불빛이 흘러나오는 거무스름한 덩어리만 보일 뿐이었다. 강에서 여전히 쉭쉭거리고 사락거리고 빠지직거리고 짤랑거리는 이상한 소리가 들렸다. 안개에 가려진 멀지 않은 안마당으로부터 수탉 울음소리가 들려왔다. 가까이에서 다른 수탉들이 응답했고, 멀리 떨어진 마을에서 수탉들의 울음소리가 서로 방해하다 하나로 어우러졌다. 강을 제외한 주위의 모든 것이 고요해졌다. 그날 밤 벌써 두 번째 닭 우는 소리였다.

집 모퉁이 부근에서 두어 번 이리저리 서성이다 물웅덩이에 몇 번 발을 빠뜨린 네흘류도프는 다시 하녀 방 창문으로 다가갔다. 램프는 여전히 타올랐고, 카츄샤는 망설이는 듯한 모습으로 다시 탁자 앞에 앉아 있었다. 그가 창문에 막 다가선 순간 그녀가 쳐다보았다. 그가 창을 두드렸다. 그러자 누가 두드리는지 생각해 보지도 않고 그녀가 곧바로 하녀 방에서 달려 나왔다. 쾅 하고 문이 열리는 소리에 이어 삐걱대는 소리가 들렸다. 그는 이미 현관 옆에서 카츄샤를 기다리다가 말없이 와락 껴안았다. 그의 품에 기댄 그녀는 고개를 들어 입술로 그의 키스를 맞이했다. 그들은 현관 모퉁이 부근의 눈이 다 녹은 마른자리에 서 있었다. 그는 충족되지 않은 고통스러운 욕구에 완전히 사로잡혀 있었다. 별안간 다시 아까처럼 끼익하는 소리가 나고 출입문이 삐걱거리더니 마트료나 파블로브나의 화난 목소리가 들렸다.

"카츄샤!"

그녀는 그에게서 떨어져 하녀 방으로 돌아갔다. 그의 귀에 문고리가 철컹 울리는 소리가 들렸다. 뒤이어 모든 것이 침묵에 잠기고 창문 속 붉은 눈동자가 사라지더니 안개와 강물의 소란스러운 소리만 남았다.

네흘류도프는 창문으로 다가갔다. 아무도 보이지 않았다. 그는 창문을 두드렸다. 아무 반응도 없었다. 네흘류도프는 앞쪽 현관을 통해 집으로 돌아갔지만 잠을 이룰 수 없었다. 그는 부츠를 벗고 마트료나 파블로브나의 방과 나란히 붙은 카츄샤의 방을 향해 복도를 따라 맨발로 걸어갔다. 처음에는 마트료나 파블로브나가 평온하게 코를 고는 소리가 들리더니, 그가 안으로 들어가려 하자 별안간 그녀가 기침을 하며 삐걱거리는 침대 위에서 돌아누웠다. 그는 숨을 죽이고 오 분가량 서 있었다. 다시 모든 게 잠잠해지고 다시 코 고는 소리가 평화롭게 들리기 시작했을 때 그는 삐걱거리지 않는 마루청을 딛기 위해 애쓰면서 계속 그녀의 방문으로 다가갔다. 아무 소리도 들리지 않았다. 그녀는 분명 잠들지 않았다. 숨소리가 들리지 않았기 때문이다. 하지만 그가 "카츄샤!"라고 속삭이자마자 그녀는 벌떡 일어나 문으로 다가와서는 화난 듯한 목소리로 돌아가라고 그를 설득하기 시작했다.

"도대체 뭘 하려는 거예요? 이래도 된다고 생각해요? 고모님들이 듣겠어요." 입술은 그렇게 말했지만 그녀의 존재 전체는 "난 온전히 당신 것이에요."라고 말하고 있었다.

그리고 네흘류도프가 이해한 것은 오직 이것뿐이었다.

"제발, 잠깐만 열어 봐. 이렇게 간청할게." 그는 무의미한 말들을 뇌까렸다.

그녀가 잠잠해졌다. 그러더니 손이 문고리를 찾는 소리가 그의 귀에 들렸다. 문고리가 딸깍했고, 그는 열린 문으로 들어갔다.

그는 두 팔이 드러나는 올이 거칠고 뻣뻣한 잠옷 차림인 그녀를 잡아 번쩍 안고 나왔다.

"어머, 뭐 하는 거예요?" 그녀가 속삭였다.

하지만 그는 아랑곳하지 않고서 그녀를 자기 방으로 데려갔다.

"아, 안 돼요, 놔줘요." 그녀는 그렇게 말하면서도 그에게 바싹 기대고 있었다.

....

그녀가 그의 말에 아무 대답도 하지 않고 바들바들 떨면서 말없이 떠나자 그는 현관 계단으로 나와 걸음을 멈추고 방금 일어난 그 모든 것의 의미를 생각해 보려 애썼다.

밖은 한층 밝아졌다. 저 아래 강에서 얼음이 쩍쩍 갈라지고 쨍그랑쨍그랑 부딪치고 쉭쉭거리는 소리가 한층 크게 들렸으며, 졸졸거리는 소리가 더해졌다. 안개가 깔리기 시작했고, 앞이 안 보일 만큼 자욱한 안개 사이로 이지러진 달이 떠올라 검고 무시무시한 무언가를 음울하게 비추었다.

'도대체 이게 뭐지? 나에게 일어난 건 커다란 행복일까, 아니면 커다란 불행일까?' 그는 마음속으로 스스로에게 물었다. '늘 그렇지. 다 그런 법이야.' 그는 속으로 중얼거리고는 잠을 자러 방으로 돌아갔다.

18

다음 날 눈부시게 멋지고 쾌활한 셴보크가 네흘류도프를 데려가기 위해 고모들 집에 들렀다가 특유의 우아함, 정중함, 유쾌함, 후한 인심, 그리고 드미트리를 향한 애정으로 고모들을 완전히 홀려 놓았다. 고모들은 그의 너그러움을 몹시 마음에 들어 하면서도 너무 지나칠 정도여서 다소 당혹스러워했다. 그는 집에 찾아온 몇몇 눈먼 걸인들에게 1루블을 주었고, 하인들에게는 팁으로 15루블을 나눠 주었다. 소피야 이바노브나의 작은 개 슈젯카가 그의 눈앞에서 한쪽 다리를 다쳐 피를 흘리자 그는 붕대를 감아 주겠다고 나서더니 한순간도 주저하지 않고 가장자리에 테를 두른 하늘하늘한 고급 손수건을 찢어(소피야 이바노브나는 그런 손수건이 한 다스에 적어도 15루블은 나간다는 사실을 알았다.) 거즈를 만들었다. 고모들은 이제껏 그런 사람들을 본 적이 없었다. 그리고 그 셴보크에게 절대 갚지 못할 — 그도 알았다 — 20만 루블의 빚이 있다는 것을, 그래서 그에게 25루블 정도는 셈에 들어가지도 않는다는 것을 몰랐다.

셴보크는 하루만 머무르고 다음 날 네흘류도프와 함께 떠났다. 연대에 출두할 시한이 거의 다 됐기 때문에 더 오래 머물 수도 없었다.

고모들 집에서 보낸 그 마지막 날, 지난밤의 기억이 생생하던 그때 네흘류도프의 마음속에서는 두 가지 감정이 일어나 서로 싸우고 있었다. 하나는 목적 성취에서 비롯된 일종의 자기만족과 동물적 사랑 — 비록 기대에는 훨씬 못 미치지만 — 이 뒤섞인 뜨겁고 관능적인 기억이었다. 또 하나는 무언가 매우 악한 짓을 저질렀다는 자각, 그 악한 짓을 바로잡아야 하며, 그것도 그녀가 아니라 자신을 위해 바로잡아야 한다는 자각이었다.

네흘류도프는 여전히 에고이즘의 광기에 사로잡혀 있었기 때문에 오로지 자신에 대해서만, 자기가 그녀에게 한 짓을 알게 되면 사람들이 얼마나 비난할지에 대해서만 생각했다. 그녀가 지금 어떤 일을 겪고 있을지, 앞으로 그녀에게 무슨 일이 생길지는 생각하지 않았다.

그는 셴보크가 카츄샤와 자신의 관계를 짐작하고 있다고 생각했으며, 이것이 그의 자부심을 추켜세웠다.

"그렇군. 자네가 일주일 동안 고모님들 댁에서 지낼 만큼 갑자기 그분들을 사랑하게 된 게 다 그 때문이었어." 카츄샤를 본 셴보크가 말했다. "내가 자네였대도 떠나지 못했을 거야.

매력적인걸.”

그는 그녀와 충분히 사랑을 즐기지 못하고 이제 곧 떠나야 하는 것이 아쉬웠다. 하지만 유지하기 힘든 관계를 단번에 끊어 낸다는 점에서 떠날 수밖에 없는 이 상황이 유리하겠다고도 생각했다. 돈을 주어야 한다고, 그녀를 위해서가 아니라, 그녀에게 이 돈이 필요할 수도 있기 때문이 아니라 다들 언제나 그렇게 하니까, 만약 그가 그녀를 이용하고도 그 대가를 치르지 않으면 명예롭지 못한 남자로 취급받을 테니까 그래야 한다고도 생각했다. 그래서 그녀에게 돈을 주었다. 그가 생각하기에 자기 입장에서나 그녀의 입장에서나 적절한 수준의 금액이었다.

출발하는 날 오후 그는 현관방에서 그녀를 기다렸다. 그를 본 그녀의 얼굴이 확 붉어졌다. 그녀는 하녀 방의 열린 문을 눈짓으로 가리키며 지나가려 했지만 그가 막았다.

“작별 인사를 하고 싶었어.” 그가 100루블짜리 지폐가 든 봉투를 꾸깃거리면서 말했다. “여기 내가…….”

그녀는 그게 무엇인지 알아차리고 눈살을 찌푸리더니 고개를 흔들며 그의 손을 뿌리쳤다.

“아냐, 받아.” 그는 이렇게 중얼거리며 그녀의 품에 봉투를 찔러 넣고는 불에 데기라도 한 듯 얼굴을 찡그리고 신음 소리를 내면서 자기 방으로 달려갔다.

그러고 나서 한참 동안 그는 계속 자기 방을 서성이면서 그 장면이 머리에 떠오르기만 하면 육체적인 고통 때문인 양 몸부림을 치고 심지어 펄쩍펄쩍 뛰며 큰 소리로 탄식했다.

'하지만 어쩌겠어? 다들 그런 식으로 하잖아. 센보크가 들려준 그와 가정 교사의 경우도 그랬고, 그리샤 아저씨의 경우도 그랬어. 아버지가 시골에서 지낼 때 농민 아낙이 아버지의 사생아 미첸카를 낳았을 때도 그랬지. 그 애는 지금도 살아 있어. 다들 그런 식으로 한다면 결국 그래야 하는 거야.' 그는 그렇게 스스로를 위로했지만 도무지 마음이 편해지지 않았다. 그 기억이 그의 양심을 아프게 찔렀다.

마음속 깊은 곳에서, 마음속 가장 깊은 곳에서 그는 알았다. 자기 행동이 너무나 추잡하고 비열하고 잔혹해서 그 행동을 의식하는 한 다른 누군가를 비난할 수 없을 뿐 아니라 예전처럼 자신을 훌륭하고 고결하고 관대한 젊은이로 여길 수 없으며 사람들의 눈도 쳐다볼 수 없게 됐다는 것을. 하지만 활기차고 유쾌하게 계속 살아가기 위해 스스로를 그와 같은 인간으로 생각할 필요가 있었다. 그런데 이를 위한 방법이 한 가지 있었다. 그 일에 대해 생각하지 않는 것이었다. 그래서 그는 그렇게 했다.

그가 발을 들여놓은 생활 — 새로운 장소, 동료, 전쟁 — 이 도움이 됐다. 그리고 오래 지날수록 그는 점점 덜 생각했고 결국에는 정말로 완전히 잊어버렸다.

딱 한 번, 전쟁이 끝난 후 카츄샤를 만날 기대를 품고 고모들 집에 들렀다. 카츄샤가 그 집에 없다는 것, 그가 출발한 직후 출산을 위해 떠났다는 것, 어디에선가 아기를 낳았고 또 고모들이 들은 바로는 완전히 타락해 버렸다는 것을 알았을 때 그는 가슴을 옥죄는 아픔을 느꼈다. 시기를 볼 때 그녀가 낳은 아기는 그의 자식일 수도 있었지만 아닐 수도 있었다. 고모들은 그녀가 타락했으며 그 어미처럼 본성이 음탕하다고 말했다. 그리고 그는 고모들의 이런 의견에 기분이 흡족했다. 어쩐지 그를 옹호해 주는 것 같았기 때문이다. 그래도 처음에는 그녀와 아기를 찾으려 했다. 하지만 그 일을 생각하면 마음 깊이 너무도 고통스럽고 수치스러운 기분을 느끼게 된다는 이유로 그들을 찾는 데 필요한 노력을 하지 않다가 점차 자신의 죄를 잊더니 아예 생각조차 하지 않게 됐다.

그런데 지금 이 놀라운 우연이 모든 기억을 되살렸고, 양심에 그런 죄를 지고도 지난 십 년 동안 맘 편히 살 수 있었던 무정함과 잔혹함과 비열함을 인정하라며 그를 몰아붙였다. 하지만 그는 여전히 절대 인정하지 않았다. 지금은 그저 이제 곧 모든 것이 밝혀지지 않을까, 그녀나 그 변호사가 시시콜콜 전부 이야기해 모든 사람들 앞에서 그를 수치스럽게 만들지 않을까만 생각했다.

19

법정에서 나와 배심원실로 향하는 동안 네흘류도프는 이런 기분에 잠겨 있었다. 그는 창가에 앉아 주위에서 벌어지는 대화에 귀를 기울이며 내내 담배를 피웠다.

쾌활한 상인은 분명히 상인 스멜코프의 도락에 진심으로 공감하는 듯했다.

"참나, 정말 흥청망청 놀았더군요, 시베리아식으로요. 안목이 높네요. 그런 여자를 고르다니."

배심원장은 전문가의 감정이 핵심이라는 견해를 제시하고 있었다. 표트르 게라시모비치가 유대인 점원에게 무슨 농담을 던지자 두 사람이 무언가에 대해 웃음을 터뜨렸다. 네흘류도프는 자신을 향한 질문에 간단히 대답했다. 그가 바라는 것은 오직 한 가지, 자기를 가만히 내버려 두는 것이었다.

옆 걸음질을 치는 집행관이 배심원들에게 다시 법정으로

가 달라고 청했을 때 네흘류도프는 재판을 하러 가는 게 아니라 법정으로 끌려가는 듯한 두려움을 느꼈다. 마음속 깊은 곳에서는 이미 자신이 사람들의 눈을 쳐다보는 것조차 부끄러워해야 할 악인이라고 느꼈지만, 늘 그랬듯 평소의 자신만만한 동작으로 연단에 올라 배심원장 옆인 자기 자리에 다리를 꼬고 앉아서 코안경을 만지작거렸다.

피고들도 어딘가로 끌려 나갔다가 다시 들어온 참이었다.

법정에는 새로운 얼굴들이 있었다. 증인들이었다. 네흘류도프는 마슬로바가 실크와 벨벳을 휘감은 매우 화려한 차림의 뚱뚱한 여자로부터 도저히 눈을 뗄 수 없다는 듯 몇 번이고 그쪽을 쳐다보는 것을 알아차렸다. 커다란 리본이 달린 높다란 모자를 쓰고 팔꿈치까지 맨살을 드러낸 팔에 우아한 손가방을 건 여자는 격자무늬 칸막이 앞 첫 줄에 앉아 있었다. 나중에 그가 알게 된 바에 따르면 증인으로 온 그 여자는 마슬로바가 있던 유곽의 주인이었다.

이름, 종교 등 증인들에 대한 심문이 시작됐다. 그다음에 증인들에게 어떤 식으로 질문하길 원하는지, 즉 선서를 시킬지 말지에 대한 검사 측과 변호사 측의 논의가 끝나자 다시 그 늙은 사제가 힘겹게 다리를 움직이면서 나와 똑같이 실크로 지은 법의 가슴팍에서 금 십자가의 위치를 바로잡으며 모든 증인들과 전문 감정인에게 선서를 시켰다. 자신이 대단히 유익하고 중요한 일을 한다는 확신이 깃든 똑같이 침착한 태도였다. 선서가 끝나자 유곽 주인 키타예바만 남기고 다른 증인들을 전부 법정 밖으로 내보냈다. 그녀는 이 사건에 관해서 아는 것에 대해 질문을 받았다. 키타예바는 꾸민 듯한 미소를 지은 채 한 구절 한 구절마다 모자 쓴 머리를 흔들면서 독일어 억양으로 상세하고 조리 있게 이야기했다.

먼저 부유한 시베리아 상인을 위한 여자를 데려가기 위해 안면이 있던 호텔 복도 담당인 시몬이 유곽에 찾아왔다. 그녀는 류바샤를 보냈다. 얼마 후 류바샤가 상인과 함께 돌아왔다.

"상인은 이미 황홀감에 빠진 상태였어요." 키타예바가 살짝 미소를 지으며 말했다. "우리 집에서도 계속 마셔 댔고, 아가씨들에게도 한턱냈죠. 하지만 돈이 떨어지는 바람에 그 사람이 자기가 묵고 있는 객실로 여기 류바샤를 보냈어요. 그 사람은 이 애를 아주 마음에 들어 했답니다." 그녀가 피고에게 시선을 던지며 말했다.

네흘류도프의 눈에는 그 순간 마슬로바가 미소를 지은 것처럼 보였고, 그 미소가 혐오스럽게 느껴졌다. 연민과 뒤섞인 억누르기 힘든 이상한 반감이 그의 내면에서 솟아올랐다.

"그런데 마슬로바에 대해서는 어떤 견해를 갖고 계십니까?" 재판소가 마슬로바의 변호인으로 지정한 예비 판사가 붉어진 얼굴로 쭈뼛거리며 말했다.

"아주 좋은 애지요." 키타예바가 대답했다. "교양 있고 세련된 아가씨예요. 그는 좋은 가정에서 교육을 받았고 프랑스어도 읽을 줄 알아요. 가끔 좀 지나치게 술을 마시긴 하지만 한 번도 정신을 잃은 적은 없어요. 정말 좋은 아가씨예요."[39]

---

39) 톨스토이는 앞서 키타예바가 독일어 억양으로 말한다고 묘사했는데, 그

카츄샤는 주인을 쳐다보고 있다가 불현듯 배심원들 쪽으로 시선을 돌리더니 네흘류도프에게 눈을 고정했다. 그녀의 얼굴이 진지하다 못해 심지어 엄하게 변했다. 엄한 두 눈 중 한 쪽이 사시였다. 기이한 그 두 눈이 꽤 오랫동안 네흘류도프를 응시했다. 그는 공포에 사로잡혔으면서도 흰자위가 새하얀 그 사시인 두 눈에서 시선을 뗄 수 없었다. 부서진 얼음, 안개, 무엇보다 새벽녘에 떠올라 검고 무시무시한 무언가를 비추던 이지러진 초승달……. 그 무시무시한 밤이 떠올랐다. 하나는 그를 향하고, 하나는 그를 비껴 쳐다보는 두 검은 눈동자가 그 검고 무시무시한 무언가를 떠올리게 했다.

'날 알아봤어!' 그는 생각했다. 그리고 네흘류도프는 마치 주먹이 날아올 것을 예상한 듯 몸을 움츠렸다. 하지만 그녀는 알아보지 못했다. 그녀는 안도의 한숨을 쉬고 다시 재판장을 쳐다보았다. 네흘류도프도 한숨을 토했다. '아, 얼른 끝났으면.' 그는 생각했다. 지금 그는 사냥터에서 다친 새를 죽여야 했을 때 경험한 것과 비슷한 감정을 느끼고 있었다. 불쾌하고 불쌍하고 난처했다. 목숨이 끊어지지 않은 새가 사냥감 주머니 속에서 몸부림치고 있다. 불쌍하다. 얼른 죽인 다음에 잊고 싶다.

네흘류도프는 지금 증인들에 대한 심문을 들으면서 그런 당혹스러운 감정을 맛보고 있었다.

녀의 증언을 통해 그녀가 러시아어 문법에도 아주 서툴다는 점을 표현했다. 키타예바는 카츄샤를 '그'라는 남성 대명사로 지칭하고, 그녀의 행위에 대해서도 여성 동사와 복수 동사를 뒤섞어 사용했다.

20

하지만 그에게 악의를 품기라도 한 듯 심리는 오랫동안 계속됐다. 증인들과 전문 감정인에 대한 심문이 한 사람씩 차례로 이루어진 후, 그리고 검사보와 변호사가 의미심장한 표정으로 불필요한 질문들을 던지고 난 후 재판장이 배심원들에게 증거물을 검사해 달라고 요청했다. 아주 투실투실한 검지에 꼈을 것 같은 꽃 모양의 다이아몬드가 박힌 큼직한 반지와 독을 검사하는 데 사용된 여과기였다. 봉인된 이 증거물들에는 라벨이 붙어 있었다.

배심원들이 그 물건들을 보려고 하는데 검사보가 다시 몸을 약간 일으키며 증거물을 살펴보기에 앞서 의사의 검시 보고서를 낭독해 달라고 요구했다.

스위스 여자와 만나는 자리에 늦지 않기 위해 최대한 심리를 서두르던 재판장은 그 기록을 낭독해 봤자 사람들이 지루해하고 점심시간이 지연되기만 할 뿐 다른 어떤 결과도 얻을 수 없다는 것을 매우 잘 알았다. 검사보가 그 낭독을 요구하는 것이 단지 그에게 그것을 요청할 권리가 있음을 알기 때문이라는 것도 알았다. 하지만 그의 요구를 거절할 수 없어 동의를 표명했다. 서기가 기록을 꺼내 다시 엘(l)과 에르(r)를 불분명하게 발음하는 침울한 목소리로 낭독을 시작했다.

외관 검시를 통해 다음과 같은 사실이 확인됐다.

1) 페라폰트 스멜코프의 신장, 2아르신 12베르쇼크.[40]

"그나저나 건장한 남자였네요." 상인이 근심에 잠긴 표정으로 네흘류도프의 귀에 속삭였다.

2) 연령은 외견상 40세 정도로 추정됨.

3) 시신이 부풀어 있음.

4) 피부색이 전체적으로 푸르스름하며 곳곳에 검은 반점이 있음.

5) 신체 표면에 돋은 크고 작은 수포로 피부가 부풀고 군데군데 벗어져 큰 부스러기 모양으로 늘어짐.

6) 머리칼은 짙은 갈색에 숱이 많은 편이며 건드리기만 해도 두피에서 쉽게 떨어짐.

---

40) 러시아의 길이 단위로 1아르신은 71.12센티미터, 1베르쇼크는 4.4센티미터다. 따라서 2아르신 12베르쇼크는 약 195센티미터다.

7) 눈알이 눈구멍에서 돌출되었고, 각막이 혼탁함.

8) 콧구멍, 두 귓구멍, 입에서 거품 섞인 피고름이 흐르고 입이 반쯤 벌어짐.

9) 얼굴과 가슴이 팽창해서 목이 거의 보이지 않음.

기타 등등, 기타 등등.

네 장의 보고서에는 시내에서 흥청망청 놀던 상인의 무시무시하고 거대하고 뚱뚱한, 여전히 부풀어 오른 채 부패 중인 시신에 대한 외관 검시가 그런 식으로 스물일곱 항목에 걸쳐 아주 상세하게 기술되어 있었다. 네흘류도프가 느낀 막연한 혐오감은 시체에 대한 그 기술이 낭독되는 동안 한층 강해졌다. 카츄샤의 삶, 콧구멍에서 흐르는 피고름, 눈구멍에서 튀어나온 눈, 그와 그녀의 행위, 그 모든 것이 동일한 영역에 속한 대상으로 보였다. 사방에서 이런 대상들이 자신을 에워싸 급기야 삼켜 버린 느낌이었다. 마침내 외관 검시에 대한 낭독이 끝나자 재판장은 무겁게 한숨을 쉬고 이제 끝이기를 바라며 고개를 들었다. 하지만 곧 서기가 내부 검시에 대한 기록을 낭독하기 시작했다.

재판장은 다시 고개를 숙이고 한 손으로 턱을 괸 채 눈을 감았다. 네흘류도프와 나란히 앉은 상인은 간신히 졸음을 참으면서 이따금 고개를 꾸벅꾸벅했다. 피고들은 그들 뒤의 헌병들과 마찬가지로 꼼짝 않고 앉아 있었다.

내부 검시를 통해 다음과 같은 사실이 확인됐다.

1) 머리뼈를 덮은 표피가 머리뼈에서 쉽게 벗겨졌고, 피하 출혈은 어디에도 보이지 않음.

2) 머리뼈는 중간 두께이며 손상되지 않음.

3) 경뇌막 위에 색소가 침착된 약 4인치[41]의 크지 않은 반점이 두 개 있고, 뇌막 자체는 창백하고 둔탁한 색을 띰.

그 밖에 서른 개 항목이 더 기술됐다.

그다음에는 입회인들의 이름과 서명, 또 그다음에는 의사의 결론이 이어졌다. 그 결론으로부터 얻을 수 있는 사실은 위장 및 창자와 신장의 일부에서 일어난 변화 — 부검에서 밝혀지고 조서로 기록된 — 가 스멜코프의 사인이 술과 함께 위장에 들어온 독극물로 인한 중독이라는 결론에 상당히 개연성 있는 근거를 부여한다는 점이었다. 위와 장에 나타난 변화로는 어떤 독이 위에 유입되었는지 말하기 어렵다. 하지만 스멜코프의 위에서 상당량의 알코올이 발견되었기 때문에 그 독이 술과 함께 위에 들어갔다고 추정하는 것이 마땅하다.

"술을 잘 마셨나 봅니다." 잠에서 깬 상인이 다시 속삭였다.

그 조서 낭독이 한 시간가량 이어졌지만 검사보는 만족하지 않았다. 조서의 낭독이 끝나자 재판장이 그를 돌아보았다.

"내부 검시 보고서를 낭독할 필요는 없을 것 같군요."

"그 검시 결과의 낭독을 요청하고 싶습니다." 검사보가 재판장을 쳐다보지도 않은 채 몸을 비스듬히 약간 일으키면서

41) 1인치는 2.54센티미터다.

말했다. 그 낭독을 요구하는 것은 자신의 권한이고, 자신은 그 권한을 포기하지 않을 것이며, 거부는 항소의 근거가 될 거라고 느끼게 하는 어조였다.

덥수룩한 턱수염과 선한 인상의 처진 눈을 한 배석 판사는 카타르[42]를 앓고 있었다. 기운이 떨어진 그가 재판장을 돌아보았다.

"그런데 이걸 낭독할 필요가 있을까요? 시간만 지체할 뿐입니다. 이런 새 빗자루들로는 더 이상 깨끗이 쓸지 못해요. 청소하는 시간만 더 길어질 뿐이죠."

금테 안경을 쓴 배석 판사는 아무 말도 하지 않았다. 그저 아내나 삶으로부터 무엇 하나 좋은 것을 기대하지 않으며 음울하고 단호하게 눈앞을 바라볼 뿐이었다.

보고서의 낭독이 시작됐다.

188×년 2월 15일 의료국의 의뢰에 따라 638호 기록에 서명한 본 검시관은 부검시관의 입회하에 다음의 내장 검사를 실시했다.

법정의 모든 사람을 괴롭히는 잠을 몰아내려는 듯 서기는 목소리의 음역을 높여 결연하게 다시 낭독을 시작했다.

1) 오른쪽 폐와 심장(6푼트[43])들이 유리병에 보존).

---

42) 조직은 파괴되지 않고 점막이 헐면서 부어오르는 염증.
43) 러시아에서 사용하는 무게 단위로 1푼트는 약 407.7그램이다.

2) 위장의 내용물(6푼트들이 유리병에 보존).

3) 위장(6푼트들이 유리병에 보존).

4) 간장, 비장, 신장(3푼트들이 유리병에 보존).

5) 창자(6푼트들이 도기에 보존).

이 낭독이 시작되자 재판장은 배석 판사 중 한 명을 향해 몸을 숙여 뭐라고 속삭이더니 다른 한 명에게도 똑같이 하고는 동의를 얻은 후 그 자리에서 낭독을 중지시켰다.

"본 법정은 보고서 낭독이 불필요함을 인정합니다." 그가 말했다.

서기는 입을 다물고 기록을 정리했으며, 검사보는 성난 표정으로 뭔가를 기록했다.

"배심원 여러분은 증거물을 검사해도 좋습니다." 재판장이 말했다.

배심원장과 몇몇 배심원들은 몸을 일으키더니 손을 어떻게 움직이고 어디에 놓아야 할지 난처해하면서 탁자로 다가가 차례로 반지와 유리병과 여과기를 쳐다보았다. 심지어 상인은 손가락에 반지를 껴 보기도 했다.

"와, 손가락도 굵었어요." 그가 자리에 돌아와 말했다. "실한 오이만 하더군요." 독살당한 상인을 영웅 서사시의 용사처럼 상상하는 것이 즐거운지 그가 덧붙였다.

21

증거물 검사가 끝나자 재판장은 심리의 종료를 선언하고는 얼른 벗어나고 싶어 중단 없이 검사 측에 발언을 허락했다. 재판장은 검사보 역시 인간이기를, 그 역시 담배도 피우고 식사도 하고 싶어 하기를, 그가 다른 사람들을 불쌍히 여겨 주기를 바랐다. 하지만 검사보는 자신도 다른 사람들도 불쌍하게 생각하지 않았다. 검사보는 천성이 매우 아둔했다. 게다가 불행하게도 김나지움을 수석으로 졸업하고 대학에서 로마법의 용익권에 대한 논문으로 상을 받으면서 몹시 우쭐거리게 되었으며(귀부인들 사이에서 거둔 성공도 여기에 일조했다.) 그 결과 대단히 어리석은 자가 되고 말았다. 발언을 허락받자 그는 수놓은 제복을 입은 우아한 자태를 고스란히 드러내면서 천천히 일어나 두 손으로 책상을 짚고는 살짝 고개를 숙인 채 피고들의 시선을 피하면서 법정을 둘러보고 입을 열었다.

"배심원 여러분, 여러분에게 맡겨진 사건은 말하자면 전형적인 범죄입니다." 그는 조서와 보고서가 낭독되는 동안 미리 준비해 둔 논고를 펼치기 시작했다.

그의 견해에 따르면 검사보의 논고는 유명해진 변호사들의 유명한 변론들처럼 마땅히 사회적 의의를 지녀야 했다. 사실 방청석에는 여자 세 명, 즉 재봉사와 요리사와 시몬의 누이, 그리고 마부 한 명뿐이었지만 그것은 전혀 중요하지 않았다. 유명 인사들도 처음에는 그렇게 시작했다. 검사보의 원칙은 언제나 자신이 점한 고지에 서 있는 것, 즉 범죄의 심리적 의미를 깊이 꿰뚫어 보고 사회의 해악을 폭로하는 것이었다.

"배심원 여러분, 여러분은 이렇게 표현해도 좋다면 세기말의 전형적인 범죄를 눈앞에서 보고 있습니다. 즉 이 범죄는 타락이라는 통탄할 현상의 이른바 특수한 성격을 띠는데, 말하자면 특히 이 과정의 맹렬한 빛에 노출된 우리 현대 사회의 구성원들이 당하기 쉬운바……."

검사보는 한편으로 자신이 생각해 둔 명석한 문구들을 남김없이 떠올리기 위해, 다른 한편으로는 무엇보다 한순간도 지체하지 않고 자신의 논고가 유창하게 울려 퍼지도록 하기 위해 애쓰면서 한 시간 십오 분에 걸쳐 쉬지 않고 아주 오랫동안 발언했다. 딱 한 번 말을 멈추고 꽤 한참 동안 침을 삼키긴 했지만 이내 자세를 추스르고 한층 더 유창하게 그 지체된 시간을 메웠다. 왼발 오른발에 체중을 바꿔 실으면서 배심원들을 향해 부드럽고 간사한 목소리로 말하기도 하고, 자신의 공책을 들여다보며 나직하고 사무적인 목소리로 말하기도 하고, 방청자와 배심원들을 번갈아 바라보며 죄를 고발하는 투의 커다란 목소리로 말하기도 했다. 다만 일제히 그를 뚫어지게 바라보는 세 피고인들에게는 한 번도 눈길을 주지 않았다. 그 논고에는 당시 그의 모임에서 유행하던 최신의 것들, 당시 학계에서 최신 용어로 받아들여졌고 지금도 그렇게 받아들여지는 것들이 전부 포함되었다. 유전도, 선천적 범죄 성향도, 롬브로소[44]도, 타르드[45]도, 진화도, 적자생존도, 최면술도, 암시도, 샤르코[46]도, 데카당스도 있었다.

검사보의 묘사에 따르면 상인 스멜코프는 활달한 기질을 지닌 강하고 순수한 러시아인 유형으로, 사람을 잘 믿는 경솔함과 관대함 때문에 매우 타락한 인간들의 손아귀에 빠져 희생물이 되고 말았다.

시몬 카르친킨은 농노제가 만들어 낸 격세유전의 산물로서 교양도 없고 원칙도 없고 심지어 종교조차 없는 학대받은 인간이었다. 엡피미야는 그의 정부이며 유전의 희생자였다. 그녀에게서는 퇴화한 인간의 모든 징후가 눈에 띄었다. 범죄의

---

44) 체사레 롬브로소(Cesare Lombroso, 1835~1909). 이탈리아의 범죄학자. 원시 단계 인간의 생물학적 특징을 물려받은 인간이 범죄자가 되고, 범죄자에게는 일정한 신체적 특징이 있다고 주장했다.

45) 장 가브리엘 타르드(Jean Gabriel Tarde, 1843~1904). 프랑스의 사회과학자. 롬브로소의 형법 이론을 비판하며 사회심리학적 관점에서 범죄를 연구했다.

46) 장 마르탱 샤르코(Jean Martin Charcot, 1825~1893). 프랑스의 신경학자. 현대 신경학의 기초를 세웠으며, 히스테리의 기질적 요인을 밝히기 위해 최면술을 사용했다. 지그문트 프로이트도 그의 학생이었다.

주동자는 가장 저급한 표본으로서 데카당스 현상을 나타내는 마슬로바였다.

"이 여자는 교육을 받았습니다." 검사보는 그녀를 쳐다보지 않고 말했다. "우리는 이 법정에서 그녀의 주인이 하는 증언을 들었습니다. 그녀는 읽고 쓸 줄 알 뿐 아니라 프랑스어도 압니다. 고아로서 어쩌면 자기 안에 범죄의 싹을 가지고 있었을지 모를 그녀는 교양 있는 귀족 집안에서 양육을 받았기 때문에 정직한 노동으로 살아갈 수 있었습니다. 하지만 은인들을 저버리고 정욕에 몸을 맡기고는 그 충족을 위해 유곽에 들어가지요. 그곳에서 그녀는 자신이 받은 교육 덕분에, 무엇보다 배심원 여러분도 이 자리에서 그녀의 주인으로부터 들었듯이 신비한 성질로 손님들에게 영향을 미치는 능력 덕분에 다른 동료들보다 두각을 드러냅니다. 그 성질이란 최근 과학 분야에서 특히 샤르코 학파를 통해 연구되고 암시라는 명칭으로 알려지게 된 것입니다. 다름 아닌 이 성질로 그녀는 러시아 영웅 서사시의 용사 같고 사람을 잘 믿는 선량한 삿코[47] 같은 부유한 손님의 마음을 사로잡아 그 신뢰를 이용해 처음에는 도둑질을 하고, 나중에는 무자비하게 목숨을 앗아 가 버립니다."

"아, 저 사람은 헛소리를 너무 많이 지껄이는 것 같아." 재판장이 근엄한 표정의 배석 판사 쪽으로 몸을 숙이면서 싱긋 웃으며 말했다.

---

47) 러시아의 설화에 나오는 상인으로 노래와 악기를 연주하는 솜씨가 뛰어났다. 배가 침몰해 바다 왕에게 끌려갔다가 노래로 그를 매료시키고 그 딸과 결혼하여 고향인 노브고로드로 돌아온다.

"지독한 멍청이지요." 근엄한 배석 판사가 말했다.

"배심원 여러분." 그사이 검사보는 가는 허리를 우아하게 비틀면서 발언을 계속했다. "이 사람들의 운명은 여러분의 손에 달렸습니다. 하지만 여러분의 판결이 영향을 미치게 될 사회의 운명도 어느 정도는 여러분의 손에 달려 있습니다. 여러분은 이 범죄의 의미를, 마슬로바 같은 이른바 병리학적 개인이 사회에 가져올 위험을 직시하여 사회가 감염되지 않도록 지켜 주십시오. 이 사회의 죄가 없고 견실한 사람들을 종종 파멸로 치닫게 하는 감염으로부터 지켜 주십시오."

그리고 눈앞에 다가온 판결의 중대함에 스스로 압도되었는지 검사보는 자신의 논고에 극도로 도취된 듯한 모습으로 의자에 앉았다.

미사여구를 제외하면 그 논고의 골자는 다음과 같았다. 마슬로바는 상인에게 최면을 걸어 환심을 산 후 돈을 가지러 열쇠를 가지고 객실에 가서 돈을 전부 차지하려 했다. 하지만 시몬과 옙피미야에게 들키는 바람에 돈을 나눌 수밖에 없었다. 그 후 자기가 저지른 범죄의 흔적을 감추기 위해 다시 상인과 함께 호텔로 갔고 그곳에서 그를 독살했다.

검사보의 논고가 끝나자 풀 먹인 하얀 셔츠의 가슴 부분을 넓은 반원형으로 드러낸 연미복 차림의 중년 남자가 변호사석에서 일어나 활기차게 카르친킨과 보츠코바의 변론을 시작했다. 그들이 300루블을 내고 고용한 변호사였다. 그는 두 사람을 변호하면서 모든 죄를 마슬로바에게 덮어씌웠다.

그는 돈을 꺼낼 때 보츠코바와 카르친킨이 그 자리에 함께 있었다는 마슬로바의 진술을 반박했고, 죄상이 폭로된 독살범인 그녀의 진술에 신빙성이 전혀 없다는 점을 강조했다. 2500루블은 이따금 방문객들로부터 하루에 3루블에서 5루블을 받는 근면하고 정직한 두 사람이 충분히 벌 수 있는 돈이라고 말했다. 상인의 돈은 마슬로바가 훔쳐서 누군가에게 건넸을 것이다. 어쩌면 그녀의 상태가 정상이 아니어서 분실했는지도 모른다. 독살은 마슬로바가 혼자서 실행했다.

이런 이유로 그는 배심원들에게 카르친킨과 보츠코바의 금전 절도 혐의에 대해 무죄를 인정해 달라고 요청했다. 설사 배심원들이 두 사람의 절도 혐의를 유죄로 판단하더라도 그들은 독살에 가담하지 않았고 사전에 모의하지도 않았다는 것이다.

마지막으로 변호인은 검사보를 괴롭히기 위해서 유전에 대한 검사보의 뛰어난 고찰은 비록 유전에 대한 학문적 의문들을 해명해 주지만 이 경우에는 적절하지 않다고, 보츠코바의 부모가 누구인지 알려지지 않았기 때문이라고 언급했다.

검사보는 마치 으르렁거리듯 성난 모습으로 자기 문서에 뭐라고 끼적이고는 경멸 섞인 놀라움을 드러내며 어깨를 으쓱했다.

그다음에 마슬로바의 변호인이 일어나 말을 더듬거리면서 소심하게 자신의 변론을 낭독했다. 마슬로바가 금전 절도에 가담했다는 혐의에 대해서는 부인하지 않고, 오로지 독살할 의도 없이 다만 스멜코프를 재우기 위해 가루약을 주었을 뿐이라는 주장만 했다. 마슬로바가 한 남자로 인해 타락의 길에 들어섰다는 점, 그 남자는 처벌을 받지 않았는데 그녀만 자신의 타락에 대해 모든 짐을 짊어져야 했다는 점을 개괄하면서 다소 웅변조로 변론하려고도 했다. 하지만 심리학 영역으로 이탈하려던 그의 시도는 전혀 성공을 거두지 못했다. 모든 사람들이 무안해할 정도였다. 그가 남자들의 잔혹함과 여자들의 무력함에 대해 우물거리자 부담을 덜어 주고 싶었던 재판장이 사건의 본질에 좀 더 충실해 달라고 요청했다.

그 변호인 다음에 다시 검사보가 일어나 첫 번째 변호인을 공박하며 유전에 대한 자기 입장을 옹호했다. 유전으로부터 범죄를 추론할 수 있을 뿐 아니라 범죄로부터 유전을 추론할 만큼 유전 법칙은 과학을 통해 충분히 확인되었으므로 보츠코바의 부모가 누구인지 모른다 해도 유전 학설의 진실이 그 점으로 인해 훼손되는 일은 결코 없다는 것이다. 한편 마슬로바가 가상의(그는 '가상의'라는 단어를 유독 신랄하게 말했다.) 유혹자 때문에 타락했다는 변론의 가정에 대해서는 모든 증거가 오히려 그녀야말로 그 손을 거쳐 간 수많은 희생자들을 유혹한 장본인이었음을 말해 준다고 했다. 이렇게 말하고 나서 그는 의기양양하게 자리에 앉았다.

그다음에 피고인들이 자신을 변호할 기회를 허락받았다.

옙피미야 보츠코바는 자기는 아무것도 모르고 어떤 일에도 가담하지 않았다는 말을 되풀이하면서 집요하게 모든 잘못을 마슬로바에게로 돌렸다. 시몬은 몇 번이고 똑같은 말만 되풀이할 뿐이었다.

"뜻대로 하십시오. 다만 전 결백합니다. 터무니없습니다."

마슬로바는 아무 말도 하지 않았다. 자신을 변호할 만한 것이 있으면 말해 보라는 재판장의 권유에 그저 시선을 들어 그를 올려다보다가 몰이를 당한 짐승처럼 모든 사람들을 둘러보더니 이내 눈을 내리깔고 큰 소리로 흐느껴 울기 시작했다.

"왜 그러십니까?" 옆에 나란히 앉은 상인이 네흘류도프가 갑자기 낸 이상한 소리를 듣고 물었다. 그것은 억눌린 흐느낌이었다.

네흘류도프는 이 순간 아직 자신이 처한 입장의 의미를 충분히 이해하지 못하고 간신히 참은 흐느낌과 눈에 넘쳐흐르는 눈물을 자신의 약한 신경 탓으로 돌렸다. 그는 눈물을 감추기 위해 **코안경**을 쓰고는 손수건을 꺼내 코를 풀었다.

그는 이 법정에 있는 모든 사람이 자신의 행위를 알게 될 경우에 당할 치욕을 생각했다. 그러자 공포가 그의 마음속에서 일어나던 내면의 움직임을 짓눌렀다. 처음에는 그 공포가 다른 무엇보다 강했다.

22

피고들의 최후 진술이 끝나고 질문을 제기하는 형식에 관한 검사 측과 변호인 측의 교섭이 이루어졌다. 역시 시간이 좀 걸렸다. 마침내 질문서가 작성됐고, 재판장이 사건 개요를 설명하기 시작했다.

배심원들에게 사건을 기술하기에 앞서 그는 강도는 강도, 절도는 절도, 잠긴 공간에서의 도둑질은 잠긴 공간에서의 도둑질, 잠기지 않은 공간에서의 도둑질은 잠기지 않은 공간에서의 도둑질이라며 듣기 좋은 가정적인 어조로 매우 오랫동안 설명했다. 그리고 이 설명을 하는 동안 특히 네흘류도프를 향해 자주 시선을 던졌다. 네흘류도프가 이 중요한 상황을 잘 파악해서 동료들에게도 설명해 주었으면 하는 기대로 특히 그에게 분명히 알려 주고 싶은 듯했다. 배심원들이 이 사실을 충분히 이해했다고 생각한 재판장은 또 다른 사실, 즉 살인이란 인간의 죽음을 불러오는 행위고, 따라서 독살은 살인이라는 또 다른 사실을 전개하기 시작했다. 그가 생각하기에 배심원들이 이 또한 이해한 것처럼 보이자 절도와 살인이 동시에 실행되면 절도와 살인 모두 범죄 구성의 요건이 된다고 설명했다.

재판장은 얼른 빠져나가길 원했고, 스위스 여자가 이미 그를 기다리고 있었다. 하지만 자신의 직무에 너무 길들여진 나머지 일단 말을 꺼내자 도저히 멈출 수 없었다. 그래서 피고들을 유죄로 판단할 경우에는 유죄를 인정할 권리가 있다고, 무죄로 생각할 경우에는 무죄를 인정할 권리가 있다고, 한 혐의에 대해 유죄로, 다른 혐의에 대해 무죄로 판단할 경우에는 하나는 유죄로, 다른 하나는 무죄로 인정해도 좋다고 배심원들에게 상세히 알려 주었다. 그런 다음 그들이 그 권리를 위임받았다 해도 이성적으로 사용하지 않으면 안 된다고 설명했다. 또한 제기된 질문에 대해 긍정의 답변을 내놓을 경우 질문 속에 제기된 모든 상황을 인정하는 셈이라고, 질문 속에 제기된 모든 상황을 전부 인정하는 게 아니라면 어느 부분을 인정하지 않는지 단서를 달아야 한다고도 설명하려 했다. 하지만 시계를 흘깃 쳐다보고는 어느새 3시 오 분 전임을 깨닫고 지체 없이 사건의 요지를 설명하기로 결정했다.

"본 사건의 경위는 다음과 같습니다." 그는 입을 떼고 변호사들과 검사보와 증인들이 이미 여러 차례 언급한 내용을 전부 되풀이했다.

재판장이 말하는 동안 양옆의 배석 판사들은 의미심장한

표정으로 귀를 기울이면서 이따금 시계를 흘깃거렸다. 재판장의 설명이 매우 훌륭하긴 해도, 즉 그런 식의 설명이 당연하긴 해도 다소 길다고 생각했다. 검사보나 법원 관계자들 전반이며 법정에 있던 모든 사람들 역시 마찬가지 의견이었다. 재판장이 사건 개요 설명을 마쳤다.

모두 언급된 것 같았다. 하지만 재판장은 도무지 자신의 발언권을 손에서 놓지 못했다. 자기 목소리의 인상적인 억양을 듣는 것이 몹시 흐뭇했다. 그래서 그는 배심원들이 부여받은 권리의 중요성, 그들이 이 권리를 주의 깊고 신중히 행사하되 악용해서는 안 된다는 점, 그들이 선서를 했다는 점, 그들이 사회의 양심이라는 점, 법원 협의실의 비밀은 신성하게 지켜져야 한다는 점 등등에 대해 몇 마디 더 해 둘 필요가 있다고 생각했다.

재판장이 말을 시작한 이후 마슬로바는 한마디라도 놓칠까 봐 두려운 듯 그를 뚫어지게 쳐다보았다. 그래서 네흘류도프는 시선을 마주칠지 모른다는 두려움 없이 계속 그녀를 바라보았다. 그리고 그의 내면은 평범한 현상을 경험하고 있었다. 오랫동안 만나지 못한 사랑하는 사람의 얼굴이 처음에는 못 본 사이 일어난 외적인 변화 때문에 충격으로 다가오다가 점차 오래전 모습과 똑같아지고, 그동안 일어난 모든 변화가 사라지면서 둘도 없는 고유한 정신적 개성의 주된 표현만이 심안에 떠오르는 현상이었다.

바로 그 현상이 네흘류도프 안에서 일어나고 있었다.

그랬다. 죄수복을 입은 데다 몸이 전체적으로 펑퍼짐해지고 가슴이 커졌지만, 또 얼굴 아랫부분에 살이 붙고 이마와 귀 밑에 주름이 지고 눈이 조금 부었지만 분명히 부활절에 기쁨과 충만한 생명력으로 소리 내어 웃듯 사랑에 빠진 눈동자로 그를, 사랑하는 남자를 그처럼 순진하게 올려다보던 그 카츄샤였다.

'이런 놀라운 우연이 있을까! 하필이면 이 소송이 다름 아닌 내 순번에 떨어져야 했다니! 지난 십 년 동안 어디에서도 마주친 적 없는 내가 여기 피고석에서 그녀를 만나야 하다니! 그리고 이 모든 것은 어떤 식으로 끝나게 될까? 얼른, 아, 얼른 끝났으면!'

그의 내면에서 말하기 시작한 후회의 감정에 그는 여전히 굴복하지 않았다. 그에게는 그것이 그의 인생을 파괴하지 않고 지나갈 우연처럼 보였다. 방들을 어지럽혀 주인에게 목덜미를 잡힌 채 엉망이 된 것들을 보라고 야단맞는 강아지 신세가 된 느낌이었다. 강아지는 깽깽거리며 자기가 저지른 결과로부터 최대한 멀리 도망가서 그것들을 잊어버리기 위해 뒷걸음질 친다. 그러나 완고한 주인이 놓아주지를 않는다. 네흘류도프도 이미 자신이 저지른 짓의 모든 추악함을 깨달았고, 주인의 강한 손도 느꼈다. 하지만 여전히 자기 행동의 의미를 충분히 이해하지 못했으며 주인을 인정하려 들지도 않았다. 그는 여전히 눈앞에 있는 것이 자신의 문제라는 사실을 믿고 싶어 하지 않았다. 그러나 눈에 보이지 않는 완강한 팔이 그를 붙잡았고, 그는 자신이 달아나지 못하리라는 것을 예감했다. 그는 여전히 허세를 부렸고, 몸에 밴 습관에 따라 다리를 꼰

채 코안경을 무심하게 만지작거리면서 자신만만한 자세로 첫 번째 줄 두 번째 좌석에 앉아 있었다. 그렇지만 그러는 동안에도 마음 깊은 곳에서는 자신의 그 행위뿐 아니라 무익하고 혐오스럽고 비정하고 자기만족적인 자기 삶 전체가 얼마나 잔혹하고 저속하고 저급했는지 이미 충분히 느꼈다. 지난 세월 동안, 지난 십이 년 동안 그 범죄와 그 이후의 모든 생활을 눈에 보이지 않도록 기적적으로 가려 준 무시무시한 장막이 어느새 흔들리고 있었으며, 그도 이미 이따금 장막 뒤편을 흘깃거리고 있었다.

23

마침내 재판장은 발언을 마치고 우아한 몸짓으로 질문서를 들어 가까이 다가온 배심원장에게 건넸다. 배심원들은 법정을 나가도 된다는 사실에 기뻐하며 자리에서 일어나 뭔가 부끄러운 듯 손을 어찌해야 좋을지 몰라 쩔쩔매면서 차례차례 협의실로 향했다. 그들이 들어가서 문을 닫자마자 헌병이 다가와 칼집에서 뽑은 기병도를 한쪽 어깨 위에 얹고 문가에 섰다. 판사들도 일어나 법정을 나섰다. 피고들도 끌려 나갔다.

협의실에 들어온 배심원들은 아까처럼 우선 담배부터 꺼내 피우기 시작했다. 법정의 배심원석에 앉았을 때는 자신이 처한 입장 때문에 다소 부자연스럽고 위선적인 기분이 들었는데 협의실에 들어가 담배를 피우기 시작하자 그런 감정은 곧 사라졌다. 그들은 긴장이 풀리는 것을 느끼며 협의실에 각자 자리를 잡고 앉았고, 곧 활기찬 대화가 시작됐다.

“젊은 여자에게는 죄가 없어요. 걸려든 겁니다.” 선량한 상인이 말했다. “정상 참작을 해 줘야 합니다.”

“우리가 논의할 게 바로 그 부분입니다.” 배심원장이 말했다. “우리는 우리의 개인적인 인상에 굴복해서는 안 됩니다.”

“재판장이 사건 요약을 잘해 주었지요.” 대령이 말했다.

“잘했다니요! 난 잠들 뻔했는데요.”

“중요한 것은 마슬로바가 그들과 공모하지 않았다면 고용인들이 돈에 대해 알 리 없다는 점입니다.” 유대인 점원이 말했다.

“그래서 뭡니까, 당신이 생각하기에는 그 여자가 도둑질을 한 것 같습니까?” 배심원들 가운데 한 명이 물었다.

“절대로 믿을 수 없어요.” 선량한 상인이 소리쳤다. “그 모든 것은 눈이 빨간 악당이 저질렀다니까요.”

“다들 좋은 사람이던데요.” 대령이 말했다.

“그 여자는 객실에 들어가지 않았다고 진술하잖아요.”

“당신은 그 여자를 더 믿는군요. 난 그런 썩을 년은 평생 믿지 않을 겁니다.”

“어쩌라고요, 당신이 믿지 않는 게 뭐가 중요합니까?” 점원이 말했다.

“열쇠는 그 여자에게 있었어요.”

“그 여자가 열쇠를 가지고 있었던 게 어때서요?” 상인이 반박했다.

“그럼 반지는요?”

“그 여자가 말하지 않았던가요?” 다시 상인이 소리쳤다. “상인이 제멋대로인 데다 술에 취해서 그 여자를 때렸다고요. 그러다 나중에 불쌍한 생각이 든 거죠. 알잖아요. 자, 이걸 줄 테니 울지 마라, 그런 거예요. 그자가 어떤 인간입니까? 내가 듣기로는 키가 12베르쇼크,[48] 몸무게는 8푸드[49] 정도라더군요!"

"중요한 건 그게 아니에요." 표트르 게라시모비치가 끼어들었다. "문제는 사건 전체를 계획하고 교사한 게 젊은 여자인가, 아니면 고용인들인가라고요."

"고용인들끼리 했을 리 없죠. 열쇠는 그녀에게 있었어요."

지리멸렬한 논의가 꽤 오랫동안 진행됐다.

"죄송합니다, 여러분." 배심원장이 말했다. "탁자 앞에 앉아서 협의해 주십시오. 자. 이리 오십시오." 그가 의장석에 앉으며 말했다.

"이런 여자들은 파렴치해요." 점원이 말했다. 그러고는 마슬로바가 주범이라는 견해를 뒷받침하기 위해서 그런 여자 한 명이 가로수 길에서 자기 동료의 시계를 훔쳤노라고 이야기했다.

대령이 이와 관련해 은제 사모바르 절도라는 훨씬 더 충격적인 사건을 이야기하기 시작했다.

"여러분, 질문에 주목해 주시길 부탁드립니다." 배심원장이

---

48) 1부 20장에 나오는 외관 검시 보고서에 따르면 스멜코프의 키는 2아르신 12베르쇼크다. 상인은 지금 2아르신을 생략한 채 스멜코프의 신장을 언급하고 있다.

49) 러시아의 무게 단위로 1푸드는 16.38킬로그램이다. 8푸드는 약 131킬로그램이다.

연필로 탁자를 탁탁 두드리며 말했다.

다들 입을 다물었다. 그 질문들은 다음과 같았다.

1) 크라피벤스키군 보르키 마을의 농민 33세 시몬 페트로프 카르친킨은 188×년 1월 17일 N시에서 다른 사람들과 공모하여 강도 목적으로 상인 스멜코프의 생명을 빼앗기로 모의한 후 그에게 독이 든 코냑을 주어 그 결과 스멜코프를 죽음에 이르게 하고 2500루블가량의 현금과 다이아몬드 반지를 훔친 사건에 대해 유죄인가?

2) 첫 번째 질문에 기술된 범죄에 대해 소시민 43세 옙피미야 이바노바 보츠코바는 유죄인가?

3) 첫 번째 질문에 기술된 범죄에 대해 소시민 27세 예카체리나 미하일로바 마슬로바는 유죄인가?

4) 피고 옙피미야 보츠코바가 첫 번째 질문 사항에 대해 무죄라면 188×년 1월 17일 N시의 마브리타니야 호텔에서 근무하는 중 같은 호텔 숙박객인 상인 스멜코프의 객실에 있던 잠긴 여행 가방에서 2500루블을 은밀히 훔치고, 또 이를 위해 자신이 가져온 열쇠로 여행 가방을 연 것은 유죄인가?

배심원장은 첫 번째 질문을 낭독했다.

"자, 어떻습니까, 여러분?"

그 질문에 대해서는 금방 답이 나왔다. 다들 "유죄."라고 답하는 데 동의했고, 카르친킨이 독살과 절도 모두에 가담한 것을 인정했다. 카르친킨을 유죄로 인정하는 데 찬성하지 않은 사람은 늙은 협동조합원뿐이었다. 그는 모든 질문에 대해 무죄로 답했다.

배심원장은 그가 이해하지 못했다고 생각해서 모든 정황으로 미루어 카르친킨과 보츠코바가 유죄라는 점에는 의심할 여지가 없다고 설명했다. 그러나 협동조합원은 자기도 알지만 역시 그들에게 동정을 베푸는 편이 낫다고 대답했다. "우리도 거룩한 인간이 아니잖아요." 그는 이렇게 말하면서 계속 자기 의견을 고집했다.

보츠코바에 대한 두 번째 질문에서 배심원들은 오랜 논의와 설명 끝에 "무죄."라고 답했다. 그녀가 독살에 가담했다는 명백한 증거가 없었기 때문이다. 변호사는 특히 그 점에 힘을 쏟았다.

마슬로바를 무죄로 만들고 싶었던 상인은 보츠코바가 모든 것의 주범이라고 주장했다. 많은 배심원이 그에게 동의했지만, 법을 엄격히 따르길 원한 배심원장은 보츠코바가 독살에 가담했다고 인정할 근거가 없다고 말했다. 오랜 의견 충돌 끝에 배심원장이 승리를 거두었다.

보츠코바에 대한 네 번째 질문에 대해서는 배심원들이 "유죄."라고 답했다. 그리고 협동조합원의 강력한 요구에 따라 "하지만 정상 참작의 여지가 있음."이라는 소견이 덧붙었다.

마슬로바에 대한 세 번째 질문은 격렬한 논쟁을 불러일으켰다. 배심원장은 독살과 절도 모두에서 유죄라고 주장했다. 상인은 동의하지 않았고, 대령과 점원과 협동조합원이 그와 의견을 같이했다. 나머지 사람들은 동요하는 것 같았지만 배심원장의 견해가 점차 우세해졌다. 특히 지쳐 버린 배심원들이 다들 보다 신속히 전원의 의견을 통일해서 모두를 해방시켜 줄 것 같은 견해에 더 흔쾌히 찬성했기 때문이다.

네흘류도프는 법정 심리 절차에서 이루어진 모든 것으로부터, 그리고 자신이 마슬로바에 대해 알던 바로부터 그녀가 절도에도 독살에도 무죄임을 확신했고, 처음에는 다들 그 사실을 인정하리라고 믿었다. 하지만 상인의 서툰 옹호 — 분명 마슬로바에 대한 성적인 호감에 바탕을 둔 옹호였고, 상인도 그것을 굳이 감추려 하지 않았다 — 때문에, 다름 아닌 그에 근거한 배심원장의 반박 때문에, 무엇보다 모든 배심원들이 느끼는 피로 때문에 결론이 유죄 판결 쪽으로 기우는 것을 알고 이의를 제기하려 했다. 하지만 마슬로바에게 유리한 발언을 하기가 두려웠다. 다들 둘의 관계를 금방 눈치챌 것 같았다. 그러나 한편으로 사태를 이대로 둘 수는 없다고, 이의를 제기해야 한다고 느꼈다. 그의 얼굴이 붉어졌다 창백해졌다 했다. 네흘류도프가 막 말을 꺼내려는 순간 이제까지 잠자코 있던 표트르 게라시모비치가 배심원장의 권위적인 어투에 화가 난 기색으로 느닷없이 그에게 반박하며 다름 아닌 네흘류도프가 하려던 말을 하기 시작했다.

"잠깐만요." 그가 말했다. "그 여자에게 열쇠가 있었다는 이유로 그 여자가 도둑질을 했다고 말씀하시는 거죠. 그런데 복도 담당 고용인들이 그 여자가 간 다음에 자기들이 가져와 맞춰 본 열쇠로 여행 가방을 열 수 있지 않았을까요?"

"네, 그래요, 그겁니다." 상인이 맞장구를 쳤다.

"여자는 돈을 가져갈 수 없었습니다. 그 여자의 처지에서는 돈을 숨길 데도 없었을 테니까요."

"내가 하려던 말이 바로 그겁니다." 상인이 말했다.

"오히려 그 여자가 온 것이 복도 담당자들에게 그런 생각을 불어넣었을 겁니다. 그자들이 기회를 이용했고, 나중에 여자에게 모든 죄를 뒤집어씌운 거죠."

표트르 게라시모비치가 흥분하며 말했다. 그리고 그의 격분이 배심원장에게 전해졌고, 그 때문에 배심원장은 유난히 완강하게 반대 의견을 고집하게 됐다. 하지만 표트르 게라시모비치가 어찌나 설득력 있게 말했던지 대다수 배심원들이 마슬로바가 돈과 반지를 훔치는 행위에 가담하지 않았으며 반지는 선물로 받은 거라고 인정하면서 그와 의견을 같이했다. 독살에 가담했는가 하는 화제에 이르자 열렬한 옹호자인 상인이 그녀에게는 그를 독살할 어떤 동기도 없기 때문에 무죄를 인정해야 한다고 말했다. 배심원장은 그녀 자신이 가루약을 주었다고 자백했기 때문에 무죄를 인정할 수 없다고 했다.

"주긴 했죠. 그렇지만 그게 아편이라고 생각했어요." 상인이 말했다.

"그 여자는 아편으로도 생명을 빼앗을 수 있었을 겁니다." 주제에서 벗어나기를 좋아하는 대령이 말했다. 그 기회를 타 처남의 아내가 아편에 중독됐는데 의사가 가까이 있어 제때에 적절한 조치를 취해 주지 않았다면 죽었을지도 모른다는 이야기를 늘어놓았다. 대령이 감명 깊고 자신만만하고 품위 있게 이야기하는 바람에 아무도 가로막을 용기를 내지 못했다. 그 사례에 전염된 점원만이 자기 사연을 이야기하기 위해 그의 말을 중단시킬 결심을 했다.

"아주 습관이 된 사람들도 있습니다." 그가 입을 열었다. "마흔 방울도 마실 정도로요. 제 친척 한 명이……."

하지만 대령은 자기 말을 끊게 내버려 두지 않고 처남의 아내가 아편 때문에 결국 어떻게 됐는지 계속 이야기했다.

"벌써 5시가 다 되어 갑니다, 여러분." 배심원들 중 한 명이 말했다.

"그럼 어떻게 할까요, 여러분?" 배심원장이 말했다. "유죄이되 강도 행위를 할 의도는 없었고 소유물을 훔치지도 않았다고 합시다. 그렇게 할까요?"

자신의 승리에 만족한 표트르 게라시모비치가 찬성을 표시했다.

"하지만 정상 참작을 요청해야 합니다." 상인이 덧붙였다.

다들 동의했다. 협동조합원만이 "무죄."라고 답할 것을 주장했다.

"사실 그것은 똑같은 결론이 됩니다." 배심원장이 설명했다. "강도 행위를 할 의도가 없었고 소유물을 훔치지 않았다. 결국 무죄라는 거지요."

"그렇게 합시다. 그리고 정상 참작을 요구합시다. 말하자면 뒤탈 없게 깨끗이 치우는 거죠." 상인이 유쾌하게 말했다.

다들 너무 지친 데다 논쟁의 갈피를 잃고 헤매는 바람에 아무도 답변에 유죄이나 생명을 빼앗을 의도는 없었음이라는 문구를 덧붙일 생각을 하지 못했다.

네흘류도프도 너무 흥분해서 누락을 알아차리지 못했다. 답변서는 그러한 형태로 작성돼 법정에 전해졌다.

라블레[50]는 다음과 같은 이야기를 쓴 적이 있다. 소송을 맡은 어느 법률가가 스무 쪽에 달하는 무의미한 라틴어 법조문을 낭독하면서 온갖 법률을 들먹인 후 재판을 받는 사람들에게 짝수가 나올지 홀수가 나올지 주사위를 던져 보도록 제안했다. 짝수가 나오면 원고가 옳고 홀수가 나오면 피고가 옳다는 것이었다.

이 경우에도 그러했다. 다른 것도 아닌 바로 이 결의가 채택된 것은 모두 동의했기 때문이 아니었다. 첫 번째, 그토록 오랫동안 사건 개요를 이야기한 재판장이 정작 언제나 말하던 것, 다름 아니라 질문에 답할 때 배심원들이 "유죄이나 생명을 빼앗을 의도는 없었음."이라고 말해도 된다는 것을 이번에는 깜박 잊고 알리지 않았기 때문이다. 두 번째, 대령이 장황하고 지루하게 처남의 부인에 관한 이야기를 늘어놓았기 때문이다. 세 번째, 네흘류도프가 너무 흥분한 나머지 생명을 빼앗을 의도가 없었다는 조건이 누락된 것을 알아차리지 못하고 "강도짓을 할 계획이 없었음."이라는 조건만으로 유죄 판결을 막을 수 있다고 생각했기 때문이다. 네 번째, 배심원장이 질문서와 답변서를 낭독할 때 표트르 게라시모비치가 밖에 나가 협

50) 프랑수아 라블레(François Rabelais, 1483~1553). 16세기 프랑스 르네상스 문학의 대표적인 작가이자 뛰어난 의사다. 주로 서민적이고 풍자적인 작품을 발표했다. 저작에 『팡타그뤼엘(Pantagruel)』(1532)과 『가르강튀아(Gargantua)』(1534)가 있다.

의실에 없었기 때문이다. 하지만 무엇보다 다들 지치고 얼른 해방되고 싶어 한시바삐 모든 것을 끝낼 결정에 동의해 버렸기 때문이다.

배심원들은 벨을 울렸다. 칼집에서 뺀 기병도를 들고 문가에 서 있던 헌병이 기병도를 칼집에 넣고 옆으로 비켰다. 판사들이 자리에 앉았고, 배심원들이 차례로 협의실을 나섰다.

배심원장이 엄숙한 표정으로 종이를 들고 왔다. 그는 재판장에게 다가가 건넸다. 재판장은 그것을 읽고 깜짝 놀란 듯 두 팔을 벌리더니 동료들을 돌아보며 심의를 시작했다. 재판장은 "강도짓을 할 계획은 없었음."이라는 첫 번째 조건을 단 배심원들이 "생명을 빼앗을 의도는 없었음."이라는 두 번째 조건을 달지 않은 데 놀랐다. 배심원들의 결의에 따르면 결론적으로 마슬로바는 절도도 강도도 하지 않았지만 그와 동시에 어떤 뚜렷한 목적도 없이 사람을 독살한 셈이 된다.

"보십시오, 저들이 얼마나 황당한 결론을 가져왔는지 말입니다." 그가 왼쪽의 배석 판사에게 말했다. "이렇게 되면 징역[51]

51) katorzhnye raboty(혹은 katorga). 징역형이 이후에 등장하는 'ssylka', 즉 '유형'이라는 형벌과 혼동될 수 있어 구분해 두고자 한다. 소련의 라두가 출판사가 간행한 『부활』의 영역본 『Resurrection』(1990)은 katorzhnye raboty(혹은 katorga)를 penal servitude in Siberia, penal servitude, hard labour 등으로 옮기고, ssylka를 exile로 옮겼다. 20세기까지도 러시아에서는 징역형을 선고받은 죄수들을 자연 조건이 가혹한 지역(러시아 북부나 동부)의 수용소로 보내 도로나 제방 건설, 간척 사업, 광산 채굴, 벌채 등 강제 노역을 시켜 미개척지를 개발했다. '유형'은 죄수를 본래 살던 곳에서 멀리 떨어진 지역에 격리하는 형벌이며 역시 미개척지를 개발하거나 그곳의 인구수를 늘리기 위한 방편으로 활용되었지만 수용소와 강제 노역을 포함하지는 않았

이잖아요. 하지만 여자에게는 죄가 없어요."

"아니, 어떻게 무죄입니까?" 엄한 배석 판사가 말했다.

"정말 죄가 없다니까요. 내 생각에 이것은 제818조(제818조에는 판사가 유죄 판결을 부당하다고 생각할 경우 배심원들의 결의를 파기할 수 있다고 적혔다.)를 적용할 수 있는 경우입니다."

"어떻게 생각합니까?" 재판장은 선량한 배석 판사를 돌아보았다.

선량한 배석 판사는 곧바로 대답하지 않고 자기 앞에 놓인 문서의 번호를 힐끔 쳐다보고는 숫자들을 더했다. 3으로 나누어떨어지지 않았다. 그는 만약 3으로 나누어지면 찬성하려고 생각했는데 나누어지지 않았어도 선량한 성격 때문에 찬성하고 말았다.

"저도 그래야 한다고 생각합니다." 그가 말했다.

"당신은요?" 재판장이 화가 난 배석 판사를 돌아보았다.

"절대로 안 됩니다." 그가 단호히 대답했다. "그럼 신문들은 배심원들이 범인들을 옹호한다고 쓸 겁니다. 만약 판사가 옹호하면 뭐라고 하겠습니까? 전 무슨 일이 있어도 찬성할 수 없습니다."

재판장이 시계를 쳐다보았다.

"유감스럽지만 어쩔 도리가 없군요." 그러고는 배심원장에게 낭독을 하도록 질문지를 건넸다.

다. 따라서 일단 선고를 받으면 대개 시베리아 쪽으로 이송된다는 점에서 징역수나 유형수가 비슷해 보이나 징역수 앞에는 훨씬 더 강압적이고 비인간적인 생활이 놓여 있었다.

다들 일어섰고, 배심원장은 두 발을 번갈아 떼면서 기침을 하고는 질문서와 답변서를 낭독했다. 법원 관계자들 전원, 즉 서기와 변호사들과 심지어 검사보까지 놀라움을 드러냈다.

피고들은 답변들의 의미를 이해하지 못한 듯 태연하게 앉아 있었다. 다시 모두 자리에 앉았고, 재판장이 검사보를 향해 피고들에게 어떻게 구형할지 물었다.

마슬로바와 관련된 뜻밖의 성공에 기뻤던 검사보는 그 성공이 자신의 달변 때문이라고 생각하며 조문을 살피더니 자리에서 일어나 말했다.

"시몬 카르친킨에게는 형법 제1452조와 제1453조 4항을 근거로, 옙피미야 보츠코바에게는 제1659조를 근거로, 예카체리나 마슬로바에게는 제1454조를 근거로 구형을 내리겠습니다."

전부 상상할 수 있는 가장 엄한 처벌이었다.

"판사들은 판결을 결정하기 위해 퇴정합니다." 재판장이 일어서며 말했다.

다들 그를 뒤따라 일어나서 좋은 일을 끝냈다는 흘가분하고 기쁜 감정을 안고 밖에 나가거나 법정 안을 서성였다.

"정말이지 우리가 부끄럽게도 실수를 하고 말았습니다." 표트르 게라시모비치가 네흘류도프에게 다가오며 말했다. 네흘류도프는 배심원장이 하는 말을 듣고 있었다. "정말이지 우리가 그 여자를 징역형에 처하도록 만들었어요."

"무슨 말입니까?" 네흘류도프가 외쳤다. 이번에는 교사가 허물없이 구는 불쾌한 태도를 전혀 눈치채지 못했다.

"그렇고말고요." 그가 말했다. "우리가 답변서에 '유죄이나 생명을 빼앗을 의도는 없었음.'이라는 조건을 삽입하지 않았어요. 서기가 방금 저에게 말했습니다. 검사보가 그 여자에게 십오 년의 징역형을 구형할 거라고요."

"그렇게 결정하지 않았던가요." 배심원장이 말했다.

표트르 게라시모비치는 그녀가 돈을 훔치지 않았으니 분명히 생명을 빼앗을 의도를 품었을 리도 없다고 말하면서 논박하기 시작했다.

"협의실에서 나가기 전에 내가 답변서를 낭독했잖습니까!" 배심원장이 자신의 정당성을 주장했다. "아무도 반박하지 않았습니다."

"그때 난 협의실 밖에 있었다고요." 표트르 게라시모비치가 말했다. "그런데 당신은 왜 멍하게 있었던 겁니까?"

"생각도 못 했습니다." 네흘류도프가 말했다.

"생각도 못 했다니요."

"하지만 바로잡을 수 있습니다." 네흘류도프가 말했다.

"글쎄요, 아닙니다. 이제 끝났어요."

네흘류도프는 피고들을 바라보았다. 그들은, 운명이 결정된 그 사람들은 격자무늬 칸막이 너머 병사들 앞쪽에 여전히 꼼짝 않고 앉아 있었다. 마슬로바는 무엇 때문인지 생긋 웃었다. 그러자 네흘류도프의 마음속에서 악한 감정이 꿈틀거렸다. 지금까지는 그녀가 무죄를 선고받고 도시에 남을 거라 예상해서 그녀를 어떻게 대해야 할지 망설였다. 그녀를 어떻게 대할 것인가는 어려운 문제였다. 그런데 징역형과 시베리아가 단번에 그녀와 어떤 종류의 관계도 가질 수 없도록 차단했다. 다친 새가 사냥감 주머니에서 파닥거리며 자기 존재를 떠올리게 하는 일은 더 이상 없을 것이다.

24

표트르 게라시모비치의 예상은 적중했다.

협의실에서 돌아온 재판장이 문서를 들고 낭독했다.

“188×년 4월 28일 황제 폐하의 칙령을 받들어 지방 법원 형사부는 배심원들의 결의에 따라 형사 소송법 제771조 3항, 제776조 3항, 제777조에 의거해 다음과 같이 판결을 내린다. 농민 33세 시몬 카르친킨과 소시민 27세 예카체리나 마슬로바에게서 신분상의 모든 권리를 박탈하고 두 사람을 징역형에 처한다. 카르친킨은 팔 년, 마슬로바는 사 년이며, 형법 제28조에 의거해 그에 수반하는 사항을 두 사람 모두에게 부과한다. 소시민 43세 옙피미야 보츠코바에게서 개인적으로, 그리고 신분상 부여된 모든 특권과 특전을 박탈하고, 삼 년의 금고형에 처하며, 형법 제49조에 의거해 그에 수반하는 사항을 부과한다. 본 재판에 따르는 소송 비용은 피고인들에게 균등

하게 부과하며, 그들이 감당하지 못할 경우에는 국고로 처리한다. 본 재판의 증거물은 매각하고, 반지는 반환하며, 유리병은 파기한다."

카르친킨은 손가락을 펼친 두 손을 바지 솔기에 댄 채 두 뺨을 실룩거리면서 여전히 꼿꼿하게 허리를 세우고 섰다. 보츠코바는 대단히 침착해 보였다. 판결을 들은 마슬로바의 얼굴이 새빨개졌다.

"저는 무죄예요. 무죄라고요!" 갑자기 법정 전체가 울리도록 그녀가 소리쳤다. "그게 죄악이긴 하죠. 하지만 범죄를 저지르지는 않았어요. 하려고 한 적도 없고, 생각한 적도 없어요. 정말이에요. 정말이라고요." 그러더니 긴 의자에 털썩 주저앉아 큰 소리로 흐느꼈다.

카르친킨과 보츠코바가 나간 뒤에도 여전히 자리에 앉은 채 울었다. 그래서 헌병이 그녀의 소매를 건드려야 했다.

'아니, 이대로 둘 수는 없어.' 네흘류도프는 자신이 품었던 악한 감정은 까맣게 잊고 속으로 중얼거렸다. 자신도 이유를 몰랐지만 한 번 더 그녀를 보기 위해 복도로 서둘러 달려갔다. 재판이 끝난 데 만족한 배심원들과 변호사들이 떼 지어 나와 문가에서 활기차게 북적거리는 바람에 그는 몇 분 동안 문가에 묶여 있었다. 그가 복도에 나왔을 때 그녀는 벌써 멀어져 있었다. 그는 사람들의 관심을 끄는 것도 아랑곳하지 않고 서둘러 쫓아가 앞지른 후 걸음을 멈추었다. 그녀는 이미 울음을 그치고 발갛게 얼룩진 얼굴을 머릿수건 끄트머리로 닦으면서 발작적으로 흐느낌을 터뜨릴 뿐이었다. 그녀는 주위에 눈길을 주지 않고 그의 옆을 지나쳤다. 그녀에게 길을 비켜 주고 재판장을 만나기 위해 황급히 되돌아갔지만 재판장은 이미 법정을 떠나고 없었다.

네흘류도프는 수위실에서 간신히 그를 따라잡았다.

"재판장님." 재판장이 밝은색 외투를 입고 수위가 건넨 은제 손잡이 달린 지팡이를 잡았을 때 네흘류도프가 다가서며 말했다. "방금 판결이 난 사건에 대해 잠시 이야기를 나눌 수 있을까요? 난 배심원입니다."

"네, 물론입니다, 네흘류도프 공작이죠? 정말 반갑군요. 우리는 이미 만난 적이 있지요." 재판장이 악수를 하면서 말했다. 그는 네흘류도프와 만난 야회에서 자신이 얼마나 멋지고 유쾌하게 춤을 추었는지 — 다른 모든 청년들보다 더 뛰어나게 — 떠올리며 흡족해했다. "뭘 도와 드릴까요?"

"마슬로바에 관한 답변서에 오해가 있습니다. 그녀는 독살에 대해 죄가 없는데도 징역형을 선고받았습니다." 네흘류도프가 골똘하게 집중한 우울해 보이는 표정으로 말했다.

"법정은 여러분이 제출한 답변서를 바탕으로 판결을 내렸습니다." 재판장이 출구로 다가가며 말했다. "비록 판사들이 보기에도 답변서가 사건에 적절하지 않은 것 같습니다만."

그는 "유죄."라는 답변이 살인의 의도를 부인하지 않는 한 고의 살인을 인정하는 셈이라고 배심원들에게 설명하려 했으면서도 서둘러 끝내느라 말하지 못했다는 사실을 떠올렸다.

"네. 하지만 실수를 바로잡을 수는 없을까요?"

"항소할 이유는 언제나 있기 마련이지요. 변호사들에게 부탁해야 합니다." 재판장이 모자를 살짝 비뚜름하게 쓰면서 계속 출구를 향해 움직이며 말했다.

"하지만 이건 너무 심합니다."

"아시다시피 사실 마슬로바 앞에는 두 가지 중 하나가 놓여 있습니다." 분명 네흘류도프를 가능한 한 더 정중하고 기분 좋게 대하고 싶은 기색으로 재판장은 외투 옷깃 위의 볼수염을 매만지고 네흘류도프의 팔꿈치 아래를 가볍게 잡고는 출구로 향하면서 말을 이었다. "당신도 가는 길이지요?"

"네." 네흘류도프는 황급히 외투를 입고 그와 함께 나섰다.

그들은 기분 좋은 눈부신 햇빛 속으로 나왔다. 이내 포장도로를 달리는 마차 바퀴의 요란한 소리 때문에 한층 큰 소리로 말해야 했다.

"보시다시피 상황이 묘합니다." 재판장이 목소리를 높이며 말했다. "그 마슬로바라는 여자의 경우에 두 가지 중 하나입니다. 거의 무죄를 선고받아 미결수로 구금되어 있던 날수까지 포함한 금고형이나 구류만 받든가 징역형을 받는 겁니다. 중간은 없어요. 여러분이 '살인을 할 의도는 없었음.'이라는 말만 덧붙였어도 무죄가 되었을 겁니다."

"내가 그걸 빠뜨리다니 스스로도 용서가 안 됩니다." 네흘류도프가 말했다.

"모든 문제는 바로 거기에 있어요." 재판장이 웃음 띤 얼굴로 시계를 쳐다보면서 말했다.

클라라가 정한 약속 시간까지 사십오 분밖에 남지 않았다.

"원하신다면 이제 변호사에게 부탁해 보십시오. 항소를 위한 이유를 찾을 필요가 있습니다. 그 이유는 언제나 찾아낼 수 있어요. 드보랸스카야 거리로." 그가 삯마차 마부에게 대꾸했다. "30코페이카. 그 이상은 절대 낼 수 없네."

"타십시오, 각하."

"안녕히 가십시오. 내가 뭔가 도울 일이 있다면…… 드보랸스카야 거리의 드보르니코프의 집입니다. 외우기 쉬워요."

그러더니 다정하게 고개 숙여 인사하고 떠났다.

25

재판장과 나눈 대화와 깨끗한 공기가 네흘류도프의 마음을 다소 진정시켜 주었다. 지금 그는 자신이 경험한 감정이 오전 내내 너무도 낯선 환경에서 보낸 탓에 과장됐다고 생각했다.

'물론 놀랍고 충격적인 우연의 일치지! 그녀의 운명을 다소라도 편하게 해 주기 위해 할 수 있는 일을 전부 해야 해. 그것도 서두를 필요가 있어. 당장 말이야. 그래, 여기 법원에서 파나린이나 미키신이 어디에 사는지 알아봐야 해.' 그는 저명한 두 변호사를 떠올렸다.

네흘류도프는 법원에 되돌아가 외투를 벗고 2층으로 올라갔다. 첫 번째 복도에서 파나린과 마주쳤다. 그는 파나린을 불러 세우고 용무가 있어 왔다고 말했다. 파나린은 그의 얼굴과 이름을 알고 있어 그의 마음을 기쁘게 할 수 있다면 무엇이든 기꺼이 하겠다고 말했다.

“제가 좀 지치긴 했습니다만…… 오래 걸리지 않는다면 용건을 말씀해 보시죠. 이리로 오십시오.”

그러더니 파나린은 네흘류도프를 어떤 방으로 안내했다. 아마 어느 판사의 집무실인 듯했다. 그들은 탁자 앞에 앉았다.

“자, 무슨 용건으로 오셨는지요?”

“무엇보다 먼저 당신에게 부탁할 게 있습니다.” 네흘류도프가 말했다. “내가 이 사건에 관여하고 있다는 것을 아무도 몰랐으면 합니다.”

“네, 그야 물론이죠. 그래서…….”

“난 오늘 배심원으로 왔습니다. 우리는 한 여자에게 징역형을 선고했지요. 죄가 없는 여자에게 말입니다. 그 사실이 날 괴롭힙니다.”

네흘류도프는 스스로도 뜻밖일 정도로 얼굴을 붉히며 머뭇거렸다.

파나린이 그를 향해 눈을 반짝이더니 다시 눈을 내리뜨고 귀를 기울였다.

“그래서요.” 그는 그저 그렇게 말할 뿐이었다.

“우리가 죄 없는 여자에게 유죄를 선고했습니다. 그래서 난 항소를 해서 상급 법원으로 사건을 옮기고 싶습니다.”

“원로원으로 말이죠.” 파나린이 정정했다.

“그래서 당신이 그 사건을 맡아 주었으면 합니다.”

네흘류도프는 가장 어려운 일을 한시바삐 끝내고 싶어 곧바로 말을 꺼냈다.

“이 사건에 드는 경비와 사례금은 얼마든 내가 부담하겠습니다." 그가 얼굴을 붉히며 말했다.

"음, 그 문제는 나중에 정하기로 하죠." 변호사는 그의 미숙함에 대해 관대한 미소를 지어 보이며 말했다.

"그런데 어떤 사건입니까?"

네흘류도프가 이야기를 했다.

"좋습니다. 내일 제가 서류를 받아서 검토해 보겠습니다. 내일모레, 아니 목요일 저녁 6시에 절 찾아오십시오. 그럼 답변을 해 드리겠습니다. 그럼 그렇게 할까요? 자, 그럼 가시죠. 전 아직 이곳에서 조사해야 할 게 있습니다."

네흘류도프는 그와 작별 인사를 하고 방을 나섰다.

변호사와 나눈 대화, 자신이 마슬로바의 변호를 위해 이미 조치를 취했다는 사실이 마음을 한결 더 가볍게 해 주었다. 그는 밖으로 나갔다. 아름다운 날씨였다. 그는 기쁜 마음으로 봄 공기를 들이마셨다. 삯마차 마부들이 마차에 타라고 말을 걸었지만 그는 걷기 시작했다. 그러자 곧 카츄샤며 그녀에게 한 자신의 행동에 대한 모든 기억과 상념이 끝없이 머릿속을 맴돌았다. 그래서 의기소침해졌고, 모든 것이 우울하게 느껴졌다. '아니야, 그 문제는 나중에 생각하자.' 그는 속으로 혼잣말을 했다. '지금은 오히려 무거운 인상을 떨쳐 버리기 위해 기분 전환을 해야 해.'

그는 코르차긴가의 만찬을 떠올리고 시계를 쳐다보았다. 아직 늦은 시간은 아니어서 서두르면 제시간에 도착할 수 있었다. 철도마차가 벨을 울리며 옆으로 지나갔다. 그는 달려가서 마차에 껑충 뛰어올랐다. 광장에서 뛰어내린 그는 좋은 삯마차를 잡아탔고, 십 분 후 코르차긴가의 대저택 현관 계단 앞에 도착했다.

26

“어서 오십시오, 각하, 기다리고 계십니다.” 코르차긴가 대저택의 싹싹하고 뚱뚱한 수위가 영국제 경첩으로 소리 없이 움직이는 참나무 현관문을 열며 말했다. “다들 식사를 하고 계십니다. 그래도 공작님만은 안으로 모시라는 분부를 받았습니다.”

수위는 계단으로 다가가 2층으로 통하는 벨을 울렸다.

“누가 오셨나?” 네흘류도프가 외투를 벗으며 물었다.

“콜로소프 씨와 미하일 세르게예비치께서 오셨습니다. 그 외에는 전부 가족분들이고요.” 수위가 대답했다.

연미복을 입고 하얀 장갑을 낀 잘생긴 하인이 계단에서 얼굴을 내밀었다.

“어서 오십시오, 각하.” 그가 말했다. “모시고 오라는 분부를 받았습니다.”

네흘류도프는 계단을 올라가 낯익은 화려하고 넓은 홀을 지나서 식당으로 갔다. 자기 방에서 절대 나오지 않는 어머니 소피야 바실리예브나 공작 부인을 제외하고 온 가족이 식당의 식탁 앞에 앉아 있었다. 상석에는 코르차긴 노인이 앉았다. 왼쪽에는 그와 나란히 의사가 앉았고, 오른쪽에는 현의 귀족 회장이었다가 지금은 은행의 중역이며 코르차긴의 자유주의 동지인 이반 이바노비치 콜로소프가 손님으로 와 있었다. 식탁 왼쪽의 다음 자리에는 미시의 어린 여동생을 맡은 가정 교사 미스 레더와 네 살배기 여동생이 있었다. 그 맞은편에는 미시의 남동생이자 코르차긴가의 외아들이며 김나지움 6학년 학생인 페챠가 있었다. 가족 전체가 도시에 남아 있는 것은 페챠의 시험 때문이었다. 그리고 아직 대학생 신분인 가정 교사가 있었다. 왼쪽 끝자리에는 슬라브주의자[52]인 마흔 살의 독신녀 카체리나 알렉세예브나가, 맞은편에는 미하일 세르게예비치 혹은 미샤 첼레긴이라고도 불리는 미시의 사촌 오빠가 있었다. 식탁 맨 아랫자리에는 다름 아닌 미시가 앉았고, 그 옆에 손을 대지 않은 식기 한 벌이 놓여 있었다.

"마침 아주 좋을 때 왔군. 앉게. 우리는 이제 막 생선 요리를 들기 시작했네." 코르차긴 노인이 틀니로 간신히 조심스럽게

52) 러시아가 서구 유럽의 발전 과정과 본질적으로 다른 러시아 고유의 발전 경로를 따라야 한다고 주장한 이들이다. 이에 반해 러시아의 발전을 위해서 서구의 문화와 기술을 적극적으로 받아들이려 한 이들을 서구주의자라고 한다. 19세기 후반 러시아 지식인들은 슬라브주의와 서구주의로 나뉘어 대립했다. 이들의 대립은 오늘날까지도 러시아 문화에 이어져 내려오고 있다.

씹으면서 눈꺼풀이 또렷하지 않은 충혈된 눈을 들어 네흘류도프를 쳐다보며 말했다. "스테판." 그가 입 안 가득 음식을 문 채 눈짓으로 빈 식기를 가리키면서 뚱뚱하고 위풍당당한 식당 담당 하인에게 말했다.

네흘류도프는 코르차긴 노인을 잘 알았고 만찬 자리에서도 자주 보았다. 그런데도 조끼 속에 쑤셔 넣은 냅킨 위의 그 불그레한 얼굴과 음식을 쩝쩝거리는 육욕적인 입술, 살진 목덜미, 무엇보다 장군다운 그 뚱뚱한 모습 전체가 어쩐지 오늘따라 유난히 불쾌할 정도로 충격적이었다. 네흘류도프는 자신이 이 남자의 잔혹함에 대해 알고 있다는 사실을 무심코 떠올렸다. 그 이유는 하느님만 아시겠지만 — 그는 부유한 명문가 출신이고 굳이 아부까지 해 가며 승진할 필요가 없었다 — 그는 지방 사령관을 지내던 시절 부하들에게 채찍질을 하고 심지어 교수형을 내리기도 했다.

"곧 음식을 내오겠습니다, 각하." 스테판은 은그릇이 진열된 식기 선반에서 큰 스푼을 꺼내며 볼수염을 기른 잘생긴 하인에게 고개를 끄덕여 보였다. 그 하인은 즉시 풀 먹인 냅킨 — 문장이 봉긋하게 올라오도록 솜씨 있게 접은 — 으로 덮어 둔 미시 옆의 손대지 않은 식기를 정돈했다.

네흘류도프는 모든 사람들과 악수를 하면서 식탁을 한 바퀴 돌았다. 늙은 코르차긴과 귀부인들을 제외한 모든 이들이 그가 다가설 때 자리에서 일어섰다. 그런데 그들 대부분과 한 번도 이야기를 나누어 본 적 없으면서 이렇게 식탁을 돌며 만찬에 참석한 모든 사람들과 악수를 하자니 오늘따라 유난히 불쾌하고 우스꽝스럽게 느껴졌다. 그는 늦게 온 데 대해 용서를 구하고, 식탁 끝 미시와 카체리나 알렉세예브나 사이의 빈 자리에 앉으려 했다. 그런데 코르차긴 노인이 보드카를 마시지 않더라도 어쨌든 바닷가재, 캐비어, 치즈, 청어가 차려진 탁자에서 우선 가볍게 음식을 들라고 청했다. 네흘류도프는 별로 배가 고프다고 생각하지 않았지만 일단 치즈를 얹은 빵을 입에 넣자 도저히 멈출 수 없어 게걸스레 먹어 댔다.

"자, 어때요, 근간을 파괴했습니까?" 콜로소프가 배심 재판에 반대하는 보수주의 신문의 표현을 비꼬듯 인용하며 말했다. "죄 있는 사람들을 무죄로 만들고, 죄 없는 사람들을 유죄로 만들었겠죠, 그렇죠?"

"근간을 파괴했다…… 근간을 파괴했다……." 자유주의 동지인 벗의 영리함과 박식함에 대해 무한한 신뢰를 품고 있는 공작이 껄껄 웃으며 그의 말을 되풀이했다.

네흘류도프는 무례해 보일 수 있는데도 콜로소프에게 아무 대꾸를 하지 않고, 그저 하인이 내온 김이 모락모락 나는 수프 앞에 앉아 계속 먹기만 했다.

"식사 좀 하게 그이를 놔두세요." 미시가 생긋 웃으면서 '그이'라는 이 대명사로 자신과 그의 친밀한 관계를 드러내며 말했다.

그사이에도 콜로소프는 배심 재판에 대한 공격으로 자신을 격분하게 만든 기사 내용을 활기차게 큰 소리로 떠들어 댔다. 조카인 미하일 세르게예비치가 그의 말에 맞장구를 치면서 동일한 신문에 실린 다른 기사의 내용을 들려주었다.

미시는 언제나처럼 매우 우아하고 아름답게, 은근히 멋스럽게 옷을 입었다.

"아마 엄청 지쳤겠죠. 시장하기도 할 테고요." 그녀는 네흘류도프가 음식을 삼키기를 기다렸다가 말했다.

"아뇨, 딱히 그렇지는 않습니다. 당신은요? 그림을 보러 갔잖아요?" 그가 물었다.

"아뇨, 미뤘어요. 우리는 살라마토프 댁에 가서 론테니스(영어)를 했답니다. 그런데 정말이지 미스터 크룩스는 놀랍도록 잘 치더군요."

네흘류도프는 기분을 전환하기 위해 이곳에 왔다. 이 집에 오면 언제나 기분이 좋았다. 그의 감각에 즐겁게 작용하는 격조 높은 호화로움 때문이기도 하지만 눈에 띄지 않게 그를 에워싼 아첨과 친절이 뒤섞인 분위기 때문이기도 했다. 그런데 오늘은 놀랍게도 이 집의 모든 것이 거부감을 불러일으켰다. 수위부터 시작해 넓은 계단, 꽃, 하인, 식탁 장식, 심지어 미시에 이르기까지 전부 그랬다. 오늘 그의 눈에는 미시가 매력적이지도 않고 부자연스러워 보였다. 콜로소프의 그 자신만만하고 저속한 자유주의적인 말투도 불쾌했고, 코르차긴 노인의 자신만만하면서 음탕해 보이는 황소 같은 모습도 불쾌했고, 슬라브주의자인 카체리나 알렉세예브나의 프랑스어 표현도 불쾌했고, 여자 가정 교사와 대학생의 부자연스러운 표정도 불쾌했다. 특히 불쾌했던 것은 자신을 가리킨 '그이'라는 대명사였다……. 네흘류도프는 언제나 미시를 대하는 두 가지 태도 사이에서 갈팡질팡했다. 때로는 눈을 가늘게 뜨고 보듯, 혹은 달빛 아래에서 보듯 그녀에게서 온갖 아름다운 점만을 보았다. 그럴 때는 그녀가 생기 있고 아름답고 총명하고 자연스럽게 보였다……. 그러다가 갑자기 강렬한 햇살 아래인 듯 결점을 보기도 했다. 아니, 보지 않을 수 없었다. 그에게는 오늘이 그런 날이었다. 오늘 그는 그녀의 얼굴에 생긴 잔주름을 전부 보았다. 머리칼을 부풀리는 법을 아는 그의 눈에 그렇게 만든 머리 모양이 눈에 띄었다. 뾰족한 팔꿈치, 무엇보다 아버지의 손톱을 떠올리게 하는 엄지손가락의 커다란 손톱이 보였다.

"아주 따분한 경기였습니다." 콜로소프가 테니스에 대해 말했다. "우리가 어릴 때 하던 공치기가 훨씬 더 재미있어요."

"아니에요, 당신은 해 보지도 않았잖아요. 그건 엄청나게 재미있다니까요." 미시가 '엄청나게'라는 말을 매우 부자연스럽게 — 네흘류도프에게는 그렇게 들렸다 — 발음하며 반박했다.

그러자 논쟁이 시작됐다. 미하일 세르게예비치도 카체리나 알렉세예브나도 논쟁에 끼었다. 여자 가정 교사와 대학생과 아이들만 입을 다물고 있었다. 아마도 지루한 듯했다.

"끝없이 논쟁하는군!" 코르차긴 노인이 너털웃음을 터뜨렸다. 그리고 조끼에서 냅킨을 벗기고 의자를 요란하게 덜그럭거리며 — 하인이 즉시 의자를 붙잡았다 — 식탁 앞에서 일어섰다. 그를 뒤따라 다른 사람들도 전부 일어나 작은 탁자로 다가갔다. 그 위에 입 안을 가실 따뜻하고 향기로운 물이 담긴 그릇이 놓여 있었다. 그들은 입을 헹구면서 아무도 흥미를 느끼지 않는 대화를 계속 이어 나갔다.

"그렇지 않아요?" 미시가 게임만큼 사람들의 성격을 잘 드러내는 것도 없다는 자기 의견에 호응을 구하며 그를 돌아보았다. 그의 얼굴에 비난 어린 — 그녀에게는 그렇게 보였다 — 골똘한 표정이, 그녀가 두려워하는 표정이 보였다. 그녀는 그 표정이 떠오른 이유를 알고 싶었다.

"정말 모르겠군요. 한 번도 그 문제에 대해 생각해 본 적이 없습니다." 네흘류도프가 대답했다.

"엄마에게 가겠어요?" 미시가 물었다.

"네, 그러죠." 그가 담배를 꺼내면서 말했다. 가고 싶지 않다고 분명하게 말하는 어조였다.

그녀는 말없이 뭔가 묻고 싶은 눈으로 그를 쳐다보았다. 그는 부끄러워졌다. '정말이지 사람들을 따분하게 만들려고 찾아다니다니!' 그는 자신에 대해 생각해 보고는 친절히 대하려고 애쓰면서 공작 부인이 맞아 주신다면 기꺼이 가겠다고 말했다.

"네, 그럼요. 엄마도 반가워하실 거예요. 담배는 그곳에서 피워도 돼요. 이반 이바노비치도 거기 있답니다."

집안의 여주인인 소피야 바실리예브나 공작 부인은 늘 누워서 지냈다. 팔 년 동안 레이스와 리본을 휘감고 벨벳, 금도금 제품, 상아, 청동 제품, 옻칠한 세공품, 꽃에 둘러싸여 누운 자세로 손님을 맞이했고, 외출을 전혀 하지 않았으며, 그녀의 표현대로라면 '자신의 벗들', 즉 그녀가 생각하기에 어떤 면에서 무리 가운데 돋보이는 사람들만 만났다. 그녀는 네흘류도프를 그런 벗으로 받아들였다. 그가 지적인 젊은이로 여겨졌기 때문이고, 그 어머니가 이 가족의 가까운 친구였기 때문이며, 미시가 그와 결혼하면 좋을 것 같았기 때문이다.

소피야 바실리예브나 공작 부인의 방은 큰 응접실과 작은 응접실 너머 안쪽에 있었다. 네흘류도프보다 앞서 걸어가던 미시가 큰 응접실에서 단호하게 걸음을 멈추더니 금도금을 한 작은 의자의 등받이를 잡고서 그를 바라보았다.

미시는 결혼하고 싶은 마음이 간절했고, 네흘류도프는 좋은 신랑감이었다. 게다가 그를 좋아했고, 그가 자기 것이 되리라는(그녀가 그의 것이 되는 게 아니라 그가 그녀의 것이 되리라는) 생각에 익숙해 있었다. 그녀는 정신병자들이 대개 그러듯 무의식적이면서도 집요한 술책으로 자신의 목적을 이루려고 했다. 그녀가 지금 말을 건넨 것은 그를 꼬드겨 마음을 털어놓게 하기 위해서였다.

"당신에게 무슨 일이 있었나 보네요." 그녀가 말했다. "무슨 일이 있었던 거죠?"

그는 법정에서 카츄샤를 만난 일을 떠올리고 인상을 찌푸리며 얼굴을 붉혔다.

"네, 있었습니다." 그는 정직해지고 싶어 하며 말했다. "기묘하고 흔치 않은 중대한 사건이요."

"무슨 일인가요? 무슨 일인지 말해 줄 수 없나요?"

"지금은 그럴 수 없습니다. 말해 달라고 하지 말아 주십시오. 일어난 일에 대해 아직 미처 충분히 생각해 볼 겨를이 없었습니다." 그가 말했다. 얼굴이 한층 더 붉어졌다.

“그럼 나에게 말해 주지 않겠다는 거군요?” 그녀의 얼굴 근육이 파르르 떨렸다. 그녀는 잡고 있던 작은 의자를 움직였다.

“네, 말할 수 없습니다.” 그가 대답했다. 그렇게 대답하면서 그는 실제로 자신에게 무언가 매우 중대한 일이 일어났다고 인정하는 것이 스스로에 대한 대답이기도 하다고 느꼈다.

“그래요, 그럼 갈까요.”

그녀는 불필요한 생각을 떨치려는 듯 고개를 흔들고 평소보다 더 빠른 걸음으로 앞장서서 걸었다.

그의 눈에는 그녀가 눈물을 참으려고 부자연스럽게 입을 앙다문 것처럼 보였다. 그녀를 슬프게 만들어 그로서는 부끄럽고 마음이 아팠다. 그러나 아주 작은 약점조차 자신을 파멸로 몰아넣을 수 있다는 것, 즉 옭아맬 수 있다는 것을 알았다. 오늘 그는 무엇보다 그 점이 두려워 아무 말 없이 그녀와 함께 공작 부인의 방으로 갔다.

27

소피야 바실리예브나 공작 부인은 영양이 풍부한 재료로 정성껏 요리한 식사를 끝냈다. 그런 시적이지 않은 일을 하는 자신의 모습을 아무도 보지 못하도록 그녀는 언제나 혼자서 식사를 했다. 침대 겸용 소파 옆에 커피가 놓인 작은 탁자가 있었고, 그녀는 파히토사[53]를 피우고 있었다. 다갈색 피부와 길쭉한 치아와 크고 검은 눈동자를 지닌 소피야 바실리예브나 공작 부인은 키가 크고 마른 여자로 아직도 젊은 차림새를 하려 들었다.

사람들은 그녀와 의사의 관계에 대해 좋지 않은 말을 쑥덕거렸다. 네흘류도프는 이제까지 그 소문을 잊고 있었다. 하지만 오늘은 그 소문을 떠올렸을 뿐 아니라 포마드를 발라 번들

53) 옥수수 잎으로 만 궐련.

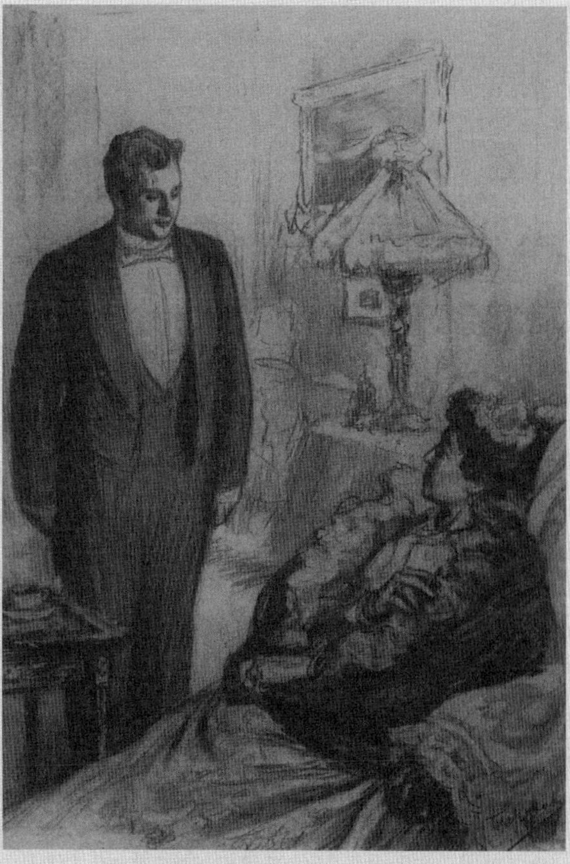

거리는 턱수염을 둘로 가른 의사가 그녀의 안락의자 옆에 있는 것을 보고 극도로 혐오감을 느끼기까지 했다.

콜로소프는 소피야 바실리예브나 공작 부인과 나란히 놓인 작은 탁자 옆 낮고 푹신한 안락의자에 앉아 커피를 젓고 있었다. 탁자에는 리큐어 술잔이 놓여 있었다.

미시는 네흘류도프와 함께 어머니 방에 들어왔지만 오래 머물지는 않았다.

“엄마가 피곤하다고 당신을 쫓아내면 내 방으로 와요.” 그녀는 콜로소프와 네흘류도프를 돌아보면서 마치 네흘류도프와 자기 사이에 아무 일도 없었다는 투로 말을 건네고는 밝은 미소를 띤 얼굴로 두꺼운 양탄자를 소리 없이 밟으며 방에서 나갔다.

“어머, 어떻게 지냈나요, 나의 친구, 앉아서 이야기를 들려줘요.” 소피야 바실리예브나 공작 부인이 완벽할 정도로 자연스럽게 보이는 특유의 능숙한 거짓 미소를 지으면서 말했다. 완벽할 만큼 진짜 같은 대단히 능숙한 솜씨로 만들어진 아름답고 긴 치아가 드러났다. “당신이 법정에서 아주 우울한 기분으로 돌아왔다더군요. 마음을 가진 사람들에게는 무척 괴로운 일이라고 생각해요.” 그녀가 프랑스어로 말했다.

“네, 맞습니다.” 네흘류도프가 말했다. “사람은 종종 자신의 것이 아니라고 느끼…… 자신에게는 판단할 권리가 없다고 느끼지요…….”

“정말 그래요.” 마치 그의 견해에 담긴 진실에 깊은 감명을 받기라도 한 듯 언제나처럼 자신의 말상대에게 능숙하게 아첨하면서 그녀가 소리 높여 말했다. "그런데 당신의 그림은 어떻게 됐나요? 난 그 그림에 관심이 많거든요." 그녀가 덧붙였다. "내가 이렇듯 쇠약하지만 않으면 벌써 오래전에 당신 집을 방문했을 텐데요."

"그림은 완전히 그만두었습니다." 네흘류도프가 냉담하게 말했다. 오늘은 그녀의 진실하지 못한 아첨이 그녀가 숨기려는 늙은 나이만큼이나 뚜렷하게 느껴졌다. 그는 친절히 대하고 싶었지만 도저히 그럴 수가 없었다.

"말도 안 돼요! 당신도 알다시피 레핀[54]이 나에게 말했다고요. '그 사람에게는 분명 재능이 있습니다.'라고요." 그녀가 콜로소프를 돌아보며 말했다.

'저런 거짓말을 하면서 어떻게 부끄러워하지도 않을까!' 네흘류도프는 얼굴을 찡그리며 생각했다.

네흘류도프의 기분이 좋지 않은 데다 그를 즐겁고 지적인 대화로 끌어들이는 것마저 어렵겠다고 확신한 소피야 바실리예브나는 콜로소프를 돌아보며 새 연극에 대한 의견을 물었다. 콜로소프의 그 견해가 틀림없이 모든 의혹을 해소하고 그의 견해 한 마디 한 마디가 영원불멸하리라고 말하는 듯한 어조였다. 콜로소프는 그 연극을 비난하고, 이를 기회 삼아 예술에 대한 자기 견해를 늘어놓았다. 소피야 바실리예브나 공작부인은 그 견해의 정확함에 깜짝 놀라면서도 희곡 작가를 옹

---

54) 일리야 예피모비치 레핀(Il'ya Yefimovich Repin, 1844~1930). 톨스토이와 동시대를 살았고 톨스토이의 초상화를 그리기도 한 러시아 화가. 러시아 민중의 삶을 강렬하고 사실적으로 묘사한 작품들로 높은 명성을 얻었다.

호하고자 애썼지만 이내 항복하거나 절충안을 찾아냈다. 네흘류도프는 그 광경에 눈을 향하고 귀를 기울였지만 보이고 들리는 것은 결코 눈앞의 장면이 아니었다.

때로 소피야 바실리예브나에게, 때로 콜로소프에게 귀를 기울이는 동안 네흘류도프는 우선 소피야 바실리예브나도 콜로소프도 연극에든 상대방에게든 아무 관심이 없다는 것을 깨달았다. 그들이 말을 하는 것은 단지 식후에 혀와 목구멍의 근육을 잠시 움직이고픈 생리 욕구를 충족하기 위해서였다. 그리고 보드카와 포도주와 리큐어를 마신 콜로소프는 다소 취해 있었다. 술을 드물게 마시는 농부들의 취기와 달리 술을 습관처럼 마시는 사람들이 흔히 보이는 취기였다. 그는 비틀거리지도 아둔한 말을 늘어놓지도 않았지만 흥분과 자기만족에 빠진 비정상적인 상태였다. 또한 네흘류도프는 소피야 바실리예브나 공작 부인이 대화 도중에 창문을 불안하게 쳐다보는 것을 보았다. 창을 통해 비스듬히 비쳐 든 햇살 — 그녀의 늙은 얼굴을 지나칠 정도로 선명하게 비출지도 모를 — 이 그녀에게 닿기 시작했다.

"정말 그래요." 그녀는 콜로소프의 어떤 의견에 대해 그렇게 말하고는 소파 옆의 벽에 붙은 벨을 눌렀다.

그때 의사가 일어서더니 마치 집안사람인 양 아무 말도 없이 방에서 나갔다. 소피야 바실리예브나는 그를 눈으로 좇으며 대화를 계속했다.

"필립, 제발 그 커튼을 쳐 줘요." 벨 소리에 잘생긴 하인이 들어오자 그녀는 눈짓으로 창의 커튼을 가리키며 말했다. "아뇨, 당신이 무슨 말을 하든 그 작가에게는 신비한 면이 있어요. 신비함이 없다면 시도 존재하지 않아요." 그녀는 커튼을 치는 하인의 동작을 검은 한쪽 눈으로 화가 난 듯 좇으며 말했다. "시 없는 신비는 미신이고, 신비 없는 시는 산문이죠." 그녀는 슬픈 미소를 띤 채 커튼을 가지런히 정리하는 하인에게서 눈을 떼지 않고 말했다. "필립, 그 커튼 말고요. 큰 창문의 커튼이에요." 소피야 바실리예브나가 괴로운 듯 말했다. 분명 그 말을 입 밖에 내기 위해 자신이 쏟아야 하는 수고에 대해 스스로를 가엾게 여기는 듯했다. 그러고는 곧 마음을 진정시키기 위해 보석 반지로 뒤덮인 손으로 연기가 피어오르는 향기로운 파히토사를 입에 가져갔다.

가슴이 넓고 근육이 탄탄한 잘생긴 필립이 용서를 구하듯 살짝 허리를 굽히더니 장딴지가 튀어나온 강인한 두 다리로 양탄자를 가볍게 밟으며 말없이 고분고분 다른 창문으로 향했다. 그리고 열심히 공작 부인을 흘깃거리면서 한 줄기 햇살도 그녀의 얼굴에 감히 내려앉지 못하도록 커튼을 치기 시작했다. 하지만 이번에도 일을 제대로 해내지 못하자 다시 괴로움에 지쳐 버린 소피야 바실리예브나는 신비주의에 대한 이야기를 중단하고 무자비하게 자신을 괴롭히는 아둔한 필립의 잘못을 지적해야 했다. 한순간 필립의 눈에 불꽃이 일었다.

'당신이 뭘 원하는지는 악마나 알겠지! 아마 저 하인은 속으로 그렇게 중얼거리고 있을 거야.' 네흘류도프는 그 장면을 내내 관찰하며 생각했다. 하지만 잘생기고 힘이 센 필립은 곧 초조한 기색을 숨기더니 온통 겉치레일 뿐인 쇠약하고 힘없는 소피야 바실리예브나 공작 부인이 지시하는 바를 침착하게 수행하기 시작했다.

"물론 다윈의 학설에는 상당 부분 진리가 담겨 있습니다." 콜로소프는 낮은 안락의자에 몸을 쭉 펴고 드러누워 졸린 눈으로 소피야 바실리예브나 공작 부인을 쳐다보며 말했다. "하지만 그는 도를 넘었어요. 그렇고말고요."

"당신은 유전을 믿나요?" 소피야 바실리예브나 공작 부인이 네흘류도프의 침묵을 부담스러워하며 그에게 물었다.

"유전이요?" 네흘류도프가 되물었다. "아뇨, 믿지 않습니다." 그가 말했다. 이때 그는 무슨 이유 때문인지 자신의 상상 속에 떠오른 기이한 영상에 완전히 빠져 있었다. 그는 모델을 시켜 볼 만하다고 생각한 건장하고 잘생긴 필립 옆에 수박 같은 배와 벗어진 머리와 채찍처럼 근육이라고는 없는 팔을 지닌 콜로소프의 나체를 나란히 배치해 보았다. 지금 실크와 벨벳으로 덮인 소피야 바실리예브나의 어깨가 실제로는 어떤 모습일지도 어렴풋하게 그려졌다. 하지만 그 모습이 너무도 소름 끼쳐 그는 그 상상을 몰아내려고 애썼다.

소피야 바실리예브나가 그를 눈으로 훑었다.

"그런데 미시가 당신을 기다리고 있잖아요." 그녀가 말했다. "그 애한테 가 봐요. 새로 익힌 슈만의 곡을 당신에게 연주해 주고 싶어 하던데요……. 대단히 흥미롭답니다."

'그녀는 어떤 곡도 연주하고 싶어 하지 않아. 공작 부인은 무엇 때문에 이 모든 거짓말을 하는 걸까?' 네흘류도프는 자리에서 일어나 보석 반지로 뒤덮인 투명하고 앙상한 소피야 바실리예브나의 손을 잡으며 생각했다.

응접실에서 카체리나 알렉세예브나가 그를 보자마자 입을 열었다.

"그런데 배심원이라는 직무가 당신에게 우울한 영향을 미친 것 같네요." 그녀가 언제나처럼 프랑스어로 말했다.

"네, 죄송합니다. 오늘은 기분이 좋지 않고, 또 나에게 다른 사람들까지 우울하게 만들 권리가 있는 것도 아니라서……." 네흘류도프가 말했다.

"왜 기분이 안 좋은데요?"

"이유를 말하지 않는 것을 양해해 주십시오." 그가 모자를 찾으며 말했다.

"하지만 기억해요? 언제나 진실을 말해야 한다고 당신이 그랬잖아요. 그때 당신은 우리 모두에게 꽤나 가혹한 진실을 말했고요. 그런데 어째서 지금은 말하려 하지 않죠? 기억해, 미시?" 카체리나 알렉세예브나가 그들 쪽으로 오는 미시를 돌아보며 말했다.

"그건 놀이였으니까요." 네흘류도프가 진지하게 대답했다. "놀이에서는 그럴 수 있어요. 하지만 현실에서 우리는 너무 악한 인간이라, 그러니까 내가 너무 악한 인간이라 적어도 나만큼은 도저히 진실을 말할 수 없습니다."

"자기 말을 번복하지 말아요. 차라리 어째서 우리가 그처럼 악한 인간인지 말해 줘요." 카체리나 알렉세예브나가 네흘류도프의 진지함을 눈치채지 못한 척 말장난을 하며 말했다.

"자기 기분이 좋지 않다고 인정하는 것만큼 나쁜 것도 없답니다." 미시가 말했다. "난 한 번도 스스로 그런 사실을 인정한 적이 없어요. 그래서 언제나 기분이 좋지요. 어때요, 내 방으로 갈까요? 우리가 당신의 불쾌한 기분을 몰아내기 위해 노력해 볼게요."

네흘류도프는 사람들이 굴레를 씌우고 마구를 채우기 위해 말을 쓰다듬으며 진정시킬 때 그 말이 느낄 법한 감정을 맛보았다. 하지만 오늘 그는 어느 때보다 마차를 끌기가 싫었다. 그는 집에 가야 한다며 양해를 구하고 작별 인사를 했다. 미시는 평소보다 오랫동안 그의 손을 잡았다.

"기억해 줘요. 당신에게 중요한 것은 당신의 벗들에게도 중요하다는 사실을요." 그녀가 말했다. "내일 올 거죠?"

"아마 못 올 겁니다." 네흘류도프가 말했다. 그리고 자기 탓인지 그녀 탓인지 스스로도 몰랐지만 수치심에 얼굴을 붉히며 황급히 떠났다.

"도대체 왜 그럴까? 정말 흥미로운걸." 네흘류도프가 떠나자 카체리나 알렉세예브나가 말했다. "꼭 알아내고 말겠어. 뭔가 자존심과 관련된 문제야. 그 사람은 쉽게 상처를 받잖아, 우리의 소중한 미챠 말이야."

'오히려 추잡한 연애에 관련된 문제일걸.' 미시는 그렇게 말하고 싶었지만 그만두고 그를 바라볼 때와 전혀 다른 불이 꺼진 듯한 생기 없는 얼굴로 눈앞을 응시했다. 카체리나 알렉세예브나에게조차 그 악의적인 우스갯소리를 하지 않고 그저 이렇게 말할 뿐이었다.

"우리 모두 나쁜 날도 있고 좋은 날도 있잖아."

'과연 그 사람도 배신을 할까?' 그녀는 생각했다. '그 모든 일이 있었는데 이제 와서 그러면 그 사람이 너무 나쁘지.'

'그 모든 일이 있었는데.'라는 말이 무슨 뜻인지 해명해야 했다면 미시는 어떤 확실한 말도 할 수 없었을 것이다. 하지만 그녀는 그가 희망을 품게 했을 뿐 아니라 거의 약속까지 했다는 점을 명백히 알고 있었다. 그 모든 것이 분명한 말을 의미하지는 않았다. 그들 사이에는 시선, 미소, 암시, 침묵만 있었다. 하지만 그녀는 그를 자기 것으로 여겼고, 그를 잃는 것은 그녀에게 무척 괴로운 일이었다.

28

‘수치스럽고 혐오스럽다. 혐오스럽고 수치스럽다.’ 한편 네흘류도프는 낯익은 거리를 지나 집으로 걸어가며 생각했다. 미시와 대화하면서 느낀 괴로운 감정이 그를 가만히 내버려 두지 않았다. 이렇게 표현해도 된다면 자신은 공식적으로 그녀 앞에서 거리낄 것이 없다고 느꼈다. 그는 그녀에게 자신을 속박할 만한 말을 한마디도 하지 않았고 청혼도 하지 않았다. 하지만 사실상 자신을 그녀와 엮었고 그녀에게 언약도 했다는 것을 느끼고 있었다. 그러면서도 오늘 그는 그녀와 결혼할 수 없음을 자신의 온 존재로 느꼈다. ‘수치스럽고 혐오스럽다. 혐오스럽고 수치스럽다.’ 그는 미시와의 관계뿐만 아니라 모든 것에 대해 계속 똑같은 말을 속으로 되풀이했다. ‘모든 게 혐오스럽고 수치스럽다.’ 그는 자택의 현관 계단을 올라가며 속으로 계속 되뇌었다.

“저녁 식사는 하지 않을 겁니다.” 그는 그를 뒤따라 식당으로 들어온 코르네이에게 말했다. 식당에는 식기 한 벌과 차가 준비되어 있었다. “가 봐요.”

“알겠습니다.” 코르네이는 그렇게 말하면서도 식당에서 나가지 않고 식탁을 치우기 시작했다. 네흘류도프는 좋지 않은 감정으로 코르네이를 바라보았다. 그는 모두가 자신을 가만히 내버려 두었으면 싶었다. 그런데 일부러 그러기라도 하듯 다들 악의를 품고 자기를 괴롭히는 것 같았다. 코르네이가 식기를 들고 나가자 네흘류도프는 차를 끓이기 위해 사모바르로 다가갔다. 하지만 아그라페나 페트로브나의 발소리를 듣고는 그녀와 마주치지 않기 위해 황급히 응접실로 나가 등 뒤로 문을 닫았다. 다름 아닌 석 달 전 어머니가 임종한 방 — 응접실 — 이었다. 반사경이 달린 두 개의 램프 — 하나는 아버지의 초상화 옆에, 또 하나는 어머니의 초상화 옆에 — 가 타오르는 그 방에 들어서자 임종을 앞둔 어머니와 자신의 관계가 떠올랐다. 그 관계가 부자연스럽고 역겹게 느껴졌다. 그 역시 수치스럽고 혐오스러웠다. 그는 어머니의 투병 말기에 자신이 솔직히 어머니의 죽음을 바란 것을 기억해 냈다. 어머니가 고통으로부터 벗어났으면 해서라고 스스로에게 말했지만 실제로는 어머니가 고통스러워하는 모습으로부터 자신이 벗어나기 위해서였다.

어머니에 대한 좋은 기억을 마음속에 불러일으키고 싶어 어머니의 초상화로 눈길을 던졌다. 유명한 화가에게 5000루블을 주고 그리게 한 초상화였다. 그녀는 가슴이 깊게 파인 검은 벨벳 드레스 차림이었다. 화가는 가슴과 가슴골, 눈부시게 아름다운 어깨와 목을 특별히 공들여 그린 게 분명했다. 정말로 수치스럽고 혐오스러웠다. 어머니를 반라의 미인으로 묘사한 그 그림에는 거부감을 불러일으키는 신성 모독적인 무언가가 있었다. 석 달 전 바로 그 방에 미라처럼 말라서 오그라든, 그럼에도 무엇으로도 지울 수 없는 참기 힘든 지독한 냄새로 방 전체뿐 아니라 집 전체를 가득 채우던 그 여자가 누워 있었기에 거부감은 한층 더 커졌다. 지금도 그 냄새가 나는 것 같았다. 그리고 죽기 하루 전날 어머니가 앙상하고 거무스름한 작은 손으로 그의 하얗고 다부진 손을 잡고서 눈을 바라보며 "미챠, 내가 잘못을 저질렀더라도 날 비난하지 말아 다오."라고 말하던 모습이, 고통으로 빛바랜 눈동자에 눈물이 차오르던 모습이 떠올랐다. '아, 정말 혐오스럽구나!' 그는 대리석처럼 매끄러운 눈부신 어깨와 팔을 드러내고 승리의 미소를 짓는 반라의 여인을 쳐다보며 한 번 더 속으로 중얼거렸다. 초상화 속의 드러난 가슴이 그에게 다른 젊은 여인을 떠올리게 했다. 며칠 전 그는 그림과 똑같이 맨살을 훤히 드러낸 여자를 보았다. 미시였다. 그녀는 무도회 드레스를 입은 모습을 보여 주기 위해 그를 저녁에 자기 방으로 불러들일 구실을 생각해 냈다. 그는 그녀의 아름다운 어깨와 팔을 떠올리며 혐오감을 느꼈다. 그리고 그 거칠고 짐승 같은 아버지, 그의 과거와 잔혹함, 또 벨 에스프리[55]라는 의심스러운 명성을 얻은 어

55) 기지 혹은 재치.(프랑스어)

머니. 그 모든 것이 거부감을 불러일으키는 동시에 수치심을 안겼다. 수치심스럽고 혐오스럽다. 혐오스럽고 수치스럽다.

'아니야, 아니야.' 그는 생각했다. '벗어나야 해. 그 모든 위선적인 관계로부터 벗어나야 해. 코르차긴가 사람들, 마리야 바실리예브나, 유산, 그 밖의 모든 것들로부터……. 그래, 자유롭게 숨을 쉬어야 해. 외국으로 떠나야겠다. 그림을 공부하러 로마로…….' 그는 자기 재능에 대해 스스로 느끼던 의혹을 떠올렸다. '뭐, 아무래도 상관없어. 그냥 자유롭게 숨을 쉬는 거야. 처음에는 콘스탄티노플로, 그다음에는 로마로 가자. 하지만 한시바삐 배심원 직무에서 벗어나야 해. 그다음에 변호사와 함께 그 문제를 바로잡아야 하고.'

그러자 갑자기 머릿속에 사시의 검은 눈동자를 지닌 여자 죄수가 놀랍도록 생생하게 떠올랐다. 피고들의 최후 발언 때 울음을 터뜨리던 모습이라니! 그는 다 피운 담배를 황급히 재떨이에 비벼 끄고 한 개비를 더 피우며 방 안을 거닐기 시작했다. 그러자 그녀와 함께한 순간들이 머릿속에 잇달아 떠오르기 시작했다. 그녀와의 마지막 만남, 그때 자신을 사로잡은 동물적인 욕정, 그 욕정을 채웠을 때 느낀 환멸이 떠올랐다. 하늘색 리본이 달린 하얀 드레스가 떠올랐고, 자정 예배가 떠올랐다. '정말 그녀를 사랑했어. 그날 밤 난 아름답고 순수한 애정으로 진심을 다해 사랑했어. 훨씬 이전부터 그녀를 사랑했지. 아니, 고모들 집에서 처음 지내며 논문을 쓰던 시절부터 얼마나 그녀를 사랑했던가!' 그러자 그 시절 자기 모습이 떠올랐다. 그 싱그러움과 젊음과 충실한 삶이 한 줄기 숨결이 되어 그에게 불어오는 것 같았다. 그는 견디기 힘든 슬픔을 느꼈다.

그 시절의 자신과 지금의 자신 사이에는 커다란 차이가 있었다. 그 차이는 교회에 있던 카츄샤와 상인의 술 상대를 하던 매춘부 — 오늘 아침 재판을 받은 — 의 차이보다 더 크지 않다 해도 그에 못지않았다. 그 시절 그는 앞길에 무한한 가능성이 펼쳐진 활기차고 자유로운 인간이었다. 하지만 지금은 어리석고 공허하고 목적도 없고 보잘것없는 삶의 그물에 사방으로 갇힌 것처럼 느껴졌다. 그에게는 출구가 전혀 보이지 않았다. 아니, 굳이 나가고 싶은 마음도 없었다. 한때 자신의 정직함을 자랑스럽게 여겼던 것, 한때 언제나 진실만 말할 것을 원칙으로 삼았고 실제로도 진실했던 것이 떠올랐다. 그런 자신이 이제는 거짓에, 가장 무시무시한 거짓 — 자신을 둘러싼 모든 사람이 진실이라고 인정하는 — 에 완전히 빠지고 말았다는 것도 떠올랐다. 그리고 그 거짓으로부터 벗어나기 위한 출구는 전혀 없었다. 적어도 그의 눈에는 보이지 않았다. 그렇게 그는 수렁에 빠졌다가 점차 익숙해져 그 안에서 편안히 뒹굴고 있었다.

마리야 바실리예브나의 남편과 그 자녀들의 눈을 보는 것이 수치스럽지 않도록 그녀와도 그와도 관계를 끊으려면 어떻게 해야 할까? 어떻게 거짓 없이 미시와의 관계를 풀 수 있을까? 토지 소유의 불법성을 인정하는 것과 어머니의 유산을 소유하는 것 사이의 모순으로부터 벗어나려면 어떻게 해야 할까? 자신이 카츄샤에게 저지른 죄를 속죄하려면 어떻게 해야 할까? 그 문제를 이대로 내버려 둘 수는 없다. '내가 사랑한 여자를 버려서는 안 돼. 변호사에게 돈을 지불하고 그녀를 징역형 — 그녀는 그 벌을 받을 이유가 없다 — 에서 구하는 데 만족해서는 안 돼. 그때 그녀에게 돈을 주면서 마땅히 할 일을 했다고 생각했듯이 돈으로 죄를 속죄하려고 들어서는 안 돼.'

그러자 복도에서 그녀를 쫓아가 돈을 쥐여 주고 달아나던 순간이 생생하게 떠올랐다. '아, 그 돈!' 그는 그 순간을 떠올리며 그때와 마찬가지로 두려움과 혐오를 느꼈다. "아, 아! 정말 혐오스러워!" 그때처럼 그는 소리 내어 중얼거렸다. "파렴치한이나 무뢰한만이 그런 짓을 할 거야. 내가, 내가 그 파렴치한이고 그 무뢰한이야!" 그가 소리 내어 말했다. "그런데 과연 정말로……." 그가 걸음을 멈추었다. "과연 내가 정말로, 과연 내가 진짜로 무뢰한일까? 그렇지 않다면 뭘까?" 그가 자기 말에 스스로 대답했다. "그런데 과연 이것뿐일까?" 그는 계속 스스로를 폭로했다. "마리야 바실리예브나와 그 남편에 대한 너의 태도는 추악하지 않단 말인가? 저열하지 않단 말인가? 그리고 재산에 대한 태도는? 어머니의 돈이라는 핑계로 자신이 불법적이라 여기는 재물을 사용하는 것은? 너의 나태하고 비루한 그 모든 생활은? 무엇보다 심한 것은 카츄샤에 대한 너의 행동이지. 무뢰한, 파렴치한 같으니! 그들(사람들)이야 마음대로 날 비난하라지. 난 그들을 속일 수 있지만 스스로를 속이지는 않겠어."

그러다가 문득 자신이 최근 들어 사람들, 특히 오늘 공작과 소피야 바실리예브나와 미시와 코르네이에게 느낀 혐오가 다름 아닌 스스로에 대한 혐오였다는 사실을 깨달았다. 그리고 놀라운 것은 자신의 비열함을 인정하는 그 감정 속에 병적이면서도 기쁨과 위안을 주는 무언가가 있다는 점이었다.

네흘류도프의 삶에는 그 스스로 '영혼의 청소'라고 부르는 것이 이미 여러 차례 일어났다. 불현듯, 때로는 시간의 간극이 꽤 벌어진 후 내면생활의 지체나 심지어 정지를 자각하고 자기 마음에 쌓여 그 원인이 된 더러운 먼지를 깨끗이 청소하기 위해 나서는 정신 상태를 그는 영혼의 청소라고 불렀다.

그런 식으로 각성한 후에는 언제나 자신을 위한 원칙을 세워 그것을 평생 따르려고 했다. 일기를 썼고, 두 번 다시 바꾸고 싶지 않은 새로운 생활을 시작했다. 즉 그가 스스로에게 다짐한 표현대로라면 **새로운 페이지를 넘긴 것**(영어)이다. 그러나 매번 세상의 유혹이 그를 붙잡았고, 그는 자신도 깨닫지 못하는 사이에 다시 타락해 종종 예전보다 더 심한 나락으로 떨어졌다.

그렇게 그는 몇 차례 스스로를 청소하고 일어섰다. 처음으로 그 일이 일어난 것은 여름에 고모들을 찾았을 때였다. 가장 생기와 기쁨이 넘치는 각성이었다. 그리고 그 결과는 꽤 오랫동안 이어졌다. 그 뒤에 문관 직무를 버리고 목숨을 희생하겠다는 열망으로 전시에 입대할 때도 똑같은 각성이 있었다. 하지만 그때는 아주 빨리 더러워졌다. 그다음의 각성은 제대를 하고 외국에 나가 그림 공부를 시작할 때 일어났다.

그 이후로 지금껏 청소 없이 긴 시간이 흘렀다. 그래서 그는 한 번도 이렇게까지 더러워진 적이 없었고, 자기 양심이 요구하는 것과 자기 생활 사이의 부조화를 이렇듯 심하게 겪은 적이 없었다. 그 간극을 보자 몹시 두려워졌다.

그 간극이 어찌나 크고 자신이 어찌나 심하게 더럽혀졌는지 그는 처음으로 정화의 가능성에 대해 절망했다. '자기완성과 향상을 위해 이미 노력해 보았지만 아무런 결과도 내지 못했잖아.' 마음속에서 유혹의 목소리가 말했다. '한 번 더 시도해 본들 무슨 소용이 있어? 너만 그런 게 아냐. 다들 그래. 그런 게 인생이야.' 그 목소리가 말했다. 하지만 유일하게 진실하고 유일하게 강력하고 유일하게 영원한 자유로운 정신적 존재가 이미 네흘류도프 안에서 눈을 떴다. 그리고 그는 그것을 믿지 않을 수 없었다. 자신의 실제 모습과 자신이 원하는 자아상 사이의 간극이 아무리 크더라도 눈을 뜬 정신적 존재에게는 모든 것이 가능해 보였다.

"어떤 대가를 치르더라도 나를 속박하는 이 거짓을 끊어 버리겠어. 모든 것을 인정하고, 모두에게 진실을 말하고, 진실을 행할 거야." 그는 소리 내어 스스로에게 단호히 말했다. "미시에게 진실을 말하자. 난 방탕한 인간이고, 그녀와 결혼할 수 없으며, 그저 공연히 그녀를 불안하게 했다고 말이야. 마리야 바실리예브나(귀족 회장의 아내)에게도 말할 거야. 하지만 그녀에게는 할 말이 없군. 그녀의 남편에게 말하자. 난 무뢰한이고, 그를 기만했다고 말이야. 유산 문제도 진실을 인정하는 방향으로 처리할 거야. 그녀, 카추샤에게도 말해야지. 난 무뢰한이고, 그녀에게 잘못을 저질렀고, 그녀의 운명을 편하게 하기 위해 내가 할 수 있는 일이라면 무엇이든 하겠다고 말이야. 그래, 그녀를 만나서 나를 용서해 달라고 청해야겠다. 그래, 어린아이처럼 용서를 구하자." 그는 그 자리에 멈춰 섰다. "그녀와 결혼하자. 만약 필요하다면."

어릴 때처럼 그는 걸음을 멈추고 가슴 앞에 두 손을 포개고는 눈을 들어 누군가를 향해 말했다.

"주여, 나를 도우소서, 나를 가르치소서, 내 안에 들어오셔서 내 모든 추악함을 씻어 주소서!"

그는 기도하면서 하느님께 자신을 도와 달라고, 자기 안에 들어와 깨끗하게 씻어 달라고 간청했다. 하지만 그사이 그가 간청한 것은 이미 이루어졌다. 그 안에 거하던 하느님이 그의 의식 속에서 눈을 떴다. 그는 스스로를 하느님으로 느꼈고, 그 때문에 자유와 활기와 삶의 기쁨만이 아니라 선의 힘까지 온전히 느꼈다. 인간이 해낼 수 있는 최선의 것, 그는 이 순간 자신이 그것을 전부 행할 수 있다고 느꼈다.

스스로에게 그 모든 것을 말할 때 눈에 눈물이 차올랐다. 선한 눈물이기도 하고 악한 눈물이기도 했다. 선하다고 한 것은 최근 몇 년 동안 그의 안에 계속 잠들어 있던 정신적 존재가 눈을 뜬 데 대한 기쁨의 눈물이었기 때문이고, 악하다고 한 것은 스스로에 대한, 자신의 선행에 대한 감동의 눈물이었기 때문이다.

더웠다. 그는 이중창[56]의 덧문을 뗀 창으로 다가가 문을 열었다. 정원을 향해 난 창문이었다. 달빛이 비치는 고요하고 상

56) 러시아에서는 겨울이 되면 주택의 창문에 덧문을 달아 이중창으로 만든다. 그러나 덧문은 환기에 방해가 되어 날씨가 충분히 따뜻해지면 다시 뗀다.

쾌한 밤이었다. 거리에서 바퀴 소리가 울리더니 모든 것이 정적에 잠겼다. 창문 바로 밑으로 나뭇잎 하나 없는 키 큰 백양나무가 깨끗이 쓸어 놓은 작은 광장의 모래 위에 모든 가지가 남김없이 드러나도록 또렷이 그림자를 드리운 것이 보였다. 왼편에는 환한 달빛에 하얗게 비쳐 보이는 헛간 지붕이 있었다. 앞쪽에는 나뭇가지들이 서로 얽혀 있고, 그 사이로 담장의 검은 그림자가 보였다. 네흘류도프는 달빛에 비친 정원과 지붕, 백양나무 그림자를 바라보면서 상쾌하고 신선한 공기를 들이마셨다.

"참 좋구나! 얼마나 좋은지요, 하느님, 얼마나 좋은지요!" 그가 마음속에 품은 생각을 입 밖으로 냈다.

29

마슬로바는 저녁 6시에야 감방으로 돌아왔다. 걷는 데 익숙하지 않은 발로 15베르스타나 되는 돌길을 걸어와 피곤하고 아팠다. 미처 예상하지 못한 엄중한 판결에 마음이 무너졌고, 배까지 고팠다.

휴정 때 수위들이 옆에서 빵과 삶은 달걀을 먹기 시작했을 때는 입에 침이 가득 고였다. 그녀는 배가 고팠지만 그들에게 구걸하는 것은 굴욕이라고 생각했다. 그 뒤로 세 시간이 더 흐르자 더 이상 먹고 싶은 생각도 들지 않고 그저 기운만 없었다. 그런 상태에서 뜻밖의 선고를 들었다. 처음에는 잘못 들은 줄 알았다. 자신이 들은 것을 곧바로 믿을 수도 없었고, 자신과 징역수라는 개념을 연결 지을 수도 없었다. 하지만 판사들과 그 소식을 아주 당연하게 받아들이는 배심원들의 침착하고 사무적인 얼굴을 보고는 분노에 휩싸여 법정 전체에 울리도록 자신은 무죄라고 큰 소리로 외쳤다. 그렇지만 그 외침 역시 상황을 바꾸지 못할 예측 가능하고 당연한 무언가로 여겨지는 것을 보고는 자신에게 일어난 놀랍도록 잔혹한 부당함에 복종해야 한다는 것을 절감하고 울음을 터뜨렸다. 특히 놀란 점은 자기를 그토록 잔혹하게 심판한 게 남자들 — 젊은 남자들, 어쨌든 늙지는 않은 남자들, 줄곧 너무도 다정한 눈길로 자기를 바라보던 바로 그 남자들 — 이라는 사실이었다. 단 한 사람, 검사보만 전혀 다른 분위기였다는 것을 그녀는 알았다. 개정을 기다리며 피고인실에 앉아 있을 때와 휴정 때 그녀는 그 남자들이 그저 자기를 구경하기 위해 다른 볼일이 있는 척하며 문을 지나치거나 방으로 들어오는 것을 보았다. 그런데 그 남자들이 무슨 이유 때문인지 돌연 그녀에게 징역형을 선고했다. 기소된 사건에 대해 그녀에게는 아무 죄가 없는데도 말이다. 처음에 그녀는 울었다. 하지만 얼마 후에는 마음을 가라앉히고 망연자실하여 피고인실에 앉아 호송을 기다렸다. 지금 바라는 것은 오직 한 가지, 담배를 피우는 것뿐이었다. 판결을 선고받고 같은 방에 끌려온 보츠코바와 카르친킨이 그런 그녀를 보았다. 보츠코바는 곧 마슬로바에게 징역수라고 부르며 욕설을 퍼부었다.

"어때, 바란 대로 됐냐? 정신을 차렸어? 아마 피할 수 없을 거다, 더러운 년. 넌 응당 받아야 할 것을 받은 거야. 수용소에서는 멋도 부리지 못할걸."

마슬로바는 할라트 소매에 두 손을 쑤셔 넣고 앉아 고개를 숙인 채 두 걸음 앞의 더러운 마루를 꼼짝 않고 바라보면서 그저 이렇게 말할 뿐이었다.

"난 당신들을 건드리지 않잖아요. 당신들도 날 가만 내버려 둬요. 정말로 당신들을 건드리지 않을 거라고요." 그녀는 몇 번이고 똑같은 말을 되풀이하더니 입을 굳게 다물었다. 카르친킨과 보츠코바가 끌려 나가고 수위가 그녀에게 3루블을 가져다주자 그때야 비로소 다소나마 기운을 회복했다.

"네가 마슬로바냐?" 그가 물었다. "자, 여기, 마님이 보내신 거다." 그가 돈을 건네며 말했다.

"어떤 마님이요?"

"그냥 받아 둬. 난 너희 같은 것들과 이야기하지 않아."

그 돈을 보낸 사람은 유곽의 주인 키타예바였다. 법정을 나설 때 그녀는 집행관을 돌아보며 마슬로바에게 돈을 좀 전달해도 되느냐고 물었다. 집행관은 괜찮다고 말했다. 그러자 허가를 받은 그녀는 통통한 하얀 손에서 단추가 셋 달린 사슴 가죽 장갑을 벗고 실크 스커트의 뒤쪽 주름 사이로 최신 유행의 지갑을 꺼내더니 유곽에서 벌어들인 유가 증권으로부터 방금 오려 낸 꽤 많은 이자권 중에 2루블 50코페이카짜리를 하나 골라 20코페이카짜리 은화 두 개와 10코페이카짜리 은화 한 개를 더해서 집행관에게 건넸다. 집행관은 수위를 불러 기부자가 보는 앞에서 그 돈을 넘겼다.

"제발 확실하게 전해 주세요." 카롤리나 알베르토브나가 수위에게 말했다.

수위는 그런 의심을 받은 데 모욕을 느껴 마슬로바를 그토록 부루퉁하게 대했던 것이다.

마슬로바는 돈을 받고 기뻐했다. 지금 자신이 바라는 유일한 것을 구할 수 있게 됐기 때문이다.

'담배를 구해 한 모금 빨 수만 있다면.' 그녀는 생각했다. 그녀의 생각은 담배를 피우고 싶은 그 욕구에 온통 쏠려 있었다. 어찌나 간절히 원했던지 다른 방들의 문에서 복도로 흘러나오는 담배 냄새를 느꼈을 때는 공기를 탐욕스럽게 들이마시기도 했다. 하지만 좀 더 오래 기다려야 했다. 그녀를 돌려보내야 할 서기가 피고들을 잊은 채 대화에 몰두한 데다 심지어 변호사들 중 한 명과 금지 처분을 받은 기사에 대해 논쟁까지 벌였기 때문이다. 젊은 사람과 늙은 사람 몇 명이 재판 후에도 그녀를 보기 위해 찾아와 서로 무슨 말을 속닥거렸다. 하지만 지금 그녀는 그들을 알아차리지도 못했다.

마침내 5시가 다 됐을 즈음에야 그녀는 돌아가도 좋다는 허락을 받았다. 호송병들인 니즈니 노브고로드 사람과 추바시인이 법원 뒷문을 통해 그녀를 데리고 나갔다. 법원 입구를 나서기 전에 그녀는 20코페이카를 건네며 칼라치 두 개와 담배를 사 달라고 부탁했다. 추바시인이 웃음을 터뜨리고는 돈을 집으며 말했다.

"좋아, 사다 주지." 그러고는 정말로 정직하게 담배와 칼라치를 사 왔고 거스름돈을 돌려주었다.

도중에 담배를 피울 수 없었기 때문에 마슬로바는 담배를 피우고 싶은 욕구를 채우지 못한 채 계속 감옥을 향해 걸었다. 그녀가 입구에 다다를 무렵, 기차로 호송된 100명의 죄수들이 끌려왔다. 통로에서 그녀는 그들과 맞닥뜨렸다.

턱수염을 기른 사람, 수염을 깎은 사람, 늙은 사람, 젊은 사람, 러시아인, 이민족인, 머리를 반쪽만 삭발한 사람 등 죄수들은 족쇄를 철컥거리면서 대기실을 먼지와 발소리와 말소리와 코를 찌르는 땀 냄새로 가득 채웠다. 마슬로바 옆을 지나치던 죄수들이 전부 탐욕스럽게 힐끔거렸다. 욕정에 사로잡혀 표정까지 달라진 몇몇은 가까이 다가와 그녀를 스치고 지나갔다.

"어이, 아가씨, 예쁜데." 한 남자가 말했다.

"이모, 안녕하세요." 다른 남자가 한쪽 눈을 찡긋거리며 말했다.

머리카락과 눈동자가 검고 뒤통수를 파르스름하게 빡빡 밀고 콧수염 외에 얼굴 전체를 깨끗이 면도한 남자가 발에 족쇄를 찬 채로 철컥철컥 소리를 내면서 펄쩍 달려들어 그녀를 와락 끌어안았다.

"애인도 못 알아보냐? 고상한 척 좀 그만해!" 그녀가 밀치자 그가 이를 드러내고 눈을 희번덕거리면서 소리를 질렀다.

"불한당 같으니, 무슨 짓을 하는 거야?" 뒤에서 다가온 부소장이 소리쳤다.

죄수는 몸을 바짝 움츠리고 황급히 물러났다. 부소장이 마슬로바에게 버럭 소리쳤다.

"넌 왜 여기 있어?"

마슬로바는 법원에서 끌려와 이제 막 도착했다고 말하려 했지만 입을 열기도 귀찮을 만큼 피로했다.

"법원에서 돌아오는 길입니다, 부소장님." 지나가는 죄수들 뒤에서 고참 호송병이 나와 한 손을 모자에 붙이며 말했다.

"그럼 소장님께 넘겨. 이 무슨 꼴불견이야!"

"알겠습니다, 부소장님."

"소콜로프! 인계해." 부소장이 외쳤다.

고참 호송병이 마슬로바에게 다가와 성난 모습으로 어깨를 쿡 찌르더니 고갯짓을 하고는 여자 죄수 구역의 복도로 끌고 갔다. 복도에서 간수가 몸수색을 하고는 아무것도 나오지 않자(담뱃갑은 칼라치 속에 감춰 놓았다.) 그녀를 아침에 떠난 감방으로 들여보냈다.

30

마슬로바가 수감된 감방은 길이 9아르신에 너비 7아르신의 길쭉한 방이었다. 창문이 두 개 있고, 벽에 낡은 페치카가 튀어나와 있으며, 말라서 갈라진 판자로 짠 침상이 공간의 3분의 2를 차지했다. 문 맞은편 한가운데에 밀랍 양초가 달린 검은색 이콘이 있고, 그 아래엔 먼지로 뒤덮인 밀짚꽃 다발이 걸렸다. 문 너머 왼쪽에는 바닥이 거무스름해진 부분이 있었고, 그 위에 악취가 나는 큰 나무통이 놓였다. 점호가 막 끝나고 여자들은 새벽까지 갇히게 됐다.

이 감방의 주민은 전부 열다섯 명으로 여자가 열둘, 아이가 셋이었다.

아직 꽤 환했으며, 두 여자만 머리까지 할라트를 뒤집어쓰고 침상에 누워 있었다. 신분증명서가 없어서 구금된 모자란 여자 — 거의 늘 자고 있었다 — 와 절도로 복역 중인 폐병 환자였다. 이 여자는 자지 않았다. 그저 머리 밑에 할라트를 베고 누워 목구멍을 간질이며 자꾸 차오르는 가래와 기침을 참기 위해 눈을 크게 뜬 채로 안간힘을 다하고 있었다. 나머지 여자들은 전부 머릿수건을 벗고서 거친 아마포 천으로 지은 속옷 차림을 하고 있었다. 몇몇은 침상에 앉아 바느질을 했고, 몇몇은 창가에 서서 안마당을 지나가는 남자 죄수들을 구경했다. 바느질하는 세 여자 가운데 한 명은 마슬로바를 배웅한 노파 코라블료바였다. 침울한 표정으로 얼굴을 찌푸린 노파는 주름투성이에 턱살이 자루처럼 늘어지고, 관자놀이 부근에 흰머리가 섞인 아마색 머리를 짧게 땋고, 뺨에 난 사마귀에 털이 자란 키 크고 힘센 여자였다. 그 노파는 남편을 도끼로 살해한 죄목으로 징역형을 선고받았다. 자기가 데려온 딸을 집적거려 남편을 죽인 것이다. 그녀는 방장이었으며 술도 팔았다. 안경을 쓰고 바느질을 했는데 노동으로 단련된 큼지막한 손에 농민의 방식대로 바늘 끝이 자기를 향하도록 하여 바늘을 세 손가락으로 쥐었다. 그 옆에는 들창코에다 작고 검은 눈을 지닌 가무잡잡하고 자그마한 여자가 앉아 돛천으로 자루를 짓고 있었다. 착하고 수다스러운 여자였다. 건널목지기의 아내였다.[57] 그녀가 기차를 맞이하러 깃발을 들고 나오지 않아 기차 사고가 일어났기 때문에 삼 개월 금고형을 받았다. 바느질하는 세 번째 여자는 페도시야였다. 감방 동료들은

57) 러시아에는 철도를 따라 약 1.5킬로미터 지점마다 건널목지기 오두막이 있었다. 건널목지기나 그 아내는 통과하는 모든 기차를 깃발을 들고 맞이해야 했다.

페니치카라고 불렀다. 흰 살결과 발그레한 뺨과 어린아이 같은 맑은 하늘색 눈동자를 지니고 두 갈래로 길게 땋은 아마색 머리를 자그마한 머리에 둘러 감은 아주 젊고 사랑스러운 여자였다. 남편의 독살을 꾀한 죄로 구금되어 있었다. 그녀가 남편을 독살하려고 시도한 것은 열여섯 살에 강제로 결혼을 하게 된 직후였다. 보석으로 풀려나 재판을 기다리던 여덟 달 동안 그녀는 남편과 화해했을 뿐 아니라 그를 깊이 사랑하게 되어 재판이 시작됐을 때는 사이좋게 지냈다. 남편과 시아버지, 특히 며느리를 사랑하게 된 시어머니가 무죄 방면을 받도록 재판에서 모든 노력을 쏟았지만 그녀는 결국 시베리아 강제 노역을 선고받았다. 착하고 명랑하고 잘 웃는 그 페도시야라는 여자의 침상은 마슬로바의 옆자리였다. 그녀는 마슬로바를 좋아하게 됐을 뿐 아니라 마슬로바를 보살피고 시중드는 것을 임무로 여겼다. 침상에는 일없이 앉은 여자들이 두 명 더 있었다. 한 명은 창백하고 야윈 얼굴을 한 마흔 살가량의 여자였다. 아마도 한때는 매우 아름다웠을 테지만 지금은 야위고 창백했다. 품에 아기를 안은 채 길게 늘어진 하얀 젖가슴을 물리고 있었다. 마을에서 신병이 징집되어 끌려갈 때 — 농부들은 그 징집을 불법으로 여겼다 — 사람들이 지방 경찰 서장을 가로막고 신병을 빼앗아 간 사건이 그녀의 죄목을 이루었다. 불법으로 징집된 젊은이의 친척 아주머니인 이 여자는 신병을 태우고 가는 말의 고삐를 가장 먼저 잡았다. 일없이 침상에 앉은 또 다른 한 명은 키가 작고 온통 주름투성이에다 머리칼이 희끗하고 등이 굽은 착한 노파였다. 그 노파는 페치카 옆 침상에 앉아서 옆을 지나쳐 달려가는, 머리를 짧게 깎고 배가 볼록하게 나오고 큰 소리로 깔깔거리는 네 살짜리 사내아이를 잡는 시늉을 했다. 루바시카만 입은 사내아이는 그녀를 지나쳐 뛰어가면서 계속 똑같은 말만 되풀이했다. "이것 봐, 못 잡았지!" 방화죄로 아들과 함께 유죄 판결을 받은 그 노파는 이루 말할 수 없이 고운 마음씨로 금고형을 견뎌 냈고, 그저 자신과 함께 감옥에 갇힌 아들에 대해서만 슬퍼했다. 하지만 무엇보다 남편을 생각하며 슬퍼했다. 며느리가 집을 나가서 그를 깨끗하게 돌봐 줄 사람이 없기 때문에 아내도 없이 혼자 지내는 그의 몸에 이가 들끓는 건 아닐까 걱정했다.

이 일곱 명 외에도 아직 네 명의 여자가 열린 창문들 중 한곳에 서서 격자 쇠창살을 붙잡은 채 안마당을 지나가는, 마슬로바가 입구에서 맞닥뜨린 그 죄수들을 향해 몸짓을 해 보이고 소리를 지르며 수작질하고 있었다. 그 가운데 절도죄로 복역 중인 한 명은 덩치가 크고 뚱뚱하고 살이 축 늘어진 붉은 머리 여자였다. 얼굴과 손은 주근깨투성이에 누렇게 떴고, 끈을 풀어 열어젖힌 옷깃 밖으로 투실투실한 목이 드러났다. 그녀는 창문을 통해 갈라진 목소리로 상스러운 말들을 크게 외쳐 댔다. 그 옆에 키가 열 살짜리 여자아이만 하고 피부가 가무잡잡하고 상반신이 길고 다리는 아주 짧은 볼품없는 여자가 나란히 서 있었다. 얼굴은 반점으로 덮여 불그레하고, 검은 두 눈동자 사이의 간격이 넓고, 하얀 뻐드렁니가 작고 두툼한 입술 사이로 엿보였다. 그녀는 안마당에서 벌어지는 일을 보면서 때때로 날카로운 웃음을 터뜨렸다. 멋부리기를 좋아해 예쁜이라는 별명을 얻은 그 여자 죄수는 절도와 방화로 재판을 받는 중이었다. 그들 뒤에는 아주 더러운 회색 속옷 차림에 가련한 표정을 지은 여자가 서 있었다. 야위고 힘줄이 불거지고 배가 부른 임신한 여자였는데 장물 은닉으로 재판을 받고 있었다. 그 여자는 말없이 가만있었지만 안마당에서 벌어지는 상황을 보면서 줄곧 격려와 애정이 어린 미소를 짓고 있었다. 창가에 선 네 번째 여자는 술을 밀매한 죄목으로 복역 중인 땅딸막한 시골 여자로 눈이 심하게 튀어나오고 얼굴은 선해 보였다. 이 여자 — 노파와 함께 노는 사내아이와 일곱 살짜리 여자아이의 어머니인데 아이들을 맡길 만한 사람이 없어서 감옥에 데려와 함께 지내고 있었다 — 도 다른 이들처럼 창밖을 쳐다보았지만 쉴 새 없이 손을 놀리면서 긴 양말을 떴고, 지나가는 남자 죄수들이 안마당에서 지껄이는 소리에 못마땅한 듯 얼굴을 찡그리며 눈을 감았다. 연한 아마색 머리카락을 풀어 헤친 일곱 살짜리 딸은 속옷 차림으로 붉은 머리 옆에 나란히 서 있었다. 아이는 시선을 한곳에 두고 자그마한 야윈 손으로 붉은 머리의 치마를 꼭 붙잡은 채 여자들과 남자 죄수들이 주고받는 욕설에 가만히 귀를 기울이면서 암기라도 하듯 그 말들을 조그맣게 따라 했다. 열두 번째 여자 죄수는 자기가 낳은 사생아를 우물에 빠뜨린 하급 사제의 딸이었다. 키가 크고 날씬한 아가씨였다. 짧고 풍성한 아마색의 땋은 머리가 헝클어져 있고, 튀어나온 눈이 한곳을 응시했다. 더러운 회색 속옷만 걸친 그녀는 주위에서 벌어지는 일에 전혀 관심을 두지 않은 채 맨발로 감방의 빈 공간을 이리저리 걷다가 벽에 이르면 홱 돌아서기를 되풀이했다.

31

자물쇠가 덜거덕거리고 마슬로바가 감방 안에 들어서자 다들 돌아보았다. 하급 사제의 딸도 한순간 걸음을 멈춘 채 눈썹을 치켜올리고 마슬로바를 보았지만 한마디도 하지 않고 곧 다시 특유의 보폭이 큰 단호한 걸음으로 서성이기 시작했다. 코라블료바는 거친 아마포 속에 바늘을 찔러 넣고 뭔가 묻고 싶은 듯 안경 너머로 마슬로바를 뚫어지게 쳐다보았다.

"아! 돌아왔구나. 난 네가 무죄 방면될 거라고 생각했다." 그녀가 특유의 남자 같은 목쉰 저음으로 말했다. "징역형을 받았나 보군."

그녀는 안경을 벗고 바느질감을 침상 위 옆자리에 내려놓았다.

"얘야, 아주머니와 난 네가 어쩌면 그 자리에서 석방될지 모른다는 이야기를 했어. 실제로 그렇게 한대. 어떤 사람들은 돈도 받는다더라. 그야 당사자의 운에 달렸지만 말이야." 건널목지기 아내가 즉시 노래하는 듯한 목소리로 말을 꺼냈다. "아, 이를 어쩐담? 우리 추측이 틀렸나 봐요. 얘야, 아무래도 주님의 뜻은 다른 데 있나 보다." 그녀는 잠시도 입을 다물지 않고 울림이 좋은 상냥한 말을 계속 건넸다.

"정말 선고를 받았어?" 페도시야가 연민과 부드러움이 깃든 어린아이 같은 맑은 하늘색 눈망울로 마슬로바를 쳐다보면서 물었다. 앳되고 명랑한 얼굴이 금방이라도 울음을 터뜨릴 것처럼 변했다.

마슬로바는 아무 대답도 하지 않고 끝에서 두 번째인 자기 자리로 말없이 가서 코라블료바 옆에 앉았다.

"아직 아무것도 못 먹었나 보네." 페도시야가 자리에서 일어나 마슬로바에게 다가가며 말했다.

마슬로바는 아무런 대꾸 없이 머리맡에 칼라치를 내려놓고 외투를 벗기 시작했다. 먼지투성이인 할라트를 벗고 곱슬곱슬한 검은 머리칼에서 머릿수건을 벗은 뒤 침상에 앉았다.

침상의 반대편 끝에서 사내아이와 놀아 주던 등 굽은 노파도 가까이 다가와 마슬로바를 마주 보고 섰다.

"쯧, 쯧, 쯧!" 그녀가 딱하다는 듯 고개를 저으며 혀를 찼다.

사내아이도 노파를 따라오더니 눈을 크게 뜨고 윗입술을 볼록하게 내민 채 마슬로바가 가져온 칼라치를 뚫어져라 쳐다보았다. 오늘 모든 일을 겪고 난 후 자신을 동정하는 그 모든 얼굴을 보게 되자 마슬로바는 울고 싶어졌다. 입술이 떨렸다. 하지만 눈물을 참기 위해 애썼고, 노파와 사내아이가 다가

올 때까지만 해도 잘 참아 냈다. 그런데 연민과 다정함이 뒤섞인 노파의 혀 차는 소리를 들은 순간, 무엇보다 진지한 눈으로 칼라치와 자기를 번갈아 보는 사내아이와 눈길이 마주친 순간 더 이상 눈물을 참을 수 없었다. 얼굴 전체가 파르르 떨리나 싶더니 그녀가 목 놓아 울기 시작했다.

"내가 제대로 된 변호사를 구하라고 했잖아." 코라블료바가 말했다. "뭐야, 추방이냐?" 그녀가 물었다.

마슬로바는 대답을 하려고 했지만 결국 못 하고 끅끅 흐느끼며 칼라치에서 담뱃갑을 끄집어내 코라블료바에게 건넸다. 담뱃갑에는 볼에 연지를 바르고 머리를 높이 틀어 올리고 가슴을 세모꼴로 드러낸 귀부인의 그림이 있었다. 코라블료바는 그림을 보더니 무엇보다 그렇게 함부로 돈을 쓴 게 못마땅하다는 듯 고개를 절레절레 흔들고는 담배를 한 개비 꺼내 램프로 불을 붙여 한 모금 빨고 마슬로바에게 내밀었다. 마슬로바는 계속 울면서 담배 연기를 연거푸 탐욕스럽게 빨아들였다가 내뱉었다.

"징역형이에요." 그녀가 목 놓아 울면서 말했다.

"그자들은 하느님을 두려워하지 않는구나. 고리대금업자, 저주받을 흡혈귀 같으니!" 코라블료바가 말했다. "아무 죄도 없는 처자에게 엄벌을 내리다니."

그때 창가에 남아 있던 여자들 틈에서 깔깔거리는 소리가 들려왔다. 여자아이도 소리 내어 웃었고, 어린아이다운 그 가냘픈 웃음소리가 다른 세 여자의 날카로운 목쉰 소리와 뒤엉켰다. 안마당에 있는 남자 죄수의 어떤 행동이 창문 밖을 바라보던 여자들에게 영향을 미친 것이다.

“아, 털을 빡빡 민 수캐 같으니! 뭘 하는 거야!” 머리털이 붉은 여자가 중얼거리더니 얼굴을 격자 창살에 바짝 붙인 채 뚱뚱한 몸 전체를 흔들면서 말도 안 되는 상스러운 말을 외치기 시작했다.

“참나, 북 가죽 같은 년! 뭘 까악까악거리고 있어!” 코라블료바가 붉은 머리를 향해 고개를 저으며 말하고는 다시 마슬로바를 돌아보았다. “형기를 많이 받았냐?”

“사 년이요.” 마슬로바가 말했다. 눈에서 눈물이 주룩주룩 쏟아져 한 방울이 담배에 떨어졌다.

마슬로바는 화가 나서 담배를 꾸깃꾸깃 짓눌러 홱 던진 후 다시 한 개비를 꺼냈다.

건널목지기 아내는 비록 담배를 피우지는 않았지만 냉큼 꽁초를 집어 들고 가지런히 펴면서 끊임없이 이야기를 늘어놓았다.

“아마도, 아니 정말로 진실 따위는 돼지들이 먹어 치웠나 보구나, 얘야.” 그녀가 말했다. “제멋대로야. 마트베예브나는 네가 무죄 방면될 거라고 했지만 난 그렇지 않다고 말했단다, 얘야, 내 심장이 예감한 거야, 그자들이 사랑스러운 그 애를 물어뜯을 거라고 말이야. 그런데 결국 그렇게 되어 버렸네.” 그녀가 만족스러운 기색으로 자기 목소리에 귀를 기울이며 말했다.

그때 남자 죄수들이 전부 안마당을 가로질러 지나가 버리자 그들과 수작질을 하던 여자들도 창문에서 물러나 마슬로바 쪽으로 다가왔다. 퉁방울눈을 한 선술집 여자가 딸을 데리고 가장 먼저 다가왔다.

"왜 그렇게 중형을 받은 거야?" 그녀가 마슬로바 옆에 나란히 앉아 빠른 손놀림으로 계속 긴 양말을 뜨면서 물었다.

"돈이 없으니까 중형을 받지. 좋은 변호사를 고용할 돈이 있었다면 아마 무죄 방면이 되었을 거야." 코라블료바가 말했다. "그 사람 이름이 뭐더라? 머리털이 덥수룩하고 코가 큰 남자 말이야. 그 남자는 물속에서도 마른 상태로 사람을 끄집어낸대. 그 남자에게 부탁했더라면."

"물론 부탁했죠." 예쁜이가 이를 드러내고서 그들 옆으로 다가앉으며 말했다. "그 남자는 1000루블 밑으로는 침도 뱉어주지 않을걸요."

"그래, 네 팔자가 그런가 보다." 방화죄로 수감 중인 노파가 끼어들었다. "보통 일이 아니야. 젊은 녀석에게서 아내를 빼앗고, 그 젊은 놈은 감옥에 가두어 이한테 피를 빨리게 하고, 다 늙은 나까지 이런 곳에 처넣으니!" 그녀가 백 번쯤 지껄인 자신의 사연을 늘어놓기 시작했다. "감옥과 비럭질은 피할 수 없는가 보다. 비럭질이 아니면 이렇게 감옥이니."

"누구나 다들 그런 것 같아요." 선술집 여자가 말했다. 딸의 머리를 가만히 들여다보던 여자는 뜨개질감을 옆에 내려놓고 딸을 두 다리 사이에 끌어당겨 빠른 손놀림으로 머리를 훑기 시작했다. "왜 술을 파느냐고 묻지. 하지만 아이들을 어떻게 먹여 살리겠어?" 그녀가 손에 익은 일을 계속하면서 말했다.

마슬로바는 선술집 여자의 말에 술을 떠올렸다.

"술 한잔 할 수 있으면 좋겠어요." 그녀가 속옷 소맷자락으로 눈물을 닦고 이제는 그저 간간이 흐느끼면서 코라블료바에게 말했다.

"가미르카[58] 말이지? 알았다, 주마." 코라블료바가 말했다.

58) 죄수들 사이에서 '술'을 뜻하던 은어.

32

마슬로바는 칼라치에서 돈을 꺼내 이자권을 코라블료바에게 건넸다. 코라블료바는 글자를 읽을 줄도 모르면서 이자권을 집어 들고 쳐다보더니 뭐든지 아는 예쁜이를 통해 그 종잇조각에 2루블 50코페이카의 가치가 있다는 것을 확인하고는 숨겨 둔 술병을 가지러 통풍구로 기어 올라갔다. 그것을 본 여자들이 멀리 떨어진 자기네 침상으로 물러났다. 그사이 마슬로바는 머릿수건과 할라트에서 먼지를 털어 내고 침상 위에 올라가 칼라치를 먹기 시작했다.

"널 위해 차를 받아 뒀어. 하지만 다 식었을 거야." 페도시야가 선반에서 각반으로 싸 둔 양철 찻주전자와 컵을 꺼내며 말했다.

차는 정말 차갑게 식었고, 차보다 양철 맛이 더 많이 났다. 하지만 마슬로바는 차를 컵에 따라 칼라치에 곁들여 마셨다.

"피나시카, 자, 받아." 그녀가 큰 소리로 부르더니 칼라치를 한 조각 뜯어서 자기 입을 쳐다보는 사내아이에게 주었다.

그러는 동안 코라블리하[59]가 술병과 컵을 건넸다. 마슬로바는 코라블료바와 예쁜이에게도 술을 권했다. 이 세 죄수는 돈이 있는 데다 각자 가진 것을 서로 나누었기 때문에 감방에서 귀족 같은 지위를 누렸다.

몇 분 후 기운을 회복하자 마슬로바는 검사보를 흉내 내면서 재판에 대해, 그리고 자기가 법정에서 특히나 충격을 받은 일에 대해 거침없이 이야기했다. 그녀는 법정에서 모든 남자들이 자기를 흡족한 기색으로 쳐다보았으며 피고인실에 있는 동안에는 잇따라 군이 찾아오기도 했다고 말했다.

"한 호송병도 그렇게 말했어요. '다들 널 보러 오는구나.' 어떤 사람은 방을 찾아와서 이런저런 서류가 어디에 있느냐거나 뭔가를 물었지만, 내가 보기에 그 사람은 서류가 필요한 게 아니었어요. 날 이렇게 삼킬 듯이 뚫어지게 쳐다본걸요." 그녀는 이유를 모르겠다는 듯 고개를 저으며 말했다. "그야말로 배우들이에요."

"그야 그렇지." 건널목지기 아내가 그 말을 받았다. 곧 노래하는 듯한 말소리가 흘러나왔다. "그놈들은 설탕에 달려드는 파리 같다니까. 다른 것은 못하면서 이런 일은 잘하지. 그 자식들이 그보다 더 좋아하는 것도 없고……."

"그런데 여기에서도 그랬어요." 마슬로바가 말을 가로막았

---

59) 코라블료바의 애칭.

다. "여기서도 똑같은 일을 당했다니까요. 내가 막 도착했는데 마침 기차역에서 온 무리가 있지 뭐예요. 어찌나 치근거리는지 어떻게 벗어나야 할지 모르겠더라고요. 고맙게도 부소장이 쫓아 주었어요. 한 남자는 어찌나 귀찮게 달라붙는지 간신히 뿌리쳤다니까요."

"어떻게 생겼어?" 예쁜이가 물었다.

"거무스름해. 콧수염이 있고."

"틀림없이 그자야."

"그자가 누군데?"

"셰글로프야. 방금 지나간 남자."

"그 셰글로프라는 남자는 어떤 사람이야?"

"셰글로프에 대해 모르다니! 셰글로프는 두 번 탈옥했어. 지금은 붙잡혔지만 달아날 거야. 간수들도 그 남자를 무서워해." 남자 죄수들에게 쪽지를 전달하는 일을 맡아 감옥에서 일어나는 일에 대해 모르는 게 없는 예쁜이가 말했다. "반드시 달아날걸."

"달아나도 우리를 데려가지는 않겠지." 코라블료바가 말했다. "넌 차라리 그 이야기를 해 봐." 그녀가 마슬로바를 돌아보았다. "변호사가 항소에 대해 무슨 말을 했는지 말이다. 당장 제출해야 하지 않냐?"

마슬로바는 아무것도 모른다고 말했다.

그때 붉은 머리 여자가 헝클어진 숱 많은 머리카락 속에 주근깨투성이인 두 손을 쑤셔 넣고 손톱으로 벅벅 긁으면서 술을 마시는 여자 죄수들 쪽으로 다가왔다.

"내가 전부 말해 줄게, 카체리나." 그녀가 입을 열었다. "무엇보다 우선 넌 판결에 동의할 수 없다고 쓴 다음 그것을 검사에게 제출해야 해."

"뭣 때문에 왔어?" 코라블료바가 저음의 성난 목소리로 말했다. "술 냄새를 맡았군. 입 닥쳐. 네가 없어도 무얼 해야 할지는 우리도 알아. 넌 필요 없어."

"너한테 얘기하는 게 아니잖아. 무슨 쓸데없는 참견이람?"

"술을 원하지? 그래서 온 거잖아."

"괜찮아요. 가져다줘요." 언제나 자기가 가진 것을 모두에게 전부 나눠 주는 마슬로바가 말했다.

"까짓것 내가 가져다주지……."

"자, 어디 한번 해보시지!" 붉은 머리 여자가 코라블료바에게 다가서며 말했다. "내가 너 따위를 무서워할 것 같아?"

"감옥의 개년아!"

"누가 할 소리!"

"삶은 내장 같으니!"

"내가 내장이라고? 징역수, 살인자!" 붉은 머리가 소리쳤다.

"꺼지라고 했지." 코라블료바가 침울하게 말했다.

하지만 붉은 머리는 더 가까이 들이댈 뿐이었다. 코라블료바는 그녀의 드러난 뒤룩뒤룩한 젖가슴을 밀쳤다. 붉은 머리는 그러기만 기다렸다는 듯 느닷없이 빠른 몸놀림으로 코라블료바의 머리카락을 한 손에 움켜쥐고서 다른 손으로 얼굴을 치려고 했다. 하지만 코라블료바가 그 손을 잡았다. 마슬로바와 예쁜이는 붉은 머리의 손을 잡고 그녀를 떼어 놓기 위해 안간힘을 썼다. 그래도 붉은 머리는 코라블료바의 땋은 머리를 움켜쥔 손을 펴지 않았다. 한순간 땋은 머리를 놓았지만 그저 주먹에 칭칭 감기 위해서였다. 코라블료바는 고개를 숙인 채 한 손으로 붉은 머리의 몸뚱이를 치며 팔을 물었다. 싸우고 있는 두 여자 주위에 다른 여자들이 몰려와 소리를 지르면서 떼어 놓으려고 애썼다. 폐병을 앓는 여자까지 다가와 기침을 하면서 드잡이하는 여자들을 구경했다. 아이들은 서로 바짝 달라붙어 울었다. 소란한 소리에 여자 간수가 남자 간수와 함께 들어왔다. 싸우던 여자들이 서로에게서 떨어졌다. 코라블료바는 하얗게 센 땋은 머리를 풀어 뽑힌 머리 가닥을 골라냈고, 붉은 머리는 갈기갈기 찢어진 속옷을 누런 가슴에 댔다. 두 사람은 소리를 지르면서 변명하고 푸념했다.

"다 알아. 이 모든 게 술 때문이지. 내일 소장님께 말씀드리겠다. 그분이 너희를 혼쭐내실 거야. 냄새가 난다고." 여자 간수가 말했다. "명심해. 전부 치워. 그러지 않으면 호된 꼴을 당할 거다. 너희들의 시비를 가려 줄 틈이 없어. 각자 자리로 돌아가서 입 다물어."

하지만 금방 조용해지지는 않았다. 여자들은 한참 동안 더 욕설을 하면서 이 일이 어떻게 시작됐는지, 누구의 잘못인지를 두고 서로에게 지껄였다. 마침내 남자 간수와 여자 간수가 떠났고, 여자들은 점차 잠잠해지면서 잠자리에 들 준비를 했다. 노파가 이콘 앞에 서서 기도를 하기 시작했다.

"두 징역수가 한자리에 모였구먼." 갑자기 판자 침상의 다른 쪽 끝에서 붉은 머리가 말 한 마디 한 마디에 이상할 정도로 날카로운 욕설을 더하며 갈라진 목소리로 뇌까렸다.

"혼나지 않도록 조심해." 코라블료바도 똑같이 욕설을 덧붙이며 즉각 응수했다. 그러고는 두 사람도 잠잠해졌다.

"말리는 사람만 없었으면 내가 네년의 눈깔을 뽑아 버렸을 텐데……." 다시 붉은 머리가 입을 열었고, 다시 코라블리하의 대답이 이를 맞받았다.

다시 아까보다 좀 더 긴 침묵이 이어졌고, 또 욕설이 나왔다. 그 간격이 점점 길어지더니 마침내 모든 것이 완전히 정적에 잠겼다.

다들 누워 있었고, 몇몇은 코를 골기 시작했다. 다만 언제나 오랫동안 기도하는 노파만이 여전히 이콘 앞에 고개를 조아린 채 있었고, 하급 사제의 딸은 여자 간수가 나가자마자 침상에서 일어나 다시 감방 안을 이리저리 서성였다.

마슬로바는 잠들지 않고 자신이 징역수라는 사실을 계속 곱씹었다. 보츠코바가 한 번, 붉은 머리가 한 번, 벌써 두 번이나 그 소리를 들었지만 도저히 그런 생각에 익숙해질 수 없었다. 그녀에게 등을 돌리고 누워 있던 코라블료바가 돌아누웠다.

"생각도 못 했어요. 짐작도 못 했다고요." 마슬로바가 나직이 말했다. "다른 사람들은 무슨 짓을 해도 괜찮고 전 아무 잘못도 없는데 고통을 겪어야 해요."

"슬퍼하지 마라, 얘야. 시베리아에도 사람이 산다. 그곳에 간다고 죽는 건 아니야." 코라블료바가 그녀를 위로했다.

"죽지 않으리라는 건 알아요. 하지만 분해요. 제가 그런 운명을 맞을 수는 없어요. 전 안락한 생활에 익숙한걸요."

"하느님의 뜻을 거스를 수는 없어." 코라블료바가 한숨을 쉬며 말했다. "그분의 뜻을 거스를 수는 없다."

"알아요, 아주머니, 하지만 괴로워요."

그들은 잠시 잠자코 있었다.

"들리지? 칠칠치 못한 년." 코라블료바가 침상 반대편에서 들리는 이상한 소리로 마슬로바의 주의를 돌리며 말했다.

붉은 머리 여자가 애써 참으며 흐느끼는 소리였다. 붉은 머리는 방금 욕을 먹고 얻어맞고 그토록 원하던 술을 받지 못한 것 때문에 울었다. 한평생 욕설과 조롱과 모욕과 구타 말고는 기억나는 게 없다는 것 때문에도 울었다. 그녀는 페지카 몰로죤코프라는 직공과의 첫사랑을 떠올리며 위안을 얻으려 했다. 그러나 그 사랑이 떠오르자 그 사랑이 어떻게 끝났는지도 기억났다. 그 몰로죤코프라는 인간이 술에 취해 장난삼아 그녀의 가장 민감한 부위에 유산염을 바른 뒤 그녀가 아파서 몸부림치는 모습을 지켜보며 동료들과 함께 큰 소리로 웃어 댔고, 그것으로 그 사랑은 끝이 났다. 그 일을 떠올리니 자신이 불쌍하다는 생각이 들었다. 그녀는 아무도 듣지 않는다고 생각하며 울음을 터뜨리고는 신음 소리를 내고 코를 킁킁거리고 짠 눈물을 삼키면서 아이처럼 울었다.

"불쌍해요." 마슬로바가 말했다.

"물론 불쌍하지. 그래도 참견하지는 마."

33

다음 날 잠에서 깼을 때 네흘류도프가 가장 먼저 느낀 감정은 자신에게 무언가 일어났다는 자각이었다. 무슨 일인지 기억을 떠올리기도 전에 이미 무언가 중대하고 좋은 일이 일어났다는 것을 알았다. '카츄샤, 재판.' 그렇다, 더 이상 거짓말하지 말고 모든 진실을 말해야 한다. 그런데 이 얼마나 놀라운 우연의 일치인가! 바로 이날 아침 마침내 오랫동안 기다려 온 귀족 회장의 아내 마리야 바실리예브나의 편지가 도착했다. 지금 그에게 무엇보다 필요한 편지였다. 그녀는 그에게 완전한 자유를 주었으며 그가 꿈꾸는 결혼에서 행복을 얻기 바란다고 썼다.

"결혼이라니!" 그가 냉소적으로 중얼거렸다. "지금 나에겐 한참 먼 일이야!"

그리고 그는 그녀의 남편에게 모든 것을 말하고, 그 앞에서 참회하고, 어떤 보상이라도 하겠다는 각오를 전달하려던 어제의 계획을 떠올렸다. 그런데 오늘 아침에 보니 어제 생각하던 것처럼 그렇게 쉬운 일이 아니었다. '게다가 그가 모른다면 뭣 때문에 굳이 불행하게 만드느냔 말이야. 그가 물어보면, 그래, 그러면 나도 말할 거야. 하지만 일부러 말해 주러 가다니? 아냐, 그럴 필요 없어.'

미시에게 모든 진실을 말한다는 것도 오늘 아침에는 괴롭게 느껴졌다. 또다시 말을 꺼낼 수 없게 됐다. 그렇게 하면 모욕을 줄 수도 있었다. 세상일이 대부분 그렇듯 어떤 것은 부득이 말로 표현하지 않은 채 남겨 두어야 한다. 오늘 아침 한 가지만은 굳게 결심했다. 그들 집에 드나들지 말고, 혹시 묻는 사람이 있으면 그때 진실을 말하자.

하지만 카츄샤와의 관계에서는 어떤 것도 말로 드러내지 않은 채 남겨 둘 필요가 없었다.

'감옥에 가서 그녀에게 말하고 날 용서해 달라고 해야지. 그리고 필요하다면, 그래, 필요하다면 그녀와 결혼하겠어.' 그는 생각했다.

정신적인 만족을 위해서 모든 것을 희생하고 그녀와 결혼하겠다는 이 생각이 오늘 아침 유난히 그에게 감동적으로 느껴졌다.

그가 이처럼 활력에 넘쳐 하루를 맞이한 것은 오랜만이었다. 방에 들어온 아그라페나 페트로브나에게 그는 스스로도 기대하지 않았던 단호한 태도로 즉각 이 아파트와 그녀의 시중이 더 이상 필요하지 않다고 선언했다. 그가 이 크고 비싼 아파트를 유지하는 이유가 이 집에서 결혼하기 위해서라는 점은 암묵적 합의로 결정된 사실이었다. 따라서 아파트를 내놓는 것은 특별한 의미를 띠었다. 아그라페나 페트로브나가 놀라서 쳐다보았다.

"날 위해 쏟아 준 모든 수고에 정말 감사합니다, 아그라페나 페트로브나. 하지만 이제 나에게는 이런 큰 아파트도 하인도 다 필요 없어요. 만약 나를 도와주고 싶다면 어머니 생전에 하던 대로 당분간 이 물건들을 정리하고 처분하는 호의를 보여 주면 돼요. 나타샤가 와서 정리할 거예요.(나타샤는 네흘류도프의 누이였다.)"

아그라페나 페트로브나가 고개를 저었다.

"어떻게 정리해요? 분명히 필요할 텐데요." 그녀가 말했다.

"아뇨, 필요하지 않을 거예요, 아그라페나 페트로브나, 아마 필요하지 않을 거예요." 네흘류도프는 그녀의 고갯짓이 표현하려던 것에 답하며 말했다. "코르네이에게도 말해 줘요. 내가 그 사람에게 두 달 치 봉급을 미리 주겠다고, 하지만 내게는 더 이상 그 사람이 필요 없다고 말이에요."

"그러시면 안 돼요, 드미트리 이바노비치." 그녀가 말했다. "아니, 외국에 가신다 해도 거처는 필요할 거예요."

"잘못 생각한 거예요, 아그라페나 페트로브나. 난 외국에 가지 않아요. 떠난다 해도 완전히 다른 곳으로 갈 거예요."

그녀의 얼굴이 갑자기 새빨개졌다.

'그래, 이 여자에게는 말해야 해.' 그는 생각했다. '아무것도 숨기지 말고 모두에게 전부 말해야 해.'

"어제 나에게 아주 기이하고 중대한 일이 있었어요. 마리야 이바노브나 고모 댁의 카츄샤를 기억해요?"

"물론이죠. 제가 그 아이에게 바느질을 가르친걸요."

"음, 어제 그 카츄샤가 법정에서 재판을 받았어요. 난 배심원이었고요."

"아, 하느님, 가엽기도 하지!" 아그라페나 페트로브나가 말했다. "무슨 일로 재판을 받았는데요?"

"살인죄로요. 그리고 그건 전부 내가 한 짓이에요."

"어떻게 주인님이 그런 행동을 하실 수 있었겠어요? 정말 이상한 말을 하시네요." 아그라페나 페트로브나가 말했다. 그녀의 늙은 눈에 불꽃이 일었다.

그녀는 카츄샤와 얽힌 사연을 알았다.

"그래요, 내가 모든 일의 원인입니다. 그리고 그 일이 나의 모든 계획을 바꾸어 놓았어요."

"어떻게 그런 일로 주인님의 계획이 바뀌겠어요?" 아그라페나 페트로브나는 웃음을 참으며 말했다.

"이런 겁니다. 그녀가 이 길을 걷게 된 것이 나 때문이라면 그녀를 돕기 위해 내가 할 수 있는 것을 해야 해요."

"그야 주인님의 선한 뜻이고요. 다만 거기에 특별히 주인님의 잘못은 없어요. 누구에게나 일어나는 일이에요. 분별이 있다면 그런 것은 전부 지워지고 잊혀요. 그렇게 해서 사람들은 살아가게 되고요." 아그라페나 페트로브나가 엄하고 진지하게 말했다. "주인님이 그 일을 자기 탓으로 돌릴 이유가 없어요. 저는 예전부터 그녀가 잘못된 생활을 하고 있다고 들었어요. 그럼 그건 누구의 잘못이겠어요?"

"내 잘못이에요. 그러니 내가 바로잡고 싶어요."

"글쎄요, 그걸 바로잡기는 어려워요."

"그건 내 문제예요. 당신이 자신에 대해 생각하고 있다면 그야 어머니가 바라시던 대로……."

"저 자신에 대해서는 생각하지 않아요. 전 고인이 되신 마님으로부터 큰 은혜를 입었기 때문에 아무것도 바라지 않아요. 리잔카(그녀의 결혼한 조카딸이었다.)가 저더러 오라고 해요. 제가 더 이상 필요하지 않게 되면 그 아이에게 가려고요. 다만 주인님이 그것을 걱정하는 건 부질없는 일이에요. 그런 일은 누구에게나 일어난다고요."

"음, 난 그렇게 생각하지 않아요. 어쨌든 부탁해요. 아파트를 내놓고 물건을 처분하는 걸 도와줘요. 그리고 나에게 화내지 말아요. 당신이 해 준 모든 것에 대해 정말로 고맙게 생각해요."

놀라운 일이었다. 스스로를 어리석고 혐오스럽다고 생각하게 된 후로, 다른 사람들이 더 이상 역겹게 느껴지지 않게 된 후로 오히려 네흘류도프는 아그라페나 페트로브나에게도 코르네이에게도 존경 어린 부드러운 감정을 느꼈다. 그는 코르네이 앞에서도 참회하고 싶었다. 하지만 코르네이의 모습이 감동적일 만큼 너무도 정중해서 차마 그러겠다는 결정을 내릴 수 없었다.

법원으로 가는 길에 똑같은 삯마차를 타고 똑같은 거리를 지나치면서 네흘류도프는 오늘 자신이 완전히 다른 사람처럼 느껴져 스스로도 깜짝 놀랐다.

어제만 해도 눈앞의 일처럼 여겨지던 미시와의 결혼이 이제 완전히 불가능해 보였다. 어제는 자신과 결혼하면 그녀도 행복할 것이라는 데 의심의 여지가 없다는 식으로 자기 입장을 이해했다. 하지만 오늘은 자신이 결혼은커녕 그녀와 가까이 지낼 가치도 없는 인간으로 느껴졌다. '내가 어떤 인간인지 알면 절대로 나를 받아들이지 않을걸. 그런데도 난 그녀가 그 신사에게 교태를 부린다고 비난했지. 아니, 설사 그녀와 곧 결혼한들 저기 감옥에 있는 여자가 내일이든 모레든 다른 죄수들과 함께 징역지로 떠나리라는 것을 알면서 행복은 고사하고 평온을 누릴 수나 있을까? 내가 파멸시킨 여자는 징역지로 떠나는데 난 여기에서 축하를 받고 젊은 아내와 함께 답례 방문을 다닐 거야. 아니면 내가 수치스럽게도 그 아내와 함께 기만하고 있는 귀족 회장과 회합에서 만나 지방의 학교 감독 등등을 제정하기 위한 결의안에 찬성하거나 반대하는 표를 세고, 그 아내에게 밀회 날짜를 알려 주겠지.(얼마나 추악한가!) 아니면 아마도 결코 완성되지 않을 그림을 계속 그리던가. 왜냐하면 나는 그런 하찮은 일에 몰두해서도 안 되고, 이제 그런 것을 전혀 할 수 없으니까.' 그는 속으로 혼잣말을 했고, 자신이 느끼는 내면의 변화에 계속 기뻐했다.

'무엇보다 지금은 변호사를 만나 그의 결정을 확인해야 해.' 그는 생각했다. '그런 다음…… 그런 다음 감옥에 가서 그녀를, 어제의 여자 죄수를 만나 모든 것을 말해야 해.'

그리고 그가 그녀를 만나는 장면, 그녀에게 모든 것을 말하는 장면, 그 앞에서 참회하는 장면, 자기 죄를 씻기 위해 할 수 있는 모든 것을 하겠다고, 결혼이라도 하겠다고 알리는 장면을 상상하자 특별한 기쁨이 그를 사로잡았고 그의 눈에 눈물이 솟았다.

34

법원에 도착한 네흘류도프는 복도에서 어제의 집행관을 우연히 만나 이미 재판에서 선고를 받은 죄수들은 어디에 수감되는지, 그들과 면회하려면 누구에게 허가를 받아야 하는지 물었다. 집행관은 죄수들이 여러 곳에 수용되어 있으며 판결이 최종 형식으로 공표될 때까지 면회 허가는 검사의 권한이라고 설명했다.

"심리가 끝나면 제가 알려 드리고 직접 안내하겠습니다. 검사님은 아직 오시지 않았습니다. 그럼 심리 후에 뵙지요. 지금은 법정으로 가 주십시오. 곧 시작합니다."

네흘류도프는 오늘 유난히 안쓰럽게 느껴지는 집행관의 친절에 감사를 전하고 배심원실을 향했다.

그가 그 방으로 다가가는데 배심원들이 법정에 들어가기 위해 이미 배심원실에서 나오고 있었다. 상인은 어제와 똑같이 쾌활했으며 어제와 마찬가지로 가벼운 식사에 술을 곁들이고 왔다. 그가 오랜 친구처럼 네흘류도프를 맞이했다. 그리고 오늘은 표트르 게라시모비치의 허물없는 태도와 너털웃음이 네흘류도프에게 전혀 불쾌감을 일으키지 않았다.

네흘류도프는 어제의 여자 피고인과 자신의 관계를 모든 배심원들에게 말하고 싶었다. '정말로 어제 재판 중에 일어나 공개적으로 나의 죄를 말해야 했어.' 그는 생각했다. 하지만 다른 배심원들과 함께 법정에 들어가 어제와 똑같은 절차가 시작되는 것을 보았을 때, 즉 다시 "재판을 시작합니다."라는 소리가 들리고, 다시 옷깃을 단 세 사람이 단 위에 나타나고, 다시 침묵이 흐르고, 다시 등받이 높은 의자에 배심원들이 착석하고, 다시 헌병들과 초상화와 사제가 보였을 때 그는 비록 그럴 필요가 있었다 한들 어제 이런 엄숙함을 깨뜨릴 수는 없었으리라 느꼈다.

공판을 위한 준비는 어제와 똑같았다(배심원들의 선서와 그들을 향한 재판장의 발언은 제외하고).

오늘의 사건은 가택 침입 절도였다. 두 헌병이 기병도를 빼들고 지키는 피고인은 야위고 어깨가 좁은 스무 살 앳된 청년으로 회색 할라트 차림에 핏기 없는 납빛 얼굴을 하고 있었다. 그는 피고석에 혼자 앉아 법정에 들어서는 사람들을 눈을 치뜨고 쳐다보았다. 그 청년은 동료와 함께 창고 자물쇠를 부수고 3루블 67코페이카어치의 낡은 매트를 훔친 죄로 기소됐다. 공소장에 따르면 순경이 어깨에 매트를 진 동료와 함께 걸어가는 그를 불러 세웠다. 청년과 동료는 그 자리에서 순경에게 잘못을 인정했고, 두 사람은 감옥에 수감됐다. 청년의 동료인 자물쇠 제조공은 감옥에서 죽고 청년만 홀로 재판을 받게 됐다. 낡은 매트들이 탁자 위에 증거물로 놓여 있었다.

심리는 어제와 마찬가지로 증언, 증거, 증인, 증인의 선서, 심문, 감정인, 반대 신문 등 무기고를 총동원해 이루어졌다. 증인인 순경은 재판장과 검사와 변호사의 질문에 대해서 건조하게 간단히 말했다. "바로 그렇습니다." "알 수 없습니다." 그리고 다시 "바로 그렇습니다……." 하지만 군인처럼 멍하고 기계적인 모습에도 불구하고 그가 청년을 불쌍히 여기는 데다 자기가 체포하게 된 경위에 대해서도 마지못해 이야기한다는 사실이 엿보였다.

다른 증인은 피해자인 노인으로 집주인이자 매트의 소유주였는데 신경질적인 사람임이 분명했다. 본인의 매트가 맞느냐고 질문을 받았을 때 내키지 않는 태도로 자기 것이라고 인정했다. 검사보가 매트로 무엇을 할 작정이었는지, 그것들이 그에게 긴요한지 묻자 그는 화를 내며 대꾸했다.

"그 빌어먹을 매트 따위 나한테는 전혀 필요 없수다. 이것들 때문에 얼마나 귀찮아질지 알았다면 찾지도 않았을 거요. 심문에 끌려 나오지 않을 수만 있다면 차라리 10루블짜리 지폐를 한 장, 아니 두 장이라도 더 얹어 주었을 거란 말이오. 삯마차로 여기까지 오는 데 5루블을 썼소. 난 건강하지도 않소. 탈장과 류머티즘을 앓고 있단 말이오."

증인들의 진술은 그런 식이었다. 피고인은 모든 죄를 인정했고, 사로잡힌 짐승처럼 멍한 표정으로 양옆을 두리번거리면서 툭툭 끊어지는 목소리로 모든 경위를 이야기했다.

사태는 명확했다. 하지만 검사보는 어제와 마찬가지로 어깨를 으쓱하면서 교활한 범죄자를 반드시 잡아들이기 위해 예민한 질문들을 던졌다.

그는 자신의 논고에서 절도가 사람이 사는 주택에서 행해졌고 자물쇠 파손이 병행됐기 때문에 청년을 최고형에 처해야 한다고 주장했다.

국선 변호인은 절도가 인가에서 일어나지 않았다고, 비록 범죄 사실은 부인할 수 없지만 피고가 검사보의 주장처럼 사회에 위험한 인물은 아니라고 반박했다.

재판장은 어제와 마찬가지로 공평과 정의의 화신인 척하며 배심원들이 이미 알고 또 알지 않을 수 없는 사실들을 상세하게 설명하고 이해시켰다. 어제처럼 휴정이 있었고, 사람들이 담배를 피웠다. 어제처럼 집행관이 "재판을 시작합니다."라고 외쳤고, 어제처럼 두 헌병은 졸지 않으려 애쓰면서 무기를 노출한 채 피고를 위협하며 앉아 있었다.

심리를 통해 밝혀진 바에 따르면 이 청년은 아버지가 그를 담배 공장에 넘긴 후 그곳에서 오 년을 보냈다. 올해 공장주와 노동자들 사이에 일어난 분쟁 이후 해고됐고, 직장을 잃은 채 시내를 일없이 어슬렁거리면서 술을 퍼마시느라 빈털터리가 됐다. 선술집에서 그는 먼저 일자리를 잃어 자기와 같은 처지에 있던 자물쇠 제조공을 만났다. 술을 잘 마시는 남자였다. 두 사람은 한밤중에 술에 취한 채로 자물쇠를 부수고는 가장 먼저 손에 닿은 것을 집어 들었다. 그들은 체포됐다. 범행을 전부 인정했다. 그들은 감옥에 갇혔고, 그곳에서 자물쇠 제조공은 공판을 기다리다 죽었다. 청년은 지금 사회로부터 격리해야 할 위험한 존재로서 재판을 받는 중이었다.

'어제의 여자 죄수와 똑같이 위험한 존재라는 거지.' 네흘류도프는 눈앞에서 벌어지는 모든 일에 귀를 기울이며 생각에 잠겼다. '그들은 위험하고 우리는 위험하지 않나? 난 방탕한 난봉꾼에 사기꾼이야. 그럼 우리 모두는? 나의 됨됨이를 알면서도 나를 경멸하기는커녕 존경하기까지 하는 모든 사람들은? 설사 이 청년이 이 법정에 있는 모든 이들 중에서 사회에 가장 위험한 인간이라고 하자. 하지만 이미 붙잡힌 청년에게 상식적으로 우리가 뭘 하겠어?

분명 이 청년은 어떤 특별한 악한이 아니라 지극히 평범한 — 다들 그것을 보았다 — 사람이고, 현재의 모습이 된 것은 단지 그런 인간들을 낳는 환경에 놓였기 때문이야. 그러니 어쩌면, 아니 분명 이 청년 같은 사람들이 생기지 않도록 하려면 이런 불행한 존재를 만들어 내는 조건을 제거하기 위해 힘써야 해.

하지만 우리는 무엇을 하고 있지? 우리는 그와 같은 수많은 다른 사람들이 여전히 붙잡히지 않았다는 걸 잘 알면서 우연히 우리 수중에 떨어진 이 청년 한 명에게 달려들어 감옥에, 완벽한 무위 혹은 지극히 무의미하고 몸을 해치는 노동의 조건 속에, 그와 같이 나약해지고 삶에서 길을 잃은 사람들의 무리 속에 집어넣어. 그런 다음 나랏돈을 들여 그를 지극히 타락한 인간들 틈에 끼워 모스크바현에서 이르쿠츠크현으로 추방해 버리지.

그런 인간들을 낳는 조건을 제거하기 위해 우리는 아무것도 하지 않을 뿐 아니라 그저 그들을 양산하는 시설을 장려할 뿐이야. 그런 시설은 아주 잘 알려져 있지. 제작소, 공장, 작업장, 술집, 유곽. 그리고 우리는 그런 시설들을 제거하지 않을 뿐 아니라 불가피한 것으로 간주하면서 장려하고 조절해.

그렇게 한 명이 아닌 수백만 명의 인간을 길러 내고, 그런 다음에는 한 사람을 붙잡고 나서 상상하지. 우리가 무언가를 해서 스스로를 지켰다고, 그 사람을 모스크바현에서 이르쿠츠크현으로 보내 버렸으니 우리는 더 이상 아무것도 요구받지 않을 거라고.' 네흘류도프는 대령과 나란히 앉아 다양한 억양으로 말하는 변호인과 검사와 재판장의 목소리에 귀를 기울이고 그들의 자신만만한 몸짓을 보면서 유난히 생생하고 또렷하게 생각을 펼쳐 나갔다. '게다가 이런 허위에 얼마나 많은, 얼마나 집중된 노력이 드는지…….' 네흘류도프는 그 거대한 홀, 그 초상화와 램프와 안락의자와 제복, 그 두꺼운 벽과 창문을 둘러보면서 계속 생각했다. 그리고 이 거대한 건물, 훨씬 더 거대한 제도 자체, 이곳만이 아니라 러시아 전역에서 누구에게도 필요하지 않은 이 희극을 위해 봉급을 받는 관료와 토지 대장 서기와 수위와 파발꾼 전체를 떠올렸다. '만약 우리가 지금 우리의 편안하고 쾌적한 생활을 위해 없어서는 안 될 수족으로만 바라보는 저 버림받은 존재들을 돕기 위해 그 노력의 100분의 1이라도 쏟으면 어떻게 될까?' 네흘류도프는 청년의 겁에 질린 병약한 얼굴을 쳐다보며 생각했다. '저 청년이 궁핍 때문에 시골에서 도시로 넘겨질 때 그를 동정해 준 사람이 한 사람만 있었더라면, 그 사람이 저 곤궁한 청년을 도와주었더라면 좋았을 텐데. 아니면 도시에 온 청년이 공장에서 열두 시간 노동을 한 뒤 그를 꼬드기는 손위 동료들과 함께 술집으로 향할 때 "가지 마, 바냐, 좋지 않은 행동이야."라고 말해 준 사람이 있었더라면 그는 가지 않았을 테고, 잘못된 길에 들어서지도 않았을 테고, 나쁜 짓도 결코 저지르지 않았겠지.

하지만 도시에서 몇 년 동안 도제 생활을 하며 어린 짐승처럼 살아가던 내내, 이가 들끓지 않도록 머리를 짧게 깎고 장인들의 심부름을 하느라 뛰어다니던 내내 그를 불쌍히 여겨 준 사람이 단 한 명도 없었어. 오히려 도시에 살게 된 후로 장인들과 동료들로부터 남을 속이고 술을 마시고 욕하고 때리고 방탕하게 사는 게 멋진 사내라는 말을 들었을 뿐이야.

몸을 해치는 노동, 음주, 방탕한 생활 때문에 병들고 망가진 그가 꿈속인 양 멍하고 정신이 이상한 상태에서 목적도 없이 시내를 돌아다니다가 무모하게도 어떤 창고에 숨어들어 아무짝에도 쓸모없는 매트를 끌고 나왔을 때, 부유하고 교양 있는 모든 사람들은 그 청년을 현재 상태로 몰고 간 원인을 제거하기 위해 마음을 쓰지 않고 그 청년을 처벌해 사태를 바로잡으려 들어.

끔찍해! 잔혹함 혹은 어리석음, 이 중에 어느 쪽이 더 큰지 모르겠어. 하지만 둘 다 갈 데까지 간 것 같아.'

네흘류도프는 눈앞에서 벌어지는 상황에 더 이상 귀를 기울이지 않고 이 모든 상념에 잠겨 있었다. 그리고 그의 앞에 드러난 것에 전율했다. 어떻게 자신이 예전에는 이를 보지 못했는지, 어떻게 다른 사람들은 이를 보지 못하는지 놀라웠다.

35

첫 번째 휴정이 선언되자마자 네흘류도프는 더 이상 법정에 돌아오지 않을 생각으로 자리에서 일어나 복도로 나갔다. 청년에 대해서는 저들 좋을 대로 하게 내버려 두자. 그는 더 이상 이 소름 끼치고 추악한 바보짓에 낄 수 없었다.

검사 사무실이 어디에 있는지 확인한 네흘류도프는 그를 만나러 갔다. 사환은 검사가 바쁘다고 말하면서 그를 들여보내려 하지 않았다. 그러나 네흘류도프는 그의 말에 신경 쓰지 않고 문으로 들어가 그를 맞이하는 관리에게 자신은 배심원이며 매우 중요한 문제 때문에 검사를 꼭 만나야겠으니 보고해 달라고 청했다. 공작이라는 작위와 좋은 옷이 네흘류도프를 도왔다. 관리가 검사에게 보고했고, 네흘류도프는 허락을 받았다. 검사는 서서 그를 맞이했다. 만남을 요구하는 네흘류도프의 집요한 태도에 불만스러워하는 기색이 역력했다.

"용건이 뭡니까?" 검사가 엄한 어조로 물었다.

"난 배심원이고, 성은 네흘류도프입니다. 피고인 마슬로바를 꼭 만나야 합니다." 네흘류도프는 자기 인생에 결정적인 영향을 미칠 행동을 하고 있다고 느끼면서 얼굴을 붉힌 채 재빨리 단호하게 말했다.

검사는 키가 작고 피부가 거무스름한 남자였다. 짧은 머리칼이 하얗게 세고, 빛나는 눈은 재빠르게 움직이고, 툭 튀어나온 아래턱의 숱 많은 턱수염은 깨끗하게 깎인 상태였다.

"마슬로바요? 물론 압니다. 독살죄로 기소됐죠." 검사가 침착하게 말했다. "무엇 때문에 그 여자를 꼭 만나야 한다는 겁니까?" 그러고 나서 말투를 누그러뜨리고 싶었는지 이렇게 덧붙였다. "당신이 무엇 때문에 그러는지 모르면서 허가를 내줄 수는 없습니다."

"나에게 특별히 중요한 일 때문에 꼭 만나지 않으면 안 됩니다." 네흘류도프가 붉어진 얼굴로 말을 꺼냈다.

"그렇습니까?" 검사가 말했다. 그러고는 눈을 들어 유심히 네흘류도프를 쳐다보았다. "그 사건은 이미 심리에 회부됐습니까? 아니면 아직입니까?"

"그녀는 어제 재판을 받았는데 대단히 불공정하게도 사 년 징역형을 선고받았습니다. 그녀는 무죄입니다."

"그렇습니까?" 검사는 마슬로바가 무죄라는 네흘류도프의 선언적인 말에 전혀 신경 쓰지 않고 말했다. "불과 어제 선고를 받았다면 최종적인 형태로 선고가 내려지기까지 분명 구치소에 있을 겁니다. 그곳에서는 면회가 정해진 날에만 허락

됩니다. 그곳에 문의해 보길 권합니다."

"하지만 최대한 서둘러 그녀를 봐야 합니다." 네흘류도프는 결정적인 순간이 다가오는 것을 느끼며 아래턱을 떨면서 말했다.

"무슨 일 때문입니까?" 검사가 다소 불안한 기색으로 눈썹을 치켜올리며 물었다.

"그녀는 무죄인데 징역형을 선고받았기 때문입니다. 모든 잘못은 나에게 있습니다." 네흘류도프는 불필요한 말을 하고 있다고 느끼면서 떨리는 목소리로 말했다.

"그건 또 무슨 뜻입니까?" 검사가 물었다.

"내가 그녀를 속여 지금 처한 상황 속으로 밀어 넣었기 때문입니다. 내가 그녀를 그렇게 살도록 내몰지 않았다면 그런 기소를 당하지 않았을 겁니다."

"어쨌든 난 그것이 면회와 무슨 상관인지 모르겠군요."

"이런 거죠. 난 그녀를 따라가고 싶습니다. 그리고…… 그녀와 결혼하려 합니다." 네흘류도프가 말했다. 언제나 그랬듯이 말을 꺼내자마자 눈에 눈물이 차올랐다.

"네? 저런!" 검사가 말했다. "정말 매우 예외적인 경우군요. 당신은 크라스노페르스크 젬스트보[60]의 위원 아닌가요?" 검사는 이 순간 너무도 기이한 결심을 선언하는 이 네흘류도프

---

60) 1864년 제정 러시아에 설립된 지방 자치 기구로 작은 행정 단위인 군 젬스트보와 큰 행정 단위인 현 젬스트보가 있었다. 지주 귀족과 농촌 공동체의 대표자들로 구성된 이 기구는 학교와 병원을 설립하고 도로를 건설하는 등 개혁적이고 자유주의적인 정책을 도입하기 위해 애썼다.

라는 남자에 대해 예전에 들어 보았던 것을 떠올린 듯 말했다.

"실례합니다만 그건 나의 요청과 관계가 없다고 생각합니다." 얼굴이 붉어진 네흘류도프가 매섭게 대꾸했다.

"물론 없지요." 검사는 보일 듯 말 듯 미소를 지으면서 조금도 당황하지 않으며 말했다. "하지만 당신의 바람은 대단히 이례적이고 상식을 매우 벗어나는……."

"어떻습니까, 허가를 받을 수 있을까요?"

"허가요? 네, 당장 통행증을 발급하지요. 잠시 앉아 계십시오."

그는 책상으로 다가가 그 앞에 앉아서 펜을 끼적였다.

"제발 앉아 주십시오."

네흘류도프는 계속 서 있었다.

통행증을 쓴 검사는 호기심 어린 눈으로 네흘류도프를 쳐다보며 그것을 건넸다.

"알려야 할 것이 또 있습니다." 네흘류도프가 말했다. "앞으로 심리에 참석할 수 없습니다."

"당신도 알겠지만 정당한 이유를 법원에 제시해야 합니다."

"내가 모든 재판을 무익할 뿐 아니라 비도덕적으로 생각한다는 게 그 이유입니다."

"그렇습니까?" 검사는 보일 듯 말 듯 한 그 똑같은 미소를 지으며 말했다. 마치 그 미소를 통해 그런 선언은 자기도 이미 아는 우스갯소리 중 하나라는 사실을 보여 주려는 듯했다. "그렇습니까? 그런데 당신도 잘 알겠지만 난 검사로서 당신에게 동의할 수 없습니다. 따라서 그 점에 대해서는 법정에서 발언하기를 권합니다. 법정은 당신의 발언을 숙고해서 정당한지 아닌지 파악한 후 후자인 경우 당신에게 벌금을 부과할 겁니다. 법정에 호소하십시오."

"나는 선언했고, 더 이상 어디에도 가지 않겠습니다." 네흘류도프가 화를 내며 말했다.

"안녕히 가십시오." 검사는 고개를 숙이며 말했다. 이 이상한 방문객으로부터 얼른 벗어나고 싶은 게 분명했다.

"당신 방에 있던 그 사람은 누굽니까?" 네흘류도프가 나가자마자 검사의 사무실에 들어온 배석 판사가 물었다.

"네흘류도프입니다. 그러니까 크라스노페르스크군 젬스트보에서 온갖 이상한 발언을 하던 남자 말입니다. 생각해 봐요, 그 사람은 배심원이고, 피고들 중에 징역을 선고받은 여자인가 여자애인가가 있는데 말이죠, 그 사람 말로는 그 여자가 그에게 속았답니다. 지금 그가 그 여자와 결혼을 하려고 해요."

"설마 그럴 리가?"

"그 사람이 나에게 그렇게 말했습니다…… 그것도 무슨 이상한 흥분 상태에 빠져서."

"요즘 젊은이들에게는 비정상적인 무언가가 있어요."

"네, 하지만 그 사람은 그다지 젊지 않은데요."

"그렇죠. 그런데 이봐요, 당신의 유명한 이바셴코프는 정말 진저리 납니다. 끈질겨요. 끝도 없이 말하고 또 말한다고요."

"그런 사람들은 그냥 중지시켜야 합니다. 그러지 않으면 진짜 방해꾼이 되거든요……."

36

검사 사무실에서 나온 네흘류도프는 곧장 구치소로 향했다. 하지만 그곳에는 마슬로바라는 여자가 아예 없었다. 간수는 네흘류도프에게 그녀가 틀림없이 이송 죄수를 위한 낡은 감옥에 있을 거라고 말했다. 네흘류도프는 그곳으로 갔다.

실제로 예카체리나 마슬로바는 그곳에 있었다. 육 개월 전 어떤 정치적 사건이 일어나 — 분명 헌병들이 도발한 — 극도로 고조되는 바람에 구치소가 대학생, 의사, 노동자, 여학생, 간호사 들로 꽉 차게 된 사실을 검사가 잊고 있었던 것이다.

구치소에서 이송 죄수를 위한 감옥까지는 대단히 멀어서 네흘류도프는 저녁 무렵에야 겨우 도착했다. 그가 암울하게 보이는 거대한 건물의 문으로 다가가려고 하는데 보초가 그를 들여보내지 않고 벨을 누르기만 했다. 벨소리에 간수가 나왔다. 네흘류도프가 통행증을 제시했지만 간수는 소장의 허가 없이는 들여보낼 수 없다고 했다. 네흘류도프는 소장을 찾아갔다. 그가 계단을 올라가는 동안 포르테피아노로 연주하는 어떤 복잡하고 웅장한 곡이 문밖으로 흘러나왔다. 한쪽 눈에 붕대를 감은 성난 하녀가 문을 열자 그 소리가 방에서 터져 나오듯 그의 귀를 아프게 찔렀다. 리스트의 진저리 나는 랩소디였다. 훌륭한 연주였지만 어느 부분까지였다. 그 부분에 이르면 다시 똑같은 연주가 되풀이됐다. 네흘류도프는 붕대를 감은 하녀에게 소장이 집에 있는지 물었다.

하녀는 없다고 대답했다.

"곧 오십니까?"

랩소디는 다시 중단되었고, 마법에 걸린 듯한 막다른 부분에 이르기까지 또 눈부시고 요란한 연주가 되풀이됐다.

"가서 여쭤볼게요."

그러더니 하녀는 그 자리를 떠났다.

랩소디가 다시 막 질주하다 갑자기 막다른 부분에 이르기 전에 뚝 끊어지고 어떤 목소리가 들렸다.

"지금 안 계시고 오늘은 돌아오지 않으실 거라고 그 사람에게 전해. 아버지는 다른 집을 방문하러 가셨어. 왜 이렇게 귀찮게 하는지." 문 안쪽에서 여자 목소리가 들렸다. 다시 랩소디가 들리나 싶더니 또 연주가 멈추고 의자를 움직이는 소리가 들렸다. 화가 치민 피아노 연주자가 부적절한 시간에 찾아온 집요한 방문객을 직접 힐난하려는 것이 분명했다.

"아빠는 안 계세요." 머리칼을 부풀린 볼품없는 외모의 아가씨가 화난 기색으로 말했다. 음울한 눈 밑이 푸르스름하고 얼굴색이 창백했다. 멋진 외투를 입은 젊은 남자를 보자 그녀의 태도가 누그러졌다. "어서 들어오…… 무슨 일이죠?"

"감옥에 있는 여자 죄수를 만나야 합니다."

"아마 정치범이겠죠?"

"아뇨, 정치범이 아닙니다. 나에게 검사의 허가증이 있습니다."

"글쎄요, 난 몰라요. 아빠는 안 계시고요. 어쨌든 들어오세요." 작은 대기실에서 그녀가 다시 그를 불러들였다. "아니면 부소장을 만나 보시죠. 지금 사무실에 있으니 그 사람에게 말해 보세요. 성함이 어떻게 되시죠?"

"감사합니다." 네흘류도프는 그 질문에 대답하지 않고 이렇게만 말한 후 떠났다.

그의 등 뒤에서 문이 채 닫히기도 전에 아까와 똑같은 활기차고 명랑한 소리가 들려왔다. 그것이 만들어지는 장소와도, 그것을 매우 집요하게 연습하는 볼품없는 아가씨의 얼굴과도 너무나 어울리지 않는 소리였다. 안마당에서 네흘류도프는 염색한 콧수염이 위로 솟은 젊은 장교를 만나 부소장에 대해 물었다. 그 사람이 바로 부소장이었다. 그는 통행증을 받아 들고 그를 잠시 쳐다보다가 구치소 통행증으로 이곳에 들여보낼 수는 없다고 말했다. 게다가 이미 너무 늦었다…….

"내일 와 주십시오. 내일 10시에는 누구에게나 면회가 허락됩니다. 그때 오면 소장님도 댁에 계실 겁니다. 그럼 일반실에서 면회를 할 수 있습니다. 소장님이 허락하시면 사무실에서도 할 수 있고요."

그렇게 해서 네흘류도프는 이날 면회에 성공하지 못하고 집으로 향했다. 그녀를 만난다는 생각에 흥분한 네흘류도프는 길을 따라 걸으며 이제는 재판이 아니라 검사며 부소장과 나눈 대화를 떠올렸다. 그녀를 면회할 방법을 모색하고 검사에게 자기 계획을 말하고 그녀를 만나겠다는 각오로 두 군데 감옥을 들른 사실에 너무 흥분한 나머지 한참 동안 마음을 진정할 수 없었다. 집에 도착하자 곧바로 오랫동안 건드리지 않은 일기장을 꺼내 그중 몇 군데를 읽고 다음과 같은 글귀를 적어 두었다.

두 해 동안 일기를 쓰지 않았고, 다시는 이런 어린애 같은 짓으로 돌아가지 않겠다고 생각했다. 하지만 그것은 어린애 같은 짓이 아니라 자신과의, 모든 인간의 내면에 살고 있는 신성을 지닌 진정한 자아와의 대화였다. 그동안 내내 나는 잠을 잤고, 나에게는 대화할 사람이 없었다. 4월 28일 배심원으로 출석한 법정에서 벌어진 이상한 사건이 그 자아를 깨웠다. 난 나에게 기만당한 카추샤가 죄수복을 입은 채 피고석에 있는 것을 보았다. 이상한 오해와 나의 실수 때문에 그녀는 징역형을 선고받았다. 이제 막 검사를 만나고 감옥에 다녀오는 길이다. 면회는 허락되지 않았다. 그러나 그녀를 만나 참회하고 내 죄를 씻기 위해서라면 무엇이든 — 그것이 결혼이라 해도 — 하기로 결심했다. 하느님, 나를 도와주소서! 기분이 아주 좋다. 나의 영혼은 기쁨으로 충만하다.

37

그날 밤 마슬로바는 오랫동안 잠을 이루지 못하고 눈을 뜬 채 누워 있었다. 하급 사제의 딸이 이리저리 서성이다 가리곤 하는 문을 응시하고 붉은 머리의 코 고는 소리를 들으면서 이런저런 생각에 잠겼다.

무슨 일이 있어도 사할린에서 징역수와 결혼하지는 않겠다고, 감독자들 중 한 명이나 서기나 하다못해 간수 혹은 부소장이라도 좋으니 어떻게든 그런 사람과 다른 식으로 정착하겠다고 생각했다. 남자들은 전부 이런 것에 약하다. '야위지는 말아야 할 텐데. 그렇게 되면 끝장이야.' 그리고 변호인이 자기를 어떻게 쳐다보았는지, 재판장이 어떻게 쳐다보았는지, 마주친 남자들이며 법정에서 일부러 옆으로 지나가던 남자들이 어떻게 쳐다보았는지 떠올렸다. 감옥에 면회하러 온 베르타가 들려준 이야기도 떠올렸다. 마슬로바가 키타예바의 유곽에서 지낼 때 좋아하던 대학생이 찾아와서 그녀에 대해 묻고 깊이 동정했다고 했다. 붉은 머리와 싸운 일을 떠올리고는 그녀에게 연민을 느꼈다. 남은 칼라치를 내밀던 빵집 주인을 떠올렸다. 그녀는 많은 사람을 떠올렸지만 네흘류도프에 대해서만큼은 그러지 않았다. 어린 시절과 젊은 시절, 특히 네흘류도프를 향한 사랑에 대해서는 절대 떠올리지 않았다. 너무도 고통스러운 일이었다. 그 기억들은 마음속 깊이 손에 닿지 않는 어딘가에 있었다. 꿈에서조차 네흘류도프를 본 적이 없었다. 그녀는 오늘 법정에서 그를 알아보지 못했다. 마지막으로 보았을 때는 턱수염 없이 콧수염만 조그맣게 기르고 짧지만 숱 많은 곱슬머리를 한 군인이었는데 이제 턱수염을 기른 나이 들어 보이는 남자였기 때문만은 아니다. 그녀가 그에 대해 전혀 생각을 하지 않았기 때문이기도 했다. 그가 군대에서 돌아오는 길에 고모들 집에 들르지 않고 지나친 그 무섭고 어두운 밤, 그녀는 네흘류도프와 얽힌 과거에 대한 모든 기억을 묻어 버렸다.

그가 들러 주리라고 기대했던 그날 밤까지만 해도 그녀는 심장 아래 품은 아기를 부담스러워하지 않았을 뿐 아니라 아기가 자기 안에서 부드럽게, 이따금 발작적으로 움직일 때면 종종 놀라움과 감동을 느끼기도 했다. 하지만 그날 밤 이후 모든 것이 달라졌다. 그리고 앞으로 태어날 아기는 그저 방해만 될 뿐이었다.

고모들은 네흘류도프를 기다렸고, 지나는 길에 들르라며 연락하기도 했다. 하지만 그는 기일 내에 페테르부르크로 가야 해서 그럴 수 없다고 전보를 보냈다. 그 사실을 알게 된 카츄샤는 그를 만나기 위해 기차역에 가기로 결심했다. 기차가 통과하는 시각은 새벽 2시였다. 카츄샤는 마님들이 잠자리에 드는 것을 돕고 나서 같이 가 달라며 요리사의 어린 딸 마시카를 설득했다. 그러고는 낡은 단화를 신고 숄로 머리를 감싸고 치맛자락을 허리춤에 쑤셔 넣은 후 역으로 달려갔다.

비가 내리고 바람이 부는 어두운 가을밤이었다.

따뜻하고 굵은 빗방울이 세차게 쏟아지다가 갑자기 멈추기를 반복했다. 들판에도 발밑에도 길이 보이지 않았고 숲속은 페치카 안처럼 캄캄했다. 카츄샤는 길을 잘 알면서도 숲속에서 길을 잃고 말았다. 그래서 기차가 삼 분간 정차하는 작은 역에 자신의 바람대로 미리 가지 못하고 두 번째 벨 소리가 울린 뒤에야 도착했다.[61] 플랫폼으로 달려간 카츄샤는 곧 일등석 객차의 창문을 통해 그를 보았다. 그 객차 안은 유난히 환했다. 프록코트를 벗은 두 장교가 벨벳을 씌운 좌석에 마주 앉아 카드놀이를 하고 있었다. 창가의 작은 탁자 위에 두꺼운 양초 두 자루가 촛농을 떨어뜨리며 타고 있었다. 착 달라붙는 승마용 바지에 하얀 루바시카를 입은 그는 좌석 팔걸이에 앉아 등받이에 팔꿈치를 괸 채 무엇 때문인지 웃고 있었다. 그를 알아보자마자 그녀는 꽁꽁 언 손으로 창문을 두드렸다. 하지만 바로 그 순간 세 번째 벨 소리가 울리더니 기차가 서서히 움직

---

61) 러시아에서는 시발역에서 기차가 출발하기 전 세 번의 벨 소리가 울린다. 첫 번째는 십오 분에서 이십 분 전에, 두 번째는 십 분 전에, 세 번째는 출발 직전에 울린다. 중간 역들에서는 벨 소리들 사이의 간격이 더 짧다.

였다. 처음에는 뒤로 가더니 충격을 받은 객차들이 차례차례 앞으로 나아가기 시작했다. 카드놀이를 하던 사람들 중 한 명이 손에 카드를 쥔 채 일어나 창밖을 응시했다. 그녀는 한 번 더 두들기고 얼굴을 유리창에 바짝 댔다. 그때 그녀가 들여다보던 객차가 덜컹거리며 움직이기 시작했다. 그녀는 창문을 쳐다보며 뒤따라 걸음을 옮겼다. 한 장교가 창문을 열려고 했지만 도저히 열 수 없었다. 네흘류도프가 일어나 장교를 밀치고 직접 열러 나섰다. 기차의 속도가 빨라졌다. 그녀는 뒤처지지 않기 위해 빠른 걸음으로 걸었다. 하지만 기차는 점점 더 속도를 냈고, 창문이 열린 바로 그 순간 차장이 그녀를 밀치며 객차로 뛰어올랐다. 카츄샤는 뒤처졌지만 플랫폼의 젖은 판자를 따라 계속 달렸다. 플랫폼 끝에 이르자 넘어지지 않도록 간신히 몸을 지탱하면서 계단을 따라 지면으로 뛰어 내려갔다. 그녀는 달렸지만 일등석의 객차들은 저 멀리 앞쪽에 있었다. 그녀 옆으로 이미 이등석 객차들이 지나갔고, 그다음에는 훨씬 더 빠른 속도로 삼등석 객차들이 지나갔다. 그래도 계속 달렸다. 등불이 걸린 마지막 객차가 지나갔을 때 그녀는 급수탑을 지나 울타리 밖에 있었다. 바람이 그녀를 덮쳐 머리에서 숄이 벗겨지고 두 다리가 치맛자락에 휘감겼다. 숄이 바람에 날아갔지만 그녀는 계속 달렸다.

"미하일로브나 아줌마!" 여자아이가 간신히 그녀를 따라잡으며 외쳤다. "숄을 떨어뜨렸어요!"

'그 사람은 환하게 불이 밝혀진 객차 안에서 벨벳 의자에 앉아 농담을 하고 술을 마시는데 나는 여기 어둠 속 진흙탕에 서서 비바람을 맞으며 울고 있구나.' 카츄샤는 생각했다. 그녀는 멈춰 서서 고개를 뒤로 젖힌 채 두 손을 모아 쥐고 흐느끼기 시작했다.

"가 버렸어!" 그녀가 외쳤다.

여자아이가 깜짝 놀라며 젖은 옷에 팔을 둘러 그녀를 껴안았다.

"아줌마, 집에 가요."

'기차가 지나갈 때 객차 밑으로 몸을 던지자. 그럼 모든 게 끝나겠지.' 그사이 카츄샤는 여자아이에게 아무 대꾸도 하지 않고 생각에 잠겼다.

그녀는 그렇게 하기로 결심했다. 하지만 바로 그때 흥분이 지난 직후의 평온한 순간이면 늘 그렇듯 그가, 아기가, 그녀의 배 속에 있는 그의 아이가 갑자기 몸을 바르르 떨고 부딪고 경쾌하게 기지개를 켜더니 다시 가늘고 부드럽고 뾰족한 무언가로 밀기 시작했다. 그러자 갑자기 일 분 전만 해도 도저히 살 수 없을 것 같다고 생각할 만큼 그녀를 괴롭히던 모든 것이, 그를 향한 모든 분노와 목숨을 버려서라도 그에게 복수하고팠던 열망이, 그 모든 것이 갑자기 멀리 사라졌다. 그녀는 마음을 가라앉히고 옷매무새를 가다듬고 숄로 머리를 감싼 후 서둘러 집으로 향했다.

지칠 대로 지치고 비에 젖고 진흙투성이가 되어 그녀는 집에 돌아왔다. 그날부터 그녀 안에서 정신적인 대변화가 일어났고, 그 결과 지금의 모습이 됐다. 그 끔찍한 밤 이후 그녀는 더 이상 선을 믿지 않게 됐다. 예전에는 그녀 자신도 선을 믿었고 다른 사람들도 그렇다고 믿었다. 하지만 그날 밤 이후 아무도 그런 것을 믿지 않는다고, 하느님이며 선에 대해 말하는 사람들 모두 그저 남들을 속이기 위해 그럴 뿐이라고 확신하게 됐다. 그녀가 사랑했고 또 그녀를 사랑했던 — 그녀는 그 사실을 알았다 — 그는 그녀를 희롱하고 그 감정을 모욕하고는 그녀를 버렸다. 그는 그녀가 아는 모든 사람 가운데 가장 좋은 사람이었다. 다른 나머지 사람들은 훨씬 더 나빴다. 그녀가 한 걸음 한 걸음 내딛을 때마다 겪은 모든 일들이 그 사실을 확인해 주었다. 그의 고모들인 신앙심 깊은 노부인들은 그녀가 더 이상 예전처럼 시중을 들지 못하자 그녀를 쫓아냈다. 그녀가 만난 모든 사람 중 여자들은 그녀를 통해 돈을 손에 넣으려고 애썼으며, 남자들은 늙은 경찰 서장부터 감옥의 간수에 이르기까지 전부 그녀를 쾌락의 대상으로 바라보았다. 이 세상 어느 누구도 쾌락, 다름 아닌 그 쾌락 말고는 다른 어떤 것도 신경 쓰지 않았다. 그녀가 자유롭게 생활한 지 이 년째 되는 해에 만난 늙은 작가는 이 점을 한층 강하게 확인시켜 주었다. 그는 줄곧 모든 행복은 그것 — 그는 그것을 시 또는 미학이라고 불렀다 — 에 있다고 노골적으로 말했다.

모두가 자신을 위해, 자신의 쾌락을 위해서만 살았고, 하느님과 선에 대한 모든 말은 속임수였다. 어째서 이 세상 모든 것이 그처럼 악하게 만들어져 모두가 서로에게 악을 행하고 괴로움을 겪는지 의문이 든다 해도 그에 대해서는 생각하지 말아야 했다. 울적해지면 담배를 피우거나 술을 마시면 되고, 무엇보다 남자와 사랑을 나누면 된다. 그러면 지나간다.

38

다음 날인 일요일 오전 5시 여자 죄수 구역의 복도에서 평소처럼 호각 소리가 울리자 이미 깨어 있던 코라블료바가 마슬로바를 깨웠다.

'징역수.' 마슬로바는 눈을 비비고 아침 무렵이면 지독한 악취가 나는 공기를 자기도 모르게 들이마시면서 두려운 마음으로 생각했다. 다시 잠들어 무의식의 영역으로 달아나고 싶었지만 두려움의 습성이 잠을 이겼다. 그녀는 잠자리에서 일어나 두 발을 끌어당기고 앉아 주위를 둘러보았다. 여자들은 이미 일어났고 아이들만 아직 자고 있었다. 퉁방울눈을 한 선술집 여자는 아이들을 깨우지 않으려고 조심스럽게 그 밑에서 할라트를 잡아당겼다. 폭도 여자는 기저귀로 사용하는 누더기를 페치카 옆에 걸었고, 아기는 하늘색 눈동자를 지닌 페도시야의 품에서 기를 쓰며 소리를 질러 댔다. 페도시야는 아기를 어르며 부드러운 목소리로 재우는 중이었다. 폐병 환자는 새빨개진 얼굴로 가슴을 움켜쥐고 기침을 하면서 간간이 소리를 지르다시피 큰 소리로 숨을 내쉬었다. 잠에서 깬 붉은 머리는 굵은 다리를 구부린 채 등을 대고 누워 큰 소리로 즐겁게 꿈 이야기를 했다. 방화범 노파는 다시 이콘 앞에 서서 조그만 목소리로 똑같은 말을 중얼거리며 성호를 긋고 고개를 숙였다. 하급 사제의 딸은 침상에 꼼짝 않고 앉아 잠에서 덜 깬 멍한 눈으로 앞을 바라보았다. 예쁜이는 기름을 바른 뻣뻣한 검은 머리칼을 손가락에 돌돌 감고 있었다.

복도에서 털신을 신고 터덜터덜 걸어오는 발소리가 들리고 자물쇠가 덜컹거리더니 죄수 두 명이 들어왔다. 복사뼈가 훤히 드러난 짧은 회색 바지에 상의를 걸친 여자 청소부들이 심각하고 성난 표정으로 멜대에 악취 나는 나무통을 얹고서 들고 나갔다. 여자들은 복도로 나와 세수를 하러 수돗가를 향했다. 수돗가에서 붉은 머리와 옆 감방에서 나온 여자 사이에 싸움이 벌어졌다. 다시 욕설과 고함과 불평이 쏟아졌다…….

"독방에 가고 싶어?" 남자 간수가 버럭 소리를 지르고는 맨살이 드러난 붉은 머리의 살진 등을 찰싹 갈겼다. 그 소리가 복도 전체에 울렸다. "네 목소리 좀 안 들게 할 수 없겠냐!"

"어머, 이 영감탱이가 흥분했나 봐." 붉은 머리가 손찌검을 애정 표현으로 받아들이며 말했다.

"자, 빨리! 오전 예배에 갈 채비를 해."

마슬로바가 미처 머리를 빗기도 전에 소장이 수행원을 거느리고 왔다.

"점호!" 간수가 외쳤다.

다른 감방에서 다른 죄수들이 나왔다. 다들 복도에 두 줄로 섰고, 뒷줄 여자들은 앞줄 여자들의 어깨에 두 손을 얹어야 했다. 간수가 전원의 수를 셌다.

점호 후 여자 간수가 오더니 죄수들을 교회로 데려갔다. 마슬로바와 페도시야는 모든 감방에서 나온 100여 명의 여자들이 늘어선 줄 한가운데에 있었다. 다들 하얀 숄을 머리에 쓰고 하얀 재킷과 하얀 치마를 입었다. 그 속에서 그저 이따금 색깔 있는 옷을 입은 여자들이 눈에 띌 뿐이었다. 아이들을 데리고 남편을 따라온 여자들이었다. 이 행렬이 계단 전체를 점령했다. 털신에 싸인 부드러운 발소리와 말소리, 때로는 웃음소리가 들렸다. 길모퉁이에 이르렀을 때 마슬로바는 앞쪽에서 걷고 있는 원수 보츠코바의 표독스러운 얼굴을 발견하고 페도시야에게 그 얼굴을 가리켰다. 계단을 내려가자 여자들은 입을 다물었다. 고개를 숙인 채 성호를 그으면서 금빛으로 반짝이는, 아직은 텅 빈 교회의 열린 문으로 들어갔다. 그들의 자리는 오른쪽이었다. 그들은 북적거리고 서로를 밀치면서 줄을 서기 시작했다. 여자들 뒤로 회색 할라트를 입은 이송 죄수, 복역수, 공동체의 결정으로 추방된 사람들이 들어와 요란하게 기침을 하면서 교회의 왼쪽과 한가운데에 다닥다닥 무리를 지어 섰다. 위층에는 먼저 온 죄수들이 서 있었다. 한쪽에는 머리를 반쯤 민 징역수들이 쇠사슬을 철컹거리며 자신의 존재를 드러냈고, 다른 한쪽에는 머리를 밀지 않고 족쇄를 차지 않은 미결수가 있었다.

부유한 상인이 수만 루블을 들여 새롭게 건축하고 장식한 감옥 교회는 선명한 색조와 금빛으로 온통 빛났다.

잠시 교회 안에 침묵이 흘렀다. 코 푸는 소리, 기침하는 소리, 젖먹이들이 빽빽거리는 소리, 이따금 들리는 쇠사슬 소리뿐이었다. 하지만 마침내 가운데 있던 죄수들이 옆으로 물러나 서로를 밀치면서 길을 냈고, 그 길을 따라 소장이 들어와 교회 한가운데 맨 앞줄에 섰다.

39

예배가 시작됐다.

예배는 다음과 같은 절차로 이루어졌다. 금실과 은실을 섞어서 짠 비단으로 지은 특별하고 이상야릇하고 매우 불편한 제의를 입은 사제가 빵을 잘라 접시 위에 늘어놓고 포도주가 담긴 술잔에 그것들을 담그면서 다양한 이름과 기도문을 읊조렸다. 그동안 하급 사제는 슬라브어로 된 여러 기도문 — 그 자체로도 이해하기 어려운 데다 빠른 낭송과 노래로 한층 더 알아듣기 힘들어진 — 을 처음에는 낭독으로, 그 다음에는 죄수 성가대와 번갈아 가며 노래로 쉴 새 없이 읊었다. 기도문은 황제 폐하와 그 가족의 안녕을 기원하는 내용이었다. 이런 기도문이 별도로, 혹은 다른 기도문과 함께 수차례 낭독되었고, 사람들은 무릎을 꿇었다. 그 밖에도 하급 사제가 아예 알아듣기 힘들 만큼 이상하고 부자연스러운 목소리로 『사도행전』 가운데 시 몇 편을 읊었다. 사제도 『마가복음서』 중 한 부분을 매우 또렷하게 낭독했다. 부활한 그리스도가 하늘에 올라 아버지의 오른편에 앉기 전 먼저 막달라 마리아 — 예수가 그 몸에서 일곱 귀신을 내쫓은 — 앞에, 그리고 열한 명의 제자 앞에 나타나 만민에게 복음을 전파하도록 명한 후, 믿지 않는 자는 정죄함을 받지만 믿고 세례를 받은 자는 구원을 얻을 뿐 아니라 귀신을 내쫓고 아픈 자들에게 손을 얹어 낫게 하고 새 방언으로 말하고 손으로 뱀을 집어 들고 독을 마셔도 전혀 해를 입지 않을 것이라고 말하는 부분이었다.

예배의 본질은 사제가 잘라서 포도주에 담근 빵 조각들이 일정한 조작과 기도를 통해 하느님의 살과 피로 변한다고 가정하는 데 있었다. 이 조작이란 곧 금실과 은실로 지은 자루 같은 옷이 걸리적거리는 것에 아랑곳없이 사제가 일정한 속도로 두 팔을 들어 올리고는 그렇게 있다가 무릎을 꿇고 탁자와 그 위에 있는 것에 입을 맞추는 행위를 뜻했다. 가장 중요한 행위는 사제가 두 손으로 냅킨을 쥐고 접시와 황금 술잔 위로 일정하고 경쾌하게 흔드는 것이었다. 바로 이 순간 빵과 포도주가 살과 피로 변한다고 여겨졌다. 따라서 예배 중 이 부분에 각별한 엄숙함이 부여됐다.

"지극히 거룩하시고 지극히 순결하시고 또 지극한 축복을 받으신 성모님." 그 조작이 끝난 후 사제가 가리개 안쪽에서 큰 목소리로 외쳤다. 성가대가 엄숙하게 노래하기 시작했다. 처녀성을 잃지 않은 채 그리스도를 낳으시고 케루빔이라는 존재보다 더 큰 영예를, 세라핌이라는 존재보다 더 큰 영광을 입으신 동정녀 마리아를 찬양함이 매우 옳다는 내용이었다.[62] 그러고 나자 변용이 일어난 것으로 여겨졌으며, 사제는 접시에서 냅킨을 걷어 내고 가운데의 빵을 네 조각으로 잘라 먼저 포도주에 적신 후 입으로 가져갔다. 그는 하느님의 살점을 한 조각 먹고 피를 한 모금 마신 것으로 여겨졌다. 그 후 사제는 장막을 걷고 가운데 문을 연 다음 황금 술잔을 두 손에 쥔 채 문밖으로 나와 술잔에 든 하느님의 살과 피를 먹고자 하는 사람들을 불렀다.

몇몇 아이들이 그러고 싶어 했다.

먼저 아이들의 이름을 물어본 후 사제는 술잔에서 포도주에 적신 빵 조각을 숟가락으로 조심스럽게 떠서 아이들 한 명 한 명의 입에 차례대로 깊숙이 밀어 넣었다. 하급 사제는 얼른 아이들의 입술을 닦으며 명랑한 목소리로 아이들이 하느님의 살을 먹고 그 피를 마신다는 노래를 불렀다. 그 후 사제는 술잔을 들고 가리개 안쪽으로 돌아가서 술잔에 남은 피를 전부 마시고 하느님의 살점을 전부 먹어 치운 뒤 콧수염 주위를 열심히 핥고 입과 술잔을 닦고는 더할 나위 없이 즐거운 기분으로 송아지 가죽 부츠의 얇은 밑창을 삐걱거리면서 활기찬 걸음으로 가리개 안에서 걸어 나왔다.

---

62) 케루빔은 구품천사 중 서열이 2위인 천사로 지(智)를 담당하기에 지품천사라고도 불린다. 사람 혹은 짐승의 얼굴을 하고 날개를 가졌다고 한다. 우리말 성경에서는 거룹 혹은 구룹으로 옮겨졌다. 한편 세라핌은 가장 서열이 높은 천사로 인간의 얼굴에 여섯 개의 날개를 가졌다고 전해진다. 우리말 성경에서는 스랍으로 옮겨졌다.

이로써 중요한 그리스도교 예배가 끝났다. 하지만 불행한 죄수들을 위로하고 싶었던 사제는 평소 예배에 특별한 예식을 더했다. 그 특별한 예식이란 금속을 두들기고 금을 입혀 사제가 먹은 그 하느님을 묘사한 것으로 여겨지는 형상(검은 얼굴에 검은 팔을 지닌)과 불을 밝힌 열 자루의 밀랍 양초 앞에 서서 사제가 기묘하고 억지스러운 목소리로 노래하는 것도 말하는 것도 아니게 다음과 같은 문구를 읊는 것이었다.

"사도들의 영광이신 감미로운 예수님,[63] 순교자들의 찬양이신 나의 예수님, 전능한 주이신 예수님, 내가 당신께 가오니 나를 구원해 주소서. 나의 구원자이신 예수님, 가장 아름다운 나의 예수님, 당신을 낳으신 이와 당신의 모든 성자들과 모든 예언자들의 기도를 들으시고 나에게 은혜를 베풀어 주소서, 나의 구원자이신 예수님, 천국의 감미로움을 주소서, 인간을 사랑하시는 예수님!"

이 부분에서 그는 잠시 멈추고 숨을 돌린 후 성호를 긋고 머리가 바닥에 닿도록 깊이 고개를 숙였다. 다들 똑같이 따라 했다. 소장도, 간수도, 죄수도 고개를 숙였다. 위층에서 유난히 자주 족쇄가 철컹거렸다.

"천사들을 창조하시고 만군을 다스리시는 주여!" 그는 계속했다. "천사들도 놀라는 지극히 경이로운 예수님, 선조들을 구해 주신 지극히 강한 예수님, 총대주교들의 찬양이 되시는

63) '감미로운'을 뜻하는 러시아어 단어에는 '친절한', '기분 좋은', '상냥한'이란 뜻도 있다. 바로 앞 장면에서 사제와 신자들이 하느님의 살로 변용된 빵 조각을 먹었다는 사실을 염두에 두면 한층 흥미로운 표현이다.

극히 은혜로운 예수님, 차르들의 견고한 성벽이 되시는 지극한 영광의 예수님, 예언들을 실현하신 지극히 선한 예수님, 순교자들의 요새가 되시는 지극히 놀라운 예수님, 수도사들의 기쁨이 되시는 지극히 평화로운 예수님, 사제들의 감미로움이 되시는 지극히 자비로운 예수님, 정진에 힘쓰는 자들에게 절제의 힘을 주시는 동정심 깊은 예수님, 성인들의 기쁨이 되시는 지극히 다정한 예수님, 처녀들의 순결을 지키시는 지극히 순수한 예수님, 죄인들을 구원하시는 영원무궁한 예수님, 하느님의 아들 예수님, 나에게 은혜를 베풀어 주소서!" '예수님'이라는 단어를 되풀이할 때마다 점점 더 심하게 쉭쉭거리던 그가 마침내 기도를 멈추고는 실크 안감을 댄 법의를 한 손으로 누른 채 한쪽 무릎을 꿇고 머리를 바닥에 닿도록 숙였다. 성가대가 "하느님의 아들 예수님, 나에게 은혜를 베풀어 주소서!"라는 마지막 말을 노래로 부르기 시작했다. 죄수들이 머리 반쪽에 남은 머리카락을 흔들고 야윈 두 발목을 아프게 스치는 족쇄를 철컹거리면서 엎드렸다가 다시 일어섰다.

예배는 이런 식으로 아주 오랫동안 이어졌다. 처음에는 "나에게 은혜를 베풀어 주소서!"라는 말로 끝나는 찬양이 나오고, 그다음에 "할렐루야!"로 끝나는 새로운 찬양이 이어졌다. 그리고 죄수들은 성호를 긋고 고개를 조아리고 바닥에 엎드렸다. 처음에 죄수들은 한 문장이 끝날 때마다 고개를 조아렸지만, 그다음에는 두 문장마다, 그다음에는 세 문장마다 고개를 조아렸다. 모든 찬양이 끝난 후 사제가 안도의 숨을 내쉬면서 책장을 덮고 가리개 너머로 물러나자 다들 무척 기뻐했다.

마지막 한 가지 행위가 남았다. 사제가 큰 탁자에서 양쪽 끝에 에나멜 메달이 달린 도금한 십자가를 집어 들고 교회 한가운데로 나아가는 것이었다. 처음에는 소장이 사제에게 다가와 십자가에 입을 맞추었고, 그다음에 부소장과 간수들이 따랐으며, 그다음에 죄수들이 서로 밀치고 소리 죽여 욕설을 지껄이며 다가갔다. 소장과 이야기를 나누느라 사제는 다가온 죄수들의 입에, 때로는 코에 십자가를 쥔 손을 들이밀었고, 죄수들은 십자가며 사제의 손에 입을 맞추려고 애썼다. 타락한 형제들의 위로와 교화를 위한 그리스도교 예배는 그렇게 끝이 났다.

40

그런데 사제와 소장부터 마슬로바에 이르기까지 예배에 참석한 사람들 중 어느 누구의 머리에도 떠오르지 않은 사실이 있었다. 사제가 온갖 이상한 말로 찬양하면서 쉬쉬거리는 소리와 함께 무수하게 이름을 불러 댄 바로 그 예수가 이곳에서 행해진 모든 것을 금했다는 점이다. 예수는 그처럼 무의미한 장광설이라든지 사제이자 교사인 자가 빵과 포도주에 부리는 신성모독적인 요술을 금했을 뿐 아니라 어떤 사람들이 다른 사람들을 스승이라고 부르는 것도 지극히 분명한 방식으로 금했다. 자신은 성전을 파괴하기 위해 왔으며 기도는 회당이 아닌 영과 진리 안에서 해야 한다고 말하면서 회당에서 기도하는 것을 금하고 저마다 홀로 조용히 기도하도록 명했다. 무엇보다 남들을 판단하거나 지금 이곳에서 행하듯 감금하고 괴롭히고 모욕을 주고 사형하는 것을 금했을 뿐 아니라 자신은 갇힌 자들에게 자유를 주러 왔다면서 사람들에 대한 모든 폭력을 금했다.

이곳에서 벌어진 모든 것이 다름 아닌 그리스도에 대한 크나큰 신성 모독이자 조롱 — 이 모든 것이 예수의 이름으로 행해졌는데도 — 이라는 사실이 참석자들 중 어느 누구의 머리에도 떠오르지 않았다. 사제가 가지고 나와 사람들에게 입을 맞추도록 허락한 양 끝에 에나멜 메달이 달린 도금한 십자가가 다름 아니라 지금 이 자리에서 그의 이름 아래 행해지는 것을 금했다는 이유로 그리스도가 매달려 죽은 나무 기둥의 형상이라는 사실 역시 어느 누구의 머리에도 떠오르지 않았다. 사람들이 빵과 포도주의 형태로 그리스도의 살을 먹고 피를 마신다고 상상하는 사제들이 그리스도가 자신과 동일시한 '이 작은 자들'을 미혹에 빠뜨리고, 그들에게서 지극한 행복을 빼앗고, 그리스도가 인간에게 가져다준 복음을 그들에게 숨겨 이루 말할 수 없이 잔혹한 고통에 처하게 함으로써 빵 조각이나 포도주가 아니라 실제로 그 살을 먹고 피를 마신다는 사실은 어느 누구의 머리에도 떠오르지 않았다.

사제는 자신이 하고 있는 모든 행위를 양심에 거리낌 없이 행했다. 이것이야말로 옛날에 모든 성인들이 믿었고 지금 종교계와 정부 당국자들이 믿는 유일하고 참된 신앙이라는 점에 기초해 어린 시절부터 양육을 받았기 때문이다. 그는 빵이 살로 변했다거나 많은 말을 하는 것이 영혼에 유익하다거나 자신이 실제로 하느님의 살점 한 조각을 먹었다 — 그것을 믿기는 불가능하다 — 고 믿은 게 아니라 이 신앙을 믿어야 한다는 점을 믿었다. 무엇보다 그의 마음속에 이 신앙이 굳건히 뿌리내리게 된 것은 이 종교의 성례를 집전함으로써 지난 십팔 년 동안 가족을 부양하고 아들을 김나지움에 보내고 딸을 신학교에 보낼 수입을 얻었다는 사실 때문이었다. 하급 사제도 똑같은 방식으로, 심지어 사제보다 훨씬 더 확고히 믿었다. 이 신앙의 교리에서 본질을 완전히 잊어버리고, 그저 포도주에 탈 따뜻한 물이며 추도식이며 성무일도며 단순한 기도며 찬송가가 딸린 기도며 모든 것에 일정한 가격이 붙고 진정한 그리스도인들은 기꺼이 그 돈을 지불한다는 것만 알았기 때문이다. 그래서 "은혜를 베풀어 주소서, 은혜를 베풀어 주소서!" 하고 자신이 맡은 부분을 큰 소리로 부르짖었으며, 정해진 대로 노래하고 낭독했다. 감옥의 책임자와 간수들은 사람들이 장작이며 밀가루며 감자를 팔 때와 똑같이 그 필요성에 대해서 태평하게 확신했다. 이 신앙의 교리가 무엇인지, 교회에서 행해지는 모든 것이 무엇을 의미하는지 전혀 몰랐고 또한 번도 알아보려 하지 않았지만 이 신앙을 반드시 믿어야 한다는 점만은 알았다. 최고 수뇌부와 차르가 믿기 때문이었다. 게다가 막연하지만(어떻게 이런 일이 일어나는지 그들도 결코 설명할 수 없을 것이다.) 그들은 이 신앙이 자신들의 잔혹한 직무를 정당화한다고 느꼈다. 이 신앙이 없었더라면 지금처럼 양심에 아무 거리낌 없이 사람들을 괴롭히는 데 모든 힘을 쏟기가 더 힘들 뿐 아니라 아예 불가능했을 것이다. 소장은 너무도 선량한 영혼을 지닌 사람이라 이 신앙에서 기댈 곳을 찾지 못했다면 도저히 그런 식으로 살 수 없었을 것이다. 그래서 꼼짝 않고 똑바로 서서 열렬히 경배를 올리고, 성호를 그었으며, 성가대가 케루빔을 찬송할 때면 감동에 젖기 위해 애썼다. 아이들에 대한 성찬식이 시작됐을 때는 앞으로 나가 성찬을 받는 사내아이를 몸소 들어 올려 잠시 안고 있기도 했다.

이 신앙을 믿는 사람들에게 행해지는 모든 기만을 분명히 간파하고 그것을 마음속으로 조롱하는 몇몇을 제외한 대다수 죄인은 이 도금한 이콘, 양초, 술잔, 법의, 십자가, 지극히 감미로운 예수님이나 은혜를 베풀어 주소서 같은 알아들을 수 없이 반복되는 말들 속에 신비한 힘이 있으며 그것을 통해 이생과 내세에서 많은 편의를 얻을 수 있다고 믿었다. 기도와 양초를 통해 이생의 편의를 얻으려고 몇 가지 시도를 한 그들 대다수는 그것을 얻지 못했다. 그들의 기도는 실현되지 않았다. 하지만 저마다 그 실패는 우연일 뿐이고, 학식 있는 사람들과 대주교들이 인정하는 그 제도는 역시 매우 중요한 제도이며, 설사 이생은 아니더라도 내세를 위해 꼭 필요하다고 굳게 믿었다.

마슬로바도 그렇게 믿었다. 다른 사람들과 마찬가지로 그녀 역시 예배 중에 경건함과 따분함이 뒤섞인 감정을 경험했다. 처음에는 가리개 뒤쪽 군중 한가운데에 서 있어서 동료들 외에 아무도 볼 수 없었다. 성찬을 받을 사람들이 앞쪽으로 움직이고 그녀가 페도시야와 함께 앞으로 나갔을 때 그녀는 소장을 보았고 그 뒤쪽 간수들 틈에서 희끄무레한 턱수염과 아마색 머리칼을 지닌 농부를 보았다. 페도시야의 남편이었다. 아내를 뚫어지게 바라보고 있었다. 찬송가를 부르는 동안 마슬로바는 정신없이 그를 관찰하면서 페도시야와 소곤거렸으며, 모두 성호를 긋고 경배를 할 때만 자기도 그렇게 했다.

41

네흘류도프는 일찍 집을 나섰다. 시골에서 온 농부가 골목을 따라 짐마차를 몰면서 유별난 목소리로 외쳤다.

"우유, 우유, 우유!"

전날 따뜻한 첫 봄비가 내렸다. 포장이 되지 않은 곳은 어디에나 갑자기 풀이 파릇파릇 돋아나기 시작했다. 정원의 자작나무들에 연두색 솜털이 점점이 뿌려지고, 벚꽃과 백양나무는 향기로운 길쭉한 잎사귀를 펼치고, 주택과 상점에서는 창틀을 떼어 닦고 있었다. 네흘류도프가 지나가야 했던 헌 옷 시장에서는 한 줄로 늘어선 천막들 주위에 수많은 사람들이 빽빽하게 우글거렸으며, 누더기 차림을 한 사람들이 겨드랑이에 부츠를 끼거나 말끔하게 다린 바지와 조끼를 어깨에 걸친 채 돌아다니고 있었다.

선술집들은 공장에서 나온 사람들로 이미 북적거렸다. 남

자들은 깨끗한 반코트와 광이 나는 부츠를 신었으며, 여자들은 밝은색 실크 스카프로 머리를 감싸고 유리 구슬이 달린 외투를 입었다. 순경들은 노란 끈을 매단 피스톨을 들고 서서 어쩌면 고역스러운 따분함을 잊게 해 줄지도 모를 난동을 단속하고 있었다. 가로수가 늘어선 오솔길과 연둣빛으로 갓 물든 잔디밭에서는 아이들과 개들이 뛰어놀았고, 생기발랄한 보모들은 벤치에 앉아 서로 이야기를 나누었다.

왼쪽은 그늘이 져 아직 쌀쌀하고 축축하며 한가운데는 물기가 바짝 마른 거리를 따라 무거운 짐수레들이 덜컹덜컹, 2인승 사륜마차들이 덜그럭덜그럭, 철도마차들이 딸랑딸랑 소리를 내면서 포장도로를 그칠 새 없이 지나갔다. 지금 감옥에서 진행되는 것과 똑같은 예배에 참석하도록 사람들을 부르는 종소리와 온갖 쇳소리 때문에 사방에서 대기가 진동했다. 그리고 말쑥하게 차려입은 사람들이 저마다 교구의 교회로 향했다.

삯마차 마부는 네흘류도프를 감옥 건물이 아니라 감옥으로 통하는 길모퉁이에 내려 주었다.

대부분 보따리를 든 몇몇 남자들과 여자들이 감옥으로부터 백 걸음 정도 떨어진 이 길모퉁이에 서 있었다. 오른쪽에는 나지막한 목조 건물들이 있고, 왼쪽에는 무슨 간판이 걸린 2층짜리 주택이 자리했다. 앞쪽에 아주 거대한 석조 건물인 감옥이 있었는데 면회자들은 가까이 갈 수 없었다. 라이플총을 든 보초병이 왔다 갔다 하면서 그를 피해 지나가려는 사람들을 향해 엄하게 소리쳤다.

보초병 맞은편 오른쪽에 있는 목조 건물들의 쪽문 옆 벤치에 금줄 달린 제복을 입은 간수가 수첩을 들고 앉아 있었다. 면회자들이 다가가 만나고 싶은 사람의 이름을 말하면 그가 수첩에 기록했다.

"왜 아직 들여보내 주지 않습니까?" 네흘류도프가 물었다.

"오전 예배 중입니다. 예배가 끝나면 들어갈 수 있습니다."

네흘류도프는 기다리는 사람들 쪽으로 물러났다. 사람들 틈에서 너덜너덜한 옷에 쭈그러진 모자를 쓰고 맨발로 낡은 구두를 신고 얼굴 여기저기 붉은 줄이 그어진 남자가 나오더니 감옥 쪽을 향했다.

"어딜 기어들어?" 라이플총을 든 병사가 소리쳤다.

"왜 소리를 지르고 그래?" 누더기를 걸친 남자가 보초병의 고함 소리에 조금도 당황하는 기색 없이 대꾸하고는 제자리로 돌아갔다. "들여보내 주지 않는다면야 기다리지. 그렇다고 장군처럼 소리를 지르다니."

무리 속에서 맞장구를 치며 웃는 소리가 들렸다. 면회자들은 대부분 행색이 초라했고, 심지어 누더기를 걸친 이들도 있었다. 하지만 겉모습이 점잖아 보이는 남자와 여자도 있었다. 네흘류도프 옆에는 좋은 옷을 입고 얼굴을 깨끗하게 면도한 혈색 좋은 뚱뚱한 남자가 한 손에 보따리를 들고 서 있었다. 그 안에 든 것은 속옷인 듯했다. 네흘류도프는 그에게 여기에 처음 왔느냐고 물었다. 보따리를 든 남자는 일요일마다 온다고 대답했다. 그렇게 해서 두 사람은 서로 이야기를 나누게 됐다. 그는 은행 수위였다. 그가 온 것은 사기죄로 재판 중인 형을 만나기 위해서였다. 이 선량한 남자는 네흘류도프에게 모든 사연을 털어놓은 후 이것저것 물으려 했다. 그런데 그때 커다란 순종 말이 끄는 고무바퀴 달린 2인승 사륜마차를 타고 온 대학생과 베일을 쓴 귀부인이 그들의 주의를 끌었다. 대학생은 두 손에 큼직한 꾸러미를 들고 있었다. 그는 네흘류도프에게 다가와 자선 물품, 즉 그가 가져온 칼라치를 전달해도 되는지, 그러려면 어떻게 해야 하는지 물었다.

"저는 약혼녀가 희망해서 여기 오게 됐습니다. 이 사람이 제 약혼녀입니다. 약혼녀의 부모님께서 죄수들에게 갖다주라고 권하셨습니다."

"나도 처음 와서 잘 모르겠습니다만 저 사람에게 물어봐야 할 것 같은데요." 네흘류도프는 수첩을 들고 오른쪽에 앉아 있는 금줄 달린 제복 차림의 간수를 가리키며 말했다.

네흘류도프가 대학생과 이야기를 나누고 있을 때 중앙에 작은 창이 달린 커다란 철문이 열리더니 제복 차림의 장교와 다른 간수가 나왔다. 그러자 수첩을 든 간수가 면회자들의 입장이 곧 시작된다고 알렸다. 보초병이 옆으로 물러났다. 모든 면회자들은 늦을까 두려운 듯 걸음을 서둘러, 혹은 전력을 다해 감옥 문으로 내달렸다. 문 옆에는 간수 한 명이 서서 면회자들이 지나갈 때마다 "열여섯, 열일곱……." 하고 큰 소리로 수를 셌다. 또 다른 간수는 건물 안쪽에서 지나가는 사람 한 명 한 명을 손으로 건드리며 똑같이 다음 문으로 가는 사람들을 셌다. 총 인원수를 확인해 두었다가 면회자를 한 명도 남김없이 내보내기 위해, 그리고 죄수를 한 명도 내보내지 않기 위해서였다. 숫자를 세던 사람이 누가 지나가는지 쳐다보지도 않고 네흘류도프의 등을 손으로 철썩 때렸다. 간수의 손이 닿은 순간 네흘류도프는 처음에 모욕감을 느꼈지만 곧 자신이 왜 이곳에 왔는지 기억해 냈다. 그러자 그런 불만과 모욕감이 부끄럽게 여겨졌다.

문 너머 처음으로 나타난 장소는 천장이 아치형이고 작은 창문에 쇠창살이 달린 커다란 방이었다. 집회실이라고 불리는 이 방의 벽감에서 네흘류도프는 전혀 뜻밖에도 십자가에 못박힌 예수의 커다란 상을 보았다.

'이건 왜 여기 있는 거지?' 그는 무심결에 머릿속에서 그리스도의 형상을 감금된 자들이 아닌 해방된 자들과 연결 지어 생각했다.[64)]

네흘류도프는 서두르는 면회자들에게 길을 양보하면서 천천히 걸어가는 동안 이곳에 감금된 악인들에 대한 공포, 어제의 청년과 카츄샤 — 틀림없이 여기에 있을 — 같은 무고한 사람들에 대한 연민, 눈앞에 닥친 면회에 대한 쑥스러움과 감격이 뒤섞인 감정을 경험했다. 첫 번째 방을 벗어날 때 그 반대편 끝에서 간수가 뭐라고 말했다. 하지만 생각에 몰두해 있던 네흘류도프는 그 말에 주의를 기울이지 않고 더 많은 면회자들이 향하는 곳으로, 즉 자신이 가야 하는 여자 구역이 아니라 남자 구역으로 계속 걸음을 옮겼다.

서두르는 사람들을 먼저 지나가게 한 후 그는 면회를 위해

---

64) 러시아 정교는 십자가의 의미에 대해 예수가 당한 고난보다 예수가 부활을 통해 성취한 죽음으로부터의 해방에 더 초점을 맞추어 해석한다.

지정된 장소로 가장 늦게 들어갔다. 문을 열고 그 방에 들어갔을 때 그는 무엇보다 100명가량의 목소리가 하나로 뒤섞여 귀를 먹먹하게 하는 왁자지껄한 울림에 깜짝 놀랐다. 설탕에 달려든 파리들같이 방을 둘로 가른 철망에 달라붙은 사람들 쪽으로 더 가까이 다가갔을 때에야 비로소 어떻게 된 일인지 깨달았다. 뒷벽에 창문이 난 방은 하나가 아니라 두 개의 철망으로 나뉘었고 그 철망들은 바닥에서 천장까지 뻗어 있었다. 두 철망 사이로 간수들이 지나다녔다. 철망의 저편에는 죄수들이 있고 이편에는 면회자들이 있었다. 이편과 저편 사이에 두 겹의 철망이 있고 그 간격은 3아르신 정도 됐다. 그래서 무언가를 전달하는 것뿐 아니라 얼굴을 보는 것조차 불가능할 정도였다. 특히 시력이 안 좋은 사람에게는 더욱 그러했다. 말을 하기도 어려웠고, 상대가 알아듣게 하려면 온 힘을 다해 소리를 질러야 했다. 양쪽에서 사람들이 얼굴을 철망에 붙이고 있었다. 아내, 남편, 아버지, 어머니, 자식이 서로를 쳐다보며 필요한 것을 말하기 위해 안간힘을 썼다. 하지만 저마다 상대에게 자기 말이 들리도록 열심히 말을 하는 데다 옆 사람들도 똑같이 하다 보니 그들의 목소리가 서로를 방해해서 다들 다른 사람의 목소리를 누르기 위해 힘껏 소리를 질렀다. 그래서 간간이 고함 소리가 끼어드는 왁자지껄한 소음이 일어 그 방에 들어서는 네흘류도프를 깜짝 놀랜 것이다. 사람들이 무슨 말을 하는지 알아듣기는 아예 불가능했다. 그저 얼굴을 통해서만 사람들이 하는 말과 그들의 관계를 짐작할 수 있었다. 네흘류도프의 옆에서 머릿수건을 쓴 노파가 철망에 바짝 달라붙어 턱을 바르르 떨며 머리를 반쯤 민 창백한 젊은이에게 뭐라고 외쳤다. 죄수는 눈썹을 치켜올리고 얼굴을 찌푸린 채 노파의 말을 유심히 들었다. 노파 옆에는 반외투를 입은 젊은 남자가 있었다. 그는 두 손을 귀에 붙이고 고개를 저으면서 얼굴이 닮은 턱수염이 희끗한 죄수가 괴로운 표정으로 하는 말을 들었다. 좀 더 떨어진 곳에 누더기를 걸친 사내가 서서 한 손을 흔들며 뭐라 외치고 껄껄거렸다. 그 옆에는 좋은 양모 숄을 두른 여자가 아기를 안고서 바닥에 앉아 흐느끼고 있었다. 철망 너머의 머리가 희끗하게 센 남자가 머리카락을 깎이고 족쇄를 찬 채 죄수복 차림으로 있는 것을 처음 본 모양이었다. 네흘류도프와 밖에서 이야기를 나눈 수위가 그녀의 머리 위쪽에서 철망 너머 눈빛을 반짝이고 있는 대머리 죄수를 향해 고래고래 소리를 질렀다. 이런 조건에서 말해야 한다는 사실을 깨달은 순간 네흘류도프의 마음속에 이런 것을 만들고 시행하는 사람들에 대한 격분이 일었다. 이런 끔찍한 상태, 인간 감정에 대한 이런 조롱에 아무도 모욕을 느끼지 않는다는 사실이 그로서는 놀라웠다. 병사들도, 소장도, 면회자들도, 죄수들도 이 모든 게 당연하다고 인정하듯 행동하고 있었다.

네흘류도프는 울적함, 자신의 무력함에 대한 자각, 세상 전체와 반목한다는 느낌이 뒤섞인 기묘한 감정을 맛보며 그 방에서 오 분 정도 머물렀다. 뱃멀미 비슷한 정신적인 메스꺼움이 엄습했다.

42

'하지만 내가 이곳에 온 목적을 실행에 옮겨야 해.' 그는 스스로를 격려하며 속으로 중얼거렸다. '어떻게 하지?'

그는 눈으로 책임자를 찾다가 장교 견장을 단 제복 차림에 콧수염을 기른 작고 마른 남자가 사람들 뒤에서 서성이는 것을 발견하고는 말을 걸었다.

"실례합니다만 뭘 좀 여쭤봐도 될까요?" 그는 대단히 부자연스러운 정중한 태도로 말했다. "여자들은 어디에 수감되어 있습니까? 어디에서 그들을 면회할 수 있을까요?"

"여자 구역에 가려고요?"

"네, 여자 죄수들 중 한 명을 만나고 싶습니다." 똑같이 부자연스러운 정중한 태도로 네흘류도프가 대꾸했다.

"그럼 집회실에 있을 때 그렇게 말하지 그랬습니까? 누구를 보려고요?"

"예카체리나 마슬로바를 봐야 합니다."

"정치범입니까?" 부소장이 물었다.

"아뇨, 그냥……."

"그럼 선고를 받았습니까?"

"네, 그저께 선고를 받았습니다." 네흘류도프는 자신에게 호의를 품은 듯한 부소장의 기분을 상하게 할까 두려워 공손하게 대답했다.

"여자 구역이라면 이쪽으로 가십시오." 부소장이 말했다. 네흘류도프의 외양을 보며 그가 주목할 만한 사람이라고 판단한 듯했다. "시도로프!" 부소장이 콧수염을 기른 부사관을 돌아보았다. 가슴에 메달이 여러 개 달려 있었다. "이분을 여자 구역으로 모셔다 드려."

"알겠습니다."

그때 철망 가까이에서 가슴을 찢는 듯한 누군가의 통곡 소리가 들렸다.

네흘류도프에게는 모든 것이 이상해 보였다. 가장 이상한 것은 소장이나 고참 간수들에게, 이 건물에서 일어나는 온갖 잔혹한 것을 직접 실행한 사람들에게 자신이 감사하고 은혜를 느껴야 한다는 점이었다.

간수는 네흘류도프를 남자 죄수 면회실에서 복도로 데리고 나와 맞은편 문을 열더니 그를 여자 죄수 면회실로 데려갔다.

남자 죄수 면회실과 마찬가지로 그 방 역시 두 개의 철망으로 나뉘었지만 크기는 훨씬 작았고 면회자와 죄수도 적었다. 그러나 고함 소리와 왁자지껄한 소음은 남자 죄수 면회실 못지않았다. 두 철망 사이에도 똑같이 책임자가 지나다녔다. 이곳의 책임자는 소매에 금몰을 달고 파란색 테두리를 댄 제복에 남자 간수들처럼 허리띠를 맨 여자 간수였다. 그리고 남자 죄수 면회실과 마찬가지로 양쪽에서 사람들이 철망에 달라붙어 있었다. 이쪽에는 다양한 옷을 입은 도시 주민들이, 저쪽에는 하얀 죄수복이나 자기 옷을 입은 여자 죄수들이 있었다. 철망에 사람들이 가득했다. 어떤 사람들은 자기 말이 들리도록 다른 사람들의 머리 너머로 발뒤꿈치를 들었고, 어떤 사람들은 바닥에 주저앉아 이야기를 나누었다.

깜짝 놀랄 정도의 고함 소리로 보나 외양으로 보나 모든 여자 죄수들 가운데 가장 눈에 띄는 사람은 머릿수건이 곱슬머리에서 벗겨져 산발을 한 야윈 집시였다. 저쪽 철망의 한가운데쯤 자리한 기둥 옆에 서서 파란색 프록코트에 허리띠를 단단히 맨 남자 집시를 향해 빠르게 손짓 발짓을 해 가며 뭐라고 소리쳤다. 남자 집시 옆에는 한 병사가 바닥에 주저앉아 여자 죄수와 이야기를 나누었으며, 그 옆에는 옅은 색 턱수염을 기르고 나무껍질 신발을 신은 젊은 농부가 얼굴이 새빨개져 철망에 달라붙어 서 있었다. 가까스로 눈물을 참는 듯했다. 사랑스럽게 생긴 아마색 머리의 여자 죄수가 연한 하늘색 눈동자로 그를 쳐다보면서 이야기하고 있었다. 페도시야와 그 남편이었다. 그들 옆에는 누더기를 걸친 남자가 서서 머리칼이 헝클어진 얼굴이 넓적한 여자와 이야기를 하고 있었다. 그다음에 여자 두 명, 남자 한 명, 다시 여자 한 명이 있고, 그 맞은편으로 여자 죄수가 한 명씩 있었다. 마슬로바는 없었다. 하지만 저편 여자 죄수들 뒤쪽에 여자가 한 명 서 있었다. 네흘류도프는 금방 그녀를 알아보았다. 곧 심장이 세차게 뛰고 숨이 멎는 듯했다. 결정적인 순간이 다가오고 있었다. 그는 철망으로 다가가 그녀를 확인했다. 그녀는 하늘색 눈동자를 지닌 페도시야의 뒤에 서서 페도시야가 하는 말을 들으며 미소를 지었다. 그저께처럼 할라트 차림을 하지 않고 하얀 재킷에 허리띠를 단단히 졸라매 풍만한 가슴이 두드러져 보였다. 머릿수건 밑으로 법정에서처럼 검은 곱슬머리가 삐져나와 있었다.

'이제 결정이 나는구나.' 그는 생각했다. '어떻게 그녀를 불러야 할까? 아니면 그녀가 먼저 다가오려나?'

하지만 그녀는 다가오지 않았다. 그녀는 클라라를 기다리는 중이었고, 이 남자가 자기를 보러 왔으리라고는 생각지도 못했다.

"누구를 만나러 오셨습니까?" 두 철망 사이를 왔다 갔다 하던 간수가 네흘류도프에게 다가와 물었다.

"예카체리나 마슬로바입니다." 네흘류도프는 간신히 입을 열었다.

"마슬로바, 면회!" 간수가 외쳤다.

43

마슬로바는 주위를 둘러보더니 머리를 치켜들고 가슴을 꼿꼿하게 내민 채 네흘류도프도 익히 아는 특유의 결연한 표정으로 두 죄수 사이를 비집고 철망으로 다가왔다. 네흘류도프를 알아보지 못한 그녀는 놀라움과 의문에 찬 눈길로 그를 뚫어지게 쳐다보았다.

하지만 옷차림을 통해 부유한 사람임을 알아보고는 생긋 웃었다.

"절 보러 오셨나요?" 그녀가 웃음을 머금은 살짝 사시인 얼굴을 철망에 가까이 대며 물었다.

"보고 싶어……." 네흘류도프는 '당신'이 나을지 '너'라고 해야 할지 몰랐지만 '당신'이라고 부르기로 결정했다. 그는 평소보다 크지 않은 목소리로 말했다. "당신을 보고 싶었습니다……. 난……."

"입발림으로 날 속이려 들지 마." 네흘류도프의 옆에서 누더기를 걸친 남자가 소리쳤다. "가져갔어, 안 가져갔어?"

"죽어 가고 있다는 말 못 들었어? 뭘 더 바라?" 누군가 맞은편에서 외쳤다.

마슬로바는 네흘류도프가 하는 말을 알아들을 수 없었지만 말할 때의 표정에서 불현듯 그를 떠올렸다. 그러나 자기 눈을 믿을 수 없었다. 그럼에도 그녀의 얼굴에서 미소가 사라지고 이마에 괴로운 빛을 띤 주름이 잡혔다.

"무슨 말을 하시는지 들리지 않아요." 그녀가 눈살을 찌푸리고 점점 더 얼굴을 찡그리며 외쳤다.

"내가 온 건……."

'그래, 해야 할 일을 하자. 참회하자.' 네흘류도프는 생각했다. 그리고 이렇게 생각하자마자 눈에 눈물이 고이고 목이 메었다. 그는 손가락으로 철망을 움켜쥐고서 터지려는 울음을 참느라 잠시 침묵했다.

"그러게 왜 끼지 말아야 할 데 껴서……." 이쪽 편에서 누군가 외쳤다.

"당신은 하느님을 믿어. 난 도무지 모르겠으니." 건너편에서 죄수가 소리쳤다.

마슬로바는 동요하는 모습을 보고 그를 알아보았다.

"비슷하긴 한데…… 아뇨, 기억이 나지 않아요." 그녀는 그를 쳐다보지 않은 채 외쳤다. 갑자기 붉어진 얼굴이 한층 침울해졌다.

"용서를 구하러 왔어." 그는 학과목을 암송하듯 덤덤한 어조로 크게 말했다.

이 말을 외치고 나자 부끄러워져 주위를 돌아보았다. 하지만 곧 부끄러운 마음이 든다면 오히려 더 나을 수도 있겠다는 생각이 들었다. 자신이 수치를 감당해야 하기 때문이다. 그래서 그는 큰 소리로 계속 말했다.

"용서해 줘. 내가 무서운 잘못을 저질렀어……." 그가 또 외쳤다.

그녀는 꼼짝 않고 서서 사시인 눈을 그에게서 떼지 않았다.

그는 더 이상 말을 할 수 없어 철망에서 물러나 가슴을 들썩이게 하는 흐느낌을 참기 위해 애썼다.

네흘류도프를 여자 죄수 구역으로 보낸 부소장은 분명 그에게 흥미를 느꼈다. 그는 그 구역에 왔다가 네흘류도프가 철망 옆에 있지 않은 것을 보고 왜 만나기를 원한 여자와 이야기를 나누지 않는지 물었다. 네흘류도프는 코를 풀고 나서 몸을 한 번 흔들고는 태연한 척하려 애쓰며 대답했다.

"철망을 사이에 두고는 도저히 말을 할 수가 없군요. 아무것도 들리지 않습니다."

부소장은 생각에 잠겼다.

"뭐, 그럼 그 여자를 이곳에 잠시 데려와도 좋습니다. 마리야 카를로브나!" 그는 여자 간수를 돌아보았다. "마슬로바를 밖으로 데려와요."

일 분쯤 지나 옆문에서 마슬로바가 나왔다. 부드러운 걸음으로 네흘류도프에게 다가온 그녀는 걸음을 멈추고 눈을 치뜨며 그를 쳐다보았다. 그저께와 마찬가지로 검은 머리칼이 곱슬곱슬한 고리 모양으로 삐져나왔다. 붓기가 있고 하얘서 병색을 띤 듯한 얼굴은 사랑스러우면서도 매우 침착해 보였다. 부어오른 눈꺼풀 아래 윤기가 도는 검은 사시 눈동자만이 유난히 반짝였다.

"여기에서 이야기를 하면 됩니다." 부소장은 이렇게 말하고 물러났다.

네흘류도프는 벽 옆에 놓인 긴 의자 쪽으로 다가갔다.

마슬로바는 부소장을 의아한 눈길로 쳐다보더니 놀랍다는 듯 어깨를 으쓱하고는 네흘류도프를 뒤따라 긴 의자로 가서 그 옆에 나란히 앉아 치마를 매만졌다.

"당신은 날 용서하기 어렵겠죠. 압니다." 네흘류도프는 입을 열었다. 하지만 다시 눈물에 목이 메는 느낌이 들어 말을 멈추었다. "지난 일을 바로잡을 수 없다 해도 이제나마 내가 할 수 있는 게 있다면 무엇이든 하겠습니다. 말해 줘요……."

"어떻게 절 찾으셨어요?" 그녀는 질문에 대답하지 않고 사시인 눈으로 그를 외면하지도 쳐다보지도 않으며 물었다.

'하느님! 나를 도와주소서! 내가 무엇을 해야 할지 가르쳐 주소서!' 네흘류도프는 너무도 변해 이제 예쁘지 않은 그녀의 얼굴을 보며 속으로 중얼거렸다.

"그저께 당신이 재판을 받을 때 배심원으로 참석했습니다." 그가 말했다. "날 알아보지 못했습니까?"

"몰랐어요. 알아볼 틈도 없었어요. 쳐다보지도 않았고요." 그녀가 말했다.

"아기가 있었다면서요?" 그가 물었다. 자신의 얼굴이 붉어지는 것을 느꼈다.

"다행히 그때 바로 죽었어요." 그녀는 그에게서 시선을 돌리지 않은 채 짧고 날카롭게 대답했다.

"어떻게, 왜요?"

"저도 병에 걸려 죽을 뻔했어요." 그녀가 눈을 들지 않고 말했다.

"도대체 왜 고모들이 당신을 내보낸 거죠?"

"누가 애 딸린 하녀를 집에 두겠어요? 눈치를 채자 바로 쫓아냈지요. 무슨 말을 하겠어요? 이제 아무것도 기억나지 않아요. 전부 잊었어요. 다 끝난 일이에요."

"아뇨, 끝나지 않았습니다. 이대로 내버려 둘 순 없어요. 난 지금이라도 속죄하고 싶습니다."

"속죄할 것 없어요. 이미 벌어진 일이고, 다 지난 일인걸요." 그녀가 말했다. 그런데 그가 전혀 예상하지 못한 일이 일어났다. 그녀가 갑자기 불쾌한 유혹의 눈길로 그를 쳐다보며 애처롭게 웃은 것이다.

마슬로바는 그를 만나게 되리라고는 전혀 예상하지 못했다. 특히 지금 이곳에서는 더욱 그랬다. 그래서 처음 그를 본 순간 충격을 받았고 지금껏 한 번도 돌이켜 본 적 없는 일을 떠올릴 수밖에 없었다. 처음 순간 그녀는 매력적인 청년이, 그녀를 사랑했고 그녀 역시 사랑한 청년이 열어 보인 감정과 상념의 새롭고도 멋진 세계를 어렴풋이 떠올렸다. 그다음에는 이해할 수 없는 그의 잔인함을, 그 마법 같은 행복 뒤에 이어진 그로부터 흘러나온 모든 모욕과 고통을 떠올렸다. 그러자 가슴이 아려 왔다. 하지만 그것을 파헤칠 힘이 없어 지금도 언제나처럼 행동했다. 그 기억을 머릿속에서 몰아내고 방탕한 생활의 독특한 안개로 그 기억을 덮으려 했다. 지금도 그런 식이었다. 처음에는 지금 앞에 앉아 있는 남자를 자신이 언젠가 사랑한 청년과 연결 지어 보려 했다. 하지만 너무 마음 아픈 일임을 깨닫고 둘을 연결 짓는 것을 그만두었다. 그동안 고이 보살핌을 받아 온 이 깨끗한 옷차림에 향기로운 턱수염을 기른 신사는 자신이 사랑했던 네흘류도프가 아니었다. 그저 자기들이 필요할 때 그녀 같은 존재들을 이용하고, 그녀 같은 존재들 역시 스스로를 위해 최대한 이득이 되도록 이용해야 했던 사람들 중 한 명일 뿐이었다. 그래서 그녀는 그에게 유혹의 미소를 보냈다. 그를 어떻게 이용할지 궁리하며 잠시 침묵했다.

"다 끝났어요." 그녀가 말했다. "이제 전 징역형을 선고받았고요."

그 무시무시한 말을 입 밖에 낼 때 그녀의 입술이 바르르 떨렸다.

"당신이 무죄라는 걸 알았습니다. 그렇게 확신했습니다." 네흘류도프가 말했다.

"물론 무죄예요. 설마 제가 도둑이나 강도겠어요? 이곳 사람들은 모든 게 변호사에게 달렸다고 하더군요." 그녀가 계속해서 말했다. "청원서를 내야 한대요. 하지만 돈이 많이 든다는데……."

"네, 확실히 그렇습니다." 네흘류도프가 말했다. "내가 이미 변호사에게 의뢰해 두었습니다."

"돈을 아끼면 안 돼요, 좋은 변호사에겐." 그녀가 말했다.

"할 수 있는 것은 뭐든지 할 겁니다."

침묵이 찾아왔다.

그녀는 다시 똑같은 미소를 지었다.

"부탁드리고 싶은 게…… 가능하다면 돈을 조금만…… 10루블, 더 많이는 필요 없어요." 갑자기 그녀가 말했다.

"네, 네." 네흘류도프는 당황한 기색으로 말하고 지갑을 쥐었다.

그녀는 부소장을 재빨리 흘깃 쳐다보았다. 방 안을 서성이고 있었다.

"저 사람 앞에서 주지 마세요. 저 사람이 멀어지면 주세요. 그러지 않으면 뺏길 거예요."

네흘류도프는 부소장이 돌아서자마자 지갑을 꺼냈다. 하지만 10루블짜리 지폐를 미처 건네기 전에 부소장이 다시 그를 향해 고개를 돌렸다. 그는 지폐를 손안에 꽉 쥐었다.

'죽은 여자나 다름없어.' 한때는 사랑스러웠지만 지금은 순수함을 잃은 듯한 그 부은 얼굴을 보며 그는 생각에 잠겼다. 검은 사시 눈이 부소장과 지폐를 쥔 네흘류도프의 손을 좇으며 불쾌하게 반짝였다. 그리고 동요의 순간이 그를 엄습했다.

어젯밤에 말을 걸던 유혹자가 또다시 네흘류도프의 마음 안에서 입을 열었고, 언제나 그랬듯이 무엇을 해야 하는가라는 물음으로부터 그의 행위가 어떤 결과를 가져올 것인가, 무엇이 유익한가라는 물음으로 그를 이끌려고 애썼다.

'너는 이 여자와 관련해 아무것도 할 수 없어.' 그 목소리가 말했다. '그저 네 목에 돌을 매달 뿐이야. 너를 물에 빠뜨리고 네가 다른 사람들에게 유익한 존재가 되는 것을 막는 돌. 그녀에게 네 수중에 있는 돈을 전부 준 뒤 작별 인사를 하고 모든 것을 영원히 끝내는 게 낫지 않을까?' 이런 생각이 그의 뇌리를 스쳤다.

그런데 바로 그때 그는 지금 이 순간 자기 영혼 속에서 가장 중요한 무언가가 일어나고 있으며, 자신의 내적 생활이 이 순간 흔들리는 천칭 위에 놓여 조금만 힘을 가해도 이쪽이나 저쪽으로 기울어질 수 있다고 느꼈다. 그래서 어제 자기 영혼에서 감지한 하느님을 부르며 그처럼 노력했다. 그러자 곧 하느님이 그 안에서 응답했다. 그는 당장 그녀에게 모든 것을 말하기로 결심했다.

"카츄샤! 난 너에게 용서를 구하러 왔어. 그리고 넌 대답하지 않았어. 날 용서했는지, 아니면 언젠가는 용서해 줄 건지……." 그는 갑자기 '너'라고 호칭을 바꾸었다.

그녀는 그가 하는 말을 듣지 않고 그의 손과 부소장을 번갈아 쳐다보았다. 부소장이 고개를 돌리자 그녀는 재빨리 그에게 손을 뻗어 지폐를 움켜쥐더니 그것을 허리띠 속에 넣었다.

"이상한 말씀을 하시는군요." 그녀는 경멸하듯 — 그에게는 그렇게 보였다 — 미소를 지으며 말했다.

네흘류도프는 그녀 안에 그녀를 현재의 모습으로 지키고 그가 그녀의 마음에 들어가지 못하도록 방해하는 그에 대한 적대감 같은 것이 있다고 느꼈다.

하지만 놀랍게도 그 사실은 그를 밀쳐내기는커녕 오히려 어떤 특별하고도 새로운 힘으로 그를 그녀 쪽으로 더 강하게 끌어당겼다. 그는 자신이 그녀의 영혼을 깨워야 하며, 그것은 대단히 어려운 일이라는 것을 알았다. 하지만 다름 아닌 그 어려움이 그의 마음을 끌었다. 그는 예전에 그녀나 다른 어느 누구한테도 느껴 본 적 없는 감정을 지금 그녀에게 느꼈다. 그 감정에 개인적인 것이라고는 전혀 없었다. 그는 스스로를 위해서는 그녀에게 아무것도 바라지 않았다. 다만 그녀가 더 이상 지금 모습으로 있지 않기를, 그녀가 눈을 떠 예전 모습을 되찾기를 바랄 뿐이었다.

"카츄샤, 왜 그런 말을 해? 난 널 알아. 파노보에 살던 그 시절의 네 모습을 기억해……."

"옛날 일을 기억해 봤자 무슨 소용이 있어요?" 그녀가 메마른 어조로 말했다.

"내가 그것을 기억하는 것은 내 죄를 씻고 속죄하기 위해서야, 카츄샤." 그가 입을 열었다. 그녀와 결혼하겠다는 말을 하고 싶었지만, 그녀의 시선과 마주치고 그 속에서 너무도 무시무시하고 저속하고 혐오스러운 무언가를 읽게 되자 말을 이어 갈 수 없었다.

그때 면회자들이 나가기 시작했다. 부소장은 네흘류도프에게 다가와 면회 시간이 끝났다고 말했다. 마슬로바는 일어나 방에서 내보내 줄 때를 얌전하게 기다렸다.

"잘 가요. 당신에게 해야 할 이야기가 아직 많아요. 하지만 보다시피 지금은 안 되겠군요." 네흘류도프는 이렇게 말하고

한 손을 내밀었다. “또 오겠습니다.”

“전부 말씀하신 것 같은데요…….”

그녀는 손을 내밀었으나 그의 손을 잡지는 않았다.

“아뇨, 우리가 이야기를 나눌 만한 곳에서 다시 당신과 만날 수 있도록 해 보겠습니다. 그때 당신에게 꼭 해야 할 아주 중요한 이야기가 있습니다.” 네흘류도프가 말했다.

“좋아요, 오세요.” 그녀는 마음을 끌고 싶은 사내에게 웃어 보일 때처럼 생글거리면서 말했다.

“당신은 나에게 누이보다 더 가까운 사람입니다.” 네흘류도프가 말했다.

“이상하네요.” 그녀는 똑같은 말을 되풀이하고 고개를 저으며 철망 안쪽으로 가 버렸다.

44

첫 면회 때 네흘류도프는 카츄샤가 그를 보고 그녀에게 도움이 되고자 하는 그의 의도와 후회를 알면 기뻐하고 감동하며 다시 카츄샤로 돌아가리라 기대했다. 하지만 두렵게도 카츄샤는 더 이상 없고 마슬로바만 있다는 사실을 발견했다. 이것이 그에게 놀라움과 두려움을 안겼다.

특히 그를 놀라게 한 것은 마슬로바가 자신의 처지 — 죄수라는 처지(이에 대해서는 그녀도 부끄러워했다.)가 아니라 창녀라는 처지 — 를 부끄러워하지 않을 뿐 아니라 오히려 만족하는 것 같고 자랑스러워하다시피 하는 점이었다. 하지만 달리 어쩔 도리가 없다. 누구든지 행동하기 위해서는 자신의 활동을 중요하고 선한 것으로 여길 필요가 있다. 그래서 인간은 어떤 처지에 놓이든 자기 일이 스스로에게 중요하고 좋아 보이도록 인생관을 형성하기 마련이다.

흔히 사람들은 도둑이나 살인자나 첩자나 창녀는 자기 직업이 떳떳하지 못함을 인정하고 틀림없이 부끄러워하리라 생각한다. 하지만 사실은 정반대다. 운명으로든 자신의 죄나 실수로든 어떤 상황에 놓인 사람들은 설사 바르지 못한 것이라 해도 자기 처지가 스스로에게 선하고 정당해 보이도록 인생관을 만들어 낸다. 그런 시각을 유지하기 위해 사람들은 본능적으로 인생과 그 안의 자기 자리에 대해 자신들이 만들어 낸 개념을 인정해 주는 인간 범주에서 벗어나지 않는다. 놀라운 경우는 자신의 교활함을 떠벌리는 도둑, 자신의 타락을 자랑하는 창녀, 자신의 잔인함을 뽐내는 살인자가 관련됐을 때다. 하지만 우리가 놀라는 이유는 단지 이 사람들이 속한 범주와 환경이 제한적인 데다 무엇보다 우리가 그 외부에 있기 때문이다. 그런데 과연 자신의 부, 즉 약탈을 자랑하는 부자들과 자신의 승리, 즉 살인을 자랑하는 사령관들과 자신의 위력, 즉 강압을 자랑하는 군주들 사이에서는 똑같은 현상이 일어나지 않을까? 이런 사람들이 자기 처지를 정당화하기 위해 삶이며 선악에 대한 개념을 왜곡하는 것을 우리가 보지 못한다면 단지 그런 왜곡된 개념을 가진 사람들의 범주가 더 크고, 우리 역시 그 범주에 속하기 때문이다.

그리고 자신의 삶과 세상 속의 자기 자리에 대한 그런 시각이 마슬로바에게도 형성됐다. 그녀는 징역을 선고받은 창녀였다. 그럼에도 스스로를 위해 자신을 긍정하고 심지어 사람들 앞에서 자기 처지를 자랑스러워할 수 있는 세계관을 만들었다.

그 세계관이란 이런 것이었다. 모든 남자들, 늙은이든 젊은이든 김나지움 학생이든 장군이든 교육을 받은 사람이든 받지 못한 사람이든 모든 남자들의 가장 큰 행복은 예외 없이 매력적인 여자와 성교하는 것이며, 따라서 모든 남자들은 다른 일에 몰두하는 척하더라도 사실상 이것 하나만 바란다. 그녀는 매력적인 여자였으며, 그들의 이런 요구를 충족시켜 줄 수도 있고 그러지 않을 수도 있다. 따라서 그녀는 중요하고 필요한 인간이다. 그녀의 예전 생활과 현재 생활은 전부 이 시각의 정당함을 확인하는 과정이었다.

십 년 동안 그녀는 어디든 가는 곳마다 네흘류도프부터 늙은 경찰 서장이며 감옥 간수에 이르기까지 모든 남자들이 그녀를 필요로 하는 것을 보았다. 그녀를 원하지 않는 남자는 보지도 알지도 못했다. 그래서 그녀에게는 온 세상이 정욕에 불타는 사람들, 사방에서 그녀를 노리고 속임수, 폭력, 돈, 술수 등 모든 가능한 수단으로 그녀를 차지하기 위해 애쓰는 사람들의 집합소로 보였다.

이게 마슬로바가 삶을 이해하는 방식이었고, 또 삶에 대한 그런 생각에 비추어 보면 그녀는 가장 열등하기는커녕 아주 중요한 인간이었다. 그리고 마슬로바는 삶에 대한 그런 견해를 세상에서 가장 소중히 여겼으며, 또 소중히 여기지 않을 수 없었다. 삶에 대한 견해를 바꾸면 그 견해가 사람들 틈에서 자신에게 부여한 의미를 잃기 때문이었다. 그리고 삶 속에서 자신의 의미를 잃지 않기 위해 그녀는 본능적으로 삶을 그녀와 똑같이 바라보는 사람들의 범주에 매달렸다. 그런데 네흘류도프가 그녀를 다른 세계로 끌어내려는 것을 직감하자 그에게 저항했다. 그가 끌어들이려는 세계에서는 자신에게 확신과 자존감을 부여한 삶의 자리를 틀림없이 잃게 되리라고 예감했기 때문이다. 이런 이유로 그녀는 풋풋한 젊은 시절이며 네흘류도프와 처음 인연을 맺을 때의 추억을 마음에서 몰아내려고 했다. 그 추억은 현재 그녀가 가진 세계관과 어울리지 않아 기억에서 완전히 지워졌다. 아니 그렇다기보다 손이 닿지 않는 기억 속 어딘가에 보존되어 있었다. 꿀벌들이 노동의 모든 결과를 망칠지도 모를 애벌레들의 방을 밀봉해 밖으로 나오지 못하게 하듯 그 추억도 갇힌 채 밀봉된 것이다. 따라서 그녀에게 현재의 네흘류도프는 한때 순수하게 사랑했던 남자가 아니라 이용해도 되고 이용해야만 하는, 다른 모든 남자들과 맺었던 것과 똑같은 관계만 나눌 수 있는 부유한 신사일 뿐이었다.

'아냐, 가장 중요한 것을 이야기하지 못했어.' 네흘류도프는 사람들과 함께 출구로 향하면서 생각했다. '그녀와 결혼하겠다는 말을 못 했어. 그렇게 말하지는 못했지만 꼭 해내고 말 거야.' 그는 생각했다.

문가에 선 간수들은 면회자들을 다시 내보내면서 집계보다 많은 사람이 나오지 않도록, 감옥에 남는 사람이 없도록 두 손으로 수를 셌다. 이번에도 간수가 등을 쳤지만 그는 모욕을 느끼지 않았을 뿐 아니라 심지어 알아차리지도 못했다.

45

네흘류도프는 자신의 외적 생활을 바꾸고 싶었다. 큰 아파트를 세놓고, 고용인들을 내보내고, 호텔로 거처를 옮기고 싶었다. 하지만 아그라페나 페트로브나가 겨울 전에는 생활 양식을 바꿀 어떤 이유도 없다고, 여름에는 아무도 아파트를 빌리지 않는다고, 또 어딘가에는 가구와 물건을 두고 살아야 한다고 지적했다. 그래서 외적 생활을 바꾸려던 네흘류도프의 모든 노력(그는 대학생처럼 소박하게 살고 싶었다.)은 허사로 돌아갔다. 모두 예전 그대로 남았을 뿐 아니라 집 안은 고된 노동으로 부산스러워지기 시작했다. 모든 양모와 모피 제품을 뒤집고 널고 두들기는 이 일에 문지기, 그의 조수, 요리사, 코르네이 본인까지 힘을 보탰다. 처음에는 어느 누구도 전혀 사용한 적 없는 제복 같은 것들과 모피 제품들을 꺼내다가 새끼줄에 걸었다. 그다음에는 양탄자와 가구를 내가기 시작했다.

문지기와 조수가 근육질 팔이 드러나도록 소매를 걷고서 그 물건들을 박자에 맞추어 세게 털었고 방마다 나프탈렌 냄새가 진동했다. 안마당을 거닐고 창문에서 내다보기도 하는 동안 네흘류도프는 이런 온갖 물건이 대단히 많고 또 의심할 여지 없이 무익하다는 점에 놀랐다. '이 물건들의 유일한 쓸모이자 용도는 아그라페나 페트로브나, 코르네이, 문지기, 그의 조수, 요리사에게 단련할 기회를 주는 거야.' 네흘류도프는 생각했다.

'마슬로바의 문제가 해결되지 않은 지금은 생활 형태를 바꿀 필요가 없지.' 네흘류도프는 생각했다. '이 문제는 너무 어렵군. 그녀가 석방되거나 유형을 가고 내가 그녀를 따라가면 모든 게 자연히 바뀌겠지.'

네흘류도프는 파나린 변호사가 지정한 날에 그를 찾아갔다. 엄청나게 큰 식물들이 있고 창문에 아주 멋진 커튼이 달리고 전체적으로 값비싼 세간들을 갖춘 파나린 소유의 화려한 아파트였다. 어리석은 인간, 즉 수고하지 않고 돈을 번 인간에 대해 증언하는 그런 고가의 세간들은 뜻하지 않게 돈을 번 사람들의 집에나 있기 마련이다. 응접실에서 네흘류도프는 의사의 대기실에서처럼 순번을 기다리는 청원자들을 발견했다. 그들은 삽화가 수록된 잡지들 — 그들에게 즐거움을 주는 역할을 맡은 — 이 놓인 탁자들 주위에 침울하게 앉아 있었다. 높다란 사무용 책상 앞에 앉아 있던 변호사의 조수가 네흘류도프를 알아보고 다가와 인사를 건네고는 즉시 그가 온 것을 알리겠다고 말했다. 하지만 조수가 미처 열기도 전에 사무실문이 열리더니 크고 활기찬 목소리들이 들려왔다. 새 옷을 차려입고 불그레한 얼굴에 짙은 콧수염을 기른 중년의 땅딸막한 남자와 파나린의 목소리였다. 이득이 되기는 하겠지만 결코 좋다고는 할 수 없는 일을 막 끝낸 사람들의 얼굴에 흔히 나타나는 표정이 두 사람의 얼굴에 어려 있었다.

"당신이 잘못한 겁니다." 파나린이 씩 웃으며 말했다.

"천국에 가면야 기쁘겠지만 죄가 있어 들가지는 못하겠지."

"네, 네, 우리 모두 잘 알고 있죠."

그러더니 두 사람은 부자연스럽게 껄껄거리며 웃었다.

"아, 공작님, 들어오십시오." 네흘류도프를 알아본 파나린이 밖으로 나가는 상인을 향해 한 번 더 고개를 끄덕이고는 네흘류도프를 위엄 있게 꾸민 자기 사무실로 안내했다. "담배를 피우시겠습니까?" 변호사는 네흘류도프 앞에 앉아 방금 끝낸 일의 성공이 불러일으킨 미소를 억누르며 말했다.

"감사합니다. 마슬로바의 일로 왔습니다."

"네, 네, 지금 바로 들어가 볼까요. 그런데 저런 벼락부자들은 정말 교활하기 짝이 없는 놈들이라니까요." 그가 말했다. "그 사내를 보셨죠? 1200만 루블의 재산을 가진 사람이랍니다. 그런데 '들어가지는'이 아니라 '들가지는'이라고 말하지요. 어쨌든 그 작자는 당신에게서 25루블짜리 표 딱지를 뽑아낼 수만 있다면 물어뜯어서라도 빼앗을걸요."

'그 사람은 "들가지는"이라고 말했지. 하지만 당신도 "25루블짜리 표 딱지"라고 하잖아.' 그사이 네흘류도프는 스스럼없이 구는 이 남자에게 억누르기 힘든 혐오를 느끼며 속으로 중얼거렸다. 이 남자는 특유의 말투로 자기와 네흘류도프가 같은 진영에 속하고 이곳에 찾아오는 다른 고객들은 그들과 다른 진영의 인간들임을 알리고 싶어 했다.

"그 작자에게 시달리느라 탈진할 지경입니다. 아주 막된 인간이지요. 속을 좀 털어놓고 싶어서요." 변호사는 사안과 상관없는 말을 하는 데 대해 변명이라도 하듯 말했다. "그럼 당신 사건에 대해 이야기해 볼까요……. 전부 꼼꼼히 읽어 보았습니다만 투르게네프식으로 말하자면 '그 내용에 찬성할 수 없습니다'.[65] 다시 말해 변호사가 시원찮아서 상고의 이유를 전부 놓친 겁니다."

"그럼 당신은 어떤 결정을 내렸습니까?"

"잠깐만요." 그가 안으로 들어온 조수에게 말했다. "내가 말한 대로 하라고 그 사람에게 말해요. 할 수 있으면 좋고, 할 수 없으면 안 되겠다고."

"그런데 그 사람은 동의하지 않는답니다."

"그럼 안 되겠군." 변호사가 말했다. 기쁨이 넘치고 선량해 보이던 얼굴이 갑자기 침울하고 사납게 변했다. "사람들은 변호사들이 돈을 거저 번다고 말하죠." 그가 다시 얼굴에 조금 전의 유쾌한 표정을 띠며 말했다. "파산한 채무자 한 명을 완

65) 이반 세르게예비치 투르게네프(Ivan Sergeyevich Turgenev, 1818~1883). 러시아 작가이며 대표작으로 『사냥꾼의 스케치(Записки охотника)』, 『아버지와 아들(Отцы и дети)』 등이 있다. 본문의 인용 부분은 「잉여인간의 일기(Дневник лишнего человека)」에서 취한 것이다.

전히 부당한 기소에서 빼내 준 적이 있습니다. 지금은 그런 사람들이 전부 나에게 들러붙죠. 그런데 그런 사건은 하나같이 엄청난 수고가 들어요. 어느 작가의 말을 빌리자면 우리 역시 잉크병에 살점 한 조각을 던져 놓은 거죠. 자, 그럼 당신 사건, 혹은 당신이 관심을 갖는 사건은 말이죠." 그가 계속해서 말했다. "아주 형편없이 처리돼서 상고할 적당한 이유가 없어요. 하지만 어쨌든 상고를 시도해 볼 수는 있으니까요. 여기 이렇게 작성해 보았습니다."

그는 글씨로 빽빽한 종이를 집어 들더니 몇몇 재미없는 법률 용어들을 빠르게 건너뛰고 어떤 것들은 아주 위엄 있게 발음하면서 읽어 나갔다.

"형사부 상고 법원에 기타 등등 기타 등등 이러이러한 자가 소송을 제기한다. 이리이리하게 내려진 배심원 평결에 따라 무슨무슨 마슬로바는 독살의 방법으로 상인 스멜코프의 생명을 앗은 죄가 인정되어 형법 제1454조에 의거해 기타 등등 기타 등등 징역형을 선고받았다."

그는 낭독을 멈추었다. 이런 일에 아주 익숙할 텐데도 자신의 문장을 흡족한 기분으로 듣고 있는 듯했다.

"이 선고는 절차상 대단히 중요한 위법과 착오의 결과이므로 마땅히 파기되어야 한다." 그는 당당하게 계속 낭독했다. "첫 번째, 심리 때 스멜코프의 내장에 대한 소견서 낭독을 재판장이 처음부터 중단시켰다. 이것이 하나입니다."

"하지만 낭독을 요구한 것은 검사인데요." 네흘류도프가 놀라며 말했다.

"상관없습니다. 변호인에게도 똑같은 것을 요구할 근거가 있었을지 모르니까요."

"하지만 정말이지 그건 전혀 필요하지 않았습니다."

"어쨌든 그것은 상고의 이유가 됩니다. 계속하지요. 두 번째." 그는 계속해서 낭독했다. "변론 중 마슬로바의 변호인이 마슬로바의 됨됨이를 묘사하고자 타락의 내적 원인을 언급했을 때 재판장은 변호인의 발언이 사건과 직접적인 관계가 없다는 근거로 제지했다. 그러나 원로원이 여러 차례 지적했듯이 형사 소송에서 피고의 성격과 정신적 특징 전반을 해명하는 것은 적어도 책임 소재를 분명히 하는 문제를 올바르게 해결하기 위해서라도 가장 중요한 의의를 지닌다. 이것으로 두 개입니다." 그가 네흘류도프를 흘깃 쳐다보며 말했다.

"하지만 사실 그 사람이 말을 너무 못해서 무슨 말인지 하나도 이해할 수 없었습니다." 네흘류도프는 한층 더 놀라며 말했다.

"완전히 멍청한 녀석이니 물론 사리에 맞는 말은 아예 못했겠죠." 파나린이 껄껄거리면서 말했다. "하지만 어쨌든 이유는 됩니다. 자, 다음으로 넘어갈까요. 세 번째, 최종 진술에서 재판장은 형사 소송법 제801조 1항의 절대적 규약에 반하여 배심원들에게 유죄에 관한 개념이 어떤 법률적 요소들로 성립되는지 설명하지 않았다. 또한 마슬로바가 스멜코프에게 독을 건넨 것을 입증된 사실로 인정한다 하더라도 살인할 의도가 없었기 때문에 그 행위를 그녀의 죄로 돌리지 않을 권리, 따라서 형사법상의 범죄가 아니라 단지 과실, 즉 상인의 죽음을 불러오리라고는 전혀 예상하지 못한 부주의에 대해서만 그녀에게 잘못이 있음을 인정할 권리가 배심원들에게 있음을 그들에게 말해 주지 않았다. 이것이 핵심입니다."

"하지만 우리 자신이 그것을 알 수도 있었습니다. 그것은 우리의 실수예요."

"마지막으로 네 번째." 변호사가 낭독을 계속했다. "마슬로바의 유죄 여부에 관한 법원의 질문에 대해 배심원들은 명백한 모순을 내포한 형태로 답변을 제시했다. 마슬로바는 살인의 유일한 동기인 오로지 사리사욕을 채우겠다는 목적만을 품고서 스멜코프를 의도적으로 독살했다는 혐의로 기소됐다. 배심원들은 답변서에서 마슬로바가 강도를 목적으로 고가품 약탈에 가담했다는 혐의를 부결했다. 그 사실에서 분명히 알 수 있듯이 그들은 피고의 살인 의도에 대해서도 부결할 것을 염두에 두었지만 단지 재판장의 불충분한 최종 진술이 불러일으킨 오해로 그 점을 답변서에 적절한 방식으로 표현하지 않았다. 그래서 배심원들의 답변에는 형사 소송법 제816조와 제808조의 적용이 무조건적으로 요구된다. 즉 재판장 측에서 배심원들에게 그들이 저지른 실수를 설명한 후 재협의를 하여 피고의 유죄 여부에 대한 질문에 새로운 답변을 제출해 줄 것을 요청해야 한다." 파나린이 낭독했다.

"그런데 왜 재판장은 그러지 않았을까요?"

"나 역시 그 이유를 알고 싶습니다." 파나린이 소리 내어 웃으며 말했다.

"그럼 원로원이 착오를 바로잡아 줄까요?"

"그거야 그때 그 자리에서 어떤 재수 없는 영감들[66]이 협의를 하느냐에 달렸죠."

"재수 없는 영감들이라뇨?"

"양로원[67]의 재수 없는 영감들 말입니다. 뭐, 그런 겁니다. 계속 읽죠. 그런 배심원 평결은 법원에……." 그는 빠르게 계속 읽어 나갔다. "마슬로바를 형벌에 처할 권리를 부여하지 않으며, 형사 소송법 제771항 3조를 피고에게 적용하는 것은 우리 형사 소송의 근본적인 규정들에 대한 심각하고도 중대한 침해다. 이상의 근거들에 기초해 영광스럽게도 형사 소송법 제909조, 제910조, 제912조 2항, 제928조에 따라 기타 등등 기타 등등 본 사건을 파기하고 재심을 위해 동일 법원의 다른 부서로 회부해 줄 것을 청원하고자 한다. 이렇습니다. 할 수 있는 것은 전부 했습니다. 하지만 솔직히 말해 성공할 가능성은 낮습니다. 그렇기는 해도 모든 것은 원로원의 담당 의원들에게 달렸어요. 연줄이 있다면 발 빠르게 움직이십시오."

"어떤 사람을 압니다."

"그럼 어서 서두르십시오. 그러지 않으면 그 사람들 전부 치질을 치료하러 떠난다니까요. 그럼 석 달을 기다려야 합니

---

66) bogodul은 러시아어 표준어가 아니라 시베리아 지방에서 널리 사용되는 고풍스러운 방언이다. '신(bog)'이라는 단어와 '훅 날려 버리다, 치다, 때리다(dut')'라는 단어의 합성어다. 직역하면 '신이 불어서 날려 버린 인간', '신이 친 인간'으로 거지, 실패자, 불운한 사람 등을 뜻한다. 이 책에서는 원로원의 나이 든 의원들에 대해 비아냥거리려는 변호사의 의도를 감안해 '재수 없는 영감'으로 옮겼다.

67) 원로원을 비하하는 표현.

다……. 뭐, 실패할 경우에 황제 폐하께 탄원하는 방법이 남아 있긴 하죠. 그 역시 막후공작에 달렸어요. 그리고 그 경우에 기꺼이 도움이 되어 드리겠습니다. 그러니까 막후공작이 아니라 탄원서 작성 말입니다."

"감사합니다, 그럼 사례금은……."

"조수가 정서한 상고장을 당신에게 전달하고 나서 말씀드릴 겁니다."

"한 가지 더 묻고 싶은 게 있습니다. 검사가 내게 그 사람을 만날 수 있도록 감옥 통행증을 발부해 주었는데요, 감옥에서 들으니 정해진 날짜와 장소 이외에 별도로 면회를 하려면 현지사의 허가를 다시 받아야 한다더군요. 그런 게 필요합니까?"

"네, 그럴 겁니다. 하지만 현지사는 지금 없어요. 부지사가 직무를 수행하고 있지요. 그런데 너무 지독한 멍청이라 당신도 어떻게 할 수 없을 겁니다."

"마슬렌니코프를 말하는 겁니까?"

"네."

"그 사람을 압니다." 네흘류도프는 이렇게 말하고 떠나기 위해 일어섰다.

그때 키가 작고 지독하게 못생기고 앙상하고 얼굴빛이 누런 들창코 여자가 빠른 걸음으로 방에 뛰어 들어왔다. 변호사의 아내였다. 못생긴 외모 때문에 기가 죽는 일은 절대 없을 것처럼 보였다. 그녀는 벨벳이며 실크며 샛노란 색이며 초록색 옷가지를 몸에 휘감은 특이하고 독창적인 차림이었고 성긴 머리카락에 컬을 넣었다. 의기양양하게 응접실로 뛰어든 그녀를 뒤따라 얼굴이 흙빛인 키 큰 남자가 프록코트의 비단 옷깃을 젖히고 하얀 넥타이를 맨 차림으로 빙글거리며 들어왔다. 그는 작가였다. 네흘류도프는 그 얼굴을 알고 있었다.

"아나톨." 그녀가 문을 열며 말했다. "내 방으로 가요. 여기 세묜 이바노비치가 자기 시를 읽어 주겠다네요. 당신도 꼭 가르신[68]에 대해 들려줘야 해요."

네흘류도프는 떠나려 했지만 변호사의 아내가 남편과 소곤거리며 말을 주고받더니 곧 그에게 말을 걸었다.

"실례합니다, 공작님. 당신을 알아요. 그러니 소개는 필요 없겠네요. 우리의 오전 문학 모임에 참석해 주세요. 아주 흥미로울 거예요. 아나톨이 낭송을 멋지게 해요."

"제가 얼마나 다양한 일을 하는지 아시겠지요." 아나톨은 두 손을 벌리고 웃음 띤 얼굴로 아내를 가리키며 말했다. 이렇게 매혹적인 부인을 거역하기란 불가능하다는 뜻을 몸짓으로 표현하려는 듯했다.

네흘류도프는 슬프고 엄숙한 얼굴로 지극히 정중하게 변호사의 아내를 향해서 초대의 영광을 베풀어 준 데 감사의 뜻을 표했다. 그러고는 참석할 수 없겠다고 거절한 후 응접실로 나갔다.

---

68) 프세볼로트 미하일로비치 가르신(Vsevolod Mikhailovich Garshin, 1855~1888). 19세기 말 단편 소설로 주목을 받은 러시아 소설가. 주로 전쟁의 폐해와 개인의 절망을 소재로 삼았다. 당시 인상주의 사조를 소설 언어로 구현했다는 평가를 받을만큼 강렬하고 독특한 문체를 구사했다. 「나흘(Четрые дня)」, 「붉은 꽃(Красный цветок)」 등의 작품을 남겼다.

“저렇게 오만상을 짓다니!” 네흘류도프가 나가자 변호사의 아내가 그를 두고 말했다.

응접실에서 조수가 준비해 둔 상고장을 네흘류도프에게 건넸다. 사례금에 대한 질문에 아나톨 페트로비치가 1000루블로 정했다고 말하고는, 아나톨 페트로비치는 본래 이런 일들을 맡지 않지만 이번 일은 그를 위해 하는 거라고 덧붙여 설명했다.

“상고장에 어떻게 서명하면 됩니까? 누가 해야 하지요?” 네흘류도프가 물었다.

“피고가 직접 해도 되고, 곤란하다면 아나톨 페트로비치가 그 여자로부터 위임장을 받아도 됩니다.”

“아니요, 내가 가서 서명을 받아 오겠습니다.” 네흘류도프는 정기 면회일보다 일찍 그녀를 만날 기회가 생긴 것에 기뻐하며 말했다.

46

평소와 같은 시간에 간수들의 호각 소리가 감옥 복도에 울려 퍼졌다. 복도와 감방의 문들이 쇳소리를 내며 열렸고, 맨발과 신발 뒤축이 바닥에 닿으며 소리를 냈고, 감방의 변기통 담당 죄수들이 공기를 역겨운 악취로 가득 채우며 복도를 지나갔다. 남자 죄수와 여자 죄수들이 얼굴을 씻고 옷을 입은 다음에 점호를 받으러 복도로 나왔으며, 점호가 끝난 후에는 차를 마시기 위해 뜨거운 물을 얻으러 갔다.

이날 차 마시는 시간에는 어느 감방에서나 오늘 태형을 받게 될 두 남자 죄수에 대한 화제로 시끌벅적했다. 이 죄수들 중 한 명은 글을 읽고 쓸 줄 아는 젊은이로 질투심이 폭발해 애인을 죽이고 만 바실리예프라는 점원이었다. 감방 동료들은 쾌활하고 남에게 잘 베풀고 간수들 앞에서 의연함을 잃지 않는 그를 좋아했다. 그는 법을 알았고 그것의 실행을 요구했

다. 그 때문에 간수들은 그를 좋아하지 않았다. 삼 주 전 한 간수가 자신의 새 제복에 양배추 수프를 쏟았다는 이유로 변기통 담당 죄수를 구타했다. 바실리예프는 죄수를 때려도 된다는 법은 없다며 변기통 담당 죄수를 편들었다. "내가 네놈에게 법을 가르쳐 주마." 간수는 이렇게 말하고 바실리예프에게 욕설을 퍼부었다. 바실리예프도 똑같이 응수했다. 간수가 주먹을 휘두르려 했지만 바실리예프가 그의 손을 움켜잡더니 삼 분 정도 그대로 잡고 있다가 그의 몸을 돌려 문밖으로 밀쳐 냈다. 간수는 이에 대해 불평했고, 소장은 바실리예프를 독방에 가두라고 지시했다.

독방이란 한 줄로 이어진 창고 같은 어둑한 방들이었고, 밖에서 빗장을 지르게 되어 있었다. 깜깜하고 추운 독방에는 침상도, 탁자도, 의자도 없어서 수감자는 더러운 바닥에 앉거나 누웠다. 그곳에는 쥐들이 아주 많아 수감자의 몸을 타 넘고 그 위에서 뛰어다니기도 했다. 쥐들이 어찌나 대담한지 어둠 속에서는 빵을 지킬 수도 없었다. 쥐들은 수감자의 팔 아래서 빵을 먹어 치웠고, 심지어 수감자들이 움직임을 멈추면 덮치기도 했다. 바실리예프는 자신에게 잘못이 없으니 독방에 가지 않겠다고 말했다. 간수들이 그를 강제로 끌고 갔다. 그가 뿌리치려 하자 남자 죄수 두 명이 간수들의 손아귀에서 벗어날 수 있도록 그를 도왔다. 간수들이 모여들었고, 그중에는 힘이 센 것으로 이름난 페트로프도 있었다. 간수들은 죄수들을 흠씬 두들겨 패고 독방에 처넣었다. 즉시 현지사에게 폭동이나 다름없는 일이 벌어졌다는 보고가 올라갔다. 두 주범인 바실리예프와 부랑자 네폼냐시[69]에게 각각 서른 대의 태형으로 벌할 것을 지시하는 문서가 내려왔다.

징벌은 여자 죄수 면회실에서 집행될 예정이었다.

전날 저녁 이후 이 모든 것이 감옥의 모든 거주민에게 알려졌고, 감방에서는 이제 곧 집행될 징벌에 대해 떠들썩한 대화가 오갔다.

코라블료바, 예쁜이, 페도시야, 마슬로바도 한구석에 모여 앉아 차를 마시며 똑같은 이야기를 나누고 있었다. 이미 보드카를 마셔서 다들 얼굴이 불그레하고 활기가 넘쳤다. 요즘 보드카가 떨어질 날이 없는 마슬로바가 동료들에게 후하게 대접한 것이다.

"그 사람이 무슨 난폭한 짓을 했겠어." 코라블료바가 튼튼한 이로 자그마한 설탕 조각을 깨물어 먹으며 바실리예프에 대해 말했다. "그저 동료의 편을 든 것뿐이야. 그도 그럴 것이 요즘에는 싸움이 금지되어 있잖아."

"좋은 청년이래요." 페도시야가 덧붙였다. 머릿수건을 쓰지 않고 양 갈래로 길게 땋은 머리를 드러낸 채 주전자가 놓인 침상 맞은편의 땔나무에 앉아 있었다.

"그 사람에게 말해 보면 어때, 미하일로브나." 건널목지기 아내가 '그 사람'이라는 말로 네흘류도프를 넌지시 암시하며 마슬로바에게 말했다.

"말해 볼게요. 그 사람은 날 위해 무슨 일이든 할 거예요."

---

69) 러시아로 '기억하지 않는 자'라는 뜻이다. 부랑자의 별명인 듯하다.

마슬로바는 생긋 웃는 얼굴로 머리를 흔들면서 대답했다.

"그래요, 하지만 언제 오실까요, 저 사람들은 이제 곧 끌려갈 거라는데." 페도시야가 말했다. "끔찍한 일이에요." 그녀는 한숨을 쉬며 덧붙였다.

"언젠가 마을에서 농부가 맞는 것을 봤어. 시아버님이 날 촌장 집에 보낸 적이 있었지. 거기 갔더니 그 농부가……." 건널목지기 아내가 긴 사연을 이야기하기 시작했다.

건널목지기 아내의 이야기는 위층 복도에서 들려오는 사람들의 목소리와 발소리에 중단됐다.

여자들은 소리를 죽이고 귀를 기울였다.

"끌어내고 있네, 악마들 같으니." 예쁜이가 말했다. "간수들이 저 남자에게 심한 적의를 품고 있어. 그 사람이 자기들에게 굴복하지 않으니까."

위층이 조용해지자 건널목지기 아내가 사연을 마저 이야기했다. 마을 헛간에서 농부가 채찍질을 당할 때 자기는 내장이 전부 뒤집힌 듯 놀랐다는 것이다. 예쁜이는 셰글로프라는 남자가 채찍으로 맞으면서도 소리 한 번을 내지 않더라는 이야기를 했다. 그런 다음 페도시야는 차를 치우고, 코라블료바와 건널목지기 아내는 바느질감을 집어 들고, 마슬로바는 지루함에 울적해하며 무릎을 껴안고 침상에 앉았다. 그녀가 한숨 자기 위해 누우려는데 여자 간수가 큰 소리로 그녀를 불러 면회자가 왔으니 사무실에 가 보라고 했다.

"우리에 대해 꼭 말해 주렴." 마슬로바가 수은이 반쯤 벗겨진 거울 앞에서 머릿수건을 매만지는 동안 멘쇼바 노파가 말했다. "불을 지른 건 우리가 아니라 그 악당이야. 일꾼도 봤어. 그 녀석은 영혼을 죽일 인간이 아냐. 미트리를 부르라고 그 사람에게 말해. 미트리가 손바닥을 보듯 모든 것을 속속들이 말해 줄 거야. 이게 뭐냔 말이다. 우리는 아무 죄도 없는데 감옥에 갇히고, 그 악당은 남의 마누라와 함께 술집에 들어앉아 왕처럼 굴고 있잖아."

"이건 법도 아냐!" 코라블료바가 맞장구를 쳤다.

"말할게요, 꼭 말할게요." 마슬로바가 대답했다. "그런데 용기를 내기 위해 한 잔 더 해야겠어요." 그녀가 한쪽 눈을 찡긋하며 덧붙였다.

코라블리하가 그녀의 컵에 절반가량 술을 따랐다. 마슬로바는 술을 마시고 입가를 닦더니 더할 나위 없이 즐거운 기분에 젖어 자신이 내뱉은 "용기를 내기 위해."라는 말을 되풀이하며 고개를 흔들고는 생글거리면서 간수를 따라 복도를 걸어갔다.

47

네흘류도프는 이미 한참 전부터 현관방에서 기다리고 있었다. 감옥에 도착한 그는 입구에서 벨을 누르고 당직 간수에게 검사의 허가증을 제시했다.

"누구를 찾아오셨습니까?"

"죄수 마슬로바를 보러 왔습니다."

"지금은 안 됩니다. 소장님은 업무 중이십니다."

"사무실에 계십니까?" 네흘류도프가 물었다.

"아니요, 여기 면회실에 계십니다." 간수는 당황스러워하며 대답했다. 네흘류도프에게는 그렇게 보였다.

"오늘이 면회일이던가요?"

"아니요, 특별한 용무 때문입니다." 그가 말했다.

"어떻게 하면 그분을 만날 수 있습니까?"

"곧 나오실 테니 그때 말씀하십시오. 잠시 기다리시죠."

그때 옆문에서 얼굴에 윤기가 흐르고 콧수염에 담배 냄새가 밴 특무 상사가 금몰을 반짝이며 나오더니 간수를 향해 근엄하게 말했다.

"왜 방문자를 이곳에 들여보냈습니까? 사무실로……."

"소장님이 이곳에 계신다고 들었습니다." 네흘류도프가 말했다. 특무 상사에게서도 눈에 띄게 불안한 기색이 보여 깜짝 놀랐다.

그때 안쪽 문이 열리더니 흥분한 페트로프가 땀을 흘리며 나왔다.

"그 자식도 이제 잊지 않겠지." 그가 특무 상사를 돌아보며 말했다.

특무 상사가 눈짓으로 네흘류도프를 가리키자 페트로프는 입을 다물고 얼굴을 찌푸리며 뒷문으로 나갔다.

'누가 잊지 않는다는 거지? 저 사람들은 왜 저렇게 하나같이 당황하는 걸까? 특무 상사는 왜 그에게 신호 같은 걸 보냈을까?' 네흘류도프는 생각했다.

"이곳에서 기다리시면 안 됩니다. 사무실로 가 주십시오." 다시 특무 상사가 네흘류도프에게 말했다. 네흘류도프가 나가려는 순간 뒷문에서 소장이 부하들보다 훨씬 더 당황하는 모습으로 나왔다. 그는 연신 한숨을 쉬었다. 네흘류도프를 본 그가 간수를 돌아보았다.

"페도토프, 여자 감방 5호실에서 마슬로바를 데리고 사무실로 와요." 그가 말했다. "가시죠." 그가 네흘류도프를 돌아보았다.

그들은 가파른 계단을 올라가 창문이 하나뿐인 작은 방으로 들어갔다. 책상 한 개와 의자 몇 개가 놓여 있었다. 소장이 의자에 앉았다.

"힘들고도 힘든 직무입니다." 그가 네흘류도프를 돌아보면서 굵은 담배 한 개비를 꺼내며 말했다.

"피곤해 보입니다." 네흘류도프가 말했다.

"모든 업무에 지쳤습니다. 정말 힘든 직무입니다. 편한 운명을 좇다 보면 더 나빠지는 법이죠. 어떻게 해야 이 일을 그만둘지 그 생각만 합니다. 힘들고도 힘든 직무예요."

네흘류도프는 소장에게 특별히 힘든 일이라는 게 무엇인지 잘 몰랐다. 하지만 오늘 그는 소장에게서 연민을 불러일으키는 우울하고도 무기력한 어떤 특별한 기분을 엿보았다.

"네, 몹시 힘든 직무일 것 같군요." 그가 말했다. "그렇다면 당신은 왜 이 직무를 수행하고 있습니까?"

"가족이 있는데 재산이 없어요."

"하지만 정 힘들면……."

"뭐, 어쨌든 말씀드리겠습니다만 어느 분에게든 힘닿는 한 도움을 드리려고 합니다. 어쨌든 할 수 있는 한 원만하게 처리하려고 하지요. 다른 누가 내 자리를 맡는다 해도 이렇게 잘해 내지는 못할 겁니다. 말하기는 쉽죠. 2000명 남짓 됩니다. 게다가 또 어떤 인간들인가요. 다루는 법을 알아야 합니다. 그들도 인간인지라 불쌍하긴 하죠. 그렇다고 제멋대로 굴게 내버려 둘 순 없어요."

소장은 최근에 죄수들 사이에 싸움이 벌어져 결국 살인으로 이어진 사례를 이야기하기 시작했다.

그의 이야기는 간수가 데려온 마슬로바가 들어오면서 중단됐다. 네흘류도프는 그녀가 문가에 들어서는 것을 보았다. 그녀는 미처 소장을 보지 못했다. 얼굴이 붉게 물들어 있었다. 그녀는 계속 생글거리고 고개를 흔들면서 남자 간수를 따라 씩씩하게 들어왔다. 소장을 본 그녀는 겁에 질린 얼굴로 그를 뚫어지게 쳐다보았지만 곧 정신을 가다듬고서 활기차고 명랑하게 네흘류도프를 돌아보며 말했다.

"안녕하세요." 그녀는 미소 띤 얼굴로 노래하듯 길게 늘여 말하면서 지난번과 달리 그의 손을 잡고 힘차게 흔들었다.

"상고장에 당신의 서명을 받으러 왔습니다." 네흘류도프는 그녀가 오늘 그를 맞이하면서 보여 준 활기찬 모습에 다소 놀라며 말했다. "변호사가 상고장을 작성했어요. 서명이 필요합니다. 우리는 이걸 페테르부르크로 보내려 합니다."

"좋아요, 서명이야 할 수 있지요. 무엇이든 하겠어요." 그녀가 한쪽 눈을 가늘게 뜬 채 생긋 웃으며 말했다.

네흘류도프는 호주머니에서 접은 종이를 꺼내 책상으로 다가갔다.

"여기서 서명을 해도 됩니까?" 네흘류도프가 소장에게 물었다.

"이쪽으로 와서 앉아." 소장이 말했다. "여기 펜이 있다. 읽고 쓸 줄은 아나?"

"예전에는 알았어요." 그녀가 말했다. 생글생글 웃는 얼굴로 치마와 소맷자락을 매만진 후 그녀는 책상 앞에 앉아 힘이 넘치는 조그만 손으로 어색하게 펜을 쥐고는 깔깔거리며 네흘류도프를 돌아보았다.

그는 서명할 자리를 가리켰다.

그녀는 정성껏 펜을 적시고 몇 번 턴 후에 자기 이름을 썼다.

"달리 더 해야 할 게 있나요?" 그녀가 네흘류도프와 소장을 번갈아 쳐다보며 펜을 잉크병 위에 얹었다 종이 위에 놓았다 하면서 말했다.

"당신에게 해야 할 말이 있습니다." 네흘류도프가 그녀의 손에서 펜을 건네받으며 말했다.

"좋아요, 말씀하세요." 그녀가 말했다. 무언가 떠올랐는지 졸음이 오는지 불현듯 진지해졌다.

소장이 일어나 밖으로 나갔다. 네흘류도프와 그녀만 단둘이 남았다.

48

마슬로바를 데려온 간수는 책상에서 조금 떨어진 창문턱에 걸터앉았다. 네흘류도프에게 결정적인 순간이 닥쳤다. 그는 첫 만남에서 그녀에게 중요한 것 — 그녀와 결혼하고자 한다는 사실 — 을 말하지 않은 데 대해 줄곧 자책해 왔으며, 오늘은 그것을 말하고 말리라 굳게 다짐했다. 그녀가 책상 한쪽에 앉았다. 네흘류도프는 맞은편에 앉았다. 방은 환했고, 그는 처음으로 눈가와 입가의 주름이며 부어오른 눈이며 그녀의 얼굴을 가까이에서 똑똑히 보게 됐다. 그러자 그녀가 전보다 한층 더 애처롭게 느껴졌다.

창턱에 앉은 볼수염이 하얗게 센 유대인 유형의 간수에게는 들리지 않게 그녀만 듣도록 책상에 팔꿈치를 괴고서 그가 말했다.

"이 상고장이 별 도움이 되지 못하면 황제 폐하께 탄원해 봅시다. 할 수 있는 것은 전부 해 보는 겁니다."

"예전 변호사가 실력이 좋은 사람이었다면……." 그녀가 말을 가로막았다. "그 변호사는 정말이지 멍청이였어요. 제게 계속 아첨만 했죠." 그녀는 이렇게 말하더니 웃음을 터뜨렸다. "제가 당신과 친분이 있다는 사실을 그때 사람들이 알았더라면 상황은 달라졌을 거예요. 하지만 지금 어떤가요? 다들 날 도둑으로 생각하죠."

'오늘 정말 이상한걸.' 네흘류도프는 생각했다. 그가 말을 하려는데 그녀가 다시 입을 열었다.

"실은요. 우리 방에 할머니가 한 분 있어요. 그게 말이죠, 모두가 깜짝 놀랄 정도로 좋은 분이에요. 정말 훌륭한 분인데 아무 죄도 없이 아들과 함께 이곳에 수감됐어요. 두 사람이 무죄라는 건 모두 알아요. 그런데도 방화죄로 유죄 판결을 받아 갇혀 있죠. 저, 제가 당신과 아는 사이라는 것을 할머니가 들었어요." 마슬로바가 고개를 이리저리 돌리고 그를 쳐다보면서 말했다. "할머니가 그러더라고요. '그분께 말해 줘. 아들을 부르셔도 돼. 그 애가 그분께 전부 말씀드릴 거야.' 성은 멘쇼프예요. 어때요? 해 주시겠어요? 있잖아요, 정말 훌륭한 할머니예요. 억울하게 누명을 썼다는 걸 금방 알게 되실 거예요. 저기요, 애를 좀 써 주세요." 그녀가 그를 쳐다보다가 눈을 내리깔고 생긋 웃으며 말했다.

"좋아요, 하겠습니다. 알아보죠." 네흘류도프는 그녀의 뻔뻔함에 점점 더 놀라며 말했다. "하지만 난 내 문제에 대해 당신과 이야기를 나누고 싶습니다. 지난번에 당신에게 말한 것을 기억합니까?" 그가 말했다.

"많은 말씀을 하셨죠. 지난번에 뭐라고 하셨더라?" 그녀는 웃음이 떠나지 않는 표정으로 고개를 이리저리 돌리면서 말했다.

"당신에게 날 용서해 주길 청하러 왔다고 말했죠." 그가 말했다.

"글쎄요, 뭐, 계속 용서해라, 용서해라 하시니. 그런 게 무슨 소용이 있다고…… 차라리……."

"내 죄를 속죄하고 싶다고 말했습니다." 네흘류도프가 계속해서 말했다. "그것도 말이 아닌 행동으로 말이에요. 난 당신과 결혼하기로 결심했습니다."

갑자기 그녀의 얼굴에 두려움이 떠올랐다. 그에게 머문 사시 눈은 그를 보는 것 같기도, 보지 않는 것 같기도 했다.

"그런 게 왜 필요하죠?" 그녀가 적의에 찬 표정으로 얼굴을 찡그리며 말했다.

"하느님 앞에서 내가 마땅히 해야 할 일인 것 같아서요."

"거기에서 무슨 하느님을 찾아요? 정말 말도 안 되는 소리를 하는군요. 하느님? 무슨 하느님이요? 그때 하느님을 기억해 주지 그랬어요." 그녀는 이렇게 말하고 입을 벌린 채로 말을 멈추었다.

네흘류도프는 지금에서야 그녀의 입에서 강한 술 냄새가 나는 것을 느꼈고, 그녀가 흥분한 이유를 알아챘다.

"진정해요." 그가 말했다.

"뭘 진정하라는 거예요! 내가 취했다고 생각해요? 취했어도 내가 무슨 말을 하는지는 알아요." 갑자기 그녀가 빠르게 지껄이기 시작했다. 얼굴이 새빨갛게 물들었다. "전 징역수고 창…… 그리고 당신은 지주 나리고 공작님이에요. 그런데 왜 나랑 얽혀서 스스로를 더럽히려 해. 당신의 공작 영애에게나 가 버려. 내 몸값은 10루블짜리 지폐 한 장이야."

"어떤 가혹한 말을 퍼붓든 당신은 내가 느끼는 걸 말로 표현할 수 없을 거야." 네흘류도프가 온몸을 떨면서 조용히 말했다. "상상도 못 할걸! 내가 당신 앞에서 스스로의 죄를 얼마나 뼈저리게 느끼는지 말이야."

"죄를 느끼는지……." 그녀가 신랄하게 그를 흉내 내며 말했다. "그때는 그렇게 느끼지 않고 100루블을 찔러 줬죠. 그게 네 몸값이다……."

"알아, 안다고. 하지만 이제 어떻게 해야 할까?" 네흘류도프가 말했다. "지금 난 널 내버려 두지 않겠다고 결심했어." 그가 거듭 말했다. "그리고 말한 것을 행동으로 옮기겠어."

"분명히 말하는데 당신은 그렇게 못할걸!" 그녀가 이렇게 말하고는 큰 소리로 웃었다.

"카츄샤!" 그가 그녀의 손을 건드리며 입을 열었다.

"돌아가. 난 징역수고, 당신은 공작이야. 당신이 왜 여기 있어!" 그녀가 손을 뿌리치며 말했다. 그 얼굴이 분노로 완전히 변했다. "당신은 날 통해 구원을 받고 싶은 거야." 그녀는 마음속에 떠오르는 모든 것을 표현하려고 서두르며 계속 말했다. "이생에서는 내게서 즐거움을 얻고, 저세상에서는 나를 통해 구원을 얻으려 하다니! 당신이 혐오스러워. 당신의 안경, 당신의 기름진 불쾌한 낯짝. 가, 가 버려!" 그녀는 힘차게 두 발로 벌떡 일어서며 소리쳤다.

간수가 그들에게 다가왔다.

"무슨 추태야! 그렇게 해도……."

"그냥 둬요." 네흘류도프가 말했다.

"제멋대로 굴지 못하게 하기 위해섭니다." 간수가 말했다.

"아뇨, 잠시 기다려 주십시오." 네흘류도프가 말했다.

간수는 다시 창가로 물러났다.

마슬로바는 다시 자리에 앉아 눈을 내리깔고 깍지 낀 두 손을 꽉 움켜쥐었다.

네흘류도프는 무엇을 해야 할지 모른 채 그녀를 내려다보고 섰다.

"당신은 날 믿지 않는군." 그가 말했다.

"나와 결혼을 하고 싶다고요? 그런 일은 절대 없을 거예요. 차라리 목을 매겠어요! 분명히 말했어요."

"어쨌든 당신을 위해 힘쓸 거야."

"뭐, 그거야 당신 문제고요. 하지만 전 당신에게 아무것도 바라지 않아요. 이게 제 솔직한 답변이에요." 그녀가 말했다. "왜 난 그때 죽지 않았을까?" 그녀는 이렇게 덧붙이고 애처롭게 울기 시작했다.

네흘류도프는 아무 말도 할 수 없었다. 그녀의 눈물이 그에게도 전해졌다.

그녀는 눈을 들어 깜짝 놀란 듯 그를 쳐다보고는 뺨에 흐르는 눈물을 머릿수건으로 닦았다.

그 순간 간수가 다시 다가와 작별할 시간이 됐다고 알렸다. 마슬로바는 일어섰다.

"당신은 지금 흥분했어요. 와도 된다면 내일 또 오겠습니다. 당신도 생각해 봐요." 네흘류도프가 말했다.

그녀는 아무런 대답도 없이 그에게 눈길을 주지 않은 채 간수를 뒤따라 방에서 나갔다.

"얘야, 이제 좀 인생이 풀리는구나." 마슬로바가 감방으로 돌아오자 코라블료바가 말했다. "너한테 홀딱 반했나 보다. 그 사람이 드나드는 동안에 정신 바짝 차려라. 그 사람이 널 구해 줄 거다. 부자들은 무엇이든 할 수 있으니 말이다."

"그렇고말고." 노래하는 듯한 목소리로 건널목지기 아내가 말했다. "결혼하려는 가난뱅이에게는 밤도 짧다지만[70] 부자는 그럴 마음을 먹기만 하면, 세상에나, 바란 대로 다 이루어진단다. 얘, 우리 마을에도 그런 대단한 사람이 있었는데……."

"어때, 내 얘기는 했냐?" 노파가 물었다. 하지만 마슬로바는 동료들에게 아무 대꾸도 하지 않고 침상에 누워 사시인 눈으로 한구석을 뚫어지게 응시하면서 저녁까지 누워 있었다. 그녀 안에서 고통스러운 싸움이 벌어졌다. 네흘류도프의 말은

---

70) 뭔가 중요한 일을 신속하게 해야 하는데 그럴 겨를이나 여력이 없는 경우를 가리키는 러시아 속담이다. 러시아 농민들은 대개 추수가 끝나면 결혼을 한다. 한 해의 농사가 끝나는 늦여름부터 밤은 길어지지만 가난한 사람들은 경제적 이유 때문에 그 밤조차 짧게 느껴질 만큼 결혼에 따르는 온갖 고민을 떠안게 된다. 이 속담은 이런 상황에서 비롯됐다.

그녀가 고통을 겪다 결국 이해하지 못하고 증오하며 떠나 버린 세계로 그녀를 다시 불러들였다. 이제 그녀는 자신이 빠져 살던 망각을 잃고 말았다. 과거를 선명하게 기억하며 사는 것은 너무도 고통스러웠다. 저녁에 그녀는 다시 술을 사서 동료들과 함께 취하도록 마셨다.

49

'그래, 그래서 그랬던 거구나. 그랬어.' 네흘류도프는 감옥을 나서면서 생각했다. 이제야 비로소 자신의 모든 잘못을 온전히 깨달았다. 자신의 행위를 속죄하기 위해 노력하지 않았다면 그는 자기 죄가 얼마나 큰지 깨닫지 못했을 것이다. 그뿐 아니라 그녀도 자신에게 가해진 악을 충분히 깨닫지는 못했을 것이다. 지금 비로소 그 모든 것이 끔찍하기 짝이 없는 모습으로 표면에 떠올랐다. 이제야 그는 자신이 그 여자의 영혼에 무슨 짓을 저질렀는지 깨달았으며, 그녀도 자신이 무슨 짓을 당했는지 깨닫고 이해하게 됐다. 이제껏 네흘류도프는 자신과 자신의 회한에 스스로 도취되어 그 감정을 즐겼다. 하지만 지금은 정말 두려웠다. 이제는 도저히 그녀를 버릴 수 없었다. 그는 그렇게 느꼈다. 그렇다 해도 자신과 그녀의 관계가 결국 어떻게 될지는 도저히 머리에 떠오르지 않았다.

네흘류도프가 감옥을 막 나서려는데 십자가와 메달을 여러 개 단 간수가 불쾌하고 알랑거리는 듯한 표정으로 다가와 은밀하게 편지를 건넸다.

"어느 인물이 공작 각하께 보내는 편지입니다만……." 그가 네흘류도프에게 봉투를 내밀며 말했다.

"어떤 인물입니까?"

"읽어 보시면 아실 겁니다. 수감된 정치범입니다. 저는 그 구역을 담당하고 있습니다. 그래서 그 여자가 제게 부탁을 했습니다. 규칙에 어긋나지만 인간적인 감정에서……." 간수가 부자연스럽게 말했다.

네흘류도프는 정치범 구역의 간수가 어떻게 편지를, 그것도 다름 아닌 감옥 안에서 거의 모든 사람의 눈앞이라는 사실도 아랑곳하지 않고 전하는지 깜짝 놀랐다. 그때만 해도 그 사람이 간수이자 첩자라는 사실을 아직 몰랐다. 그렇지만 편지를 받아 들고 감옥을 나가면서 읽었다. 편지에는 단순화된 철자법[71]에 따라 연필로 쓴 활달한 필체의 글이 있었다.

당신이 한 형사범에게 흥미를 갖고 감옥을 방문하신다는 것을 알고는 당신을 만나 보고 싶었습니다. 저를 만나 주시길 청합니다. 당신이라면 면회가 허락될 겁니다. 당신의 피보호자를 위해서도 우리 그룹을 위해서도 중요한 것들을 많이 전해 드리

71) 1917년 러시아 혁명 이후 불필요한 철자를 빼고 글자를 단순화하는 방향으로 러시아어 철자법이 개정됐다. 하지만 이런 철자법은 1880년대부터 이미 혁명가들과 자유주의 사상을 지닌 시민들 사이에서 통용되고 있었다.

겠습니다. 당신에게 감사드리며. 베라 보고두홉스카야.

베라 보고두홉스카야는 네흘류도프가 동료들과 함께 곰 사냥을 하러 들른 적 있는 노브고로드현 벽촌의 교사였다. 그녀는 전문학교에 들어가기 위한 돈을 달라고 네흘류도프에게 부탁했다. 네흘류도프는 그 돈을 주고 그녀에 대해 잊어버렸다. 그 숙녀가 지금 정치범이 되어 감옥에 수감되어 있는 모양이었다. 아마 그곳에서 그에 대한 이야기를 듣고 도움을 주겠다고 제안하는 듯했다. 그 시절에는 모든 것이 얼마나 쉽고 단순했던가. 그런데 지금은 모든 것이 얼마나 어렵고 복잡한가. 네흘류도프는 그 시절을, 보고두홉스카야를 알게 된 일을 생생하고 즐겁게 떠올렸다. 사순절을 앞두고 철도에서 60베르스타 정도 떨어진 궁벽한 곳에서 있었던 일이다. 사냥에 운이 따라 곰을 두 마리 잡고는 귀로에 오르기 전 식사를 하고 있었다. 그때 그들이 머물던 농가의 주인이 와서 부사제의 딸이 찾아와 네흘류도프 공작과 만나고 싶어 한다는 말을 전했다.

"예쁜가?" 누군가 물었다.

"어이, 그만해!" 네흘류도프는 이렇게 말하고 진지한 표정으로 식탁에서 일어났다. 입을 훔치면서 부사제의 딸이 무슨 일로 자기를 찾는지 놀라워하며 주인집으로 향했다.

방에는 펠트 모자를 쓰고 짧은 모피 외투를 입은 아가씨가 있었다. 야위고 못생긴 얼굴에 힘줄이 불거진 여자였다. 그 얼굴에서 예쁜 곳은 눈썹이 치켜 올라간 눈뿐이었다.

"자, 베라 예프레모브나, 이분에게 말해요." 안주인인 노파가 말했다. "이분이 바로 공작님이세요. 난 나가 있을게요."

"어떤 식으로 내가 당신에게 도움을 드릴 수 있을까요?" 네흘류도프가 말했다.

"전…… 전…… 그게 말이에요, 당신은 부유하고, 당신 돈을 쓸데없는 일에, 사냥 같은 것에 뿌리시죠. 저도 알아요." 아가씨는 매우 당황하며 입을 열었다. "제가 바라는 건 오직 하나예요. 유익한 인간이 되고 싶어요. 그런데 아는 게 없어서 아무것도 할 수가 없어요."

눈동자가 진실하고 선한 데다 결연하고도 소심한 표정이 어찌나 감동적인지 네흘류도프는 종종 그랬던 것처럼 문득 그녀의 처지가 되어 그 기분을 이해하고 동정하게 됐다.

"내가 뭘 할 수 있을까요?"

"전 교사예요. 하지만 전문학교에 들어가고 싶어요. 그런데 학교 측에서 입학을 허락하지 않았어요. 허락해 주지 않은 건 아니에요. 그 사람들은 허락했어요. 다만 저에게 돈이 없어요. 저에게 주세요. 학업을 마치면 갚을게요. 부자들은 곰을 죽이고 농부들한테 술을 마시게 하는데, 전 이 모든 게 악하다고 생각해요. 왜 부자들은 선을 행하지 않죠? 전 그저 80루블이 필요할 뿐이에요. 하지만 당신이 싫다면 전 아무래도 상관없어요." 그녀가 성난 기색으로 말했다.

"나야말로 당신에게 깊이 감사드립니다, 당신이 나에게 기회를 주었으니……. 당장 가져오겠습니다." 네흘류도프가 말했다.

그는 현관방으로 나갔다가 그 자리에서 두 사람의 대화를 엿듣고 있던 동료를 발견했다. 그는 동료의 농담에 아무 대꾸도 하지 않고 배낭에서 돈을 꺼내 그녀에게 갔다.

"부탁입니다, 제발 나에게 고마워하지 말아요. 나야말로 당신에게 감사해야 합니다."

네흘류도프는 지금 그 모든 것을 떠올리는 게 즐거웠다. 자신이 그 일로 질 나쁜 농담을 하려던 장교와 거의 싸울 뻔한 것, 다른 동료가 자기편을 들어 주었고 그 때문에 그와 더 친해진 것, 사냥이 아주 성공적이어서 즐거웠던 것, 밤이 되어 기차역으로 돌아갈 때 기분이 좋았던 것을 떠올리자 유쾌한 기분이 들었다. 한 쌍의 말이 끄는 썰매 행렬이 한 줄을 이루어 다소 빠른 속도로 소리 없이 숲속의 좁은 길을 따라 높고 낮은 전나무들 사이로 지나갔다. 딱딱하게 굳은 무거운 눈덩이가 전나무 가지들을 짓누르고 있었다. 어둠 속에서 붉은 불꽃을 반짝이며 누군가가 향기로운 담배를 피웠다. 몰이꾼 오시프는 눈 속에 무릎까지 푹푹 빠져 가며 이 썰매에서 저 썰매로 뛰어다니기도 하고, 이 썰매 저 썰매에 걸터앉아 이 순간 깊은 눈밭을 돌아다니며 사시나무 껍질을 갉아 먹고 있는 큰 사슴이며 울창한 숲속의 굴에 드러누워 공기구멍으로 따뜻한 숨을 몰아쉬는 곰에 대해 들려주기도 했다.

이 모든 것이, 무엇보다 자신의 건강과 힘과 평안함을 자각할 때의 커다란 행복감이 네흘류도프에게 떠올랐다. 폐가 얼어붙을 듯한 공기를 짧은 모피 외투가 팽팽해지도록 들이마신다. 멍에에 쓸린 가지에서 얼굴 위로 눈이 쏟아진다. 몸은 따뜻하고 얼굴은 상쾌하다. 영혼에는 근심도, 자책도, 두려움도, 갈망도 없다. 얼마나 멋진가! 그런데 지금은? 하느님, 이 모든 것이 얼마나 괴롭고 힘든지요!

베라 예프레모브나는 혁명가고 지금은 혁명 활동 때문에 수감되어 있는 것이 분명했다. 그녀를 만나야 했다. 무엇보다 그녀가 마슬로바의 처지를 개선할 방법에 대해 조언을 해 주겠다고 약속했기 때문이다.

50

다음 날 아침 잠에서 깬 네흘류도프는 전날 있었던 일을 전부 떠올리고 두려움에 사로잡혔다.

하지만 이런 두려움에도 불구하고 자신이 시작한 일을 계속해 나가리라고 이전의 그 어느 때보다 더 굳게 결심했다.

이렇듯 자신의 의무를 자각하면서 그는 집을 나와 마슬렌니코프를 만나러 갔다. 감옥에서 마슬로바 외에 마슬로바가 부탁한 멘쇼바 노파와 그 아들도 면회할 수 있도록 허락해 달라고 청하기 위해서였다. 그 밖에 보고두홉스카야를 면회하게 해 달라고 청하고 싶었다. 그녀라면 마슬로바에게 도움이 될 수도 있었다.

네흘류도프는 마슬렌니코프를 오래전 연대에서 복무할 때부터 알았다. 마슬렌니코프는 당시 연대의 회계 담당자였다. 이루 말할 수 없이 선량하고 실무 능력이 뛰어난 장교였다. 세상에서 연대와 황실 외에 아무것도 몰랐고, 딱히 알고 싶어 하지도 않았다. 이제 네흘류도프는 그를 연대와 현청을 맞바꾼 행정관으로 보았다. 그는 부유하고 활동적인 여성과 결혼했고, 그녀의 요구에 못 이겨 군직에서 문관으로 자리를 옮겼다.

그녀는 그를 조롱했고, 자신의 애완동물을 대하듯 그를 어루만졌다. 네흘류도프는 지난겨울에 그들을 방문한 적이 있었다. 하지만 그 부부가 너무 지루하다고 느껴 그 후로는 한 번도 찾아가지 않았다.

네흘류도프를 보자 마슬렌니코프의 얼굴이 환해졌다. 투실투실하고 불그레한 얼굴도 그대로였고, 비대한 몸집도 여전했다. 군대에서 복무하던 때처럼 옷차림도 훌륭했다. 그곳에 있을 때 그는 언제나 최신 유행에 따라 어깨와 가슴에 꼭 맞게 재단한 깨끗한 제복이나 재킷을 입었다. 그리고 지금은 최신 유행에 따라 살진 몸과 튀어나온 넓은 가슴을 예전과 똑같이 팽팽하게 감싼 문관 복장을 했다. 그는 문관의 약식 제복을 입고 있었다. 나이 차이가 났지만(마슬렌니코프는 마흔 살 가까이 됐다.) 두 사람은 서로를 허물없이 친근한 호칭으로 불렀다.

"이렇게 와 줘서 고마워. 아내에게 가지. 마침 회의 전에 십 분 정도 비어. 현지사가 자리를 비웠지 뭐야. 내가 현의 업무를 관리하고 있어." 그는 만족감을 억누르지 못하며 말했다.

"자네에게 볼일이 있어서 왔어."

"무슨 볼일?" 마치 경계라도 하듯 갑자기 다소 근엄하고 놀란 어조로 마슬렌니코프가 말했다.

"감옥에 관심이 가는 사람이 한 명 있어.('감옥'이란 말에 마슬렌니코프의 얼굴이 한층 더 근엄해졌다.) 일반 면회소가 아니라 사무실에서, 또 지정된 날만이 아니라 좀 더 자주 면회를 하고 싶어. 사람들이 말하길 그건 자네에게 달렸다더군."

"물론이야, **친구**. 자네를 위해 무엇이든 기꺼이 하지." 마슬렌니코프는 마치 자신의 위엄을 누그러뜨리고 싶은 듯 네흘류도프의 무릎을 두 손으로 가볍게 건드리며 말했다. "그건 가능해. 하지만 알다시피 난 일시적인 권력자야."

"그럼 그녀를 만나도록 나에게 허가증을 내줄 수 있을까?"

"그 사람이 여자야?"

"응."

"그런데 죄목이 뭐지?"

"독살. 하지만 그녀는 부당한 판결을 받았어."

"그렇군. 공정한 재판이라는 게 그렇지. **그자들은 늘 그런 식이라니까.**" 그가 무엇 때문인지 프랑스어로 말했다. "알아. 자네는 내 의견에 찬성하지 않겠지. 하지만 어쩌겠어, **그게 나의 확고한 신념인걸.**" 그는 이렇게 덧붙이며 반동적이고 보수적인 신문에서 일 년 동안 다양한 형태로 읽은 견해를 토로했다. "자네가 자유주의자라는 걸 알아."

"내가 자유주의자인지 아닌지는 나도 모르겠군." 네흘류도프가 미소를 지으며 말했다. 단지 사람을 재판할 때는 먼저 그 사람 말을 들어 봐야 하고, 법 앞에서 모든 사람은 평등하며, 일반적으로, 특히 아직 판결이 나지 않은 경우에 사람들을 고문하거나 구타해서는 안 된다고 말했다는 이유로 모든 사람이 자기를 어떤 유파로 꼽고 자유주의자라고 부르는 것이 그로서는 늘 놀라웠다. "내가 자유주의자인지 아닌지 잘 모르겠어. 다만 오늘날의 재판이 아무리 형편없다 해도 예전보다 낫다는 것은 알아."

"그런데 누구를 변호사로 정했지?"

"파나린에게 부탁했어."

"아, 파나린!" 마슬렌니코프가 얼굴을 찌푸리며 말했다. 지난해 그 파나린이라는 작자가 재판에서 자신을 증인 신문을 하면서 대단히 정중한 태도로 삼십 분 동안 웃음거리를 만든 일이 떠올랐다. "나라면 그 인간과 엮이지 말라고 조언하겠어. 파나린은 평판이 좋지 않은 사내야."

"자네에게 부탁할 게 더 있어." 네흘류도프는 그 말에 대꾸하지 않고 말했다. "아주 오래전 한 아가씨를 알게 됐어. 교사였지. 매우 불쌍한 사람이야. 지금 그녀 역시 감옥에 있는데 날 만나고 싶어 해. 그녀를 면회할 허가증도 내줄 수 있을까?"

마슬렌니코프는 고개를 약간 기울이고 생각에 잠겼다.

"정치범이야?"

"응. 그렇다고 들었어."

"그게 말이지, 정치범은 친척들만 면회가 가능해. 하지만 자네에게 일반 통행증을 발부해 주지. 자네가 남용하지 않으리라는 걸 알아……. 그녀의, 자네 피보호자의 이름이 뭐지? 보고두홉스카야? 예쁜가?"

"못생겼어."

마슬렌니코프는 못마땅한 듯 고개를 젓고 책상으로 다가가 표제가 인쇄된 종이 위에 활기차게 썼다. "이 허가증을 지참한 드미트리 이바노비치 네흘류도프 공작에게 수감 중인 소시민 마슬로바와 간호사 보고두홉스카야를 감옥 내 사무실에서 면회할 수 있도록 허가한다." 그는 다 쓰고 나서 분방한 필치로 서명을 했다.

"자네도 그곳 질서가 어떤지 눈으로 보게 될 거야. 그곳의 질서를 유지하기는 대단히 힘들어. 감옥이 꽉 찼거든. 특히 이송 죄수들로 말이야. 그래도 난 엄격하게 감독하고, 또 이 일을 좋아해. 자네도 보겠지만 그들은 그곳에서 아주 좋은 대우를 받고 만족스러워해. 단, 그들을 다룰 수 있어야 하지. 며칠 전에 불미스러운 일이 있었어. 명령 불복이었지. 다른 사람이라면 이것을 폭동으로 인정하고 많은 희생자를 냈을 거야. 하지만 우리의 경우 모든 게 아주 잘 지나갔어. 한편으로는 배려가, 또 다른 한편으로는 확고한 권력이 필요해." 금단추가 달린 희고 빳빳한 루바시카 소매 밖으로 터키석 반지를 낀 하얗고 피둥피둥한 주먹을 움켜쥐며 그가 말했다. "배려와 확고한 권력."

"글쎄, 그것에 대해선 잘 모르겠어." 네흘류도프가 말했다. "그곳에 두 번 다녀왔는데 난 몹시 괴롭더군."

"알겠어? 자네는 파세크 백작 부인을 만나 봐야 해." 마슬렌니코프가 이야기에 열을 올리며 계속 말을 이었다. "그녀는 이 일에 온몸을 바쳤어. 많은 선행을 베풀었지. 그녀 덕분에, 그리고 겸손 떨지 않고 솔직히 말하자면 어쩌면 내 덕분에 모든 걸 바꿀 수 있었어. 그것도 예전의 참상이 더 이상 존재할 수 없도록, 죄수들이 정말로 그곳에서 아주 잘 지낼 수 있도록 바꾸었지. 자네도 보게 될 거야. 파나린 말인데 난 그를 개인적으로 잘 몰라. 내 사회적인 입장 때문에라도 우리의 길이 서로 만날 일은 없겠지만 그는 정말 나쁜 인간이야. 게다가 법정에서 그런 것들을 지껄이고 말이야, 그런 것들을……."

"그래, 고마워." 네흘류도프는 종이를 집어 들고 말했다. 그리고 그 말을 끝까지 듣지 않은 채 옛 동료에게 작별 인사를 건넸다.

"아내를 보러 가지 않겠나?"

"안 되겠어, 미안, 지금은 시간이 없어."

"음, 어쩌지, 그녀가 날 용서하지 않을 텐데." 마슬렌니코프는 가장 중요한 부류가 아닌 두 번째로 중요한 부류의 인물을 배웅할 때 늘 그러듯이 첫 번째 층계참까지 옛 동료를 배웅하며 말했다. 네흘류도프를 두 번째 범주에 포함시킨 것이다. "아니, 부탁이야, 잠시라도 들러 줘."

하지만 네흘류도프는 단호했다. 하인과 수위가 달려와 외투와 지팡이를 건네며 순경이 밖에서 지키는 문을 열자 그는 도저히 지금은 그럴 수 없겠다고 말했다.

"그래, 그럼 목요일에 와 줘. 아내가 손님을 맞이하는 날이야. 아내에게 말해 둘게!" 마슬렌니코프가 계단에서 네흘류도프를 향해 소리쳤다.

51

그날 마슬렌니코프의 저택을 나와 곧장 감옥으로 간 네흘류도프는 익히 아는 소장의 집을 향했다. 지난번과 마찬가지로 상태가 좋지 않은 피아노 소리가 들려왔다. 하지만 이번에는 랩소디가 아니라 클레멘티[72]의 에튀드가 여전히 대단한 박력으로 또렷하고 빠르게 연주되고 있었다. 한쪽 눈에 붕대를 감은 하녀가 문을 열어 주면서 소장이 집에 있다고 말하고는 네흘류도프를 작은 응접실로 안내했다. 소파와 탁자가 있고, 털실로 짠 탁자보 위에 커다란 램프가 놓여 있었다. 장밋빛 종이로 만든 램프 갓의 한쪽에는 불에 탄 자국이 있었다. 소장이 피로에 지친 우울한 얼굴로 나왔다.

---

72) 무치오 클레멘티(Muzio Clementi, 1752~1832). 이탈리아의 피아니스트이자 작곡가.

"앉으시죠. 무슨 일로 오셨습니까?" 그가 제복의 중간 단추를 잠그며 말했다.

"방금 부지사를 만나고 왔습니다. 여기 허가증이 있습니다." 네흘류도프가 종이를 내밀며 말했다. "마슬로바를 만나고 싶습니다."

"마르코바요?" 음악 때문에 제대로 알아듣지 못한 소장이 되물었다.

"마슬로바요."

"아, 네! 그렇군요!"

소장이 일어나 클레멘티 곡의 연속음이 들려오는 문으로 다가갔다.

"마루샤, 잠깐이라도 멈춰 다오." 그가 말했다. 목소리로 미루어 그 음악은 그의 인생을 짓누르는 십자가인 듯했다. "아무것도 안 들린단 말이다."

피아노 소리가 멈추더니 불만에 찬 발소리가 들리고 누군가 문을 통해 엿보았다.

소장은 그처럼 피아노 소리가 그치자 편안함을 느꼈는지 독하지 않은 굵은 담배에 불을 붙이고 네흘류도프에게도 권했다. 네흘류도프는 거절했다.

"마슬로바를 만나고 싶습니다만."

"오늘은 마슬로바를 만나기 어렵습니다." 소장이 말했다.

"왜죠?"

"그야 당신 잘못이죠." 소장이 가벼운 미소를 지으며 말했다. "공작님, 그녀에게 직접 돈을 주어서는 안 됩니다. 그러고 싶다면 저에게 주십시오. 고스란히 그녀의 것이 될 겁니다. 어제 당신이 분명 돈을 주었겠죠. 그녀가 술을 구했습니다. 도저히 그 악을 뿌리 뽑을 수가 없군요. 오늘 완전히 취해서 사납게 날뛰고 있습니다."

"정말입니까?"

"물론이죠. 엄한 조치를 취해 다른 감방에 가둬야 했을 정도입니다. 아주 온순한 여자입니다만, 부디 돈을 주지 말아 주십시오. 그런 족속은……."

전날 일이 네흘류도프의 뇌리에 생생하게 떠올랐다. 그는 다시 두려움에 사로잡혔다.

"그럼 정치범인 보고두홉스카야를 볼 수 있을까요?" 잠시 침묵한 후 네흘류도프가 물었다.

"그럼요. 됩니다." 소장이 말했다. "아니, 무슨 일이냐?" 그가 방에 들어온 대여섯 살쯤 된 여자아이에게 말했다. 아이는 네흘류도프 쪽으로 고개를 돌리고 그에게서 시선을 떼지 않은 채 아버지를 향해 다가왔다. "그러다 넘어진다." 앞을 보지 않고 양탄자에 걸려 비틀거리면서 뛰어오는 여자아이의 모습에 소장이 빙그레 웃으며 말했다.

"면회가 된다면 가 보겠습니다."

"아마 될 겁니다." 여전히 네흘류도프를 쳐다보는 여자아이를 껴안으며 소장이 말했다. 그리고 자리에서 일어나 아이를 부드럽게 떼어 놓고는 대기실로 나갔다.

소장이 붕대를 감은 하녀가 건넨 외투를 입고 문을 나서기도 전에 다시 클레멘티 곡의 뚜렷한 연속음이 울렸다.

“저 애는 음악원에 다녔습니다. 아주 어수선한 곳이지요. 하지만 대단한 재능을 가진 아이입니다.” 소장이 계단을 내려가며 말했다. “연주회에 서고 싶어 해요.”

소장과 네흘류도프는 감옥으로 다가갔다. 소장이 가까이 가자 쪽문이 순식간에 열렸다. 간수들이 거수경례를 하고 눈으로 그를 좇았다. 머리를 반쯤 민 네 사람이 무언가가 든 커다란 나무통을 운반하다가 입구에서 그들과 마주쳤다. 소장을 보자 모두 움찔했다. 한 사람은 유난히 몸을 숙이고 검은 눈을 빛내면서 침울하게 눈을 찌푸렸다.

“물론 재능을 연마해야 합니다. 묻어 두면 안 돼요. 하지만 좁은 숙사에서는, 아시죠, 괴롭답니다.” 소장은 그 죄수들에게 전혀 관심을 두지 않은 채 대화를 이어 나갔고, 지친 걸음으로 다리를 끌면서 네흘류도프와 함께 집회실을 향했다.

“누구를 만나고 싶으십니까?” 소장이 물었다.

“보고두홉스카야입니다.”

“그 죄수는 탑에 있습니다. 조금 기다리셔야 합니다.” 그가 네흘류도프에게 말했다.

“그럼 잠시 멘쇼프 성을 가진 죄수들을 볼 순 없을까요? 방화죄로 기소된 어머니와 아들인데요.”

“21호실에 있습니다. 그들을 불러도 좋습니다.”

“멘쇼프를 그의 감방에서 만날 순 없을까요?”

“집회실이 더 조용할 텐데요.”

“아니요, 흥미가 있어서요.”

“이런 데서 흥미를 찾으시다니요.”

그때 옆문에서 세련된 장교인 부소장이 나왔다.

"공작님을 멘쇼프의 감방에 모셔다 드리게. 21호실이야. 그런 다음 사무실로 모셔 오도록." 소장이 부소장에게 말했다.

"제가 가서 불러오겠습니다. 그 여자 이름이 뭐지요?"

"베라 보고두홉스카야입니다." 네흘류도프가 말했다.

부소장은 콧수염을 염색한 금발의 젊은 장교로 주위에 오드콜로뉴의 꽃향기를 풍겼다.

"이쪽으로 오십시오." 그가 친절한 미소를 지으며 네흘류도프에게 말했다. "우리 시설에 관심이 있으신가요?"

"네, 무고하게 이곳에 왔다고 하는 이 사람에게도 관심이 있고요."

부소장이 어깨를 으쓱했다.

"네, 그런 일이 종종 있죠." 그는 침착하게 말하고는 악취가 풍기는 넓은 복도로 손님이 앞서가도록 정중히 권했다. "그런데 그들이 거짓말을 하는 경우도 종종 있습니다. 이쪽으로 오시지요."

감방들 문에는 자물쇠가 풀려 있었고, 몇몇 죄수들은 복도에 나와 있었다. 부소장은 간수들에게 겨우 눈에 띌 정도로 가볍게 고개를 끄덕이고 죄수들을 곁눈질했다. 죄수들은 벽에 바짝 기대거나 감방에서 어슬렁거리거나 두 팔을 바지 솔기를 따라 쭉 뻗은 채 군대식으로 감독자를 눈으로 좇으며 문가에 서 있었다. 부소장은 네흘류도프와 함께 어느 복도를 지나 쇠문으로 막힌 왼쪽의 다른 복도로 그를 이끌었다.

그 복도는 첫 번째 복도보다 더 어둡고 더 심한 악취가 났다. 복도의 양편에 자물쇠를 채운 문들이 있었다. 문에는 이른바 작은 눈동자라고 불리는 지름 0.5베르쇼크가량의 구멍들이 있었다. 복도에는 주름진 우울한 얼굴의 늙은 간수 외에 아무도 없었다.

"멘쇼프는 어느 방인가?" 부소장이 간수에게 물었다.

"왼쪽 여덟 번째입니다."

52

“들여다봐도 됩니까?” 네흘류도프가 물었다.

“되고말고요.” 부소장이 기분 좋은 미소를 지으며 말하고는 간수에게 무언가 묻기 시작했다. 네흘류도프는 작은 구멍들 중 하나를 엿보았다. 검은 턱수염을 짧게 기른 키가 큰 젊은 남자가 속옷 차림으로 감방 안을 빠르게 서성이고 있었다. 문가에서 바스락대는 소리가 들리자 그가 힐끗 쳐다보고는 얼굴을 찌푸리고 계속 걸었다.

네흘류도프는 다른 구멍을 엿보았다. 그의 눈이 구멍에서 내다보던 겁에 질린 다른 커다란 눈과 마주쳤다. 그는 황급히 물러났다. 또 다른 구멍을 들여다본 그는 키가 매우 작은 남자가 침상 위에서 머리까지 할라트를 뒤집어쓴 채 웅크리고 자는 것을 보았다. 네 번째 감방에는 얼굴이 넓적하고 창백한 남자가 고개를 푹 숙이고서 무릎에 팔꿈치를 괴고 앉아 있었다.

발소리를 들은 그 남자는 고개를 들고 눈길을 던졌다. 얼굴 전체에, 특히 커다란 눈동자에 절망과 슬픔의 표정이 어려 있었다. 누가 감방에 있는 자기를 지켜보는지 딱히 알고 싶지 않은 것 같았다. 누가 쳐다보든 어느 누구에게서도 선의를 전혀 기대하지 않는 듯했다. 네흘류도프는 두려움에 사로잡혔다. 그는 엿보기를 그만두고 멘쇼프가 있는 21호 감방으로 다가갔다. 간수가 자물쇠를 풀고 문을 열었다. 긴 목, 건장한 근골, 선해 보이는 둥근 눈, 짧은 턱수염을 지닌 젊은 남자가 침상 옆에 섰다가 겁에 질린 얼굴로 황급히 할라트를 걸치면서 감방 안으로 들어오는 사람들을 쳐다보았다. 특히 의문과 두려움에 차서 네흘류도프와 간수와 부소장을 빠르게 훑는 선량한 둥근 눈동자에 네흘류도프는 충격을 받았다.

"여기 계신 신사분이 네 사건에 대해 묻고 싶어 하신다."

"깊이 감사드립니다."

"네, 당신 사건에 대해 들었습니다." 네흘류도프는 감방 깊숙이 들어가 격자 창살이 달린 지저분한 창문 옆에 서며 말했다. "이제 당신한테서 직접 들었으면 합니다."

멘쇼프도 창가로 다가가 곧 이야기를 시작했다. 처음에는 부소장을 소심하게 힐끔거렸지만 나중에는 점점 더 대담해졌다. 부소장이 어떤 명령을 내리느라 감방에서 복도로 나가자 그는 아주 담대해졌다. 그 이야기는 말로 보나 태도로 보나 지극히 소박하고 건실한 농촌 젊은이의 이야기였다. 치욕스러운 옷을 입은 죄수의 입을 통해, 그것도 감옥에서 그 이야기를 듣는 것이 네흘류도프에게는 대단히 기이하게 느껴졌다.

네흘류도프는 귀를 기울이면서 짚 매트리스를 얹은 낮은 침상, 굵은 격자무늬 쇠창살이 달린 창, 더럽고 눅눅한 벽, 털신을 신고 할라트를 걸친 불행하고 볼품없는 농부의 불쌍한 얼굴과 몸을 둘러보았다. 그러자 점점 더 슬퍼졌다. 이 선량한 남자가 하는 이야기가 사실이라고 믿고 싶지 않았다. 사람들이 아무 까닭도 없이 단지 모욕을 주기 위해 한 인간을 붙잡아 죄수복을 입히고 이 비참한 장소에 집어넣는 짓을 할 수 있다고 생각하니 너무도 끔찍했다. 하지만 이토록 선량한 사람이 들려주는 이 진실한 이야기가 기만이고 허구일지도 모른다고 생각하면 훨씬 더 끔찍했다. 이야기는 이랬다. 결혼한 지 얼마 되지 않아 그는 술집 주인에게 아내를 빼앗겼다. 그는 온갖 곳을 찾아다니며 법의 심판을 호소했다. 어디에서나 술집 주인은 관리를 매수해 무죄를 인정받았다. 한번은 그가 아내를 강제로 데려왔는데 다음 날 달아나 버렸다. 그러자 그는 아내를 돌려 달라고 요구하러 갔다. 술집 주인은 그의 아내가 없다면서(그가 들어가다가 아내를 보았는데도) 그에게 돌아가라고 명령했다. 그는 떠나지 않았다. 술집 주인과 그 일꾼이 그를 피투성이가 되도록 두들겨 팼다. 그런데 다음 날 술집에 불이 났다. 그와 어머니는 고발을 당했다. 그는 불을 지르지 않았으며 당시 대부의 집에 있었다.

"정말로 불을 지르지 않았나?"

"생각도 해 보지 않았습니다, 나리. 틀림없이 그 악당이 자기 손으로 불을 지른 겁니다. 그가 막 보험에 들었다는 소문을 들었습니다. 그런데 사람들은 어머니와 제가 그를 찾아가 위협했다며 우리를 탓했습니다. 그날 제가 그자에게 욕을 한 것은 사실입니다. 제 심장이 더 이상 견딜 수 없었던 겁니다. 하지만 불을 지르진 않았어요. 화재가 났을 때 그곳에 있지도 않았습니다. 그자가 일부러 어머니와 제가 그곳에 다녀간 날에 맞춘 겁니다. 보험금을 타려고 직접 불을 지르고 우리 탓으로 돌리는 겁니다."

"정말인가?"

"정말입니다. 하느님 앞에 맹세합니다, 나리. 아버지가 되어 주십시오!" 그가 바닥에 엎드려 절을 하려고 했다. 네흘류도프는 간신히 그를 말렸다. "구해 주세요. 아무 잘못도 저지르지 않았는데 인생이 망가지고 있습니다." 그가 계속해서 말했다.

그런데 갑자기 뺨이 실룩거리나 싶더니 그가 울음을 터뜨렸다. 그는 할라트의 소매를 걷고 더러운 루바시카 소매로 눈을 닦았다.

"끝났습니까?" 부소장이 말했다.

"네. 그렇게 풀 죽어 있지 말아요. 최대한 노력해 봅시다." 네흘류도프는 이렇게 말하고 밖으로 나왔다. 멘쇼프는 문가에 섰다가 간수가 문을 닫을 때 문에 부딪쳤다. 간수가 문에 자물쇠를 채우는 동안 멘쇼프는 문구멍으로 내다보고 있었다.

53

밝은 노란색 할라트와 가랑이가 넓은 짧은 바지와 털신 차림으로 그를 강렬하게 쳐다보는 사람들 사이를 헤치고 넓은 복도(식사 시간이어서 감방 문이 열려 있었다.)를 지나 돌아오는 동안 네흘류도프는 기묘한 감정을 경험했다. 수감된 사람들에 대한 연민, 그들을 그곳에 가둬 놓고 지키는 사람들에 대한 공포와 의혹, 그리고 스스로에 대한, 자신이 그 광경을 태연히 지켜보고 있다는 사실에 대한 까닭 모를 부끄러움.

어느 복도에서 누군가가 털신을 철썩철썩 소리 나게 끌면서 감방 문으로 뛰어 들어갔다. 그곳에서 사람들이 나오더니 네흘류도프를 막아서며 머리를 조아렸다.

"나리,[73] 어떻게 불러야 할지 모르겠습니다만 어떤 식으로

73) 이 장면에서 '나리'라고 옮긴 vashe blagorodie라는 호칭은 농노가 자신의

든 우리에게 판결을 내리도록 지시해 주십시오."

"난 책임자가 아닙니다. 아무것도 몰라요."

"상관없습니다. 누구라도 좋으니 당국 사람에게 말씀해 주십시오." 분노에 찬 목소리가 말했다. "아무 죄도 없이 두 달째 고생을 하고 있습니다."

"어떻게? 왜요?" 네흘류도프가 물었다.

"이렇게 우리를 감옥에 가두었습니다. 두 달째 들어앉았는데 우리도 이유를 모릅니다."

"사실입니다. 우연히 그렇게 됐지요." 부소장이 말했다. "이들은 신분증명서가 없어서 붙잡혔습니다. 이 사람들을 자기네 현으로 보냈어야 하는데 그곳 감옥에 불이 났지 뭡니까. 그쪽 현청에서 이 사람들을 보내지 말아 달라고 전갈을 보냈습니다. 그래서 다른 현 사람들은 전부 보냈는데 이 사람들은 구금해 두는 겁니다."

"어떻게, 겨우 그런 이유로요?" 네흘류도프는 문가에 멈춰 서며 물었다.

죄수복을 입은 마흔 명가량의 사람들이 무리를 지어 네흘류도프와 부소장을 에워쌌다. 몇몇 목소리들이 한꺼번에 말

소유주인 지주 귀족에게 붙이는 호칭인 barin과 다르다. vashe blagorodie는 14등급제 중 9등관 이하의 문관과 무관, 혹은 군대의 이등 대위에게 붙이는 호칭이다. 러시아 문학에서 9등 문관은 대개 관청에서 문서를 정서하는 서기 같은 하급 공무원으로 등장한다. 네흘류도프는 공작이므로 공작과 백작에 대한 존칭인 vashe siyatel′stbo를 붙여야 한다. 죄수들이 vashe blagorodie라고 부르는 것은 그의 신분을 짐작도 못 하거나 그런 신분을 만날 기회가 없어 호칭을 잘 모른다는 것을 암시한다.

하기 시작했다. 부소장이 그들을 제지했다.

"누구든 한 사람만 말하시오."

쉰 살가량의 키가 크고 점잖아 보이는 농민이 나섰다. 그는 자신들 모두 신분증명서가 없다는 이유로 감옥에 갇혔다고 네흘류도프에게 설명했다. 하지만 그들에게는 신분증명서가 있었다. 다만 두 주 정도 기한을 넘겼을 뿐이다. 신분증명서가 그처럼 기한을 넘기는 일은 해마다 있었고, 지금껏 어떤 처벌도 받지 않았다. 그런데 올해는 체포되어 죄수들처럼 이곳에 두 달째 갇혀 있는 것이다.

"우리는 모두 석공이고 같은 조합에 속해 있습니다. 현립 감옥이 불에 탔다고 합니다. 그렇다고 우리 잘못은 아니지 않습니까. 하느님의 자비를 베풀어 주십시오."

네흘류도프는 점잖아 보이는 노인의 말을 들으면서도 거의 알아듣지 못했다. 점잖은 석공의 볼수염 사이를 기어 다니는 다리가 많은 큼직한 암회색 이에 정신이 팔렸기 때문이다.

"어떻게 그럴 수가? 정말 고작 그런 이유 때문입니까?" 네흘류도프가 부소장을 돌아보며 말했다.

"네, 당국의 실책입니다. 이 사람들을 주소지로 돌려보내서 정착하게 했어야 해요." 부소장이 말했다.

부소장이 말을 마치자마자 무리에서 역시 죄수복을 입은 자그마한 사내가 나오더니 이상야릇하게 입을 비죽거리며 자신들이 이곳에서 아무 이유도 없이 괴로움을 겪고 있다고 말했다.

"개보다 못한……." 그가 입을 열었다.

"자, 자, 쓸데없는 말은 그만하고 입 다물어. 그러지 않으면 알지……."

"뭘 알아야 하는데요." 체구가 작은 남자가 절망적으로 말했다. "우리가 무슨 죄를 졌습니까?"

"조용히 해!" 부소장이 소리치자 자그마한 남자가 입을 다물었다.

'이게 도대체 뭐지?' 네흘류도프는 문에서 내다보는 죄수들과 복도에서 마주친 죄수들의 수백 개 눈동자에 내몰리듯 감방들을 벗어나며 속으로 중얼거렸다.

"정말로 이처럼 확실히 죄가 없는 사람들을 구금해 둔 겁니까?" 복도를 벗어나자 네흘류도프가 말했다.

"어쩌란 말입니까? 저들 중에는 거짓말을 하는 이도 많습니다. 저들의 말을 들어 보면 전부 죄가 없다니까요." 부소장이 말했다.

"하지만 저 사람들은 정말 아무 죄도 없잖습니까."

"저들은 그렇다고 칩시다. 하지만 아주 몹쓸 사람들입니다. 엄중하게 대하지 않을 수 없어요. 경계해야 할 파렴치한 부류도 있습니다. 어제도 두 명을 벌해야 했습니다."

"벌하다니요, 어떻게요?" 네흘류도프가 물었다.

"명령에 따라 채찍질을 했지요……."

"하지만 태형은 폐지됐잖아요."

"권리를 박탈당한 자들에게는 그렇지 않습니다. 그런 자들에게는 이런 게 필요합니다."

네흘류도프는 어제 현관방에서 기다리며 보았던 모든 것을 떠올렸고, 자기가 기다리는 동안에 처벌이 있었음을 깨달았다. 그러자 호기심, 슬픔, 의혹, 그리고 육체로 전이되다시피 한 정신적인 욕지기가 한데 뒤섞여 아주 강렬하게 그를 덮쳤다. 예전에도 그런 적은 있지만 이토록 맹렬한 힘으로 그를 사로잡지는 않았다.

부소장의 말에 귀를 기울이지 않고 주위에 눈길도 주지 않은 채 그는 황급히 복도를 빠져나와 사무실을 향했다. 소장이 사무실에 있었다. 그런데 다른 업무에 몰두한 나머지 보고두홉스카야를 불러오기로 한 것을 잊고 있었다. 그는 네흘류도프가 들어섰을 때에야 그녀를 불러오겠다고 약속한 것을 떠올렸다.

“당장 데려오도록 사람을 보내지요. 잠시 앉아 계십시오.” 그가 말했다.

54

사무실은 두 개의 방으로 이루어져 있었다. 벽 앞으로 튀어나온 커다랗고 칠이 벗어진 페치카와 두 개의 더러운 창문이 있는 첫 번째 방 한구석에 죄수들의 키를 재기 위한 검은색 측정기가 놓였고, 다른 쪽에는 커다란 그리스도 이콘 — 그리스도의 가르침을 조롱이라도 하듯 모든 고문 장소에 흔히 비치되는 — 이 걸렸다. 이 첫 번째 방에는 간수들이 몇 명 서 있었다. 다른 방에서는 벽을 따라 스무 명가량의 남녀가 따로 무리를 짓거나 짝을 이루어 앉아 크지 않은 목소리로 이야기를 나누었다. 창가에는 책상이 놓여 있었다.

소장이 책상 앞에 앉아 네흘류도프에게 그곳에 놓인 등받이 없는 의자를 권했다. 네흘류도프는 앉아서 방에 있는 사람들을 살펴보았다.

가장 먼저 관심을 끈 사람은 짧은 재킷 차림의 인상 좋은 청년이었다. 이미 젊은 나이를 넘긴 검은 눈썹의 여자 앞에 서서 손짓을 해 가며 무언가 열심히 이야기하고 있었다. 그 옆에는 파란색 안경을 쓴 노인이 앉아 죄수복 차림으로 무언가 이야기하는 젊은 여자의 손을 잡고서 가만히 귀를 기울였다. 실업학교 학생인 소년은 겁에 질린 표정으로 노인을 뚫어지게 쳐다보았다. 그들과 멀지 않은 한쪽 구석에는 사랑에 빠진 한 쌍의 연인이 앉아 있었다. 짧은 아마색 머리칼에 생기 넘치는 표정을 지닌 사랑스럽고 앳된 아가씨는 유행하는 옷을 입고 있었다. 섬세한 얼굴 윤곽과 곱슬머리를 지닌 잘생긴 청년은 고무 재질의 상의를 입었다. 두 사람은 구석에 앉아 서로 소곤소곤 이야기했다. 사랑에 넋이 나간 사람들 같았다. 책상에 가장 가까이 앉은 사람은 검은 옷을 입은 머리가 희끗한 여자였는데 어머니로 보였다. 그녀는 눈을 크게 뜨고서 똑같은 재킷을 입은 폐병 환자 같은 청년을 쳐다보며 무언가 말하려 했지만 눈물이 쏟아져 말을 꺼내지 못했다. 그러고는 입을 열었다 다시 다물기를 되풀이할 뿐이었다. 청년은 두 손으로 종잇조각을 쥔 채 어떻게 해야 할지 모르겠다는 듯 성난 표정으로 계속 그것을 구겼다 폈다 했다. 그들 옆에는 눈동자가 매우 도드라져 보이고 뺨이 발그레한 통통하고 아름다운 아가씨가 회색 옷에 망토를 걸친 차림으로 앉아 있었다. 그녀는 우는 어머니 옆에 앉아 부드럽게 어깨를 어루만졌다. 커다랗고 하얀 손이며 짧게 깎은 곱슬머리며 반듯한 코와 입매며 그 아가씨의 모든 것이 아름다웠다. 그렇지만 그 얼굴에서 가장 매력적인 부분은 양처럼 선하고 진실해 보이는 갈색 눈동자였다. 네흘류도프가 들어서자 아름다운 눈동자가 어머니의 얼굴에서 떨어져 그의 시선과 마주쳤다. 하지만 곧 고개를 돌려 어머니에게 무언가 말하기 시작했다. 사랑에 빠진 연인과 멀지 않은 곳에 검은 머리털이 덥수룩하게 자란 침울한 표정의 남자가 스콥치처럼 생긴 수염이 없는 면회자에게 화를 내며 무언가 말하고 있었다. 네흘류도프는 소장 옆에 나란히 앉아 호기심이 가득한 눈으로 주위를 둘러보았다. 머리를 짧게 깎은 어린 소년이 다가와 가늘고 높은 목소리로 질문을 던지며 그의 주의를 돌렸다.

"누굴 기다리세요?"

네흘류도프는 질문에 깜짝 놀랐다. 하지만 소년에게 시선을 돌린 그는 영리해 보이는 진지한 얼굴과 조심스러우면서도 생기 있는 눈을 보고 아는 여자를 기다리는 중이라며 진지하게 대답했다.

"누군데요? 누이예요?" 소년이 물었다.

"아니, 누이는 아니란다." 네흘류도프가 놀라서 대답했다. "너는 여기에 누구랑 왔니?" 그가 소년에게 물었다.

"엄마요. 엄마는 정치범이에요." 소년이 자랑스레 말했다.

"마리야 파블로브나, 콜랴를 데려가요." 소장이 말했다. 아마도 네흘류도프와 소년의 대화가 규칙에 위배된다고 생각하는 모양이었다.

마리야 파블로브나가, 다름 아닌 네흘류도프의 주의를 끈 양 같은 눈을 가진 그 아름다운 아가씨가 큰 키로 몸을 쭉 펴고 일어나 남자 못지않게 보폭이 넓고 힘찬 걸음으로 네흘류도프와 소년한테 다가왔다.

"이 아이가 뭘 물었죠? 당신은 누군가요?" 그녀가 옅은 미소를 지으면서 신뢰하는 듯한 눈길로 그의 눈을 쳐다보며 물었다. 예전에도 그랬고 지금도 마찬가지지만 앞으로도 모든 사람과 솔직하고 다정하고 형제같이 지내리라는 점에 대해 어떤 의심도 있을 수 없다는 듯 아주 소탈한 태도였다. "이 아인 모든 걸 알아야 하는 애예요." 그녀는 이렇게 말하고 소년의 얼굴을 향해 활짝 미소를 지었다. 어찌나 선하고 사랑스러운 미소인지 소년도 네흘류도프도 무심결에 빙그레 웃었다.

"네, 나에게 묻더군요, 누구를 찾아왔는지 말입니다."

"마리야 파블로브나, 관계없는 사람과 이야기하면 안 됩니다. 당신도 알잖아요." 소장이 말했다.

"네, 네." 그녀는 대답한 후 커다란 흰 손으로 그녀에게서 눈을 떼지 않는 콜랴의 자그마한 손을 잡고는 폐병 환자의 어머니에게로 돌아갔다.

"누구의 아이입니까?" 네흘류도프가 소장에게 물었다.

"정치범들 중 한 명의 아이죠. 저 애는 감옥에서 태어났습니다." 소장은 자기 시설의 진기한 물건을 보여 주기라도 하듯 다소 흡족해하며 말했다.

"정말입니까?"

"네, 이제 곧 어머니와 함께 시베리아로 떠난답니다."

"그럼 저 아가씨는?"

"대답해 줄 수 없습니다." 소장이 어깨를 으쓱하며 말했다. "저기 보고두홉스카야가 옵니다."

55

작고 마른 몸, 짧게 깎은 머리, 누렇게 뜬 얼굴, 선해 보이는 커다란 눈동자를 지닌 베라 예프레모브나가 뒷문에서 불안한 걸음으로 들어왔다.

"저, 와 주셔서 감사합니다." 그녀가 네흘류도프의 손을 잡으며 말했다. "절 기억하세요? 앉으시죠."

"이런 식으로 당신을 만나리라고는 생각도 못 했습니다."

"아, 정말 좋아요, 너무 좋아서, 너무 좋아서 이보다 더 나은 건 바랄 수도 없겠어요." 베라 예프레모브나가 언제나처럼 두려움이 담긴 선해 보이는 크고 둥근 눈을 네흘류도프에게 향한 채 초라하고 구겨진 더러운 옷깃 밖으로 나온, 힘줄이 불거진 가늘디가는 목을 뒤틀면서 말했다.

네흘류도프는 어떻게 이런 처지에 놓이게 됐는지 물었다. 그 물음에 답하면서 그녀는 아주 활기차게 자신의 사정을 이야기했다. 그녀의 말에는 프로파간다, 디스오거니제이션, 그룹, 섹션, 하부 섹션[74] 등 외국어들이 뒤섞여 있었다. 그녀는 분명 모두가 안다고 굳게 확신하는 것 같았지만 그는 한 번도 들어 본 적 없는 용어들이었다.

그녀는 그가 인민의지당[75]의 온갖 비밀을 아는 데 대단한 흥미와 즐거움을 느낀다고 굳게 믿는 듯했다. 네흘류도프는 그 가련한 목덜미와 헝클어진 성긴 머리칼을 바라보면서 그녀가 왜 이 모든 것을 하고 또 이야기하는지 이상하게 여겼다. 딱하다고 생각했지만, 아무 죄 없이 악취 나는 감옥에 갇힌 농부 멘쇼프를 불쌍하다고 느낄 때와 전혀 다른 감정이었다. 딱했던 것은 무엇보다 그녀의 머릿속에 든 명백한 혼란 때문이었다. 그녀는 스스로에 대해 과업의 성공을 위해서라면 목숨이라도 기꺼이 바칠 수 있는 영웅으로 생각하는 게 분명했다. 하지만 그 과업이 무엇이고 그 성공이 어떤 것인지를 설명할 수는 없었을 것이다.

베라 예프레모브나는 네흘류도프에게 이런 상황을 알리고 싶어 했다. 그녀의 말에 따르면 슈스토바라는 동료가 그들의

---

74) 프로파간다(propaganda)는 '선전'을, 디스오거니제이션(disorganization)은 '조직 와해'를, 섹션(section)은 '분파'를 뜻하는 영어다. 베라 예프레모브나가 이 영어를 차용한 러시아 외래어를 사용했기 때문에 뜻을 옮기기보다 이질적인 느낌을 강조하고자 영어 발음을 재현했다.

75) '인민주의자'로 불리는 나로드니키(19세기 서구 자본주의의 병폐를 비판하고 농촌 중심의 사회주의 사상을 주장한 혁명가들이다.)의 한 갈래다. 1879년 '토지와 의지' 파가 분열된 후 결성됐다. 전제 타도와 민주 공화국 수립을 목적으로 했고, 학생들과 젊은 지식인들 사이에서 지지를 얻었다.

하부 그룹 조직원도 아닌데 단지 부탁으로 맡아 둔 책과 문건들이 그 집에서 발견됐다는 이유만으로 다섯 달 전 그녀와 함께 체포되어 페트로파블롭스크 요새[76]에 수감됐다. 베라 예프레모브나는 슈스토바가 구금된 데는 자기도 어느 정도 책임이 있다고 생각해 연줄을 가진 네흘류도프에게 그녀의 석방을 위해서 가능한 모든 일을 해 달라고 간청했다. 보고두홉스카야가 부탁한 또 다른 일은 페트로파블롭스크 요새에 수감된 구르케비치를 위해 부모님과 면회하고 그의 학문 연구에 필요한 학술 서적을 받아 볼 수 있도록 서둘러 허가를 얻어 달라는 것이었다.

네흘류도프는 페테르부르크에 가게 되면 힘닿는 한 노력하겠다고 약속했다.

베라 예프레모브나는 자신의 사정을 들려주었다. 그녀는 조산원 전문학교를 마친 후 인민의지당 사람들을 만나 함께 일하게 됐다. 처음에는 모든 것이 순조로웠다. 그들은 선전문을 작성하고 공장에서 선전 활동을 했다. 그러다 주요 인물이 한 명 체포되고 문건들이 압수되고 조직원들이 전부 잡혀가기 시작했다.

"저도 체포됐고 이제 곧 유형을 떠나요……." 그녀가 자기 이야기를 끝냈다. "하지만 그런 건 괜찮아요. 가슴이 뿌듯해요. 올림푸스산의 신이 된 것 같은 기분이에요." 그녀는 이렇

---

76) 페테르부르크에 있는 요새를 개조해 주로 정치범들을 수감하는 데 사용하던 시설이며 전제 정치의 가혹함을 상징하는 곳이었다.

게 말하고 서글픈 미소를 지었다.

네흘류도프는 양 같은 눈을 지닌 아가씨에 대해 물었다. 베라 예프레모브나는 그녀가 장군의 딸이고, 이미 오래전부터 혁명 당원으로 활동했다고 말했다. 감옥에 들어오게 된 것은 헌병에게 총을 쏜 죄를 스스로 떠안았기 때문이라고 했다. 그녀는 인쇄기가 있는 모의 장소에서 지냈다. 밤에 경찰들이 가택 수사를 하러 들이닥치자 그곳에 거주하던 사람들은 자신들을 지키기 위해 불을 끈 후 증거물을 없애기 시작했다. 경찰들이 돌입하자 모의를 한 사람들 가운데 한 명이 총을 쏴 헌병에게 치명상을 입혔다. 누가 쏘았는지 신문이 시작되었을 때 그녀는 한 번도 리볼버를 손에 쥐어 본 적 없고 거미도 죽이지 못하면서 자기가 했다고 말했다. 그리고 사건은 그렇게 정리됐다. 그런데 이제 곧 그녀가 징역살이를 하러 떠난다.

"이타적이고 좋은 사람이에요……." 베라 예프레모브나가 호감을 나타내며 말했다.

베라 예프레모브나가 말하려고 한 세 번째 문제는 마슬로바에 관한 것이었다. 감옥에서는 무슨 일이든 다 알려지기 마련이어서 그녀도 마슬로바의 사연과 네흘류도프와의 관계를 알았다. 그녀는 마슬로바를 정치범 구역으로 옮기든가, 적어도 요즘 유난히 환자가 많아 일손이 필요한 병원에 간호조무사로 옮길 수 있도록 힘써 보라고 조언했다. 네흘류도프는 그녀의 조언에 감사하며 그래 보도록 노력하겠다고 말했다.

56

그들의 대화는 소장 때문에 중단됐다. 소장이 일어나 면회 시간이 끝났으며 헤어져야 할 시간이라고 알렸다. 네흘류도프는 일어나서 베라 예프레모브나와 작별 인사를 나눈 후 문 쪽으로 갔다가 눈앞에서 일어나는 광경을 살피기 위해 멈춰 섰다.

"여러분, 시간이 됐습니다, 시간이 됐어요." 소장이 일어났다 앉았다 하며 말했다.

소장의 요청은 방에 있던 죄수와 면회자들의 마음속에 특별한 활기만 불러일으켰을 뿐 아무도 헤어질 생각을 하지 않았다. 어떤 사람들은 일어선 채로 이야기했다. 어떤 사람들은 계속 앉아서 이야기를 이어 갔다. 어떤 사람들은 작별 인사를 하며 울음을 터뜨렸다. 폐병을 앓는 아들과 어머니의 모습은 특히 감동적이었다. 청년은 종잇조각을 계속 만지작거렸고, 그의 얼굴이 점점 무섭게 변했다. 어머니의 감정에 전염되지 않기 위해 안간힘을 썼다. 어머니는 작별할 시간이라는 말을 듣고 그의 어깨에 기대어 코를 훌쩍이며 흐느꼈다. 양 같은 눈을 지닌 아가씨 — 네흘류도프는 무심결에 그녀를 눈으로 좇고 있었다 — 는 흐느끼는 어머니 앞에 서서 무언가 위로의 말을 건넸다. 젊은 연인들은 일어나서 손을 마주 잡고는 말없이 서로의 눈을 바라보았다.

"저 사람들만 즐거워하는군요." 짧은 재킷을 입은 청년이 네흘류도프의 옆에 서서 그와 마찬가지로 작별하는 사람들을 지켜보다가 사랑에 빠진 한 쌍을 가리키며 말했다.

자신들을 향한 네흘류도프와 청년의 시선을 느낀 연인 — 고무 재질의 상의를 입은 청년과 사랑스럽게 생긴 금발 아가씨 — 은 맞잡은 손을 쭉 뻗고 몸을 뒤로 젖혀 소리 내어 웃으면서 빙빙 돌기 시작했다.

"저 사람들은 오늘 저녁 여기 감옥에서 결혼합니다. 여자도 남자와 함께 시베리아로 떠나지요." 청년이 말했다.

"남자는 어떤 사람입니까?"

"징역수입니다. 저 사람들이라도 즐겁겠군요. 그렇지 않으면 이 소리를 듣는 것이 너무 괴로울 겁니다." 재킷을 입은 청년이 폐병 환자의 어머니가 흐느끼는 소리에 귀를 기울이며 덧붙였다.

"여러분! 제발 부탁합니다! 엄한 조치를 취하게 만들지 마십시오." 소장이 똑같은 말을 여러 차례 되풀이했다. "제발, 네, 제발 부탁합니다!" 그는 힘없이 주저하며 말했다. "이게 뭡니까? 면회 시간은 벌써 한참 전에 끝났습니다. 이런 식이면 곤란합니다. 마지막으로 말합니다." 그가 메릴랜드산 담배에 불을 붙였다 껐다 하며 우울하게 똑같은 말을 되풀이했다.

사람들이 책임을 느끼지 않고 타인에게 나쁜 짓을 할 수 있도록 하는 구실들은 대단히 교묘하고 뿌리 깊고 관습적이다. 그렇다 해도 소장은 분명 자신이 이 방에 나타난 슬픔에 대해서 책임을 져야 할 사람들 가운데 한 명이라고 자각할 수밖에 없었을 것이다. 그래서인지 몹시 괴로워 보였다.

마침내 죄수들과 면회자들이 흩어지기 시작했다. 한 무리는 안쪽 문으로, 다른 무리는 바깥쪽 문으로. 남자들, 즉 고무 재질의 상의를 입은 남자, 폐병을 앓는 남자, 검은 더벅머리 남자가 문을 지나갔다. 마리야 파블로브나와 감옥에서 태어난 소년도 가 버렸다.

면회자들도 나가기 시작했다. 파란색 안경을 쓴 노인이 무거운 걸음으로 자리를 떴고, 네흘류도프가 그 뒤를 따랐다.

"그렇습니다, 놀라운 제도예요." 네흘류도프와 함께 계단을 내려가던 수다스러운 청년이 마치 중단된 대화를 계속 이어가기라도 하듯 말을 꺼냈다. "다행히 소장은 선량한 사람이라서 규칙에 집착하지 않아요. 전부 털어놓으면 속이 시원해지잖아요."

"다른 감옥에는 이런 면회가 없습니까?"

"그럼요! 이런 건 어디에도 없어요. 한 사람씩 하도록, 그것도 쇠창살을 사이에 두고 하도록 되어 있겠죠."

네흘류도프가 메딘체프 — 수다스러운 청년은 자신을 그

렇게 소개했다 — 와 함께 현관방으로 가자 소장이 지친 표정으로 다가왔다.

"마슬로바를 만나고 싶으시다면 내일 와 주십시오." 그가 말했다. 네흘류도프를 친절히 대하고 싶어 하는 게 분명했다.

"좋습니다." 네흘류도프는 대답하고 서둘러 떠났다.

멘쇼프가 아무 죄 없이 겪는 고통은 분명 끔찍한 것이리라. 하지만 그 고통은 육체적인 것이라기보다 자신을 이유 없이 괴롭히는 사람들의 잔혹함을 보면서 느꼈을 선과 하느님에 대한 의심이나 의혹이었을 것이다. 서류가 제대로 작성되지 않았다는 이유로 아무 죄도 없는 그 수백 명의 사람들이 받은 모욕과 고통은 끔찍했다. 형제들을 괴롭히는 일에 종사하면서 자신들이 훌륭하고 중요한 일을 한다고 확신하는 그 어리석은 간수들도 끔찍했다. 하지만 무엇보다 끔찍하게 보인 것은 그와 그 자녀들이나 조금도 다를 바 없는 어머니와 아들을, 아버지와 딸을 갈라 놓아야 하는 그 노쇠하고 선량한 소장이었다.

'이건 다 무엇을 위해서일까?' 네흘류도프는 감옥에 있을 때마다 늘 겪는, 육체적인 수준으로 전이되다시피 하는 정신적인 메스꺼움을 이 순간 극도로 심하게 느끼며 물었지만 답을 언을 수 없었다.

57

다음 날 네흘류도프는 변호사를 찾아가 멘쇼프 모자의 사건을 전하고 변호를 맡아 달라고 부탁했다. 변호사는 다 듣고 나서 사건을 조사해 보겠다고, 그럴 확률이 아주 높은데 만약 네흘류도프가 말한 대로라면 보수 없이 변호를 맡겠노라고 했다. 네흘류도프는 말이 나온 김에 착오로 수감된 130명에 대해서도 들려주고 이들의 석방이 누구에게 달렸는지, 이 일이 누구의 잘못인지 물었다. 변호사는 정확한 답변을 하고 싶은 듯 잠시 침묵했다.

“누구의 잘못이냐고요? 아무의 잘못도 아닙니다.” 그가 단호하게 말했다. “검사에게 말해 보세요. 검사는 현지사의 잘못이라고 말할 겁니다. 현지사에게 말하면 검사의 잘못이라고 할걸요. 잘못한 사람은 아무도 없는 거죠.”

“당장 마슬렌니코프에게 가서 말하겠습니다.”

"글쎄요, 그래 봤자 소용없을 겁니다." 변호사가 빙긋 웃으며 반박했다. "그 작자는, 혹시 그 사람이 친척이나 친구는 아니겠죠, 그 작자는, 점잖치 못한 말을 해서 죄송합니다만, 멍청이에 교활한 놈입니다."

네흘류도프는 마슬렌니코프가 변호사에 대해 한 말을 떠올리며 아무 대꾸도 하지 않고 작별 인사를 건넨 후 마슬렌니코프를 찾아갔다.

네흘류도프는 마슬렌니코프에게 두 가지 사안에 대해 부탁해야 했다. 마슬로바를 병원으로 옮기는 문제와 신분증명서가 없다는 이유로 아무 죄도 없이 감옥에 갇힌 130명에 대해서였다. 존경하지 않는 사람에게 부탁을 하는 것이 아무리 괴로운 일이라 해도 그것이 목적을 이루기 위한 유일한 방법인 이상 감당하는 수밖에 없었다.

마슬렌니코프의 집 근처에 이르렀을 때 네흘류도프는 현관 계단에서 2인승 무개 마차, 콜랴스카,[77] 카레타[78] 등 몇 대의 승용 마차를 발견했다. 마침 오늘이 마슬렌니코프의 아내가 손님을 맞이하는 날이라는 사실이 생각났다. 마슬렌니코프는

---

77) 접이식 덮개가 달린 4인용 승용 마차다. 승객이 서로 마주 앉도록 좌석이 배치되어 있다. 대체로 두 마리의 말이 차체를 끌고, 바퀴는 네 개이며, 스프링이 있어 승차감이 좋다. 주로 귀족 남성들이 사용했다.

78) 상자 모양의 차체에 유리창을 댄 승용 마차다. 1~2인용부터 4인용 이상까지 크기가 다양하며 바퀴가 네 개다. 차체의 크기에 따라 두 마리 내지 네 마리의 말이 마차를 끈다. 스프링이 장착되어 승차감이 좋다. 앞에는 마부대가, 뒤에는 시종석이 딸렸다. 가장 화려하고 귀족적인 승용 마차로 대중 앞에 노출을 꺼리는 최고 상류층이나 귀족 여성들이 주로 사용했다.

네흘류도프에게 이날 자기 집에 와 달라고 청했었다. 네흘류도프가 저택에 거의 다다랐을 때 마차 승강장에 카레타 한 대가 서 있었다. 현관 계단의 턱에서 모표 달린 모자에 망토를 걸친 하인이 마차에 오르는 귀부인을 돕고 있었다. 귀부인이 긴 치맛자락을 잡아 올리면서 단화와 검은 스타킹에 감싸인 가느다란 발목을 드러냈다. 네흘류도프는 이미 세워져 있는 승용 마차들 틈에서 코르차긴가의 덮개가 닫힌 란도[79]를 알아보았다. 머리가 희끗하고 혈색이 좋은 마부가 특히 잘 아는 나리인 네흘류도프를 향해 공손하고 다정하게 모자를 벗으며 인사했다. 네흘류도프가 수위에게 미하일 이바노비치(마슬렌니코프)가 어디에 있느냐고 미처 묻기도 전에 그가 양탄자를 깐 계단에 나타나 매우 중요한 손님을 배웅했다. 그가 층계참이 아니라 맨 아래까지 배웅하는 그런 손님이었다. 매우 중요한 군인 손님은 계단을 내려가면서 도시에 설립될 고아원들을 위한 알레그리[80]에 대해 프랑스어로 말하며 그것이 귀부인들에게 좋은 소일거리가 될 거라는 견해를 밝혔다. "부인들이 즐거워하면 돈도 모일 겁니다."

"즐거워하게 내버려 두세요. 하느님도 저들을 축복하실 겁니다……. 아, 네흘류도프, 안녕하십니까! 왜 오랫동안 모습을 보이지 않았습니까?" 그가 네흘류도프에게 인사를 건넸다.

---

79) 앞뒤 접이식 덮개를 따로 열고 닫을 수 있는 사륜마차다.

80) 구매 후 바로 결과를 확인할 수 있는 복권이다. '알레그리'라는 명칭은 당첨에서 떨어진 복권 종이에 이탈리아어로 'allegri', 즉 '즐거워하라'라는 문구가 있었던 데서 유래했다.

"안주인에게 경의를 표하러 가시죠. 코르차긴가 사람들도 있습니다. 나딘 북스회브덴도 있어요. 도시의 미인들이 전부 있더군요." 그는 금몰을 단 자신의 멋진 하인이 건네는 외투에 군인다운 어깨를 밀어 넣고 살짝 치켜올리며 말했다. "다음에 봅시다, 친구." 그는 다시 한번 마슬렌니코프의 손을 잡았다.

"자, 위층으로 가지. 정말 반갑군!" 마슬렌니코프는 네흘류도프의 손을 잡으며 흥분한 어조로 말하고는 비대한 몸집이 무색하게 재빨리 그를 2층으로 이끌었다.

마슬렌니코프는 유난히 즐거운 흥분에 잠겨 있었다. 중요한 인물이 그에게 보여 준 관심 때문이었다. 차르 가문과 가까운 근위 연대에서 복무했으니 마슬렌니코프도 차르 가문과 교제하는 것에 익숙해질 때도 됐지만 교제가 거듭될수록 그저 더 졸렬해진 듯 보였다. 그리고 그런 온갖 관심은 주인이 사람을 잘 따르는 개를 어루만지고 토닥거리고 귀를 긁어 준 후에 그 개가 빠져드는 것과 똑같은 황홀경으로 마슬렌니코프를 이끌었다. 개는 꼬리를 흔들고 몸을 오그리고 비비 틀고 귀를 바짝 눕히고 미친 듯이 원을 그리며 질주한다. 마슬렌니코프는 언제라도 똑같이 할 수 있었다. 그는 네흘류도프의 진지한 표정을 눈치채지 못한 채 그의 말에 귀를 기울이지도 않고 도저히 뿌리치지 못할 만큼 끈질기게 그를 응접실로 잡아끌었다. 그래서 네흘류도프는 그와 함께 갔다.

"용무는 나중에. 자네가 명령하는 거라면 뭐든 하지." 마슬렌니코프가 네흘류도프와 함께 홀을 지나며 말했다. "총독 부인에게 네흘류도프 공작이 왔다고 보고해요." 그가 걸어가면서 하인에게 말했다. 하인은 보조를 맞추며 천천히 두 사람을 지나친 후 앞서갔다. "자네는 명령을 내리기만 하면 돼. 하지만 꼭 아내를 만나 줘. 지난번에 자네를 데려오지 않았다고 내가 얼마나 잔소리를 들었는지 몰라."

두 사람이 응접실에 들어섰을 때는 하인이 이미 보고를 마친 뒤였다. 스스로를 총독 부인이라고 칭하는 부지사 부인 안나 이그나치예브나가 소파 옆에서 그녀를 에워싸고 있는 모자와 머리들 사이로 네흘류도프를 향해 환한 미소를 지으며 고개를 끄덕였다. 응접실의 맞은편 끝에 놓인 다탁 옆에 귀족 부인들이 앉고 문관과 무관들이 서 있었다. 그칠 새 없이 수런대는 남녀의 목소리들이 들려왔다.

"드디어 보네요! 정말이지 왜 우리를 보러 오지 않는 거예요? 우리 때문에 기분 상하는 일이라도 있었어요?"

한 번도 그런 적이 없는데도 네흘류도프와 친밀한 관계로 여겨질 만한 말로 안나 이그나치예브나가 응접실에 들어오는 사람을 맞이했다.

"서로 아는 사이던가요? 아는 사이예요? 이분은 마담 벨랍스카야, 이분은 미하일 이바노비치 체르노프예요. 좀 더 가까이 앉아요."

"미시, 우리 탁자로 와요. 차를 이쪽으로 가져오게 할 테니……. 그리고 당신은……." 그녀는 미시와 이야기를 나누던 장교를 돌아보았다. 이름을 잊은 게 분명했다. "이쪽으로 와요. 공작, 차를 들겠어요?"

"절대로, 절대로 동의할 수 없어요. 그녀는 전혀 사랑하지 않은 거예요." 여자 목소리가 말했다.

"피로그를 좋아한 거죠."

"늘 황당한 농담만 하는군요." 높다란 모자를 쓴 다른 귀부인이 실크와 금과 보석을 반짝이면서 소리 내어 웃으며 끼어들었다.

"훌륭하네요. 이 와플 말이에요. 산뜻해요. 여기 좀 더 갖다 줘요."

"어때요, 곧 떠나나요?"

"네, 오늘이 마지막 날입니다. 우리가 여기 온 것도 그 때문입니다."

"정말 아름다운 봄이에요. 지금 시골은 아주 멋지죠!"

모자에 가느다란 허리를 구김 하나 없이 감싼 검은 줄무늬 드레스 차림의 미시는 무척 아름다웠다. 마치 그 옷을 입고 태어난 것 같았다. 네흘류도프를 보자 그녀의 얼굴이 붉어졌다.

"이미 떠난 줄 알았어요." 그녀가 그에게 말했다.

"거의 떠날 뻔했죠." 네흘류도프가 말했다. "일 때문에 연기했습니다. 여기에도 용무 때문에 온 겁니다."

"엄마에게 들러 줘요. 당신을 무척 보고 싶어 하세요." 그녀가 말했다. 자신이 거짓말을 했고 그도 이것을 안다고 느끼자 얼굴이 한층 더 붉어졌다.

"아무래도 짬이 나지 않을 것 같습니다." 네흘류도프는 그녀의 얼굴이 붉어진 것을 눈치채지 못한 척하려고 애쓰며 침울하게 대답했다.

미시는 화난 표정으로 얼굴을 찡그리고는 어깨를 으쓱하고

서 우아한 장교를 돌아보았다. 그가 그녀의 손에서 빈 찻잔을 받아 들더니 군도를 안락의자에 부딪치며 늠름하게 다른 탁자로 가져갔다.

"당신도 고아원을 위해 기부를 해야 해요."

"물론 거절하지 않겠습니다. 다만 알레그리를 할 때까지는 나의 후한 인심을 아껴 두고 싶군요. 그 자리에서 온 힘을 다해 나라는 인간을 보여 드리죠."

"네, 확실히 해 주십시오!" 몹시 부자연스럽게 웃는 목소리가 들렸다.

손님맞이의 날은 아주 순조로웠다. 그래서 안나 이그나치예브나는 벅찬 기쁨을 느꼈다.

"미카의 말로는 당신이 감옥에 관심을 갖고 있다더군요. 난 충분히 이해해요." 그녀가 네흘류도프에게 말했다. "미카(그녀의 뚱뚱한 남편 마슬렌니코프를 가리켰다.)에게 다른 결점이 있을 수도 있어요. 하지만 그이가 얼마나 착한지 당신도 알잖아요. 그 모든 불행한 수감자들은 그이의 자식들이랍니다. 그이는 그 사람들을 다른 식으로 보지 않아요. 그이는 너무 착해서……." 인간에게 채찍질을 하도록 명령하는 남편의 착한 성품을 표현할 적당한 말을 찾지 못해 그녀는 입을 다물었다. 하지만 이내 응접실로 들어오는 라일락색 리본을 맨 주름투성이 노부인을 돌아보며 미소를 지었다.

예의를 차리기 위해 필요한 만큼 이야기하고, 또 필요한 만큼 무의미한 말들을 늘어놓은 후 네흘류도프는 일어나서 마슬렌니코프에게 다가갔다.

"자, 그럼 내 말을 들어 줄 수 있겠지?"

"아, 그럼! 그런데 무슨 이야기야? 이리로 가지."

두 사람은 작은 일본풍 서재로 들어가 창가에 앉았다.

58

“자, 무슨 일이든 말해 봐. 담배를 피우려나? 잠깐, 여기를 더럽히지 않게 조심해야 하거든.” 그는 이렇게 말하고 재떨이를 가져왔다. “그래서?”

“자네에게 두 가지 용무가 있어.”

“그렇군.”

마슬렌니코프의 얼굴이 침울하고 어두워졌다. 주인이 귀를 긁어 주어 흥분한 개의 모습은 흔적도 없이 완전히 사라졌다. 응접실에서 사람들의 목소리가 들려왔다. 여자 목소리가 말했다. “절대로, 절대로 믿지 않겠어요.” 맞은편 끝에서 다른 남자의 목소리가 계속 “보론초바 백작 부인과 빅토르 아프락신.”이라는 이름을 되풀이하며 무언가 이야기했다. 또 다른 쪽에서는 목소리들과 웃음소리만 왁자지껄하게 들렸다. 마슬렌니코프는 응접실에서 벌어지는 일에 귀를 기울이면서 네흘류도프의 말을 들었다.

"그 여자에 관한 문제로 다시 왔어." 네흘류도프가 말했다.

"그래, 아무 죄 없이 유죄 판결을 받은 여자 말이지. 알아, 알아."

"부탁이야. 그녀를 병원의 잡역부로 옮겨 줬으면 해. 그러는 게 가능하다고 들었어."

마슬렌니코프는 입술을 꽉 다물고 생각에 잠겼다.

"아마 어려울 거야." 그가 말했다. "하지만 상의해 보고 내일 자네에게 전보를 보낼게."

"사람들 말로는 그곳에 환자가 많아서 보조할 여자들이 필요하다고 하던데."

"응, 그래, 그래. 그러니까 어찌 되든 자네에게 알려 줄게."

"부탁해." 네흘류도프가 말했다.

응접실에서 모두의, 심지어 자연스럽기까지 한 웃음소리가 들렸다.

"또 빅토르군." 마슬렌니코프가 빙그레 웃으며 말했다. "기분이 좋을 때면 놀라울 정도로 재치 있단 말이야."

"한 가지 더 있어." 네흘류도프가 말했다. "지금 감옥에 단지 신분증명서의 기한이 지났다는 이유로 130명이 갇혀 있어. 이곳에 한 달이나 구금됐다던데."

그리고 그들이 구금된 이유를 이야기했다.

"어떻게 이 일을 알게 된 거지?" 마슬렌니코프가 물었다. 얼굴에 갑자기 불안과 불만이 떠올랐다.

"어느 피고를 보러 갔는데 복도에서 그 사람들이 나를 에워싸고 부탁하더군…….”

“어느 피고를 보러 갔는데?”

“죄도 짓지 않았는데 기소된 농민이야. 내가 그 사람에게 변호사를 붙였어. 하지만 문제는 그게 아냐. 정말 아무 죄도 저지르지 않은 그 사람들이 신분증명서 기한이 지났다는 이유만으로 감옥에 갇혔다는 게…….”

“그건 검사의 일이야.” 마슬렌니코프가 화를 내며 네흘류도프의 말을 가로막았다. “자네는 말하지. ‘재판은 신속하고 공정하게.’라고. 검사보의 의무는 감옥을 방문해서 수감자들이 적법하게 구금되었는지 확인하는 거야. 그자들은 아무것도 하지 않아. 빈트[81)]나 할 뿐이지.”

“그럼 자네는 아무것도 할 수 없다는 거야?” 네흘류도프는 현지사가 검사에게 책임을 전가할 거라던 변호사의 말을 떠올리며 우울하게 말했다.

“아니, 할 거야. 당장 처리하지.”

“그녀로서는 오히려 더 나빠요. 그녀는 수난자라고요.” 응접실에서 여자 목소리가 들렸다. 자신이 말하는 것에 아주 무심해 보이는 말투였다.

“차라리 더 잘된 거죠. 이것도 내가 가져가겠습니다.” 맞은편에서 남자의 장난스러운 목소리와 그에게 뭔가를 주려고 하지 않는 여자의 경박한 웃음소리가 들렸다.

“아뇨, 아뇨, 절대로 안 돼요.” 여자 목소리가 말했다.

---

81) 네 사람이 하는 러시아 카드놀이의 일종.

“좋아, 전부 할게.” 마슬렌니코프가 터키석 반지를 낀 하얀 손으로 담배를 끄며 똑같은 말을 되풀이했다. “이제 부인들에게 돌아가지.”

“그래, 한 가지 더 있어.” 네흘류도프는 응접실에 들어가지 않고 문가에 멈춰 서서 말했다. “어제 감옥에서 체벌이 있었다고 들었어. 사실이야?”

마슬렌니코프의 얼굴이 벌게졌다.

“아, 그런 것까지? 아니, 친구, 자네를 들여보내서는 안 되겠어. 시시콜콜 다 문제를 삼으니 말이야. 자, 가지. 아네트가 우리를 부르는군.” 그가 네흘류도프의 팔을 잡고서 높은 사람의 관심을 받을 때와 같은 흥분을 다시 한번 드러내며 말했다. 다만 지금은 기쁨에 겨웠다기보다 불안을 띤 흥분이었다.

네흘류도프는 그의 손에서 팔을 빼고는 아무에게도 인사하지 않고 아무 말도 하지 않은 채 그를 향해 달려 나온 하인들을 지나치며 음울한 얼굴로 응접실과 홀을 통과하고 대기실을 빠져나와 거리로 나섰다.

“저 사람에게 무슨 일이 있었어요? 그 사람에게 어떻게 한 거예요?” 아네트가 남편에게 물었다.

“저런 게 프랑스식이라는 겁니다.” 누군가가 말했다.

“그게 무슨 프랑스식이에요? 그냥 줄루[82]식이죠.”

“뭐, 그는 늘 그랬잖아요.”

---

82) 남아프리카의 부족인 줄루는 부계 중심 씨족 사회를 기본 단위로 하고 가부장 문화를 따른다. 왕과 추장들이 통치하는 군대 사회를 이루고 있다.

누군가가 일어나고, 누군가가 도착했다. 수다는 별 탈 없이 계속 이어졌다. 사람들은 네흘류도프의 에피소드를 그날에 알맞은 화젯거리로 삼았다.

마슬렌니코프를 방문한 다음 날 네흘류도프는 그에게서 문장과 직인들이 찍힌 두툼하고 반지르르한 종이에 멋들어지고 단호한 필체로 쓴 편지를 받았다. 마슬렌니코프는 의사에게 마슬로바를 병원으로 이송하는 문제에 대해 편지를 써 보냈다고, 아마 그의 바람은 틀림없이 실현될 거라고 했다. 말미에 "자네를 사랑하는 오랜 동료"라고 적었으며, 놀랍도록 정교하고 커다랗고 확고한 장식체로 "마슬렌니코프"라는 서명을 남겼다.

"멍청한 자식!" 네흘류도프는 이 말을 내뱉지 않을 수 없었다. 그 '동료'라는 말에서 마슬렌니코프가 그에게 관대함을 베풀려 한 것을 느꼈기 때문에 특히 그랬다. 그가 도덕적으로 지극히 추악하고 수치스러운 임무를 수행하면서도 자기 자신을 매우 중요한 인물로 여기며, 사탕발림은 아니라 해도 스스로를 네흘류도프의 동료로 지칭함으로써 자신의 위엄을 그다지 대단하게 생각지 않음을 보여 주고자 한다고 느꼈다.

59

가장 널리 퍼진 흔한 미신들 가운데 하나는 사람이 저마다 자기만의 일정한 기질을 지녀서 착한 사람, 나쁜 사람, 똑똑한 사람, 어리석은 사람, 열정적인 사람, 무심한 사람이 있다는 것이다. 인간은 그런 존재가 아니다. 우리는 어떤 사람에 대해 악하기보다 선할 때가 더 많고, 어리석기보다 총명할 때가 더 많고, 무심하기보다 열정적일 때가 더 많다고 말할 수 있으며 또 그 반대도 가능하다. 하지만 우리가 한 사람에 대해 착하다거나 총명하다고, 또 다른 사람에 대해 악하다거나 어리석다고 말한다면 사실이 아니다. 그럼에도 우리는 언제나 사람들을 그런 식으로 분류한다. 그리고 그것은 옳지 않다. 인간은 강과 같다. 어디에 있든 물은 똑같고 변함없다. 그러나 어느 강이나 좁고 빨라졌다가 다시 넓어지기도 한다. 잔잔해지고, 깨끗해지고, 차가워지고, 탁해지고, 따뜻해진다. 인간도 그렇다. 어떤 사람은 인간이 가질 수 있는 모든 성질의 싹을 자기 안에 품고 있다가 때로는 이런 성질을, 때로는 저런 성질을 발현하며, 여전히 같은 사람이면서 종종 본래 모습과 완전히 달라지기도 한다. 몇몇 사람들에게서는 이런 변화가 특히 심하게 나타난다. 그리고 네흘류도프는 그런 부류에 속했다. 그의 내부에서 이런 변화는 육체적이고 정신적인 이유로 일어났다. 그리고 지금 그의 안에서 그런 변화가 일어났다.

재판 후, 또 카츄샤와 첫 면회를 하고 난 후 그가 경험한 엄숙한 감정과 새로 태어난 듯한 기쁨은 완전히 사라졌으며, 최근에 면회한 뒤로는 두려움, 심지어 그녀에 대한 혐오가 그 감정들을 대신했다. 그는 그녀를 버리지 않을 거라고, 그녀가 원하기만 하면 그녀와 결혼하려던 결심을 바꾸지 않겠다고 다짐했다. 하지만 그것은 그에게 힘들고 괴로운 일이었다.

마슬렌니코프를 방문한 다음 날 그는 그녀를 만나기 위해 다시 감옥으로 갔다.

소장이 면회를 허락했지만 장소는 사무실이나 변호사실이 아니라 여자 면회실이었다. 성품이 선량한 소장도 네흘류도프에게 예전보다 소극적인 태도를 보였다. 마슬렌니코프와 나눈 대화가 이 면회자를 매우 경계하라는 지시로 이어진 듯했다.

"만나도 됩니다." 그가 말했다. "다만 돈에 대해서라면 부디 제가 부탁드린 대로……. 그리고 마슬로바를 병원으로 이송하는 문제에 대해서라면 각하께서 서한에 쓰신 대로 그렇게 될 겁니다. 의사도 동의했고요. 다만 마슬로바 본인이 원하지 않습니다. '내가 그 더러운 놈들을 위해 변기통을 꼭 비워야 하나…….'라더군요." 그가 이렇게 덧붙였다.

네흘류도프는 아무 대답도 하지 않고 면회를 하게 해 달라고 청했다. 소장이 간수를 보냈고, 네흘류도프는 그를 뒤따라 비어 있는 여자 면회실로 들어갔다.

마슬로바는 이미 그곳에 있다가 격자 쇠창살 안쪽에서 조용하고 소심한 모습으로 나왔다. 그녀는 네흘류도프에게 가까이 다가와 그를 외면한 채 조용히 말했다.

"용서하세요, 드미트리 이바노비치, 그제는 말이 너무 심했어요."

"나에게 당신을 용서하라니 당치도 않은……." 네흘류도프가 입을 열었다.

"하지만 어쨌든 절 내버려 두세요." 그녀가 덧붙였다. 그녀가 쳐다볼 때 네흘류도프는 사시가 심한 그 눈동자에서 또 긴장과 적의가 서린 표정을 읽었다.

"왜 내가 당신을 내버려 두어야 합니까?"

"그냥 그렇게 해 주세요."

"왜 그래야 하죠?"

그녀는 다시 적의에 찬 똑같은 눈길로 그를 쳐다보았다. 그에게는 그렇게 보였다.

"뭐, 좋아요." 그녀가 말했다. "절 내버려 두세요. 분명히 말할게요. 못 하겠어요. 그냥 내버려 두세요." 그녀는 떨리는 입술로 말하고 입을 다물었다. "진심이에요. 차라리 목을 매달고 죽는 게 낫겠어요."

네흘류도프는 그녀의 이 거절에 그를 향한 증오와 용서되지 않는 모욕이 있지만 무언가 다른 것, 즉 선하고 소중한 무언가도 있음을 느꼈다. 자신이 전에 한 거절을 완전히 평온한 상태에서 다시 입에 올리는 모습이 그의 마음속에서 즉시 모든 의심을 날려 버렸으며, 그를 이전의 진지하고 엄숙하고 감동에 젖은 상태로 되돌려 놓았다.

"카츄샤, 전에 말했던 대로 똑같이 말하겠어." 그가 유난히 진지하게 말했다. "나와 결혼해 줘. 만약 네가 원하지 않는다면, 그리고 네가 원하지 않는 한 나는 예전처럼 널 따라다닐 거야. 네가 끌려가는 곳으로 나도 가겠어."

"그건 당신 문제예요. 전 더 이상 말하지 않겠어요." 그녀가 말했다. 다시 그녀의 입술이 바르르 떨렸다.

그 역시 더는 말할 수 없을 것 같아 입을 다물었다.

"난 지금 영지에 들렀다가 페테르부르크로 떠날 겁니다." 그는 마침내 마음을 추스르고 말했다. "당신, 아니 우리 문제를 위해서 최선을 다하겠습니다. 별일 없으면 판결은 파기될 겁니다."

"파기되지 않아도 상관없어요. 전 이 일이 아니라 다른 일 때문에라도 그런 벌을 받을 만하니까요……." 그녀가 말했다. 그는 그녀가 눈물을 참기 위해서 얼마나 안간힘을 쓰는지 보았다. "참, 어떻게 됐어요, 멘쇼프를 만나셨어요?" 그녀가 흥분을 감추기 위해 갑자기 물었다. "그 사람들이 죄가 없는 게 맞죠?"

"네, 그렇게 생각합니다."

"정말 대단한 할머니예요." 그녀가 말했다.

그는 멘쇼프로부터 알게 된 사실을 전부 이야기하고, 그녀에게 필요한 건 없는지 물었다. 그녀는 아무것도 필요하지 않다고 대답했다.

그들은 다시 침묵했다.

"저, 병원에 관해서라면……." 갑자기 그녀가 사시인 눈으로 쳐다보며 말했다. "당신이 원하신다면 가겠어요. 술도 마시지 않을게요……."

네흘류도프는 말없이 그녀의 눈을 바라보았다. 그 눈에 미소가 어렸다.

"아주 좋아요." 그는 겨우 그 말만 하고 작별 인사를 건넸다.

'그래, 그래, 그녀는 이제 완전히 다른 사람이야.' 네흘류도프는 생각했다. 이제까지의 의심이 걷히자 한 번도 경험한 적 없는 전혀 새로운 확신, 즉 사랑은 무엇으로도 꺾을 수 없다는 확신이 들었다.

그 면회를 마치고 악취 나는 감방으로 돌아온 마슬로바는 할라트를 벗고 침상의 자기 자리에 앉아 무릎 위에 두 손을 떨구었다. 감방에는 젖먹이가 딸린 블라지미르 출신의 폐병 환자, 멘쇼바 노파, 두 아이를 데리고 있는 건널목지기 아내뿐이었다. 하급 사제의 딸은 어제 정신병을 진단받고 병원으로 보내졌다. 나머지 여자들은 다들 빨래를 하는 중이었다. 노파는 침상에 누워 자고 있었다. 아이들은 복도에 있었고, 복도로 난 문이 열려 있었다. 아기를 품에 안은 블라지미르 여자와 빠른 손놀림으로 쉴 새 없이 긴 양말을 뜨는 건널목지기 아내가 마슬로바에게 다가왔다.

"어때, 만났어?" 그들이 물었다.

마슬로바는 아무 대꾸도 하지 않고 바닥에 닿지 않는 두 다리를 흔들면서 높다란 침상에 앉아 있었다.

"왜 훌쩍거려?" 건널목지기 아내가 말했다. "무엇보다 낙심하면 안 돼. 얘, 카츄샤! 기운 내!" 그녀가 손가락을 재빨리 놀리면서 말했다.

마슬로바는 대답하지 않았다.

"우리 방 여자들은 빨래를 하러 갔어. 오늘은 기부 물품이 많이 들어왔대. 뭐가 많이 운반됐다고 하던걸." 블라지미르 여자가 말했다.

"피나시카!" 건널목지기 아내가 문을 향해 외쳤다. "개구쟁이 녀석, 어디 간 거야?"

그리고 그녀는 뜨개바늘 하나를 뽑아 실 꾸러미와 뜨개질감에 찔러 넣고 복도로 나갔다.

그때 복도에서 발소리와 여자 목소리가 들리더니 맨발에 털신을 신은 감방 거주민들이 저마다 칼라치 빵을 한 개씩, 어떤 사람들은 두 개씩 들고 들어왔다. 페도시야는 곧바로 마슬로바에게 다가왔다.

"어떻게 됐어? 뭐가 잘못된 거야?" 페도시야가 사랑이 가득한 맑은 하늘색 눈으로 마슬로바를 바라보며 물었다. "차 마실 때 이것을 같이 먹자." 그녀가 칼라치 빵들을 작은 선반 위에 놓았다.

"뭐냐, 그 사람, 결혼하자더니 마음을 바꾼 것 아냐?" 코라블료바가 말했다.

"아니에요, 그분은 마음을 바꾸지 않았어요. 하지만 제가 하고 싶지 않아요." 마슬로바가 말했다. "그렇게 말도 했어요."

"이 바보야!" 코라블료바가 낮고 굵은 목소리로 말했다.

"뭐야, 같이 살 수도 없다면 굳이 뭣 하러 결혼을 해요?" 페도시야가 말했다.

"네 남편도 너와 같이 간다고 하잖아." 건널목지기 아내가 말했다.

"그야 물론 우리는 정식으로 결혼한 사이니까요." 페도시야가 말했다. "하지만 그분은 왜 같이 살 수도 없는데 결혼을 한다는 거죠?"

"바보야! 뭣 때문이냐고? 그분이 결혼해 주기만 하면 얘는 돈벼락을 맞는 거야."

"그분은 말했어요. '네가 어디로 끌려가든 난 따라갈 거야.' 라고요." 마슬로바가 말했다. "오면 오는 거고, 안 오면 안 오는 거고. 전 부탁하지 않을 거예요. 그분은 이제 곧 손을 쓰러 페테르부르크로 떠나요. 그곳 대신들은 전부 그분의 친척이에요." 그녀가 말했다. "하지만 어쨌든 저에겐 그분이 필요 없어요."

"당연하지!" 갑자기 코라블료바가 자기 주머니에 든 것을 살피며 맞장구를 쳤다. 다른 생각을 하는 것처럼 보였다. "어때, 술이나 마실까?"

"저는 안 마셔요." 마슬로바가 대답했다. "여러분끼리 드세요."

2부
(상)

1

이 주일 후 원로원에서 마슬로바의 사건을 심리할지 몰라 네흘류도프는 그즈음에 맞춰 페테르부르크로 갔다가 원로원에서 일이 풀리지 않으면 상고장을 써 준 변호사의 조언대로 황제에게 탄원해 보기로 결심했다. 상고가 기각될 경우 — 변호사의 견해에 따르면 판결 파기의 근거가 매우 약하기 때문에 각오를 해야 했다 — 6월 초에 마슬로바를 포함한 징역수들이 시베리아로 출발할 가능성이 있었다. 그래서 네흘류도프는 굳게 결심했듯이 마슬로바를 따라 시베리아로 떠날 준비를 하기 위해 지금이라도 당장 영지들을 돌면서 용무를 처리해야 했다.

네흘류도프는 우선 가장 가까운 흑토 지대의 큰 영지인 쿠즈민스코예로 떠났다. 네흘류도프의 주요 수입원이었다. 그는 그 영지에서 어린 시절과 풋풋한 청년 시절을 보냈고, 나중에 성인이 된 뒤에도 두 차례 다녀왔다. 한번은 어머니의 부탁으로 독일인 관리인을 데려가 함께 영지 경영을 점검했기 때문에 영지의 상태라든지 농민과 사무소, 즉 지주의 관계에 대해 오래전부터 잘 알았다. 농민과 지주의 관계는 정중하게 말하자면 농민이 사무소에 완전히 의존하는, 쉽게 표현해서 사무소에 노예처럼 종속되는 양상이었다. 1861년 폐지된 제도[83]와 같이 인격적 예속, 즉 일정한 사람들이 주인에게 노예처럼 속박되는 것이 아니라 토지가 없거나 아주 적은 농민 전체가 토지가 많은 지주에게 전반적으로 종속되는 것이었다. 농민들은 주로, 혹은 이따금 오로지 그런 대지주들 틈에서 살아갔다. 영지 경영이 그런 예속에 토대를 둔 만큼 네흘류도프도 실태를 알았고 또 모를 수 없었지만 그런 식의 경영 구조를 조장해왔다. 그러나 네흘류도프는 그런 상황을 알았을 뿐 아니라 그것이 부당하고 잔혹하다는 점도 알았다. 그건 헨리 조지의 학설을 신봉하고 선전하던 대학 시절부터였다. 그는 이 학설에 근거해 아버지의 토지를 농민들에게 넘겼으며, 토지 소유를 오십 년 전의 농노 소유와 다를 바 없는 우리 시대의 죄악으로 여겼다. 그렇기는 하지만 일 년에 2만 루블을 쓰는 생활에 익숙했던 군 복무 시절 이후 그 모든 지식은 그의 생활에 더 이상 구속력을 갖지 못하고 잊혔다. 그는 재산에 대해 어떤 태도를 가질지, 어머니에게서 받는 돈이 어디에서 오는지 결코 스스로에게 묻지 않았을뿐더러 아예 생각조차 하지 않으려고 애썼다.

83) 러시아에서 1861년 농노제가 폐지됐다.

하지만 어머니의 죽음, 유산 상속, 자기 재산, 즉 토지를 관리해야 하는 불가피한 상황이 다시 토지 소유에 대해 어떤 태도를 취할 것인가 하는 질문을 불러일으켰다. 한 달 전이었다면 현 질서를 바꿀 힘이 자신에게 없다고, 영지 관리는 자기 일이 아니라고 말했을 것이다. 그리고 영지에서 멀리 떨어져 살며 그곳으로부터 돈을 받는 데서 어느 정도 마음의 평안을 얻었을 것이다. 지금은 시베리아로 떠나는 일정과 감옥 세계를 상대로 하는 복잡하고 어려운 관계가 눈앞에 있는데도 — 그것을 위해 돈이 꼭 필요했다 — 어쨌든 상황을 예전 상태로 방치해 둘 수 없었다. 자신에게 손해가 되더라도 바꾸어야 했다. 그러기 위해 토지를 직접 경작하지 않고 비싸지 않은 가격에 농민들에게 넘겨 그들이 전반적으로 토지 소유주로부터 독립하도록 하리라 결심했다. 농노 소유주의 입장을 지주와 여러 차례 비교하면서 네흘류도프는 토지를 고용 노동자들에게 경작하도록 하는 대신 농민들에게 빌려주는 것을 농노 소유주가 농민을 부역에서 소작제로 바꾼 것과 동일시했다. 그것이 문제의 해결 방안은 아니라 해도 그 해결을 향한 한 걸음이었다. 그것은 압제의 더 잔혹한 형식으로부터 덜 거친 형식으로의 이동이었다. 그래서 그는 그렇게 하고자 했다.

네흘류도프는 정오 무렵 쿠즈민스코예 마을에 도착했다. 모든 면에서 생활을 간소하게 하기 위해 전보를 보내지 않고 기차역에서 말 두 마리가 끄는 작은 타란타스[84]를 잡았다. 난

84) 지붕이나 뚜껑이 있는 러시아 특유의 여행 마차. 가죽 덮개와 네 개의 커

징 무명으로 지은 반코트를 입고 긴 허리 아래쪽 주름 위에 허리띠를 여민 젊은 마부는 마부석에 역마차 마부식으로 비스듬히 앉아 있었다. 그는 지주 나리와 이야기를 하게 되어 기뻤다. 이야기를 나누는 동안에 가운데의 녹초가 된 하얀 절름발이 말과 여위고 지친 곁말이 천천히 걸을 수 있어서 더욱 그랬다. 그것은 그가 늘 몹시도 바라던 바였다.

마부는 주인을 태우고 가는 줄도 모르고 쿠즈민스코예 마을의 관리인에 대해 이야기했다. 네흘류도프는 일부러 그에게 말하지 않았다.

"멋스러운 독일인이랍니다." 도시에서 살아 본 적이 있고 소설도 읽는 삯마차 마부가 말했다. 그는 승객 쪽으로 몸을 반쯤 돌리고 앉아 길쭉한 채찍 손잡이의 위쪽과 아래쪽을 번갈아 잡았다. 자신의 교양을 자랑하고 싶은 눈치였다. "담황색 말들이 끄는 트로이카를 장만해서 마누라를 태우고 다니더라고요. 그런 게 도대체 무슨 쓸모가 있답니까!" 그가 계속해서 말했다. "겨울에 크리스마스 때는 커다란 집에 크리스마스트리도 놓았지요. 저도 손님들을 태우고 다녔는데요, 전구 불빛이 반짝거리더군요. 현 전체를 뒤져도 그런 건 보지 못할걸요! 돈을 엄청나게 빼돌린 거지요! 왜 그러지 않겠습니까? 다 자기 맘대로 할 수 있는데 말이에요. 사람들 말로는 좋은 영지도 샀답니다."

다란 바퀴가 있다. 스프링 대신 긴 나무 막대에 차체를 의지하는데, 특히 도로 사정이 좋지 않을 때 주로 이용됐다.

독일인이 영지를 어떻게 관리하든, 그것을 어떻게 이용하든 아무래도 상관없다고 네흘류도프는 생각해 왔다. 하지만 허리가 긴 마부의 이야기가 불쾌하게 들렸다. 아름다운 날씨, 이따금 해를 가리며 점차 검게 변하는 짙은 구름, 어디에서나 농부들이 쟁기를 잡고 귀리 심을 땅을 갈고 있는 봄갈이 밭, 종달새들이 날아오르는 짙푸른 겨울 작물, 늦자란 참나무 외에 싱그러운 녹색으로 뒤덮인 숲, 소 떼와 말들이 점점이 흩어진 풀밭, 경작지가 보이는 들판, 네흘류도프는 그 풍경을 감탄의 눈길로 바라보았다. 아니, 아니다, 무언가 불쾌한 것이 있었다는 사실이 떠올랐다. '뭐지?' 하고 스스로에게 물은 순간 독일인이 쿠즈민스코예 마을에서 어떻게 주인 행세를 하고 있는지 들려준 마부의 이야기가 떠올랐다.

쿠즈민스코예에 도착해 업무를 시작하면서 네흘류도프는 그 감정을 잊었다.

사무소 장부를 검토하고 관리인과 이야기를 나눈 뒤 네흘류도프는 영지 경영을 중단하고 모든 토지를 농민들에게 넘기려던 계획에 대해 한층 더 강한 확신을 품게 됐다. 관리인은 농민들의 토지가 아주 적고 그 땅이 지주의 땅에 둘러싸여 있을 때가 유리하다는 점을 순진하게 과시했다. 사무소 장부며 관리인과 나눈 대화를 통해 네흘류도프는 다음과 같은 사실을 알게 됐다. 가장 비옥한 경작지 중 3분의 2는 개량된 농기구로 고용 노동자들이 경작하고, 나머지 3분의 1은 농민들이 1제샤치나당 5루블에 임대해서 경작했다. 즉 그 5루블을 지불하기 위해 농민들은 1제샤치나의 토지에 세 번 쟁기질을 하고 세 번 써레질을 하고 파종한 다음 추수하고 다발로 묶어 곡물 창고에 옮겨야 할 의무에 매이는 것이다. 다시 말해 적어도 1제샤치나당 10루블의 가치가 있는 일을 저임금 자유 계약으로 해낸다는 말이다. 농민들은 사무소로부터 얻는 모든 것에 대해 노동으로 대단히 비싼 값을 지불했다. 그들은 목초지, 숲, 감자의 잎과 줄기에 대해 노동으로 지불했으며, 거의 모두가 사무소에 빚을 지고 있었다. 그리하여 농민에게 빌려준 척박한 토지는 1제샤치나당 그 땅을 팔아 5퍼센트의 이율을 얻을 때보다 네 배의 이익을 거두었다.

네흘류도프는 예전에도 이 모든 것을 알았다. 하지만 지금 그것을 새로운 사실인 양 새삼 확인하고는 어떻게 이런 관계의 모든 비정상성을 깨닫지 못했는지, 자신과 같은 입장에 놓인 모든 사람들이 어떻게 그 점을 보지 못하는지 그저 놀랍기만 했다. 토지를 농노들에게 헐값으로 넘기면 모든 농기구가 망가지고 제값의 4분의 1에도 팔지 못할 거라고, 농민들은 땅을 망칠 거라고, 그런 식으로 넘기면 네흘류도프가 대체로 많은 손해를 볼 거라고 관리인은 주장했다. 그러나 네흘류도프는 그 말에 오히려 농민들에게 토지를 넘겨 수입의 상당 부분을 잃음으로써 선한 행위를 하게 되리라고 확신하게 됐다. 그는 이번 기회에 이 문제를 당장 매듭짓겠다고 결심했다. 파종을 마친 곡물을 추수해서 파는 일이라든지 농기구와 불필요한 건물을 전부 매각하는 일은 그가 떠난 후 관리인이 처리할 터였다. 그는 곧 관리인에게 다음 날 쿠즈민스코예 마을의 토지 한가운데에 자리한 세 마을의 농민들을 모아 달라고 부탁했다. 농민들에게 자기 계획을 알리고 토지를 넘길 조건을 정하기 위해서였다.

관리인의 주장에 맞서기로 한 굳은 결의와 농민들을 위해 기꺼이 희생하겠다는 각오를 즐겁게 자각하면서 네흘류도프는 사무소 밖으로 나와 눈앞에 닥친 일에 대해 곰곰이 생각하며 집 주위를 돌고, 올해에는 방치되어 황폐해진 화단(관리인의 집 맞은편이었다.)이며 치커리가 무성한 론테니스 코트며 보리수나무가 늘어선 가로수 길 — 네흘류도프가 평소 시가를 피우러 가는 곳이자 삼 년 전 어머니의 손님으로 온 예쁘장한 키리모바가 그에게 교태를 부리던 곳이었다 — 을 거닐었다. 다음 날 농부들에게 할 말을 마음속으로 짧게 준비한 후 네흘류도프는 관리인을 찾아가 차를 마시면서 모든 영지 경영을 어떤 식으로 정리할지에 대한 문제를 한 번 더 의논하고는 이 점에 대해 완전히 마음을 놓고 큰 저택에 그를 위해 마련된 방으로 들어갔다. 언제나 손님 접대를 위해 사용하던 방이었다.

벽에 베네치아 풍경화들이 걸리고 두 창문 사이에 거울이 있는 작고 깨끗한 그 방에는 깨끗한 스프링 침대며 물병과 성냥과 등불의 불을 끄기 위한 도구가 놓인 작은 탁자가 있었다. 거울 옆 큰 탁자에 여행 가방이 열린 채 놓여 있고, 그 안에 그가 가져온 여행용 화장 도구 상자와 책들이 보였다. 범죄의 법칙에 대한 러시아어 연구서가 한 권 있고, 같은 주제에 대한 독일어 책과 영어 책이 한 권씩 있었다. 그는 마을을 둘러보는 동안 시간이 빌 때 그 책들을 읽으려고 했다. 하지만 오늘은 짬이 나질 않았다. 그는 내일 일찍 일어나서 농민들에게 설명할 준비를 하기 위해 잠자리에 들 채비를 했다.

방 한구석에 상감 무늬가 아로새겨진 고풍스러운 마호가니 안락의자가 있었다. 그 안락의자 — 그는 그것이 어머니의 방에 있던 것을 기억해 냈다 — 의 모습이 문득 그의 마음속에 전혀 예상하지 못한 감정을 불러일으켰다. 허물어질 집, 방치될 정원, 벌채될 숲, 모든 외양간과 마구간과 농기구 창고와 말과 암소가 갑자기 아쉽게 느껴졌다. 비록 자신이 수고를 들인 건 아니지만 그것들을 구하고 유지하는 데 많은 노력이 든다는 것은 그도 알았다. 예전에는 이 모든 것을 거부하기가 쉬웠는데 이제는 이뿐 아니라 토지도, 곧 절실하게 필요해질 수입의 절반도 아쉬웠다. 그러자 토지를 농민들에게 넘기고 영지 경영을 중단하는 것은 무분별한 짓이며 그래서는 안 된다는 결론을 입증할 만한 근거가 때마침 떠올랐다.

'난 토지를 소유해서는 안 돼. 토지를 소유하지 않으면 이 모든 영지 경영을 감당할 수 없지. 게다가 이제 시베리아로 떠날 테니 집도 영지도 필요 없잖아.' 한 목소리가 말했다. '다 맞는 말이다.' 또 다른 목소리가 말했다. '하지만 무엇보다 네가 시베리아에서 평생을 보내지는 않을 것이다. 결혼을 하면 자식이 생길 것이다. 그렇게 되면 네가 별 문제 없는 영지를 받았듯이 너도 그것을 똑같은 상태로 물려주어야 한다. 토지에 대한 의무라는 것이 있다. 모든 것을 넘기고 없애기는 아주 쉽지만 모든 것을 손에 넣기는 대단히 어렵다. 무엇보다 넌 자기 인생에 대해 곰곰이 생각하고 앞으로 어떻게 할지 결심한 후 그에 따라 재산을 정리해야 한다. 그런데 그 결심이 네 안에 확고한가?

네가 이제부터 하려는 일은 정말로 양심에 따른 것인가? 아니면 남들 때문에, 남들 앞에서 과시하기 위해서인가?' 네흘류도프는 스스로에게 묻고 나서 사람들이 그에 대해 하게 될 말이 그의 결심에 영향을 미쳤다는 점을 인정해야 했다. 생각할수록 점점 더 많은 물음이 떠올랐고, 그것들은 점점 더 풀기 어려워졌다. 그 생각들을 떨치기 위해, 지금 자신이 갈피를 못 잡고 헤매는 물음들을 다음 날 맑은 머리로 풀어 보기 위해 그는 깨끗한 침대에 누워 잠을 이루려고 해 보았다. 하지만 한참 동안 잠을 이룰 수 없었다. 열린 창문으로 상쾌한 공기와 달빛이 개구리 울음소리와 함께 쏟아져 들어왔다. 그 소리는 저 멀리 공원에서 우는 나이팅게일들의 울음소리며 가까이 창문 아래 꽃이 만발한 라일락 덤불에서 우는 한 마리 나이팅게일의 울음소리와 뒤섞였다. 나이팅게일과 개구리의 울음소리를 듣고 있으니 감옥 소장의 딸이 연주하던 음악이 떠올랐다. 소장을 떠올리자 마슬로바가 생각났다. "절 내버려 두세요." 할 때 입술이 개구리 울음소리처럼 바르르 떨리던 모습도. 그러고는 독일인 관리인이 개구리들을 향해 내려가기 시작했다. 그를 말려야 했다. 그런데 그는 내려갔을 뿐 아니라 마슬로바로 변해 그를 비난하기 시작했다. "난 징역수고, 당신은 공작이야." '아니, 난 굴복하지 않아.' 네흘류도프는 이렇게 생각하다가 눈을 뜨고 스스로에게 물었다. '내가 잘하고 있는 건가, 잘못하고 있는 건가? 모르겠고, 어떻게 돼도 상관없어. 아무래도 상관없어. 다만 이제 자야 해.' 그리고 이번에는 그 자신이 관리인과 마슬로바가 간 곳으로 내려가기 시작했고, 거기서 모든 것이 끝났다.

2

다음 날 네흘류도프는 오전 9시에 눈을 떴다. 주인의 시중을 드는 젊은 사무원이 네흘류도프가 부스럭대는 소리를 듣자 번쩍이는 구두 — 그 구두가 그처럼 광이 난 적은 한 번도 없었다 — 와 차고 깨끗한 샘물을 들고 와서 농민들이 모여 있다고 전했다. 네흘류도프는 정신을 차리고 침대에서 벌떡 일어났다. 토지를 빌려주고 영지 경영을 그만두는 데 대한 어제의 아쉬움은 흔적도 없이 사라졌다. 이제 그 감정을 떠올리면 놀랍기만 했다. 지금 그는 눈앞에 닥친 일에 기뻐했고, 자기도 모르게 자랑스러움을 느꼈다. 방 창문으로 치커리가 무성하게 자란 론테니스 코트가 보였다. 농민들이 관리인의 지시대로 그곳에 모여 있었다. 개구리가 이유 없이 엊저녁부터 울었던 것은 아니었다. 날씨가 흐렸다. 아침부터 따뜻한 가랑비가 소리 없이 내려 나뭇잎과 가지와 풀에 빗방울이 맺혔다.

초목의 향기 외에 비를 갈구하는 듯한 흙냄새도 창문을 통해 들어왔다. 네흘류도프는 옷을 입으면서 여러 번 창밖을 내다보며 농민들이 코트에 모이는 모습을 살폈다. 그들은 잇달아 다가와 서로를 향해 모자를 벗으며 인사하고는 지팡이를 짚고서 둥글게 섰다. 근육질의 튼튼한 몸에 초록색 선깃과 커다란 단추들이 달린 짧은 재킷을 입은 젊은 관리인이 네흘류도프에게 와서 말하길 모두 모였다고, 그들은 네흘류도프가 커피나 차를 마실 때까지 기다릴 거라고, 커피든 차든 다 준비되어 있다고 했다.

"아닙니다, 그들에게 가 보는 편이 낫겠습니다." 네흘류도프가 말했다. 곧 농민들과 나눌 대화를 생각하니 뜻밖에도 어색하고 부끄러운 감정이 밀려왔다.

그는 농민들이 설마 실현되리라고 감히 생각지도 못한 소망을 들어주기 위해, 즉 그들에게 토지를 싼값에 넘겨주기 위해 가고 있었다. 다시 말해 그들에게 선행을 베풀기 위해 가고 있었던 것이다. 어쩐지 부끄러웠다. 모여 있는 농민들에게 다가가 붉은 머리, 곱슬머리, 대머리, 하얗게 센 머리를 보자 네흘류도프는 몹시 당황한 나머지 한참 동안 아무 말도 하지 못했다. 가랑비가 추적추적 내리면서 머리칼, 턱수염, 농민들이 입은 카프탄의 보풀에 방울방울 맺혔다. 농민들이 주인을 바라보며 무슨 말을 할지 기다렸지만 그는 너무도 당혹스러워 한마디도 꺼낼 수 없었다. 러시아 농민을 잘 안다고 자처하며 러시아어를 유창하고 정확하게 구사하는 침착하고 자신만만한 독일인 관리인이 당혹스러운 침묵을 깼다. 네흘류도프와

Пастернак

마찬가지로 튼튼하고 영양 상태가 과해 보이는 그 남자는 농부들의 마른 주름투성이 얼굴이며 카프탄 옷깃 사이로 튀어나온 야윈 견갑골과 두드러진 대조를 이루었다.

"여기 공작님께서 여러분에게 선행을 베풀고자 하십니다. 토지를 넘기시겠답니다. 다만 여러분에게 그럴 가치가 있을지 모르겠습니다만." 관리인이 말했다.

"어째서 가치가 없다는 거야, 바실리 카를리치, 우리가 당신을 위해 일하지 않았던가? 돌아가신 마님은, 천국에서 편히 쉬시길, 우리에게 아주 잘해 주셨어. 젊은 공작님도 우리를 버리시지 않을 거야. 감사한 일이지." 머리털이 불그레한 입담 좋은 농부가 말을 꺼냈다.

"그 때문에 여러분을 불렀습니다. 여러분이 원한다면 토지를 전부 여러분에게 넘기고 싶습니다." 네흘류도프가 말했다.

농부들은 침묵했다. 말뜻을 이해하지 못한 것도 같고 믿지 않는 듯도 했다.

"토지를 넘기다니 무슨 뜻입니까?" 재킷을 입은 중년 농부가 말했다.

"여러분이 저렴한 값에 이용하도록 토지를 임대하겠다는 거죠."

"친절하기도 하시지." 한 노인이 말했다.

"단, 갚을 능력이 있다면 말이죠." 다른 사람이 말했다.

"땅을 받지 않을 이유가 없잖아!"

"당연하지. 땅이 우리 생계 수단이니까!"

"나리로서는 그편이 더 마음 편할 겁니다. 돈만 받으면 될 테니까요. 그럼 골치 아플 일도 없을 테고요!" 여러 사람들의 목소리가 들렸다.

"골치가 아픈 건 당신들 때문이죠." 독일인이 말했다. "당신들이 제대로 일하고 규칙을 지켜야……."

"우리로서는 힘드네, 바실리 카를리치." 코가 뾰족한 야윈 노인이 말했다. "자네는 왜 말을 밭에 풀어놓느냐고 하지만 누가 말을 풀어놓는단 말인가. 난 하루가 일 년처럼 느껴지도록 온종일 낫질을 하다가 야간 방목 때면 곯아떨어져. 그럼 말이 자네 귀리밭에 들어가고, 자네는 내 살가죽까지 벗길 기세로 쥐어짜지."

"그래도 규칙을 지켰어야죠."

"규칙이라…… 말은 쉽지. 우리 힘으로는 벅차." 키가 크고 머리카락이 검고 털이 덥수룩한 중년 남자가 반박했다.

"내가 울타리를 치라고 말했잖아요."

"그럼 목재를 주든가." 키가 작고 행색이 초라한 농부가 뒤에서 끼어들었다. "지난여름에 울타리를 치려고 했어. 그런데 당신이 날 석 달 동안 감옥에 처넣어 머릿니의 배를 채워 줬지. 울타리를 만들어 봤자 결국 그 꼴인걸."

"저 사람이 무슨 말을 하는 겁니까?" 네흘류도프가 관리인에게 물었다.

"**우리 마을에서 제일가는 도둑입니다.**"(독일어) 관리인이 독일어로 말했다. "해마다 숲에서 발각됐지요. 자네는 남의 재산을 존중하는 법을 배워야 해." 관리인이 말했다.

"우리가 자네를 존중하지 않았단 말인가?" 노인이 말했다.

"우리야 자네를 존중하지 않을 수 없지. 우린 자네 손아귀에 있으니 말이야. 자네가 우리 목줄을 쥐었잖아."

"참나, 이봐요, 누가 당신들을 괴롭힌다고 그럽니까. 당신들이나 남의 부아를 돋우지 않으면 좋겠군요."

"뭐요, 부아를 돋우다니! 지난여름에 당신이 내 면상에 주먹을 날렸잖아. 그리고 그걸로 끝이었고. 부자들하고는 재판에서 붙지 말라고 했던가."

"규칙대로 하면 되잖아."

끼어든 사람들도 자기가 무엇 때문에, 또 무엇을 말하는지 잘 모르는 언쟁이 벌어지는 듯했다. 한편에서는 두려움 때문에 억눌린 적의가 엿보이고, 또 다른 편에서는 자신의 우월함과 권력에 대한 자각이 눈에 띄었다. 네흘류도프는 그 말다툼을 듣는 게 괴로웠다. 그는 지대와 지불 기한을 정하는 문제로 돌아가려고 애썼다.

"그럼 토지는 어떻게 할까요? 여러분도 그렇게 하길 바랍니까? 토지를 전부 넘긴다면 지대를 어떻게 정할 건가요?"

"나리의 땅이니 나리가 값을 정하십시오."

네흘류도프가 지대를 정했다. 네흘류도프가 정한 지대는 인근 농부들이 지불하는 것보다 훨씬 쌌다. 하지만 언제나 그렇듯이 농부들은 값을 흥정하기 시작했으며 지대가 비싸다고 생각했다. 네흘류도프는 자신의 제안이 환대를 받을 거라고 기대했는데 그들은 기뻐하는 기색을 전혀 보이지 않았다. 그러나 네흘류도프는 그 제안이 그들에게 유리하다고 결론지을 수 있었다. 누가 토지를 빌릴지, 즉 공동체 전체의 명의로 빌릴지 조합의 명의로 빌릴지에 대한 이야기가 나오자 지불 능력이 떨어지는 사람들을 배제하고 싶어 하는 농민들과 배제 대상이 된 농민들 사이에 격렬한 말다툼이 벌어졌기 때문이다. 마침내 관리인 덕분에 지대와 지불 기한이 정해졌고, 농민들은 시끌벅적하게 떠들면서 언덕 아래의 마을로 향했다. 네흘류도프는 관리인과 함께 계약서를 작성하기 위해 사무소로 갔다.

모든 것이 네흘류도프가 원하고 예상한 대로 됐다. 농민들은 인근의 지대보다 30퍼센트 더 싼 값에 토지를 받게 됐다. 그가 토지에서 얻을 수입은 반 가까이 줄었지만 네흘류도프에게는 충분히 넉넉했다. 특히 숲을 매각한 돈과 농기구를 처분해 얻게 될 돈을 더하면 전혀 부족하지 않았다. 모두 아주 잘 처리된 것처럼 보였다. 그런데 무엇 때문인지 계속 부끄러웠다. 그는 보았다. 몇몇이 그에게 감사의 말을 했지만 농민들은 불만에 차서 무언가 큰 것을 기대하고 있었다. 결국 그는 많은 것을 잃었는데도 농민들의 기대를 만족시키지 못했다.

다음 날 계약서에 서명을 한 후 네흘류도프는 마을 대표로 뽑혀 온 노인들의 배웅을 받으며 무언가를 끝내지 못한 불쾌한 기분에 잠긴 채 말 세 마리가 끄는 멋스러운 — 기차역에서 그를 태워 준 마부의 말대로라면 — 콜랴스카에 올라 영문을 알 수 없이 불만스레 고개를 젓는 농부들과 작별 인사를 나누고 기차역으로 떠났다. 네흘류도프는 스스로에게 불만스러웠다. 뭐가 불만인지는 몰랐지만 어쩐지 계속 서글프고 부끄러운 기분이 들었다.

3

네흘류도프는 쿠즈민스코예 마을을 떠나 고모로부터 상속받은 영지로 향했다. 그가 카츄샤를 처음 만난 마을이었다. 그는 이 마을에서도 쿠즈민스코예 마을에서처럼 토지 문제를 정리하고 싶었다. 그 밖에도 카츄샤에 대해, 그리고 그녀와 자기 사이에서 태어난 아이에 대해 알아낼 수 있는 한 모든 사실을 확인하고 싶었다. 아이가 죽었다는 게 사실일까? 만약 사실이라면 어떻게 죽었을까? 그는 아침 일찍 파노보 마을에 도착했다. 마차가 안마당에 들어섰을 때 그는 모든 건물들, 특히 저택의 황폐하고 낡은 모습에 가장 먼저 놀랐다. 한때 초록색이던 함석지붕은 오랫동안 새로 칠하지 않아 녹이 슬어 붉게 변했고, 함석판 몇 장은 폭풍 때문인지 위로 들려 있었다. 저택의 외벽에 붙인 판자들은 여기저기 뜯겼다. 떼기 쉬운 자리에 있는 판자들을 사람들이 못을 비틀어 뜯어낸 탓이다. 앞문 계단과 그에게는 잊지 못할 뒷문 계단까지 현관 계단은 썩고 부서져 골재만 남았다. 창문 몇 개는 유리 대신 판자로 막아 놓았고, 관리인이 사는 곁채와 부엌과 마구간은 모두 낡고 칙칙했다. 정원만은 황폐해지기는커녕 오히려 초목들이 무성하게 군락을 이루었고, 때마침 꽃이 온통 흐드러지게 피어 있었다. 담장 너머로 하얀 구름처럼 꽃을 피운 벚나무, 사과나무, 자두나무가 보였다. 산울타리를 이룬 라일락나무에는 십사 년 전 그해처럼, 네흘류도프가 열여덟 살 카츄샤와 함께 라일락나무 뒤에서 술래잡기를 하다가 넘어져 엉겅퀴에 찔렸을 때처럼 꽃이 피었다. 소피야 이바노브나가 집 근처에 심은 낙엽송은 그때만 해도 막대기 같더니 이제 통나무로 써도 될 만큼 굵게 자랐고, 바늘 같은 부드러운 황록색 잎으로 온통 뒤덮여 있었다. 기슭을 따라 잔잔하게 흐르는 강물이 물방아용 둑에서 떨어지며 소란한 소리를 냈다. 강 건너 풀밭에서는 농가의 온갖 가축 떼들이 서로 뒤섞여 풀을 뜯고 있었다. 신학교를 중퇴한 관리인이 안마당에서 미소 띤 얼굴로 네흘류도프를 맞이하더니 연신 미소를 지으며 그를 사무소로 부르고는 여전히 웃음을 띤 채 칸막이 뒤편으로 사라졌다. 마치 그 미소로 무언가 특별한 것을 약속하는 것 같았다. 칸막이 뒤편에서 서로 소곤거리는 소리가 들리다가 뚝 멎었다. 팁을 받은 삯마차 마부가 방울을 울리며 안마당을 빠져나가자 주위가 완전히 고요해졌다. 자수를 놓은 루바시카를 입고 실크 술을 귀걸이로 단 맨발의 아가씨가 뒤이어 창문 옆을 지나 뛰어갔고, 그 아가씨 뒤로 한 농부가 사람들의 발길에 다져진 오솔길을 따라 두꺼운 부츠의 징을 울리며 달려갔다.

네흘류도프는 창가에 앉아 정원을 쳐다보며 귀를 기울였다. 작은 쌍바라지 창문으로 상쾌한 봄바람이 갈아엎은 땅의 흙냄새를 싣고 들어와 땀에 젖은 그의 이마 위에 드리운 머리칼과 온통 칼자국이 난 창턱 위의 쪽지들을 살랑살랑 흔들었다. 트라 파 탑, 트라 파 탑. 강에서 아낙들이 빨래 방망이를 두들기는 소리가 들려오고, 그 소리가 햇빛을 받아 반짝이는 물방아용 저수지의 어귀를 따라 내달린다. 물이 방아에 떨어지는 소리가 고르게 들리고, 파리 한 마리가 깜짝 놀란 듯 날카롭게 윙윙거리며 귓가를 스치며 날아갔다.

그러자 문득 언젠가 오래전 자신이 아직 젊고 순수하던 시절에 똑같이 이곳 강에서 빨랫감을 두들기는 그 방망이 소리와 규칙적인 물방아 소리를 들었고, 똑같이 젖은 이마 위에 드리운 머리칼과 칼자국이 난 창턱 위의 쪽지가 봄바람에 흔들렸고, 똑같이 파리 한 마리가 놀란 듯 귓가를 스치고 날아갔던 것이 네흘류도프의 뇌리에 떠올랐다. 열여덟 살 소년이던 당시의 자신을 떠올린 것은 아니었다. 그는 이루 말할 수 없이 위대한 가능성으로 가득한 미래를 지닌 풋풋하고 순수한 바로 그 시절의 자신으로 되돌아간 기분이었다. 그와 동시에 꿈속에서 흔히 그러듯 그것이 더 이상 존재할 수 없다는 것을 알았다. 그는 두렵고 서글퍼졌다.

"언제 식사를 하시겠습니까?" 관리인이 미소를 띤 얼굴로 물었다.

"좋을 대로 해요. 난 배가 고프지 않아요. 마을을 산책하러

나가 볼까 합니다."

"그럼 집 안을 둘러보시는 건 어떻습니까? 집 내부는 잘 정돈되어 있습니다. 외관을 둘러보시는 것도……."

"아뇨, 나중에 보죠. 그보다 이곳에 마트료나 하리나라는 여자가 있는지 알려 주십시오."

그 여자는 카츄샤의 친척 아주머니였다.

"그럼요, 마을에 삽니다. 제 힘으로는 도저히 다룰 수 없는 여자랍니다. 밀주를 팔지요. 제가 아니까 적발해 야단을 치기도 합니다만, 고소를 하자니 불쌍해서요. 어린 손자를 데리고 있는 할멈이거든요." 관리인이 여전히 미소를 지으며 말했다. 주인을 기쁘게 해 주고 싶은 바람과 네흘류도프 역시 모든 일에 대해 자신과 똑같이 사고한다는 확신을 드러낸 미소였다.

"어디에 삽니까? 직접 가서 그 여자를 만나 보고 싶은데요."

"마을 끝입니다. 끝에서 세 번째 집이지요. 왼편에 벽돌집이 있을 겁니다. 그 벽돌집 뒤쪽에 그 여자가 사는 오두막이 있습니다. 제가 모셔다 드리는 편이 낫겠습니다." 관리인이 기쁘게 미소를 지으며 말했다.

"아뇨, 고맙지만 내가 찾아보죠. 당신은 농민들에게 내가 토지에 대해 꼭 이야기할 게 있으니 모여 달라고 말해 줘요." 네흘류도프가 말했다. 쿠즈민스코예에서처럼 이곳 농부들과도 일을 매듭지을 생각이었다. 그것도 가능하면 오늘 저녁에 당장 끝맺고 싶었다.

4

대문을 벗어난 네흘류도프는 질경이와 냉이가 무성한 방목장을 가로지르는 잘 다져진 오솔길에서 화려한 앞치마를 두르고 실크 술을 귀에 달고서 통통한 맨발을 빠르게 놀리며 다가오는 농민 처녀를 만났다. 집으로 돌아가는 중이던 처녀는 달리는 방향과 직각이 되도록 왼팔을 빠르게 흔들면서 오른손으로는 붉은 수탉을 배에 꽉 누르고 있었다. 빨간 볏이 흔들리는 수탉은 매우 태연해 보였다. 다만 눈알을 이리저리 굴리면서 검은 한쪽 발을 쭉 뻗었다 올렸다 하며 처녀의 앞치마를 발톱으로 움켜쥐고 있었다. 주인이 점점 가까워지자 그녀는 우선 속도를 줄여 보통 걸음으로 바꾸더니 그의 옆에 이르러 걸음을 멈추고는 고개를 뒤로 홱 젖혔다가 허리를 깊이 숙여 인사했다. 그러고는 그가 지나간 뒤에야 수탉을 안고 다시 걸음을 옮겼다. 네흘류도프는 우물 쪽으로 내려가다가 이번에는 더럽고 거친 루바시카를 입은 노파를 만났다. 굽은 등에 물이 가득한 무거운 통들을 지고 있었다. 노파는 조심스럽게 물통들을 내려놓고 똑같이 고개를 뒤로 홱 젖혔다가 그를 향해 허리를 깊이 숙였다.

우물을 지나치자 마을이 나타났다. 맑고 무더운 날씨였다. 10시 무렵부터 푹푹 찌듯이 더웠고, 몰려든 구름들이 이따금 해를 가렸다. 길에서는 온통 코를 찌를 듯이 강렬하지만 딱히 불쾌하지는 않은 거름 냄새가 떠돌았다. 반질반질하고 평평하게 다져진 언덕길을 따라 올라가는 첼레가[85] 행렬에서, 특히 네흘류도프가 지나친 열린 대문 안쪽의 파헤쳐 놓은 거름 더미에서 풍기는 냄새였다. 바지와 루바시카에 똥거름을 묻힌 채 맨발로 짐수레를 뒤따라 언덕을 오르던 농부들이 키가 크고 뚱뚱한 주인을 돌아보았다. 주인은 실크 리본이 햇살을 받아 반짝이는 회색 모자를 쓰고서 빛나는 손잡이가 달리고 마디가 있는 반들반들한 지팡이로 두 걸음마다 땅을 짚으며 마을길을 따라 올라가고 있었다. 빠르게 달리는 첼레가의 마부석에 앉아 덜컹덜컹 흔들리며 밭에서 돌아오던 농부들은 마을을 돌아다니는 범상치 않은 남자를 놀란 눈으로 좇으며 모자를 벗었다. 아낙들은 대문 밖과 현관 계단으로 나와 서로를 향해 그를 가리키며 눈으로 배웅을 했다.

네흘류도프는 네 번째 대문을 지나치다가 대문 밖으로 삐거덕거리며 빠져나오는 첼레가들에 막혀 걸음을 멈추었다.

85) 평상처럼 생긴 길쭉하고 평평한 수레에 말을 매단 짐마차의 일종이다.

높다랗게 쌓아 올린 거름 위에는 사람이 앉도록 멍석이 깔려 있었다. 여섯 살짜리 사내아이가 첼레가를 탈 수 있을지 모른다는 기대에 들떠 그 뒤를 따라갔다. 나무껍질 신발을 신은 젊은 농부가 성큼성큼 걸음을 옮기며 말을 문밖으로 몰았다. 다리가 긴 회색 망아지가 대문 밖으로 뛰어나왔다. 하지만 네흘류도프를 보고 놀라서 첼레가에 바짝 붙다가 바퀴에 다리를 긁히자 마침 무거운 수레를 끌고 나오면서 불안한 기색으로 살짝 울음소리를 내던 암말 앞으로 껑충 달려갔다. 몸놀림이 빠른 야윈 노인이 역시 맨발로 다음 말을 끌고 나왔다. 줄무늬 바지와 길고 더러운 루바시카 차림에 앙상한 어깨뼈가 툭 튀어나와 있었다.

평평하게 다져지고 마치 불에 탄 자리처럼 회색 똥거름 부스러기가 흩어진 길로 말들이 빠져나오자 노인은 대문 쪽으로 되돌아가 네흘류도프에게 허리를 숙여 인사했다.[86)]

"우리 마님들의 조카분이신가?"

"네, 그분들의 조카입니다."

"잘 오셨소. 그런데 무슨 일이실까, 우리를 방문하러 와 주시다니." 노인이 수다스럽게 말했다.

"네, 네. 그런데 생활은 어떻습니까?" 네흘류도프는 뭐라고 말해야 할지 몰라 물었다.

---

86) 노인은 지주인 네흘류도프에게 지극히 공손하게 인사를 하면서도 대화할 때는 아주 친하거나 손아래인 사람을 대하듯 허물없는 말투를 사용하며, 앞으로 등장할 노인의 아내도 마찬가지다. 이에 비해 네흘류도프는 자신보다 신분이 낮은 이 노인 부부에게 계속 정중한 말투를 사용한다.

"우리 생활이 어떠냐고! 궁색하기 짝이 없지." 수다스러운 노인은 흡족한 듯 말끝을 길게 늘였다.

"왜 궁색하지요?" 네흘류도프가 대문 안으로 들어서며 말했다.

"그럼 어떤 생활을 한담? 지지리 궁상을 떨며 살고 있수다." 노인은 네흘류도프를 뒤따라 땅바닥이 드러나도록 깨끗하게 치워 둔 차양 밑으로 들어서며 말했다.

네흘류도프는 차양 아래서 걸음을 옮겼다.

"우리 집 식구는 열두 명이라오." 노인이 두 여자를 가리키며 계속 말했다. 머릿수건이 벗겨지고 땀방울이 송골송골 맺힌 여자들은 치맛자락을 걷어 허리춤에 쑤셔 넣고는 무릎 아래 절반까지 똥거름으로 더러워진 종아리를 훤히 드러내고서 아직 치우지 못한 거름 더미의 오목한 부분에 쇠스랑을 꽂고 서 있었다. "달마다 6푸드씩 호밀을 사야 하는데 그 돈을 어디에서 구하겠소?"

"당신네들이 수확한 호밀로는 정말 부족합니까?"

"우리가 수확한 것?!" 노인이 비웃듯 피식 웃으며 말했다. "우리 밭은 세 사람 몫에 불과하다우. 지난해에는 고작 여덟 단을 수확했고 말이오. 크리스마스까지도 버티지 못했어."

"그럼 어떻게 합니까?"

"식구 한 명을 일꾼으로 보내고 나리의 돈도 빌리면서 버티고 있수다. 사순절이 되기도 전에 전부 써 버려서 아직 세금도 내지 못했지만."

"세금으로 얼마를 냅니까?"

"우리 집은 넉 달마다 17루블을 낸다오. 아, 말도 안 되는 생활이지. 우리가 여태껏 버티고 있는 게 용할 지경이라니까."

"집에 들어가도 됩니까?" 깨끗이 치워진 곳에 있던 네흘류도프는 앞쪽의 작은 안마당으로 들어가 아직 손을 대지 않은 채 쇠스랑으로 휘저어 놓은 샛노란 거름 더미 쪽으로 자리를 옮기며 말했다. 거름 더미에서 심한 냄새가 풍겼다.

"그럼요, 들어오시구려." 노인은 이렇게 말하고 네흘류도프를 앞질러 맨발 — 발가락 사이로 똥거름이 삐져나왔다 — 로 재빨리 걸어가 그를 위해 통나무집 문을 열어 주었다.

여자들은 머릿수건을 매만지고 치맛자락을 내리면서 소매에 금단추가 달린 청결한 주인이 자기들 집에 들어가는 모습을 호기심과 두려움 어린 눈길로 쳐다보았다.

통나무집에서 루바시카만 걸친 여자아이 두 명이 뛰어나왔다. 네흘류도프는 몸을 살짝 숙이고 모자를 벗은 후 현관방을 지나 시큼한 음식 냄새가 풍기고 베틀 두 개가 공간을 다 차지한 더럽고 좁은 집 안으로 들어갔다. 페치카 옆에는 걷어 올린 소매 밖으로 힘줄이 불거지고 햇볕에 그을린 야윈 팔을 드러낸 노파가 서 있었다.

"여기 나리께서 우리를 방문해 주셨구려." 노인이 말했다.

"어머, 어서 오세요." 노파가 걷은 소매를 끌어 내리며 다정하게 말했다.

"당신들이 어떻게 사는지 보고 싶었습니다." 네흘류도프가 말했다.

"네, 보시다시피 이렇게 살아요. 집이 허물어지려 하지요.

언제든 누구라도 죽을 수 있어요. 그런데도 영감은 괜찮다네요. 이렇게 우리는 차르처럼 살고 있어요." 팔팔한 노파가 머리를 신경질적으로 떨면서 말했다. "지금 식사를 준비하는 중이에요. 일하는 사람들에게 먹이려고."

"당신들은 무엇을 먹습니까?"

"뭘 먹느냐고요? 좋은 음식을 먹죠. 첫 번째 코스는 크바스[87]와 빵이고, 두 번째 코스는 빵과 크바스라우." 노파가 반쯤 삭은 이를 드러내며 말했다.

"아뇨, 농담은 말고요. 오늘은 무얼 먹을지 보여 주십시오."

"먹을 거?" 노인이 껄껄거리며 말했다. "우리 식사는 단순해요. 할멈, 나리에게 보여 드려."

노파는 고개를 저었다.

"우리 농사꾼들이 먹는 것을 보시고 싶다고요? 보아하니 참말로 꼼꼼한 나리네. 전부 아셔야겠다니. 빵과 크바스라고 말씀드렸잖아요. 수프도 있어요. 여편네들이 어제 방풍나물을 뜯어 왔거든요. 그걸로 수프를 만들 거예요. 그다음에 감자도 있지요."

"더 없습니까?"

"뭐가 더 있겠수? 우유나 섞는 정도지." 노파가 키득거리면서 문을 쳐다보며 말했다.

문이 열려 있고, 현관방은 사람들로 가득했다. 사내아이들, 여자아이들, 젖먹이가 딸린 아낙들이 문에 바짝 붙어 농부들

---

87) 엿기름, 보리, 호밀 등으로 만든 러시아의 청량음료.

이 먹는 음식을 구경하는 이상한 나리를 쳐다보고 있었다. 노파는 지주 귀족을 상대하는 자신의 수완을 자랑스러워하는 듯했다.

"네, 나리, 우리가 사는 게 참 궁색하고 초라합죠. 그렇고말고요." 노인이 말했다. "어디를 기어들어 와!" 그가 문가에 선 사람들에게 소리를 질렀다.

"그럼 안녕히 계십시오." 네흘류도프는 스스로도 이유를 알 수 없었지만 거북하고 부끄러웠다.

"이렇게 방문해 주시다니 정말 고맙수다." 노인이 말했다.

현관방에 서로 바짝 붙어 있던 사람들이 네흘류도프에게 길을 열어 주었다. 그는 집 밖으로 나와 길을 따라 위쪽으로 향했다. 현관방에서부터 두 사내아이가 맨발로 그를 따라왔다. 손위인 아이는 한때 하얬을 더러운 루바시카를 입었고, 다른 아이는 낡고 바랜 장밋빛 루바시카를 입었다. 네흘류도프가 그들을 돌아보았다.

"지금 어디 가?" 하얀 루바시카를 입은 사내아이가 말했다.[88]

"마트료나 하리나를 만나러 간단다." 그가 말했다. "너희들, 그 여자를 아니?"

장밋빛 루바시카를 입은 손아래 사내아이가 무엇 때문인지 웃음을 터뜨렸고, 손위 아이는 진지하게 되물었다.

"어떤 마트료나? 나이가 많은 사람?"

---

88) 아이들 역시 노인들처럼 네흘류도프에게 허물없는 말투를 쓴다.

"그래, 나이가 많은 사람이야."

"아아." 사내아이가 말끝을 길게 늘였다. "그 사람은 세묘니하야. 마을 끝에 살아. 우리가 데려다줄게. 자, 페지카, 아저씨를 데려다주자."

"말들은?"

"아마 별일 없을 거야!"

페지카는 찬성을 했고, 세 사람은 윗마을로 향했다.

5

네흘류도프는 어른들보다 사내아이들과 함께 있는 게 더 마음이 편해서 길을 걷는 동안 아이들과 이런저런 이야기를 나누게 됐다. 장밋빛 루바시카를 입은 손아래 아이는 더 이상 깔깔대지 않고 손위 아이처럼 영리하고 조심스럽게 말했다.

"그런데 너희 마을에서 누가 가장 가난하니?" 네흘류도프가 물었다.

"누가 제일 가난하냐고? 미하일라가 가난하고. 세몬 마카로프도 그래. 마르파는 정말 아주 가난해."

"아니시야도 있어. 그 여자가 훨씬 더 가난해. 아니시야에게는 암소도 없어. 구걸을 하러 다니잖아." 손아래 페지카가 말했다.

"암소는 없지만 그 대신 가족이 고작 세 명이잖아. 마르파네는 다섯 명이란 말이야." 손위 사내아이가 반박했다.

"하지만 그 여자는 과부야." 장밋빛 사내아이가 아니시야를 편들며 말했다.

"넌 아니시야가 과부라고 하지만 마르파도 과부나 다름없어." 손위 사내아이가 계속 말했다. "남편이 없기는 어느 쪽이든 똑같아."

"남편은 어디에 있니?" 네흘류도프가 물었다.

"감옥에서 이에게 피를 빨리고 있지." 손위 사내아이가 농부들 사이에 흔히 쓰는 일상적인 표현을 사용하며 말했다.

"지난해 여름 지주의 숲에서 자작나무 두 그루를 베었다가 감옥에 갇혔어." 장밋빛 손아래 사내아이가 서둘러 말했다. "지금 여섯 달째 거기 있어. 아줌마는 구걸을 하러 다니고. 아이가 셋 있고, 할머니는 불구야." 그가 자세히 말했다.

"그 여자는 어디에 살지?" 네흘류도프가 말했다.

"바로 저 집이야." 사내아이가 한 집을 가리키며 말했다. 그 앞 네흘류도프가 걷고 있는 오솔길 위에 머리통이 아주 작고 머리칼은 아마색인 어린아이가 무릎이 밖으로 휜 두 다리를 휘청거리며 간신히 버티고 서 있었다.

"바스카, 이 말썽꾸러기 녀석, 어디로 달아났냐?"

통나무집에서 재를 뒤집어쓴 것같이 더러운 회색 루바시카를 입은 아낙이 달려 나오며 소리치다가 깜짝 놀란 얼굴로 네흘류도프 앞에 뛰어들더니 아이를 붙잡고는 집 안으로 사라졌다. 네흘류도프가 자식에게 무슨 짓이라도 할까 봐 두려워하는 듯했다.

그 여자가 바로 네흘류도프의 숲에서 자작나무를 벤 일로 감옥에 들어가게 된 남자의 아내였다.

"음, 그런데 마트료나도 가난하니?" 세 사람이 마트료나의 작은 통나무집에 거의 도착할 즈음 네흘류도프가 물었다.

"가난이 웬 말이야. 술을 파는데." 낡은 장밋빛 루바시카를 입은 사내아이가 단호하게 대꾸했다.

마트료나의 작은 통나무집에 이른 네흘류도프는 사내아이들을 돌려보내고 현관방을 지나 집 안으로 들어갔다. 마트료나 노파의 농가는 길이가 6아르신 정도로 페치카 뒤에 놓인 침대 위에서는 어른이 몸을 쭉 펼 수도 없었다. '바로 이 침대에서 카츄샤가 아이를 낳고 병을 앓았구나.' 그는 생각했다. 베틀 하나가 집 안을 거의 다 차지했다. 네흘류도프가 낮은 문에 머리를 부딪치며 들어섰을 때 노파는 맏손녀와 함께 막 베틀의 날실을 고르는 중이었다. 다른 두 손주는 지주를 따라 쏜살같이 뛰어 들어와 두 손으로 문설주를 잡고 그 뒤에 섰다.

"누구를 찾수?" 날실이 가지런하게 되지 않아 짜증스러워하던 노파가 성난 목소리로 물었다.[89] 그 이유 말고도 몰래 술을 팔아야 했기에 누구든 낯선 사람만 보면 겁을 냈다.

"난 지주입니다. 당신과 잠시 이야기를 하고 싶습니다."

노파는 유심히 쳐다보며 잠자코 있다가 갑자기 태도를 싹 바꿨다.

89) 노파 역시 네흘류도프에게 계속 친근한 말투를 쓰고, 네흘류도프는 정중하게 높임말을 사용한다.

"아, 주인 나리셨소, 내가 멍청해서 알아보지도 못했구먼. 지나가는 사람인 줄 알았네." 그녀가 꾸민 듯한 다정한 목소리로 말했다. "아, 우리 잘생긴 나리께서……."

"단둘이 이야기를 하고 싶은데요." 네흘류도프가 열린 문을 쳐다보며 말했다. 문지방에 선 아이들 뒤로 야윈 여자가 아기를 안고 서 있었다. 조각 천으로 지은 둥근 모자를 쓴 아기는 바싹 마르고 병 때문에 안색이 창백한데도 계속 방글거렸다.

"뭘 멀뚱멀뚱 보고 있어! 한 대 먹여 주마. 내 지팡이를 이리 가져와!" 노파가 문가에 있는 사람들을 향해 소리쳤다. "문 안 닫아?"

아이들은 물러나고 아기를 안은 여자가 문을 닫았다.

"누가 왔나 했네. 우리 나리셨구려. 홀딱 반할 만큼 잘생겼구먼!" 노파가 말했다. "싫은 내색도 않으시고 이렇게 납시다니. 눈이 다 부시네! 여기 앉으셔, 공작 각하, 여기 의자에요." 노파가 앞치마로 의자를 훔치며 말했다. "어떤 빌어먹을 놈이 기어드나 했더니 이렇게 공작 각하가 오셨네. 좋은 나리, 우리를 먹여 주시는 은인이 오셨어. 이 멍청한 노인네를 용서하시구려. 눈이 멀어서 그렇다오."

네흘류도프는 의자에 앉았다. 노파가 오른손으로 뺨을 받친 채 왼손으로 뾰족한 오른 팔꿈치를 잡고 서서 노래하는 듯한 목소리로 말했다.

"공작 각하도 나이가 드셨구려. 실한 우엉 같던 분이 이게 뭐요! 걱정도 있는 것 같네."

"실은 물어볼 게 있어서 왔어요. 혹시 카츄샤 마슬로바를 기억해요?"[90]

"카체리나? 어떻게 기억를 못 하겠수? 내 조카인데……. 어떻게 잊는단 말이우. 그 애 때문에 얼마나 눈물을 흘렸는데. 전부 알지. 나리, 하느님 앞에 죄가 없는 인간이 있겠수? 차르에게 잘못을 저지르지 않은 인간이 있겠냔 말이우. 젊은 날의 불장난이지. 두 사람이 차도 커피도 마시니 악마가 유혹을 한 거야. 악마는 역시 강하다니까. 하지만 어쩔 수 없지! 나리는 그 애를 버렸지만 보상도 했잖아요. 100루블이나 되는 돈을 아낌없이 주시고. 하지만 그 애가 어떻게 했게요. 분별 있게 처신하지 못했어요. 그 애가 내 말을 들었더라면 그럭저럭 살아갔을 텐데. 내 조카지만 솔직히 말해 쓸모없는 계집이었수. 정말이지 내가 그 애에게 얼마나 좋은 자리를 구해 줬는데. 고분고분 따르려 하지 않고 주인에게 욕설을 퍼부었다오. 우리가 주인에게 욕설을 하는 게 가당키나 하우? 뭐, 그래서 해고를 당했지. 그 후에는 다시 산림관 집에서 살 수도 있었는데 그 자리에도 붙어 있으려 하지 않았다우."

"아이에 대해 물어보고 싶습니다. 카츄샤는 당신 집에서 출산을 했죠? 아이는 어디에 있습니까?"[91]

"아기 말이죠, 나리, 그때 나도 잘 생각해 보았다우. 그 애가 얼마나 힘들어하는지 난 그 애가 일어날 거라고는 기대도 하지 않았수. 사내 아기에게 마땅히 세례식을 치러 준 뒤 고아원

---

90) 네흘류도프는 마을에 온 뒤 처음으로 편한 말투를 쓰고 있다.
91) 네흘류도프가 노파에게 다시 존댓말을 사용한다.

에 보냈지. 어미가 죽어 가는데 천사 같은 어린 영혼에게 고통을 주어서야 되겠수? 다른 사람들은 젖먹이를 방치하고 배를 곯게 해서 말려 죽이기도 하더구먼. 그렇지만 난 생각했수. 내가 고생을 하더라도 고아원에 보내는 편이 낫다고 말이우. 마침 돈도 있었고, 그래서 아기를 보내 버렸수."

"고아원에서 번호는 받았습니까?"

"받았수. 그런데 아기는 그때 죽었지. 그 여자 말로는 그곳에 가자마자 죽었다더구먼."

"그 여자가 누굽니까?"

"스코로드노예에 살던 그 여자라우. 그 여자가 그런 일을 했지. 이름이 말라니야였는데 지금은 죽고 없수. 여자가 똑똑했어. 그 여자가 어떤 식으로 했는지 알겠수? 사람들이 아기를 데려가면 그 애를 받아서 자기 집에 두고 먹이지. 나리, 고아원에 보낼 준비가 될 때까지 그렇게 먹인다우. 그러다 애들이 서넛 모이면 한꺼번에 데려다주고. 일처리가 얼마나 야무진지. 2인용 침대 같은 아주 커다란 요람을 장만해서 아기들을 이리저리 눕혔다우. 손잡이도 달렸지. 그 여자는 아기 넷을 머리는 따로따로 발은 한데 모이게 눕혀서 한꺼번에 데려간다우. 아기들 입에다 공갈 젖꼭지를 물리면 잠잠해지지, 귀여운 것들."

"그래서 어떻게 됐습니까?"

"뭐, 그 여자가 카체리나의 아이도 그런 식으로 데려갔지. 아마 이 주일 정도 자기 집에 데리고 있었을걸. 아이는 그 여자 집에 있을 때부터 앓기 시작했다우."

“귀여운 아기였습니까?” 네흘류도프가 물었다.

“정말 잘생긴 아기였다우. 그만한 아기는 어디서도 찾아볼 수 없을걸요. 나리를 쏙 빼닮았지.” 노파는 한쪽 눈을 찡긋하며 덧붙였다.

“왜 약해졌을까요? 잘 먹이질 않았나 보죠?”

“뭘 제대로 먹였겠수! 먹이는 시늉만 한 거지. 뻔하잖수, 자기 자식이 아니니 말이우. 그곳에 데려다 놓을 때까지 살아 있기만 하면 되지. 그 여자가 그러는데 모스크바에 도착하자마자 애가 죽었다는구려. 여자가 증명서도 가져왔다우. 모든 걸 절차대로 한 거지. 똑똑한 여자였수.”

네흘류도프가 자식에 대해 알아낸 건 그게 다였다.

6

네흘류도프는 방문과 현관방 문설주에 다시 머리를 부딪치면서 집 밖으로 나왔다. 흰색, 잿빛, 장밋빛 루바시카를 입은 아이들이 그를 기다리고 있었다. 그 아이들 옆에 처음 보는 아이들이 몇 명 더 있었다. 젖먹이를 안은 여자들도 몇명 기다리고 있었다. 그중에는 둥근 조각 천 모자를 쓴 핏기 없이 해쓱한 아기를 가뿐하게 안은 야윈 여자도 있었다. 그 아기는 늙은이 같은 작은 얼굴 전체를 실룩이며 계속 이상한 웃음을 지었고, 굽은 엄지손가락을 끊임없이 부자연스럽게 꼼지락거렸다. 네흘류도프는 그것이 고통에서 비롯된 미소라는 것을 알았다. 그는 그 여자가 누구인지 물었다.

"저 여자가 바로 내가 말한 아니시야야." 손위 사내아이가 말했다.

네흘류도프는 아니시야를 돌아보았다.

"사는 게 어떤가?" 그가 물었다. "뭘 먹고 살지?"

"어떻게 사냐고요? 구걸을 해서 산답니다." 아니시야는 이렇게 말하고 울음을 터뜨렸다.

늙은이 같은 아기는 벌레처럼 가느다란 다리를 구부린 채 얼굴 전체를 일그러뜨리며 방글거렸다.

네흘류도프는 지갑을 꺼내 10루블을 여자에게 주었다. 그가 두 발짝을 미처 떼기도 전에 아기를 안은 다른 여자가 쫓아왔고, 그다음에는 노파가, 또 그다음에는 다른 여자가 따라왔다. 다들 곤궁한 처지를 호소하며 도와 달라고 청했다. 네흘류도프는 지갑에 있던 60루블가량의 소액 지폐를 전부 나누어 주고 깊은 슬픔을 가슴에 담은 채 집으로, 즉 관리인의 곁채로 돌아왔다. 관리인은 미소 띤 얼굴로 네흘류도프를 맞이하며 농부들이 저녁에 모일 거라는 소식을 전했다. 네흘류도프는 고맙다는 말을 하고는 방에 들어가는 대신에 풀이 무성하게 자라고 하얀 사과 꽃잎들이 흩뿌려진 오솔길을 거닐면서 자신이 본 모든 것을 곰곰이 생각해 보기 위해 정원으로 향했다.

처음에는 곁채 주위가 조용했다. 하지만 곧 관리인이 사는 곁채에서 서로 말을 가로채며 다투는 여자들의 격분한 목소리가 들렸다. 이따금 여자들 틈에서 빙글거리며 웃는 관리인의 침착한 목소리가 들려왔다. 네흘류도프는 가만히 귀를 기울였다.

"내 힘으로는 역부족이야. 내 목에서 십자가를 채 가서 어쩌겠다는 거야?"[92] 악에 받친 여자 목소리가 말했다.

92) 19세기에 러시아 정교회에서 세례받은 사람들은 십자가 목걸이를 했다.

"그냥 잠시 들른 거야." 다른 목소리가 말했다. "돌려 달라니까. 왜 소를 괴롭혀? 왜 애들한테 우유도 못 먹이게 하냐고?"

"돈을 내든지 일을 해서 갚아." 관리인의 침착한 목소리가 대꾸했다.

네흘류도프는 정원에서 벗어나 현관 계단으로 다가갔다. 계단 옆에 머리가 헝클어진 두 여자가 서 있었고, 그중 한 명은 만삭인 듯했다. 계단 위에는 관리인이 돛천으로 지은 코트의 호주머니에 두 손을 찔러 넣고 서 있었다. 주인을 본 여자들이 입을 다물고 벗겨진 머릿수건을 매만지는 동안 관리인은 호주머니에서 손을 빼고 미소를 지었다.

관리인의 말에 따르면 농부들이 습관처럼 자기네 송아지와 심지어 암소까지 지주의 풀밭에 일부러 풀어놓는 것이 문제였다. 그런데 이 여자들의 암소 두 마리가 풀밭에 있다가 잡혀 지주의 외양간에 갇혔다. 관리인은 여자들에게 암소 한 마리당 30코페이카씩 내든지 이틀 동안 일을 하라고 요구했다. 여자들은 다음과 같이 주장했다. 첫째, 암소들은 어쩌다 들어갔을 뿐이다. 둘째, 우리는 돈이 없다. 셋째, 일을 해서 갚기로 약속한다 해도 아침부터 타는 듯이 뜨거운 햇볕 아래 아무것도 먹지 못하고 서서 애처롭게 울고 있는 암소들만큼은 당장 집으로 돌려보내 주기 바란다.

"얼마나 자주 당부했어?" 미소를 띤 관리인이 마치 증인이 되어 달라는 듯 네흘류도프를 흘깃 쳐다보며 말했다. "점심에

대부분 피치 못할 상황이 아니면 거의 목걸이를 떼지 않았다.

소를 집으로 몰고 돌아올 때는 잘 지켜보라고 말이야."

"내가 아기를 보러 잠시 달려간 사이에 가 버린 거야."

"망을 보기로 했으면 자리를 비우지 말아야지."

"그럼 누가 애한테 젖을 먹여? 당신은 애한테 공갈 젖꼭지도 안 물려 줄 거잖아."

"정말 소들이 풀밭을 못쓰게 망쳐 놓았다면 이해하겠어. 그 녀석들이 배가 아프도록 풀을 먹어 치운 것도 아닐 텐데. 그냥 잠시 헤맨 것뿐이잖아." 다른 여자가 말했다.

"풀밭을 완전히 망쳐 놨다니까." 관리인이 네흘류도프를 돌아보며 말했다. "저들을 엄하게 처벌하지 않으면 건초를 전혀 생산할 수 없을 겁니다."

"어이, 죄받을 소리 하지 마." 임신한 여자가 외쳤다. "우리 집 소들은 지금껏 한 번도 거기에서 발견된 적 없어."

"그런데 지금은 발견됐잖아. 돈을 지불하든가 일을 해서 갚든가 해."

"좋아. 일해서 갚을 테니 암소를 풀어 줘. 굶겨서 괴롭히는 짓 따위는 그만둬!" 여자가 앙칼지게 소리쳤다. "이렇게 낮에도 밤에도 쉴 틈이 없어. 시어머니는 아프고, 남편은 자취를 감추고. 처음부터 끝까지 나 혼자 동동거리니 이제 기력이 바닥났어. 네가 한번 숨이 막히도록 일해서 갚아 보지그래."

네흘류도프는 암소들을 풀어 주라고 관리인에게 부탁하고, 아까 하던 생각을 마저 하기 위해 다시 정원으로 갔다. 하지만 이제 더 이상 생각할 것이 없었다. 이 순간 모든 것이 너무도 명백해졌다. 어떻게 사람들이 그처럼 분명한 것을 보지 못하는지, 어떻게 그 자신이 그토록 오랫동안 보지 못했는지 놀랍기만 했다.

'민중이 사멸하려고 해. 그들은 자신들이 사멸해 가는 과정에 익숙해져 버렸어. 그들 안에서 사멸 과정 특유의 생활 방식이 형성됐지. 아이들의 높은 사망률과 여자들의 과중한 노동, 모든 이들, 특히 노인들의 불충분한 식사. 그리고 민중은 이런 처지에 아주 서서히 빠져들면서 스스로도 그 비참함을 온전히 보지 못하고 불평조차 하지 않아. 그 때문에 우리도 이런 상황이 자연스럽고 마땅히 그래야 하는 것으로 생각해.' 지금 그는 대낮처럼 분명히 깨닫게 됐다. 민중이 곤궁 — 민중도 자각하고 있으며 그에 대해 늘 언급한다 — 한 주된 이유는 생계를 잇기 위한 유일한 수단인 땅을 지주에게 빼앗겼기 때문이다. 분명 수많은 아이들과 노인들이 죽어 가는 이유는 우유가 없기 때문이고, 우유가 없는 이유는 소를 방목하고 곡물과 건초를 수확하기 위한 토지가 없기 때문이다. 분명 민중이 겪는 불행의 전적인 이유, 아니 적어도 가장 직접적인 주된 이유는 생계 수단인 토지가 그들의 수중이 아니라 토지에 대한 권리를 향유하고 그들의 노동으로 생활하는 이들에게 있기 때문이다. 토지는 농민에게 절실하고 그것이 없어 죽어 가는 사람들도 있다. 그런데 극도로 궁핍한 지경에 내몰린 사람들이 그 토지를 경작한다. 토지에서 수확한 곡물을 외국에 팔아 지주들이 모자, 지팡이, 콜랴스카, 청동 제품을 사들이도록 하기 위해서 말이다. 울타리에 갇힌 말들이 발밑의 풀을 전부 먹어 치운 뒤 여물을 찾을 땅을 이용할 기회를 얻지 못하면 홀쭉하게 마르고 굶어 죽으리라는 것이 분명한 만큼이나 이제 그 사실 역시 그에게 명백해졌다……. 그리고 그것은 끔찍한 일이었다. 있을 수도 없고, 있어서도 안 되는 일이었다. 그러니 그런 일이 없도록 혹은 적어도 자신은 가담하지 않도록 방법을 찾아야 했다. '그리고 나는 반드시 방법을 찾고 말겠어.' 그는 가장 가까이에 자작나무들이 늘어선 길을 이리저리 거닐면서 생각에 잠겼다. '사람들은 학회, 정부 기관, 신문에서 민중이 가난한 이유와 그들의 처지를 개선할 방법에 대해 이러쿵저러쿵하지. 하지만 민중의 처지를 향상시킬 확실한 단 한 가지 방법, 즉 그들에게 없어서는 안 될 토지를 빼앗는 행위를 중단하는 것에 대해서는 말하지 않아.' 그리고 그는 헨리 조지의 근본 명제들과 자신이 그것들에 마음을 빼앗겼던 일을 생생하게 떠올렸고, 어떻게 자신이 그 모든 것들을 잊을 수 있었는지에 대해 놀라워했다. '땅은 소유의 대상이 될 수 없고 물처럼, 공기처럼, 햇살처럼 매매의 대상이 될 수 없어. 모든 사람은 땅에 대해, 땅이 인간들에게 주는 모든 이점에 대해 동등한 권리를 가져.' 그리고 그는 쿠즈민스코예 마을에서 자신이 문제를 처리한 일을 떠올리기가 수치스러운 이유를 이제 이해했다. 그는 스스로를 속이고 있었다. 인간이 땅에 대한 권리를 소유할 수 없음을 알면서도 자신에 대해서는 그 권리를 인정했고, 마음속 깊은 곳에서 자신에게 권리가 없다고 느끼는 것의 일부를 농민들에게 선사했다. 이제 그런 행동을 하지 않을 것이고, 쿠즈민스코예 마을에서 자신이 한 일을 바로잡을 것이다. 그는 머릿속으로 계획을 세웠다. 토지를 농민들에게 지대를 받고 빌려주고, 지대를 그 농민들의 재산으로 인정하고, 농민들이 그 돈을 조세를 지불하거나 공동체 사업에 사용하도록 하겠다는 계획이었다. 토지 단일세[93]는 아니었지만 현 질서에서 그 개념에 가장 근접한 착상이었다. 그가 토지 소유권 행사를 거부했다는 점이 중요했다.

집에 돌아오자 관리인이 유난히 반갑게 미소를 지으면서 식사를 권하며 아내가 실크 술 귀걸이를 한 여자아이의 도움을 받아 장만한 음식이 너무 졸여지거나 지나치게 구워진 것은 아닌지 염려했다.

식탁에는 거친 식탁보가 깔리고 냅킨 대신에 수놓은 수건이 놓여 있었다. 식탁 위의 고풍스러운 작센산 도자기, 즉 손잡이가 떨어진 수프용 접시에 감자수프가 담겨 있었다. 수프 안에는 검은 두 다리를 번갈아 내보이던 수탉이 이제 토막토막 잘리고 잘게 찢겨 군데군데 털이 붙은 채로 들어 있었다. 수프 다음에는 털까지 통째로 구운 그 수탉 고기며 버터와 설탕을 많이 넣어 만든 커드 페이스트리가 나왔다. 이 모든 게 맛이 없긴 했지만 네흘류도프는 무엇을 먹고 있는지도 모르고 먹었다. 그는 생각에 깊이 몰두했고, 그 때문에 마을에서 안고 돌아온 슬픔은 금방 날아 갔다.

관리인의 아내는 실크 술 귀걸이를 한 여자아이가 겁에 질

---

93) 헨리 조지가 주장한 조세 제도다. 토지로부터 발생하는 지대를 100퍼센트 징수하면 토지만으로 전체 재정을 충당할 수 있으니 토지세 이외의 모든 조세를 철폐하는 한편 토지 소유주인 지주가 조세 전액을 부담하게 함으로써 소작농을 보호한다는 것이 토지 단일세 개념의 골자다.

려 식탁에 접시를 내는 동안 문 안쪽에서 계속 내다보았고, 관리인은 아내의 솜씨를 자랑스러워하며 점점 더 기쁘게 미소를 지었다.

식사가 끝난 후 네흘류도프는 관리인을 억지로 앉혀 놓고는 농민들에게 토지를 넘기려는 계획을 전하고 이에 대한 견해를 물었다. 자기 생각을 점검하고 아울러 마음을 온통 차지한 그 생각을 누군가에게 말로 표현하기 위해서였다. 관리인은 자신이 오래전부터 그 문제를 생각해 왔으며, 그런 이야기를 듣게 되어 매우 기쁘다는 투로 미소를 지었지만 사실은 아무것도 이해하지 못했다. 네흘류도프가 생각을 모호하게 표현해서가 아니라 그 계획에 따르면 네흘류도프가 타인의 이익을 위해 자기 이익을 버리기 때문인 듯했다. 하지만 모든 사람은 타인에게 해를 끼치고 자기 이익을 챙기는 데만 정신을 쏟는다는 진리가 관리인의 인식 속에 너무 깊이 뿌리를 내려 네흘류도프가 토지에서 나오는 모든 소득이 농민들의 공동체 자본으로 투입돼야 한다고 말했을 때는 자신이 뭔가 이해하지 못했나 보다고 생각했다.

"알겠습니다. 나리, 그러니까 그 자본에서 이자를 받으시겠다는 거죠?" 그가 환한 얼굴로 말했다.

"아뇨. 땅은 개인들의 사유물이 될 수 없습니다."

"옳은 말씀입니다!"

"따라서 땅이 산출하는 모든 것은 모두의 것입니다."

"그럼 나리에게는 더 이상 수입이 생기지 않을 텐데요?" 웃음기가 가신 얼굴로 관리인이 물었다.

"네, 난 수입에 대한 권리를 포기할 겁니다."

관리인이 무겁게 한숨을 쉬고는 다시 미소 지었다. 이제 그는 이해했다. 네흘류도프가 그다지 정상적인 인간이 아니라는 것을 깨달았다. 그래서 이내 그는 토지를 포기하려는 네흘류도프의 계획에서 사적인 이익을 얻을 가능성을 찾기 시작했고, 자기도 분배되는 토지를 어떻게든 이용할 수 있다는 식으로 계획을 해석하려 했다.

그마저도 불가능하다는 것을 깨닫자 그는 괴로워하며 더 이상 그 계획에 흥미를 느끼지 않았고, 그저 주인을 기쁘게 하기 위해 계속 미소를 지었다. 관리인이 계획을 이해하지 못하는 것을 본 네흘류도프는 그를 내보낸 후 칼자국이 나고 잉크로 더럽혀진 탁자 앞에 앉아 자신의 계획을 종이에 정리하는 일에 몰두했다.

막 싹이 트기 시작한 보리수나무 너머로 어느새 해가 기울었다. 모기들이 떼를 지어 날아 들어와 네흘류도프를 물었다. 그가 필기를 끝낸 순간 마을에서 실려 오는 가축들의 울음소리, 열린 대문이 삐걱거리는 소리, 모임 장소에 모여드는 농부들의 말소리가 들려왔다.

네흘류도프는 농부들을 사무소에 부를 필요가 없다고, 자신이 직접 마을로 나가 그들이 모인 곳에 가겠다고 관리인에게 말했다. 네흘류도프는 관리인이 권하는 차를 서둘러 들이켠 후 마을로 향했다.

7

촌장 집 안마당에 모인 사람들 위로 말소리가 울렸다. 하지만 네흘류도프가 다가가자 말소리는 잦아들었고, 농민들이 쿠즈민스코예 마을에서처럼 다들 잇달아 모자를 벗었다. 이 지역 농민들은 쿠즈민스코예 마을의 농민들보다 훨씬 더 칙칙해 보였다. 처녀와 아낙들이 귀에 실크 술을 달았듯이 농부들은 거의 모두 나무껍질 신발을 신고 집에서 지은 루바시카와 카프탄을 입었다. 몇몇은 일터에서 막 돌아왔는지 신발도 없이 루바시카만 입고 있었다.

네흘류도프는 자신을 억누르고 농민들에게 토지를 완전히 넘기겠다는 계획을 알리면서 연설을 시작했다. 농부들은 침묵했고, 그들의 표정에는 어떤 변화도 일어나지 않았다.

"왜냐하면……." 네흘류도프는 얼굴을 붉히며 말했다. "토지에서 노동하지 않는 사람은 땅을 소유해서는 안 되며, 토지를 이용할 권리는 누구에게나 있다고 생각하기 때문입니다."

"당연한 말씀입니다. 정말 그렇습니다." 농부들의 목소리가 들렸다.

네흘류도프는 토지에서 나오는 수입은 모든 사람에게 분배돼야 한다고, 따라서 농민들이 토지를 임대하고 그들이 직접 정한 지대를 역시 그들이 사용하게 될 공동체 자본으로 제공해 줄 것을 제안한다고 계속해서 말했다. 찬성과 동의를 표시하는 말들이 계속 들렸지만 농민들의 진지한 표정은 점점 더 심각한 빛을 띠었다. 주인을 쳐다보던 눈이 아래를 향했다. 모두가 그의 교활한 술책을 간파했고 아무도 그에게 속지 않는다는 사실을 굳이 드러내서 주인을 부끄럽게 만들고 싶지 않은 듯했다.

네흘류도프는 충분히 분명하게 말했고, 농부들은 이해력이 좋은 사람들이었다. 하지만 그들은 그의 말을 이해하지 못했고, 이해할 수도 없었다. 관리인이 한참 동안 이해하지 못한 것과 같은 이유였다. 그들은 자기 이익을 지키려는 것이 모든 인간의 본성이라고 굳게 믿었다. 몇 세대에 걸쳐 쌓인 경험을 통해 지주란 언제나 농민을 희생해 자신의 이익을 도모하기 마련이라는 사실을 이미 오래전부터 알고 있었다. 따라서 지주가 불러 놓고 무언가 새로운 것을 제안한다면 어떻게든 예전보다 더 교활하게 자기들을 속이기 위해서가 분명했다.

"자, 어떻습니까? 지대를 얼마로 정할까요?" 네흘류도프가 물었다.

"도대체 우리가 뭘 부과한단 말입니까? 우리는 할 수 없습니다. 나리의 땅이고, 나리의 권한입니다." 군중 틈에서 몇몇 목소리들이 대답했다.

"아닙니다. 여러분이 그 돈을 공동체의 필요를 위해 사용하게 될 겁니다."

"우리는 그럴 수 없습니다. 공동체와 이것은 별개입니다."

"알겠습니까?" 네흘류도프를 뒤따라온 관리인이 상황을 설명하기 위해 미소를 지으며 말했다. "공작님이 여러분에게 토지를 빌려주신답니다. 그리고 그 돈은 다시 여러분의 자본으로, 공동체로 넘겨집니다."

"우리도 아주 잘 이해했습니다." 이가 없는 노인이 눈을 들지 않은 채 화를 내며 말했다. "은행 같은 거죠. 하지만 우리는 기일에 지불해야 합니다. 우리는 그것을 바라지 않습니다. 너무 괴롭거든요. 그러니까 그 때문에 우리는 완전히 몰락하게 될 겁니다."

"필요 없습니다. 우리는 예전 방식이 더 좋습니다." 불만에 차고, 심지어 거친 목소리들이 말했다.

네흘류도프가 자신과 그들이 서명해야 할 계약서의 조항들을 언급하자 반대는 점점 거세졌다.

"왜 서명을 해야 합니까? 우리는 지금까지 일했던 것처럼 앞으로도 계속 그렇게 일할 겁니다. 이게 무슨 소용이랍니까? 우리는 무지한 사람들입니다."

"동의하지 않습니다. 익숙하지 않아요. 예전대로 하게 해 주십시오. 다만 씨앗만큼은 면해 주셨으면 합니다." 여러 목소리들이 들렸다.

씨앗을 면해 달라는 것은 현 제도에서 소작지에 파종할 씨앗을 농민이 부담하는데 그것을 지주가 부담해 달라는 뜻이었다.

“그렇다면 여러분은 거부하는 건가요? 토지 임대를 원하지 않습니까?” 네흘류도프는 표정이 환한 중년 농민을 돌아보며 말했다. 너덜너덜한 카프탄을 걸치고 신발을 신지 않은 그는 병사들이 구령에 따라 모자를 벗을 때처럼 유난히 꼿꼿한 자세로 왼팔을 구부려 자신의 낡은 모자를 쥐고 있었다.

“바로 그렇습니다.” 아직 병역의 최면에서 깨어나지 못한 듯한 그 농민이 말했다.

“그러니까 당신들에게는 토지가 충분하다는 겁니까?” 네흘류도프가 말했다.

“결코 그렇지 않습니다.” 전직 병사가 낡은 모자를 가슴 앞에 꼭 쥐고 부자연스럽게 밝은 표정을 띠며 대답했다. 마치 누구든 모자를 원하는 사람이 있다면 건넬 것 같은 모습이었다.

“자, 어쨌든 내가 여러분에게 말한 것을 곰곰이 생각해 보십시오.” 놀란 네흘류도프는 이렇게 말하고 자신의 제안을 다시 한번 설명했다.

“그건 더 생각할 필요도 없습니다. 이미 말씀드린 대로 하겠습니다.” 이가 없는 침울한 노인이 성을 내며 말했다.

“난 내일 여기에 하루 종일 머물 겁니다. 혹시 생각이 바뀌면 사람을 보내서 나에게 알려 주십시오.”

농부들은 아무 대답도 하지 않았다.

네흘류도프는 그렇게 아무 수확 없이 사무소로 돌아왔다.

“공작님, 드릴 말씀이 있습니다.” 두 사람이 집에 도착했을 때 관리인이 말했다. “그자들과 합의점을 찾으려 하지 마십시오. 완고한 사람들입니다. 모임에 나오기만 하면 고집을 부립니다. 그자들은 꿈쩍도 하지 않습니다. 모든 것을 두려워하기 때문입니다. 그 농부들은요, 머리털이 희든 검든 아무튼 찬성하지 않았던 남자들 말입니다, 그들은 영리한 자들입니다. 그자들 중 한 명이 사무소에 오면 함께 자리에 앉아 차를 마시면서 이야기를 나누어 보세요.” 관리인이 빙글거리며 말했다. “지혜의 궁전에 있는 사람 같다니까요. 대신이 따로 없어요. 모든 것에 대해 분별 있게 논한답니다. 그런데 모임에만 오면 완전히 다른 사람이 돼서 똑같은 말만 계속 되풀이하고…….”

“그럼 그처럼 이해력이 아주 좋은 농민들을 몇 명 불러 줄 수 없을까요?” 네흘류도프가 말했다. “내가 그 사람들에게 자세히 설명하겠습니다.”

“가능합니다.” 관리인이 미소를 지으며 말했다.

“그래요, 내일까지 불러 줘요.”

“전부 가능합니다. 내일 소집하겠습니다.” 관리인은 이렇게 말하고는 한층 더 환한 미소를 지었다.

“와, 정말 교활한 사람이더군요!” 한 번도 빗질을 하지 않고 덥수룩하게 턱수염을 기른 검은 머리의 농부가 뚱뚱한 암말 위에서 몸을 흔들며 말했다. 쇠줄을 철컹거리면서 나란히 말을 모는 너덜너덜한 카프탄 차림의 늙고 야윈 다른 농부에게 던진 말이었다.

농부들은 야간 방목을 하러 대로를 따라 말들을 이끌고서 몰래 지주의 숲으로 가는 중이었다.

"땅을 공짜로 줄 테니 서명만 하라는군. 아직 우리들을 덜 가지고 놀았나. 아니지, 친구, 헛소리는 집어치워. 요즘은 우리도 조금은 분별이 생겨서 말이야." 그는 이렇게 덧붙이고는 무리에서 뒤처진 갈기를 민 수망아지를 불렀다. "망아지야, 망아지야!" 그가 말을 세우고 뒤를 돌아보며 외쳤다. 하지만 수망아지는 뒤쪽이 아니라 옆에 있었다. "풀밭으로 가 버렸군."

"이런, 지주네 풀밭에 가는 게 버릇이 됐네, 빌어먹을 새끼." 턱수염이 덥수룩한 검은 머리 농부는 뒤처진 수망아지가 힝힝거리면서 습지의 싱그러운 향기를 풍기는 이슬 젖은 풀밭을 달리며 수영 줄기를 부러뜨리는 소리를 듣고 말했다.

"들리나? 풀밭이 무성해지기 시작했군. 축일에 여자들을 보내 소작지의 제초 작업을 해야겠는걸." 너덜너덜한 카프탄을 입은 야윈 농부가 말했다. "그러지 않으면 낫이 녹슬겠어."

"서명을 하라니." 턱수염이 덥수룩한 농부가 계속해서 지주의 말에 대한 의견을 말했다. "서명을 해 봐요. 그 사람이 당신을 산 채로 삼켜 버릴걸요."

"그렇지." 늙은 농부가 말했다.

그리고 그들은 더 이상 아무 말도 하지 않았다. 단단한 길을 달리는 말발굽 소리만 들렸다.

8

집으로 돌아온 네흘류도프는 잠자리가 마련된 사무소에서 깃털을 두툼하게 채운 침대를 보았다. 침대에는 베개 두 개와 솜을 넣고 덩굴무늬를 정교하게 수놓은 2인용의 빳빳한 진홍색 실크 이불이 놓여 있었다. 아마도 관리인 부인의 혼수품인 듯했다. 관리인은 네흘류도프에게 식사 때 남은 음식을 권했다. 하지만 네흘류도프가 거절하자 변변치 못한 대접과 실내 장식에 대해 사과하고는 네흘류도프를 두고 방을 나갔다.

농민들의 거절은 네흘류도프의 마음을 조금도 어지럽히지 않았다. 쿠즈민스코예 마을 사람들은 그의 제안을 받아들이고 계속 감사를 표현한 데 비해 이곳 사람들은 불신과 적의를 드러냈다. 하지만 그는 평온과 기쁨을 느꼈다. 사무소는 숨이 막히도록 덥고 불결했다. 네흘류도프는 안마당으로 나갔다. 정원을 거닐려고 했지만 그날 밤 하녀 방의 창문과 뒷문 계단이 떠올랐다. 범죄의 추억으로 더럽혀진 장소들을 거닐자니 불쾌한 기분이 들었다. 그는 다시 현관 계단에 앉아 따뜻한 대기를 가득 채운 어린 자작나무 잎사귀의 진한 향기를 들이마시면서 한참 동안 어둑해지는 정원을 바라보고 물방앗간 소리, 나이팅게일들이며 계단 옆 떨기나무 속에서 단조롭게 지저귀는 이름 모를 새의 노랫소리에 귀를 기울였다. 관리인의 창문에 불이 꺼졌다. 동쪽으로 헛간 뒤편에서 떠오르는 달이 빛을 비추기 시작했고, 마른번개가 풀이 무성하고 꽃이 만발한 정원과 허물어져 가는 집을 점점 더 환하게 밝혔다. 멀리서 천둥소리가 들리더니 검은 먹구름이 하늘의 3분의 1을 뒤덮었다. 나이팅게일들과 다른 새들이 지저귐을 멈췄다. 물방앗간의 물소리 사이로 거위들 울음소리가 들렸고, 그다음에는 천둥이 치는 무더운 밤이면 늘 그렇듯 마을과 관리인의 안마당에서 평소보다 일찍 첫닭들이 울기 시작했다. 첫닭이 일찍 울면 밤이 즐거워진다는 속담이 있다. 네흘류도프에게 그 밤은 즐겁다는 표현만으로는 부족했다. 그에게 기쁘고 행복한 밤이었다. 네흘류도프가 이곳에서 순수한 청년 시절을 보내던 행복한 여름의 인상들이 상상을 통해 그의 눈앞에 되살아났다. 지금 그는 그 시절뿐 아니라 자기 생애에서 가장 좋았던 모든 순간들로 되돌아간 듯한 기분을 느꼈다. 열네 살 소년 시절 하느님께 진리를 깨우쳐 달라고 기도하던 것, 어린 시절 어머니와 헤어지게 됐을 때 언제까지나 착한 사람으로 남을 것이며 결코 어머니를 슬프게 하지 않겠다고 약속하면서 어머니의 무릎에서 울던 것을 기억했을 뿐 아니라 그 시절의 자신으로 돌아간 듯한 기분을 느꼈다. 또한 니콜렌카 이르체녜프와 함께 언제나 서로를 지탱해 주면서 선한 삶을 살자고, 모든 사람들을 행복하게 만들기 위해 노력하자고 다짐하던 때의 자신으로 돌아간 느낌이었다.

이 순간 그는 쿠즈민스코예 마을에서 유혹에 사로잡혀 집과 숲과 영지 경영과 땅을 아까워했던 것을 떠올렸고, 지금도 그것들이 아까운지 스스로에게 물어보았다. 그런데 자신이 그런 것을 아까워할 수 있었다는 사실이 낯설게까지 여겨졌다. 그는 오늘 본 모든 것을 떠올렸다. 남편이 그의, 즉 네흘류도프의 숲에서 몰래 나무를 벤 죄로 감옥에 갇혀 혼자 아이들을 키우는 여자, 자기네 같은 처지의 여자들이 주인의 정부가 되는 게 당연하다고 생각하거나 적어도 그렇게 말하는 끔찍한 마트료나……. 또 아이들을 대하는 그녀의 태도, 아이들을 고아원에 데려가는 방식, 조각 천을 이은 모자를 쓰고서 늙은이 같은 얼굴로 방글방글 웃으며 영양 결핍으로 죽어 가던 불행한 아기를 떠올렸다. 고된 노동에 지쳐서 굶주린 암소를 제대로 지켜보지 못했다는 이유로 네흘류도프를 위해 일해야만 했던 그 쇠약한 임산부를 떠올렸다. 그러자 바로 그 순간 감옥, 머리털을 민 머리통, 감방, 역겨운 냄새, 쇠사슬, 그리고 도시와 수도에서 자신을 비롯한 모든 귀족이 누리는 무분별한 사치가 동시에 떠올랐다. 모든 게 의심할 여지 없이 너무도 분명했다.

보름달에 가까운 밝은 달이 헛간 뒤에서 떠올랐다. 검은 그림자들이 안마당을 가로질렀고, 허물어져 가는 집의 함석지붕이 밝게 빛났다.

그러자 침묵하던 나이팅게일이 이 빛을 그냥 흘려보내고 싶지 않은 듯 다시 정원에서 지저귀기 시작했다.

네흘류도프는 쿠즈민스코예 마을에서 자기 삶에 대해 곰곰이 생각하며 무엇을 어떻게 할지에 대한 문제들을 해결하려 한 것을 떠올렸고, 그 문제들 속에서 헤매다가 결국 해결하지 못한 것을 기억했다. 문제 하나하나마다 너무도 많은 상념이 뒤따랐다. 지금 그는 그 문제들을 스스로에게 던졌고, 모든 게 얼마나 단순한지 깜짝 놀랐다. 모든 게 단순해진 것은 지금 그가 자신에게 무슨 일이 일어날지 생각하지 않고, 심지어 그것에 대해 관심도 갖지 않으며, 오로지 자신이 무엇을 해야 할지에 대해서만 생각했기 때문이다. 그리고 놀랍게도 자신을 위해 무엇이 필요한지에 대해서는 도저히 결정할 수 없었는데 타인을 위해 무엇을 해야 할지는 분명히 알게 되었다. 지금 그는 땅을 손아귀에 쥐고 있는 것은 악한 행동이기 때문에 농민들에게 넘겨야 한다는 것을 분명히 알았다. 카츄샤 앞에서 속죄하기 위해서는 카츄샤를 버리지 말고 도와야 하며 무슨 일이든 기꺼이 해야 한다는 것을 분명히 알았다. 재판과 형벌에 대한 그 모든 사안에 대해 연구하고 분석하고 해명하고 이해해야 한다는 것을 분명히 알았다. 그 사안에서 다른 사람들이 보지 못하는 무언가를 자신은 보고 있다고 느꼈다. 이 모든 것에서 어떤 결과가 생길지는 몰랐지만, 앞서 열거한 세 가지를 전부 반드시 수행해야 한다는 것만큼은 분명히 알았다. 그리고 그 확고한 믿음이 그에게 기쁨을 주었다.

먹구름이 하늘을 완전히 뒤덮었다. 더 이상 멀리서 치는 마른번개가 아니라 안마당 전체와 허물어져 가는 집과 부서진 현관 계단을 비추는 벼락이 번쩍이기 시작했다. 머리 위에서 천둥소리가 들렸다. 모든 새들이 잠잠해졌지만 그 대신 잎사귀가 바스락거리기 시작했고, 바람이 네흘류도프가 앉은 현관 계단까지 불어와 머리카락을 살랑살랑 흔들었다. 비가 한 방울 두 방울 떨어져 우엉과 지붕의 함석판을 때리기 시작했고, 대기 전체가 강렬한 빛으로 번득였다. 모든 것이 고요해지더니 네흘류도프가 미처 셋을 세기도 전에 머리 바로 위에서 무언가가 기묘하게 쩍 갈라지며 요란하게 하늘을 구르는 소리가 들렸다.

네흘류도프는 집 안으로 들어갔다.

'그럼, 그렇지.' 그는 생각했다. '우리 삶이 이루어 가는 일, 모든 일, 그 일의 모든 의미가 나에게는 이해되지 않고, 또 이해될 수도 없어. 고모들은 무엇을 위해 존재했던 걸까? 니콜렌카 이르체네프는 왜 죽었고, 나는 왜 살아 있을까? 카츄샤는 무엇을 위해 존재했을까? 그리고 나의 광기는? 그 전쟁은 무엇 때문에 벌어졌을까? 그리고 그 이후 이어진 나의 모든 방종한 생활은? 그 모든 것을 이해하는 것, 주인이 행하는 모든 일을 이해하는 것, 그것은 나의 권한이 아니야. 하지만 내 양심에 기록된 그분의 의지를 행하는 것, 그것은 나의 권한이지. 난 그것을 분명히 알아. 그리고 그것을 행할 때 내 마음은 분명 평온해.'

가랑비는 어느새 폭우로 바뀌어 지붕에서 나무통 속으로

시냇물이 흐르는 듯한 소리를 내며 떨어졌다. 번개가 아까보다는 점점 뜸하게 안마당과 집을 비추었다. 네흘류도프는 방 안으로 들어와 옷을 벗고는 빈대가 나오지 않을까 염려하며 침대에 누웠다. 찢어진 더러운 벽지가 빈대를 의심하게 만들었다.

'그래, 나 자신을 주인이 아니라 하인이라고 생각하자.' 그는 이렇게 생각하고 그 생각에 기뻐했다.

그의 우려가 현실이 됐다. 촛불을 끄자마자 이들이 달려들어 물어뜯기 시작했다.

'땅을 넘겨주고 시베리아로 떠나는 것은 곧 벼룩, 빈대, 불결함을……. 뭐, 그게 어때서, 그것을 감수해야 한다면 감수해야지.' 하지만 간절한 바람에도 불구하고 그는 결국 그것을 견디지 못하고 열린 창가에 앉아 빠르게 물러나는 먹구름과 다시 나타난 달을 감탄하며 바라보았다.

세계문학전집 89

부활 1

1판 1쇄 펴냄 2003년 11월 11일
1판 48쇄 펴냄 2019년 7월 17일
2판 1쇄 펴냄 2019년 12월 27일
2판 9쇄 펴냄 2024년 5월 21일

지은이 레프 톨스토이
옮긴이 연진희
발행인 박근섭, 박상준
펴낸곳 (주)민음사

출판등록 1966. 5. 19. (제 16-490호)
서울특별시 강남구 도산대로1길 62(신사동) 강남출판문화센터 5층(우편번호 06027)
대표전화 02-515-2000 팩시밀리 02-515-2007
www.minumsa.com

ISBN 978-89-374-4366-4 04800
ISBN 978-89-374-6000-5 (세트)

* 잘못 만들어진 책은 구입처에서 교환해 드립니다.

세계문학전집 목록

1·2 **변신 이야기** 오비디우스·이윤기 옮김 서울대 권장도서 100선
3 **햄릿** 셰익스피어·최종철 옮김 서울대 권장도서 100선 | 미국대학위원회 선정 SAT 추천도서
4 **변신·시골의사** 카프카·전영애 옮김 서울대 권장도서 100선
5 **동물농장** 오웰·도정일 옮김 미국대학위원회 선정 SAT 추천도서 | 《타임》 선정 현대 100대 영문소설
6 **허클베리 핀의 모험** 트웨인·김욱동 옮김 《뉴스위크》 선정 100대 명저
7 **암흑의 핵심** 콘래드·이상옥 옮김 미국대학위원회 선정 SAT 추천도서 | 《뉴스위크》 선정 10대 명저
8 **토니오 크뢰거·트리스탄·베네치아에서의 죽음** 토마스 만·안삼환 외 옮김 노벨 문학상 수상 작가
9 **문학이란 무엇인가** 사르트르·정명환 옮김
10 **한국단편문학선 1** 김동인 외·이남호 엮음 국립중앙도서관 선정 청소년 권장도서
11·12 **인간의 굴레에서** 서머싯 몸·송무 옮김
13 **이반 데니소비치, 수용소의 하루** 솔제니친·이영의 옮김 노벨 문학상 수상 작가
14 **너새니얼 호손 단편선** 호손·천승걸 옮김
15 **나의 미카엘** 오즈·최창모 옮김
16·17 **중국신화전설** 위앤커·전인초, 김선자 옮김
18 **고리오 영감** 발자크·박영근 옮김
19 **파리대왕** 골딩·유종호 옮김 노벨 문학상 수상 작가 | 《타임》 선정 현대 100대 영문소설
20 **한국단편문학선 2** 김동리 외·이남호 엮음
21·22 **파우스트** 괴테·정서웅 옮김 서울대 권장도서 100선 | 미국대학위원회 선정 SAT 추천도서
23·24 **빌헬름 마이스터의 수업시대** 괴테·안삼환 옮김
25 **젊은 베르테르의 슬픔** 괴테·박찬기 옮김 논술 및 수능에 출제된 책(1998~2005)
26 **이피게니에·스텔라** 괴테·박찬기 외 옮김
27 **다섯째 아이** 레싱·정덕애 옮김 노벨 문학상 수상 작가
28 **삶의 한가운데** 린저·박찬일 옮김
29 **농담** 쿤데라·방미경 옮김
30 **야성의 부름** 런던·권택영 옮김
31 **아메리칸** 제임스·최경도 옮김
32·33 **양철북** 그라스·장희창 옮김 노벨 문학상 수상 작가 | 서울대 권장도서 100선
34·35 **백년의 고독** 마르케스·조구호 옮김 노벨 문학상 수상 작가 | 서울대 권장도서 100선
36 **마담 보바리** 플로베르·김화영 옮김 서울대 권장도서 100선
37 **거미여인의 키스** 푸익·송병선 옮김
38 **달과 6펜스** 서머싯 몸·송무 옮김
39 **폴란드의 풍차** 지오노·박인철 옮김
40·41 **독일어 시간** 렌츠·정서웅 옮김
42 **말테의 수기** 릴케·문현미 옮김
43 **고도를 기다리며** 베케트·오증자 옮김 노벨 문학상 수상 작가 | 서울대 권장도서 100선
44 **데미안** 헤세·전영애 옮김 노벨 문학상 수상 작가
45 **젊은 예술가의 초상** 조이스·이상옥 옮김 서울대 권장도서 100선
46 **카탈로니아 찬가** 오웰·정영목 옮김
47 **호밀밭의 파수꾼** 샐린저·정영목 옮김 《타임》 선정 현대 100대 영문소설 | 미국대학위원회 선정 SAT 추천도서 | 《뉴스위크》 선정 100대 명저 | BBC 선정 꼭 읽어야 할 책
48·49 **파르마의 수도원** 스탕달·원윤수, 임미경 옮김
50 **수레바퀴 아래서** 헤세·김이섭 옮김 노벨 문학상 수상 작가 | 국립중앙도서관 선정 청소년 권장도서

51·52 **내 이름은 빨강** 파묵·이난아 옮김 노벨 문학상 수상 작가
53 **오셀로** 셰익스피어·최종철 옮김 서울대 권장도서 100선
54 **조서** 르 클레지오·김윤진 옮김 노벨 문학상 수상 작가
55 **모래의 여자** 아베 코보·김난주 옮김
56·57 **부덴브로크 가의 사람들** 토마스 만·홍성광 옮김 노벨 문학상 수상 작가
58 **싯다르타** 헤세·박병덕 옮김 노벨 문학상 수상 작가
59·60 **아들과 연인** 로렌스·정상준 옮김 《뉴스위크》 선정 100대 명저
61 **설국** 가와바타 야스나리·유숙자 옮김 노벨 문학상 수상 작가 | 서울대 권장도서 100선
62 **벨킨 이야기·스페이드 여왕** 푸슈킨·최선 옮김
63·64 **넙치** 그라스·김재혁 옮김 노벨 문학상 수상 작가
65 **소망 없는 불행** 한트케·윤용호 옮김 노벨 문학상 수상 작가
66 **나르치스와 골드문트** 헤세·임홍배 옮김 노벨 문학상 수상 작가
67 **황야의 이리** 헤세·김누리 옮김 노벨 문학상 수상 작가
68 **페테르부르크 이야기** 고골·조주관 옮김
69 **밤으로의 긴 여로** 오닐·민승남 옮김 노벨 문학상 수상 작가 | 미국대학위원회 선정 SAT 추천도서
70 **체호프 단편선** 체호프·박현섭 옮김
71 **버스 정류장** 가오싱젠·오수경 옮김 노벨 문학상 수상 작가
72 **구운몽** 김만중·송성욱 옮김 서울대 권장도서 100선 | 국립중앙도서관 선정 청소년 권장도서
73 **대머리 여가수** 이오네스코·오세곤 옮김
74 **이솝 우화집** 이솝·유종호 옮김 논술 및 수능에 출제된 책(1998~2005)
75 **위대한 개츠비** 피츠제럴드·김욱동 옮김 《타임》 선정 현대 100대 영문소설
76 **푸른 꽃** 노발리스·김재혁 옮김
77 **1984** 오웰·정회성 옮김 《타임》 선정 현대 100대 영문소설 | 《뉴스위크》 선정 100대 명저
78·79 **영혼의 집** 아옌데·권미선 옮김
80 **첫사랑** 투르게네프·이항재 옮김
81 **내가 죽어 누워 있을 때** 포크너·김명주 옮김 노벨 문학상 수상 작가
82 **런던 스케치** 레싱·서숙 옮김 노벨 문학상 수상 작가
83 **팡세** 파스칼·이환 옮김
84 **질투** 로브그리예·박이문, 박희원 옮김
85·86 **채털리 부인의 연인** 로렌스·이인규 옮김
87 **그 후** 나쓰메 소세키·윤상인 옮김
88 **오만과 편견** 오스틴·윤지관, 전승희 옮김 미국대학위원회 선정 SAT 추천도서
89·90 **부활** 톨스토이·연진희 옮김 논술 및 수능에 출제된 책(1998~2005)
91 **방드르디, 태평양의 끝** 투르니에·김화영 옮김
92 **미겔 스트리트** 나이폴·이상옥 옮김 노벨 문학상 수상 작가
93 **페드로 파라모** 룰포·정창 옮김
94 **차라투스트라는 이렇게 말했다** 니체·장희창 옮김 국립중앙도서관 선정 청소년 권장도서
95·96 **적과 흑** 스탕달·이동렬 옮김 국립중앙도서관 선정 청소년 권장도서
97·98 **콜레라 시대의 사랑** 마르케스·송병선 옮김 노벨 문학상 수상 작가 | BBC 선정 꼭 읽어야 할 책
99 **맥베스** 셰익스피어·최종철 옮김 서울대 권장도서 100선 | 미국대학위원회 선정 SAT 추천도서
100 **춘향전** 작자 미상·송성욱 풀어 옮김 서울대 권장도서 100선
101 **페르디두르케** 곰브로비치·윤진 옮김
102 **포르노그라피아** 곰브로비치·임미경 옮김
103 **인간 실격** 다자이 오사무·김춘미 옮김
104 **네루다의 우편배달부** 스카르메타·우석균 옮김

105·106 **이탈리아 기행** 괴테·박찬기 외 옮김
107 **나무 위의 남작** 칼비노·이현경 옮김
108 **달콤 쌉싸름한 초콜릿** 에스키벨·권미선 옮김
109·110 **제인 에어** C. 브론테·유종호 옮김 BBC 선정 꼭 읽어야 할 책
111 **크눌프** 헤세·이노은 옮김 노벨 문학상 수상 작가
112 **시계태엽 오렌지** 버지스·박시영 옮김 《타임》 선정 현대 100대 영문소설 | 《뉴스위크》 선정 100대 명저
113·114 **파리의 노트르담** 위고·정기수 옮김 미국대학위원회 선정 SAT 추천도서
115 **새로운 인생** 단테·박우수 옮김
116·117 **로드 짐** 콘래드·이상옥 옮김 《뉴스위크》 선정 100대 명저
118 **폭풍의 언덕** E. 브론테·김종길 옮김 미국대학위원회 선정 SAT 추천도서
119 **텔크테에서의 만남** 그라스·안삼환 옮김 노벨 문학상 수상 작가
120 **검찰관** 고골·조주관 옮김
121 **안개** 우나무노·조민현 옮김
122 **나사의 회전** 제임스·최경도 옮김 미국대학위원회 선정 SAT 추천도서
123 **피츠제럴드 단편선 1** 피츠제럴드·김욱동 옮김
124 **목화밭의 고독 속에서** 콜테스·임수현 옮김
125 **돼지꿈** 황석영
126 **라셀라스** 존슨·이인규 옮김
127 **리어 왕** 셰익스피어·최종철 옮김 서울대 권장도서 100선 | 《뉴스위크》 선정 100대 명저
128·129 **쿠오 바디스** 시엔키에비츠·최성은 옮김 노벨 문학상 수상 작가
130 **자기만의 방·3기니** 울프·이미애 옮김
131 **시르트의 바닷가** 그라크·송진석 옮김
132 **이성과 감성** 오스틴·윤지관 옮김
133 **바덴바덴에서의 여름** 치프킨·이장욱 옮김
134 **새로운 인생** 파묵·이난아 옮김 노벨 문학상 수상 작가
135·136 **무지개** 로렌스·김정매 옮김
137 **인생의 베일** 서머싯 몸·황소연 옮김
138 **보이지 않는 도시들** 칼비노·이현경 옮김
139·140·141 **연초 도매상** 바스·이운경 옮김 《타임》 선정 현대 100대 영문소설
142·143 **플로스 강의 물방앗간** 엘리엇·한애경, 이봉지 옮김 미국대학위원회 선정 SAT 추천도서
144 **연인** 뒤라스·김인환 옮김
145·146 **이름 없는 주드** 하디·정종화 옮김
147 **제49호 품목의 경매** 핀천·김성곤 옮김 《타임》 선정 현대 100대 영문소설
148 **성역** 포크너·이진준 옮김 노벨 문학상 수상 작가 | 퓰리처상 수상 작가
149 **무진기행** 김승옥
150·151·152 **신곡(지옥편·연옥편·천국편)** 단테·박상진 옮김 《뉴스위크》 선정 100대 명저
153 **구덩이** 플라토노프·정보라 옮김
154·155·156 **카라마조프가의 형제들** 도스토옙스키·김연경 옮김
157 **지상의 양식** 지드·김화영 옮김 노벨 문학상 수상 작가
158 **밤의 군대들** 메일러·권택영 옮김 퓰리처상 수상 작가
159 **주홍 글자** 호손·김욱동 옮김 서울대 권장도서 100선 | 미국대학위원회 선정 SAT 추천도서
160 **깊은 강** 엔도 슈사쿠·유숙자 옮김
161 **욕망이라는 이름의 전차** 윌리엄스·김소임 옮김
162 **마사 퀘스트** 레싱·나영균 옮김 노벨 문학상 수상 작가
163·164 **운명의 딸** 아옌데·권미선 옮김

165 모렐의 발명 비오이 카사레스 · 송병선 옮김
166 삼국유사 일연 · 김원중 옮김 서울대 권장도서 100선
167 풀잎은 노래한다 레싱 · 이태동 옮김 노벨 문학상 수상 작가
168 파리의 우울 보들레르 · 윤영애 옮김
169 포스트맨은 벨을 두 번 울린다 케인 · 이만식 옮김
170 썩은 잎 마르케스 · 송병선 옮김 노벨 문학상 수상 작가
171 모든 것이 산산이 부서지다 아체베 · 조규형 옮김 《타임》 선정 현대 100대 영문소설
172 한여름 밤의 꿈 셰익스피어 · 최종철 옮김 미국대학위원회 선정 SAT 추천도서
173 로미오와 줄리엣 셰익스피어 · 최종철 옮김 미국대학위원회 선정 SAT 추천도서
174·175 분노의 포도 스타인벡 · 김승욱 옮김 노벨 문학상 수상 작가 | 《타임》 선정 현대 100대 영문소설
176·177 괴테와의 대화 에커만 · 장희창 옮김
178 그물을 헤치고 머독 · 유종호 옮김 《타임》 선정 현대 100대 영문소설
179 브람스를 좋아하세요... 사강 · 김남주 옮김
180 카타리나 블룸의 잃어버린 명예 하인리히 뵐 · 김연수 옮김 노벨 문학상 수상 작가
181·182 에덴의 동쪽 스타인벡 · 정회성 옮김 노벨 문학상 수상 작가
183 순수의 시대 워튼 · 송은주 옮김 《뉴스위크》 선정 100대 명저 | 퓰리처상 수상작
184 도둑 일기 주네 · 박형섭 옮김
185 나자 브르통 · 오생근 옮김
186·187 캐치-22 헬러 · 안정효 옮김 《타임》 선정 현대 100대 영문소설
188 숄로호프 단편선 숄로호프 · 이항재 옮김 노벨 문학상 수상 작가
189 말 사르트르 · 정명환 옮김
190·191 보이지 않는 인간 엘리슨 · 조영환 옮김 《타임》 선정 현대 100대 영문소설
192 왑샷 가문 연대기 치버 · 김승욱 옮김 퓰리처상 수상 작가
193 왑샷 가문 몰락기 치버 · 김승욱 옮김 퓰리처상 수상 작가
194 필립과 다른 사람들 노터봄 · 지명숙 옮김
195·196 하드리아누스 황제의 회상록 유르스나르 · 곽광수 옮김
197·198 소피의 선택 스타이런 · 한정아 옮김 퓰리처상 수상 작가
199 피츠제럴드 단편선 2 피츠제럴드 · 한은경 옮김
200 홍길동전 허균 · 김탁환 옮김
201 요술 부지깽이 쿠버 · 양윤희 옮김
202 북호텔 다비 · 원윤수 옮김
203 톰 소여의 모험 트웨인 · 김욱동 옮김
204 금오신화 김시습 · 이지하 옮김
205·206 테스 하디 · 정종화 옮김 미국대학위원회 선정 SAT 추천도서 | BBC 선정 꼭 읽어야 할 책
207 브루스터플레이스의 여자들 네일러 · 이소영 옮김
208 더 이상 평안은 없다 아체베 · 이소영 옮김
209 그레인지 코플랜드의 세 번째 인생 워커 · 김시현 옮김 퓰리처상 수상 작가
210 어느 시골 신부의 일기 베르나노스 · 정영란 옮김
211 타라스 불바 고골 · 조주관 옮김
212·213 위대한 유산 디킨스 · 이인규 옮김 서울대 권장도서 100선 | BBC 선정 꼭 읽어야 할 책
214 면도날 서머싯 몸 · 안진환 옮김
215·216 성채 크로닌 · 이은정 옮김
217 오이디푸스 왕 소포클레스 · 강대진 옮김 서울대 권장도서 100선
218 세일즈맨의 죽음 밀러 · 강유나 옮김
219·220·221 안나 카레니나 톨스토이 · 연진희 옮김 서울대 권장도서 100선

222 오스카 와일드 작품선 와일드 · 정영목 옮김
223 벨아미 모파상 · 송덕호 옮김
224 파스쿠알 두아르테 가족 호세 셀라 · 정동섭 옮김 노벨 문학상 수상 작가
225 시칠리아에서의 대화 비토리니 · 김운찬 옮김
226·227 길 위에서 케루악 · 이만식 옮김 《타임》 선정 현대 100대 영문소설 | 《뉴스위크》 선정 100대 명저
228 우리 시대의 영웅 레르몬토프 · 오정미 옮김
229 아우라 푸엔테스 · 송상기 옮김
230 클링조어의 마지막 여름 헤세 · 황승환 옮김 노벨 문학상 수상 작가
231 리스본의 겨울 무뇨스 몰리나 · 나송주 옮김
232 뻐꾸기 둥지 위로 날아간 새 키지 · 정회성 옮김 《타임》 선정 현대 100대 영문소설
233 페널티킥 앞에 선 골키퍼의 불안 한트케 · 윤용호 옮김 노벨 문학상 수상 작가
234 참을 수 없는 존재의 가벼움 쿤데라 · 이재룡 옮김
235·236 바다여, 바다여 머독 · 최옥영 옮김
237 한 줌의 먼지 에벌린 워 · 안진환 옮김 《타임》 선정 현대 100대 영문소설
238 뜨거운 양철 지붕 위의 고양이 · 유리 동물원 윌리엄스 · 김소임 옮김 퓰리처상 수상작
239 지하로부터의 수기 도스토옙스키 · 김연경 옮김
240 키메라 바스 · 이운경 옮김
241 반쪼가리 자작 칼비노 · 이현경 옮김
242 벌집 호세 셀라 · 남진희 옮김 노벨 문학상 수상 작가
243 불멸 쿤데라 · 김병욱 옮김
244·245 파우스트 박사 토마스 만 · 임홍배, 박병덕 옮김 노벨 문학상 수상 작가
246 사랑할 때와 죽을 때 레마르크 · 장희창 옮김
247 누가 버지니아 울프를 두려워하랴? 올비 · 강유나 옮김
248 인형의 집 입센 · 안미란 옮김
249 위폐범들 지드 · 원윤수 옮김 노벨 문학상 수상 작가
250 무정 이광수 · 정영훈 책임 편집 서울대 권장도서 100선
251·252 의지와 운명 푸엔테스 · 김현철 옮김
253 폭력적인 삶 파솔리니 · 이승수 옮김
254 거장과 마르가리타 불가코프 · 정보라 옮김
255·256 경이로운 도시 멘도사 · 김현철 옮김
257 야콥을 둘러싼 추측들 욘존 · 손대영 옮김
258 왕자와 거지 트웨인 · 김욱동 옮김
259 존재하지 않는 기사 칼비노 · 이현경 옮김
260·261 눈먼 암살자 애트우드 · 차은정 옮김 《타임》 선정 현대 100대 영문소설
262 베니스의 상인 셰익스피어 · 최종철 옮김
263 말리나 바흐만 · 남정애 옮김
264 사볼타 사건의 진실 멘도사 · 권미선 옮김
265 뒤렌마트 희곡선 뒤렌마트 · 김혜숙 옮김
266 이방인 카뮈 · 김화영 옮김 노벨 문학상 수상 작가 | 미국대학위원회 선정 SAT 추천도서
267 페스트 카뮈 · 김화영 옮김 노벨 문학상 수상 작가 | 국립중앙도서관 선정 청소년 권장도서
268 검은 튤립 뒤마 · 송진석 옮김
269·270 베를린 알렉산더 광장 되블린 · 김재혁 옮김
271 하얀 성 파묵 · 이난아 옮김 노벨 문학상 수상 작가
272 푸슈킨 선집 푸슈킨 · 최선 옮김
273·274 유리알 유희 헤세 · 이영임 옮김 노벨 문학상 수상 작가

275 **픽션들** 보르헤스 · 송병선 옮김 서울대 권장도서 100선
276 **신의 화살** 아체베 · 이소영 옮김
277 **빌헬름 텔 · 간계와 사랑** 실러 · 홍성광 옮김
278 **노인과 바다** 헤밍웨이 · 김욱동 옮김 노벨 문학상 수상 작가 | 퓰리처상 수상작
279 **무기여 잘 있어라** 헤밍웨이 · 김욱동 옮김 미국대학위원회 선정 SAT 추천도서
280 **태양은 다시 떠오른다** 헤밍웨이 · 김욱동 옮김 《타임》 선정 현대 100대 영문 소설
281 **알레프** 보르헤스 · 송병선 옮김
282 **일곱 박공의 집** 호손 · 정소영 옮김
283 **에마** 오스틴 · 윤지관, 김영희 옮김
284·285 **죄와 벌** 도스토옙스키 · 김연경 옮김 미국대학위원회 선정 SAT 추천도서
286 **시련** 밀러 · 최영 옮김
287 **모두가 나의 아들** 밀러 · 최영 옮김
288·289 **누구를 위하여 종은 울리나** 헤밍웨이 · 김욱동 옮김 노벨 문학상 수상 작가
290 **구르브 연락 없다** 멘도사 · 정창 옮김
291·292·293 **데카메론** 보카치오 · 박상진 옮김
294 **나누어진 하늘** 볼프 · 전영애 옮김
295·296 **제브데트 씨와 아들들** 파묵 · 이난아 옮김 노벨 문학상 수상 작가
297·298 **여인의 초상** 제임스 · 최경도 옮김 미국대학위원회 선정 SAT 추천도서
299 **압살롬, 압살롬!** 포크너 · 이태동 옮김 노벨 문학상 수상 작가
300 **이상 소설 전집** 이상 · 권영민 책임 편집
301·302·303·304·305 **레 미제라블** 위고 · 정기수 옮김
306 **관객모독** 한트케 · 윤용호 옮김 노벨 문학상 수상 작가
307 **더블린 사람들** 조이스 · 이종일 옮김
308 **에드거 앨런 포 단편선** 앨런 포 · 전승희 옮김 미국대학위원회 선정 SAT 추천도서
309 **보이체크 · 당통의 죽음** 뷔히너 · 홍성광 옮김
310 **노르웨이의 숲** 무라카미 하루키 · 양억관 옮김
311 **운명론자 자크와 그의 주인** 디드로 · 김희영 옮김
312·313 **헤밍웨이 단편선** 헤밍웨이 · 김욱동 옮김 노벨 문학상 수상 작가
314 **피라미드** 골딩 · 안지현 옮김 노벨 문학상 수상 작가
315 **닫힌 방 · 악마와 선한 신** 사르트르 · 지영래 옮김
316 **등대로** 울프 · 이미애 옮김 《타임》 선정 현대 100대 영문소설 | 《뉴스위크》 선정 100대 명저
317·318 **한국 희곡선** 송영 외 · 양승국 엮음
319 **여자의 일생** 모파상 · 이동렬 옮김
320 **의식** 노터봄 · 김영중 옮김
321 **육체의 악마** 라디게 · 원윤수 옮김
322·323 **감정 교육** 플로베르 · 지영화 옮김
324 **불타는 평원** 룰포 · 정창 옮김
325 **위대한 몬느** 알랭푸르니에 · 박영근 옮김
326 **라쇼몬** 아쿠타가와 류노스케 · 서은혜 옮김
327 **반바지 당나귀** 보스코 · 정영란 옮김
328 **정복자들** 말로 · 최윤주 옮김
329·330 **우리 동네 아이들** 마흐푸즈 · 배혜경 옮김 노벨 문학상 수상 작가
331·332 **개선문** 레마르크 · 장희창 옮김
333 **사바나의 개미 언덕** 아체베 · 이소영 옮김
334 **게걸음으로** 그라스 · 장희창 옮김 노벨 문학상 수상 작가

335 코스모스 곰브로비치 · 최성은 옮김
336 좁은 문 · 전원교향곡 · 배덕자 지드 · 동성식 옮김 노벨 문학상 수상 작가
337·338 암 병동 솔제니친 · 이영의 옮김 노벨 문학상 수상 작가
339 피의 꽃잎들 응구기 와 시옹오 · 왕은철 옮김
340 운명 케르테스 · 유진일 옮김 노벨 문학상 수상 작가
341·342 벌거벗은 자와 죽은 자 메일러 · 이운경 옮김 퓰리처상 수상 작가
343 시지프 신화 카뮈 · 김화영 옮김 노벨 문학상 수상 작가
344 뇌우 차오위 · 오수경 옮김
345 모옌 중단편선 모옌 · 심규호, 유소영 옮김 노벨 문학상 수상 작가
346 일야서 한사오궁 · 심규호, 유소영 옮김
347 상속자들 골딩 · 안지현 옮김 노벨 문학상 수상 작가
348 설득 오스틴 · 전승희 옮김
349 히로시마 내 사랑 뒤라스 · 방미경 옮김
350 오 헨리 단편선 오 헨리 · 김희용 옮김
351·352 올리버 트위스트 디킨스 · 이인규 옮김
353·354·355·356 전쟁과 평화 톨스토이 · 연진희 옮김
357 다시 찾은 브라이즈헤드 에벌린 워 · 백지민 옮김
358 아무도 대령에게 편지하지 않다 마르케스 · 송병선 옮김
359 사양 다자이 오사무 · 유숙자 옮김
360 좌절 케르테스 · 한경민 옮김 노벨 문학상 수상 작가
361·362 닥터 지바고 파스테르나크 · 김연경 옮김 노벨 문학상 수상 작가
363 노생거 사원 오스틴 · 윤지관 옮김
364 개구리 모옌 · 심규호, 유소영 옮김 노벨 문학상 수상 작가
365 마왕 투르니에 · 이원복 옮김 공쿠르상 수상 작가
366 맨스필드 파크 오스틴 · 김영희 옮김
367 이선 프롬 이디스 워튼 · 김욱동 옮김 퓰리처상 수상 작가
368 여름 이디스 워튼 · 김욱동 옮김 퓰리처상 수상 작가
369·370·371 나는 고백한다 자우메 카브레 · 권가람 옮김
372·373·374 태엽 감는 새 연대기 무라카미 하루키 · 김난주 옮김
375·376 대사들 제임스 · 정소영 옮김
377 족장의 가을 마르케스 · 송병선 옮김 노벨 문학상 수상 작가
378 핏빛 자오선 매카시 · 김시현 옮김
379 모두 다 예쁜 말들 매카시 · 김시현 옮김
380 국경을 넘어 매카시 · 김시현 옮김
381 평원의 도시들 매카시 · 김시현 옮김
382 만년 다자이 오사무 · 유숙자 옮김
383 반항하는 인간 카뮈 · 김화영 옮김 노벨 문학상 수상 작가
384·385·386 악령 도스토옙스키 · 김연경 옮김
387 태평양을 막는 제방 뒤라스 · 윤진 옮김
388 남아 있는 나날 가즈오 이시구로 · 송은경 옮김
389 앙리 브륄라르의 생애 스탕달 · 원윤수 옮김
390 찻집 라오서 · 오수경 옮김
391 태어나지 않은 아이를 위한 기도 케르테스 · 이상동 옮김 노벨 문학상 수상 작가
392·393 서머싯 몸 단편선 서머싯 몸 · 황소연 옮김
394 케이크와 맥주 서머싯 몸 · 황소연 옮김

395 **월든** 소로 · 정회성 옮김
396 **모래 사나이** E. T. A. 호프만 · 신동화 옮김
397·398 **검은 책** 오르한 파묵 · 이난아 옮김 노벨 문학상 수상 작가
399 **방랑자들** 올가 토카르추크 · 최성은 옮김 노벨 문학상 수상 작가
400 **시여, 침을 뱉어라** 김수영 · 이영준 엮음
401·402 **환락의 집** 이디스 워튼 · 전승희 옮김
403 **달려라 메로스** 다자이 오사무 · 유숙자 옮김
404 **아버지와 자식** 투르게네프 · 연진희 옮김
405 **청부 살인자의 성모** 바예호 · 송병선 옮김
406 **세피아빛 초상** 아옌데 · 조영실 옮김
407·408·409·410 **사기 열전** 사마천 · 김원중 옮김 서울대 권장도서 100선
411 **이상 시 전집** 이상 · 권영민 책임 편집
412 **어둠 속의 사건** 발자크 · 이동렬 옮김
413 **태평천하** 채만식 · 권영민 책임 편집
414·415 **노스트로모** 콘래드 · 이미애 옮김
416·417 **제르미날** 졸라 · 강충권 옮김
418 **명인** 가와바타 야스나리 · 유숙자 옮김 노벨 문학상 수상 작가
419 **핀처 마틴** 골딩 · 백지민 옮김 노벨 문학상 수상 작가
420 **사라진 · 샤베르 대령** 발자크 · 선영아 옮김
421 **빅 서** 케루악 · 김재성 옮김
422 **코뿔소** 이오네스코 · 박형섭 옮김
423 **블랙박스** 오즈 · 윤성덕, 김영화 옮김
424·425 **고양이 눈** 애트우드 · 차은정 옮김
426·427 **도둑 신부** 애트우드 · 이은선 옮김
428 **슈니츨러 작품선** 슈니츨러 · 신동화 옮김
429·430 **세계의 끝과 하드보일드 원더랜드** 무라카미 하루키 · 김난주 옮김
431 **멜랑콜리아 I–II** 욘 포세 · 손화수 옮김 노벨 문학상 수상 작가
432 **도적들** 실러 · 홍성광 옮김
433 **예브게니 오네긴 · 대위의 딸** 푸시킨 · 최선 옮김
434·435 **초대받은 여자** 보부아르 · 강초롱 옮김
436·437 **미들마치** 엘리엇 · 이미애 옮김
438 **이반 일리치의 죽음** 톨스토이 · 김연경 옮김
439·440 **캔터베리 이야기** 초서 · 이동일, 이동춘 옮김
441·442 **아소무아르** 졸라 · 윤진 옮김
443 **가난한 사람들** 도스토옙스키 · 이항재 옮김

세계문학전집은 계속 간행됩니다.